LA GRIFFE DU SUD

Patricia Cornwell

LA GRIFFE DU SUD

ÉDITIONS FRANCE LOISIRS

Titre original américain : *Southern Cross*
G.P. Putnam's sons, New York, 1998

Traduit de l'américain par Jean Esch

Édition du Club France Loisirs,
avec l'autorisation des Éditions Calmann-Lévy

Éditions France Loisirs,
123, boulevard de Grenelle, Paris
www.franceloisirs.com

ISBN 2-7441-3514-3

Pour Marcia H. Morey, championne du monde
de la réforme pénale pour les mineurs.
Pour tout ce que tu as fait.
Pour tout ce que tu m'as appris.

1

Le dernier lundi matin du mois de mars débuta sous de bons auspices dans la ville historique de Richmond, en Virginie, où les noms des familles les plus en vue n'avaient pas changé depuis cette guerre que personne n'avait oubliée. La circulation était fluide dans les rues du centre, et sur Internet. Les dealers dormaient, les prostituées étaient fatiguées, les chauffards ivres avaient dessoûlé, les pédophiles retournaient à leur travail, les alarmes anticambriolage s'étaient tues, les disputes conjugales s'étaient interrompues. À la morgue, c'était le calme plat.

Bâtie sur six ou sept collines – les avis sont partagés sur la question –, la ville de Richmond est un grand centre urbain animé d'une inlassable fierté, dont l'origine remonte à l'année 1607, lorsqu'un petit groupe d'explorateurs anglais partis chercher fortune s'égara et revendiqua la possession de la région en y plantant une croix au nom du roi James. L'inévitable colonie, installée au point de chute de la James River et baptisée « Les Chutes », fort à propos, dut endurer les maux prévisibles de tous les comptoirs commerciaux et des places fortes : le sentiment antibritannique, la révolution, les terribles épreuves, les flagellations, le supplice du scalp, les traités inappliqués et les gens qui mouraient jeunes.

Les Indiens de la région découvrirent, quant à eux, l'eau de feu et la gueule de bois ; ils échangèrent des herbes, des minéraux et des fourrures contre des hachettes, des munitions, du tissu, des bouilloires, et encore de l'eau de feu. Des bateaux apportèrent des esclaves d'Afrique. Thomas Jefferson fit construire sa maison de Monticello, le Capitole et le pénitencier. Il fonda l'université de Virginie, rédigea la Déclaration d'indépendance, et fut accusé d'avoir engendré des enfants mulâtres. On construisit des voies de chemin de fer. L'industrie du tabac prospéra sans que personne ne lui intente de procès.

Dans l'ensemble, la vie dans cette ville respectable poursuivit son petit bonhomme de chemin de manière plutôt agréable jusqu'en 1861, quand la Virginie décida de se séparer de l'Union sans que l'Union soit d'accord. La guerre de Sécession ne se passa pas très bien pour Richmond. Par la suite, l'ancienne capitale de la Confédération tenta de se débrouiller au mieux sans esclaves ni argent sale. Restée farouchement fidèle à sa cause perdue, elle continua de brandir son étendard, la Croix du Sud, tandis que sa population pénétrait d'un pas décidé dans le siècle suivant et survivait à d'autres guerres, tout aussi terribles, mais qui n'étaient pas leur problème, car elles se déroulaient ailleurs.

À la fin du xxe siècle, la situation n'était guère brillante dans la capitale. Le nombre d'homicides s'était hissé à la deuxième place du classement national. Le tourisme en pâtissait. Les enfants allaient à l'école avec des armes à feu et des couteaux, et ils livraient bataille dans le bus. Les habitants et les grands magasins avaient fui le centre pour se réfugier dans les comtés environnants. Les rentrées fiscales rétrécissaient comme une peau de chagrin. Les hauts fonctionnaires de la ville et les membres du conseil municipal se regardaient en chiens de faïence. La demeure du gouverneur, qui datait d'avant la guerre de Sécession, réclamait des travaux de plomberie et d'électricité.

Les délégués de la General Assembly[1] continuaient à refermer brutalement leurs ordinateurs portables et à s'insulter quand ils venaient en ville, et le président de la commission des Transports pénétrait dans l'arène avec une arme à feu cachée dans ses affaires. Des gitans malhonnêtes commencèrent à faire escale à Richmond au cours de leurs migrations vers le nord ou le sud, et la ville devint une sorte de foyer d'accueil pour les dealers qui voyageaient sur la I-95.

Il était temps qu'une femme débarque dans la maison pour faire le ménage. Ou peut-être simplement que personne ne faisait attention quand la municipalité engagea son premier

1. Nom du parlement dans certains États. *(N.d.T.)*

chef de la police de sexe féminin qui, présentement, était en train de promener son chien. Les jonquilles et les crocus étaient en fleurs, les premières lueurs du jour se répandaient à l'horizon, la température, inhabituelle en cette saison, atteignait les 21 degrés. Les oiseaux gazouillaient dans les branches des arbres bourgeonnants, et le chef Judy Hammer se sentait remplie d'une énergie nouvelle, momentanément apaisée.

— C'est bien, Popeye, dit-elle pour encourager son boston-terrier.

Ce n'était pas un nom particulièrement affectueux pour un chien dont les énormes yeux globuleux pointaient vers les murs. Mais quand la SPA avait montré le chiot à la télé, juste avant que Judy se rue sur le téléphone pour l'adopter, Popeye s'appelait déjà Popeye, et il ne répondait qu'à ce nom.

Judy et Popeye trottinaient dans les rues de leur quartier restauré de Church Hill, le cœur historique de la ville, non loin de l'endroit où les Anglais avaient planté leur croix. Maîtresse et chien passaient d'un bon pas devant les grandes maisons datant d'avant la guerre de Sécession, avec leurs grilles en fer forgé et leurs vérandas, leurs toits d'ardoises aux fausses mansardes, leurs tourelles, leurs linteaux de pierre, leurs boiseries sculptées, leurs vitraux, leurs pignons, leurs sous-sols surélevés, « anglais et pittoresques », paraît-il, et leurs cheminées massives.

Ils continuèrent dans East Grace Street, qui s'achevait par le plus beau point de vue sur toute la ville. D'un côté du promontoire se trouvait la station de radio WRVA, et de l'autre, la maison du XIXe siècle, de style néo-grec, qu'habitait Judy. Elle avait été construite par un industriel du tabac vers la fin de la guerre de Sécession. Judy aimait particulièrement la vieille brique, les corniches saillantes et le toit plat, le porche en granit. Elle avait une passion pour les lieux qui possédaient une histoire, et choisissait toujours d'habiter au cœur même de la juridiction placée sous sa responsabilité.

Judy ouvrit sa porte, débrancha le système d'alarme, libéra Popeye de sa laisse et lui fit exécuter un enchaînement rapide : « assis-debout-couché », en échange de quelques petites gâteries. Elle se rendit ensuite dans la cuisine pour se faire un café ; son rituel du matin ne variait jamais. Après sa promenade et les exercices de modification comportementale de Popeye, Judy s'asseyait dans le living-room, parcourait le journal et contemplait à travers la grande baie vitrée les gigantesques immeubles de bureaux, le Capitole, la faculté de médecine de Virginie et l'immense étendue du Biotechnology Research Park de l'université de Virginie. Richmond devenait, disait-on, « La Ville de la science », un lieu d'enrichissement culturel et de santé florissante.

Pourtant, en balayant du regard les édifices et les rues du centre, le nouveau chef de la police ne pouvait ignorer les grandes cheminées de brique qui s'écroulaient, les voies de chemin de fer et les viaducs rongés par la rouille, les usines désaffectées et les anciens entrepôts de tabac dont on avait peint, puis condamné les fenêtres avec des planches. Elle savait qu'en bordure du centre, pas très loin de là où elle habitait, il y avait cinq grandes cités, et deux autres dans le Southside. Et pour dire la vérité, au risque d'être politiquement incorrect, ces endroits constituaient le terreau du chaos et de la violence sociale ; c'était aussi la preuve évidente que la guerre de Sécession se poursuivait, et le Sud faisait toujours figure de vaincu.

Judy observait cette ville qui l'avait invitée à venir régler ses problèmes apparemment insolubles. Le jour se levait, et elle redoutait que l'hiver ne leur réserve une dernière et cruelle vague de froid. Ce serait bien à l'image de tout le reste désormais, non ? se disait-elle. L'ultime coup mesquin, l'éradication des dernières traces de beauté dans son existence effroyablement stressante ? Les interrogations étouffaient ses pensées.

Quand elle avait pris les dispositions qui l'avaient conduite ici, à Richmond, Judy avait refusé d'admettre qu'elle cherchait à échapper à sa propre vie. Ses deux fils étaient adultes ; ils avaient pris leurs distances depuis longtemps, bien avant que leur père, Seth, tombe malade et décède au printemps précédent. Judy Hammer avait continué à vivre courageusement, en s'enveloppant dans sa mission comme un croisé se drape dans sa cape.

Elle démissionna de la police de Charlotte, où elle avait d'abord connu l'opposition, puis la gloire, grâce aux miracles accomplis en tant que chef. Son devoir, décida-t-elle, consistait à se rendre dans d'autres villes du Sud, à occuper le terrain, à tout raser et à reconstruire. Elle soumit un projet au National Institute of Justice[1] (NIJ), qui lui accorda la possibilité de sélectionner des forces de police en difficulté, dans tout le Sud, et d'y prendre ses quartiers pour un an, afin d'instaurer un esprit de cohésion et de solidarité.

Sa philosophie était simple. Elle ne croyait pas aux droits des policiers. Elle savait par expérience que lorsque des agents, des gradés, des commissariats, et même des chefs, faisaient sécession au sein de la police pour agir de manière indépendante, le résultat était catastrophique. Le taux de criminalité augmentait. Le nombre d'affaires résolues diminuait. La zizanie s'installait. Les citoyens, que la police devait normalement protéger et servir, se barricadaient chez eux, fourbissaient leurs armes, ignoraient leurs voisins, montraient les flics du doigt et rejetaient sur eux toutes les fautes. Le modèle de Hammer pour sa mission de formation et de changement était le Plan de lutte contre le crime de l'État de New York, connu sous le nom de Comstat, c'est-à-dire les statistiques gérées par ordinateur.

Cet acronyme était une façon simplifiée de définir un concept beaucoup plus complexe que le fait d'utiliser la technologie pour dresser une carte des comportements criminels et des points chauds de la ville. Avec Comstat, chaque policier était tenu pour responsable de ses actes. Les flics de base et leurs supérieurs ne pouvaient plus faire porter le chapeau à d'autres, détourner la tête, s'en laver les mains, ignorer la réponse, dire qu'ils n'avaient rien pu faire, qu'ils allaient justement s'en occuper, qu'on ne les avait pas prévenus, qu'ils avaient oublié, qu'ils ne se sentaient pas bien, qu'ils étaient au téléphone ou bien de repos quand c'était arrivé, car chaque lundi et chaque vendredi, le chef Hammer réunissait les représentants de tous les postes de police et de toutes les brigades, et elle leur passait un savon.

De toute évidence, le plan de bataille de Hammer était un plan de nordiste, mais le destin voulut que, le jour où elle présenta sa proposition devant le conseil municipal de Richmond, celui-ci devait affronter des problèmes de luttes internes, de mutinerie et d'usurpation. C'est pourquoi l'idée

1. Subdivision du ministère de la Justice. *(N.d.T.)*

de laisser à quelqu'un d'autre le soin de régler les problèmes de la ville leur parut séduisante. Hammer se retrouva ainsi engagée comme chef de la police intérimaire pour une période d'un an, et autorisée à faire venir auprès d'elle deux personnes brillantes avec qui elle avait travaillé à Charlotte.

Hammer commença donc son occupation de Richmond. Très vite, l'entêtement se dressa sur son chemin. Suivi de près par la haine. Les patriarches de la ville voulaient que Hammer et son équipe du NIJ rentrent chez eux. Leur cité n'avait pas de leçon à recevoir de New York, et la population de Richmond préférait être damnée plutôt que de suivre l'exemple donné par cette ville traîtresse et renégate de Charlotte, qui avait la sale manie de voler les banques de Richmond et les cinq cents plus grosses entreprises américaines, d'après le magazine *Fortune.*

Le chef adjoint Virginia West se plaignait âprement, multipliant les grimaces de douleur et les halètements d'exaspération, tandis qu'elle courait au petit trot sur la piste de l'université de Richmond. Les toits en ardoises des élégants bâtiments gothiques commençaient tout juste à se matérialiser, car le soleil avait enfin pensé à se lever, mais les étudiants n'avaient pas encore osé mettre le nez dehors, à l'exception de deux jeunes femmes qui effectuaient des sprints.

— J'en peux plus... faut que je m'arrête, bredouilla Virginia à l'officier de police Andy Brazil.

Celui-ci consulta sa montre.

— Encore sept minutes, dit-il. Tu pourras marcher ensuite.

C'était la seule occasion où elle obéissait à ses ordres. Virginia West était déjà chef du service judiciaire de la police de Charlotte quand Andy suivait encore les cours de l'académie de police et écrivait des articles pour le *Charlotte Observer.* Et puis, Judy les avait fait venir ici, à Richmond, pour que Virginia dirige les enquêtes et qu'Andy effectue des recherches, s'occupe des relations publiques et crée un site sur Internet.

Bien que l'on puisse faire valoir que, dans les faits, Virginia et Andy étaient égaux au sein de l'équipe de Judy, West se jugeait supérieure en grade à Brazil, et il en serait toujours ainsi. Elle était plus forte que lui. Jamais il ne posséderait son expérience. Elle était meilleure sur le champ de tir, et dans les combats. Elle avait même tué un suspect un jour, même si elle n'en était pas fière. Sa liaison avec Andy, à l'époque où ils vivaient encore à Charlotte, était une conséquence de l'intensité fort naturelle du rôle de mentor. Il avait eu le béguin pour elle, et elle avait cédé à sa demande, avant qu'il ne se lasse d'elle. Et alors ?

— Tu vois quelqu'un d'autre en train de se suicider, par ici ? À part ces deux filles là-bas, qui appartiennent à l'équipe d'athlétisme ou qui ont des problèmes de digestion.

Virginia continuait de se plaindre, d'une voix haletante.

— ... Non, personne ! s'exclama-t-elle. Et tu sais pourquoi ? Parce que c'est complètement débile ! Je devrais être en train de boire mon café en lisant le journal.

— Si tu arrêtais un peu de parler, tu prendrais le rythme, répondit Andy, qui courait sans le moindre effort, vêtu de son survêtement bleu marine de la police de Charlotte, avec ses chaussures Saucony qui émettaient un petit chuintement chaque fois qu'elles touchaient la surface rouge de la piste caoutchoutée.

— Franchement, tu devrais éviter de porter les trucs de Charlotte, reprit-elle, sans tenir compte de son conseil. C'est déjà assez pénible comme ça. Tu veux vraiment que les flics d'ici nous détestent encore plus ?

— Je ne crois pas qu'ils nous détestent.

Andy essayait d'adopter une attitude positive face au comportement inamical et agressif des policiers de Richmond.

— Si, ils nous détestent.

— Personne n'aime le changement, souligna Andy.

— Sauf toi, apparemment.

Il s'agissait d'une allusion voilée à la rumeur que Virginia avait entendue circuler moins d'une semaine après leur arrivée ici. Andy avait une liaison avec sa propriétaire, une riche célibataire qui vivait à Church Hill. Virginia n'avait pas demandé de détails. Elle n'avait pas cherché à se renseigner. Elle ne voulait pas savoir. Elle avait refusé de passer devant chez lui en voiture, et à plus forte raison de lui rendre visite à l'improviste.

— J'aime le changement quand il est bon, dit Andy.

— En effet.

— Tu aurais préféré rester à Charlotte, peut-être ?

— Parfaitement.

Andy accéléra légèrement le pas, juste assez pour montrer son dos à Virginia. Jamais elle ne lui pardonnerait d'avoir dit qu'il avait envie qu'elle l'accompagne à Richmond, de l'avoir manipulée, une fois de plus, parce qu'il en avait le pouvoir, parce qu'il savait manier les mots, de manière claire et persuasive. Il l'avait entraînée en faisant jouer des sentiments qu'il n'éprouvait plus, de toute évidence. Il avait transformé son amour pour elle en poésie, mais ce salopard était allé la lire à quelqu'un d'autre ensuite.

— J'ai rien à faire ici, moi, déclara Virginia, qui assemblait les mots comme elle fixait les portes et les volets, comme elle plantait des clôtures. Enfin quoi, voyons la vérité en face. (Jamais elle n'aurait peint quoi que ce soit sans le décaper d'abord.) Ça craint, dit-elle. Heureusement, c'est juste pour une année.

Elle martelait ses mots.

Pour toute réponse, Andy accéléra un peu plus.

— Comme si on était une sorte de SAMU de la police, ajouta-t-elle. De qui se moque-t-on, hein ? Que de temps perdu. Je ne me souviens pas d'avoir gâché autant de temps dans ma vie.

Andy jeta un coup d'œil à sa montre. On aurait dit qu'il n'écoutait pas ce qu'elle disait, et Virginia aurait tant aimé faire abstraction de ses épaules larges et de son beau profil. Le soleil naissant saupoudrait d'or ses cheveux. Les deux étudiantes les dépassèrent en sprintant, le corps en sueur, sans un gramme de graisse, poussant sur leurs jambes musclées pour frimer devant Andy. Virginia était déprimée. Elle se sentait vieille. Finalement, elle s'arrêta et se pencha en avant, les mains sur les genoux.

— J'arrête ! lança-t-elle, le souffle coupé.

— Encore quarante-six secondes.

Andy courait sur place, comme un nageur qui agite les jambes dans l'eau, la tête tournée vers elle.

— Continue sans moi.
— Tu es sûre ?
— Bon vent ! (Elle le chassa d'un geste agacé.) Ah, merde ! pesta-t-elle lorsque son téléphone portable, accroché à la ceinture de son short, se mit à vibrer.

Quittant la piste, elle se dirigea vers les gradins du stade, à l'écart de ces gens au corps ferme qui lui faisaient perdre sa confiance en soi.

— West, j'écoute.
— Virginia ? C'est...

La voix de Judy lui parvint à travers les parasites.

— Judy ? demanda Virginia en haussant la voix. Allô ?...
— Virginia... Tu m'entends ?

La voix de Judy lui parvenait très faiblement. Virginia plaqua sa main sur son autre oreille.

— ... C'est des conneries..., dit soudain une voix d'homme.

Virginia se mit à marcher pour essayer d'améliorer la communication.

— Virginia ?

Judy semblait de plus en plus loin.

— ... quand tu veux... les mêmes règles que d'habitude...

La voix de l'homme était revenue.

Il avait un accent traînant du Sud, c'était un bouseux, apparemment. Virginia éprouva immédiatement un sentiment d'hostilité.

— ... le temps de... tuer... Faut aller... ou cartonner...

La voix du bouseux lui parvenait par brides saccadées.

— ... saloperie de chien, mérite même pas... balle pour le tuer...

Soudain, un deuxième bouseux répondit au premier.

— Combien... ?
— Ça dépend... Deux cents, disons...
— ... Juste toi et moi...
— ... Si... personne... découvre...
— ... pas invité...
— Comment ?

La voix de Judy refit surface, avant de disparaître à nouveau.

— ... utiliser un... le nez bouché... pour le butin... merde... ! Le bleu...

— Chef Hammer...

Virginia se tut brusquement, en songeant que les deux bouseux pouvaient l'entendre, eux aussi.

— ... ratons... (C'était la voix du premier bouseux.)... pas assez intelligent pour... au Dismal Swamp[1]...

— ... pigé, Bubba... Ça va cartonner...

— OK, Smudge... mon pote... à l'aube ?

Muette de stupeur, Virginia écoutait ces deux hommes préparer un meurtre, pour des raisons raciales[2] de toute évidence, un crime haineux, un compte à régler au sujet d'une histoire de vol. Apparemment, le meurtre devait avoir lieu au petit matin. Elle se demanda si les mots *nez bouché* étaient une expression d'argot pour désigner un revolver à canon court, et si *bleu* faisait référence à une arme bleu acier, par opposition à une arme chromée ou nickelée. Ces deux malades projetaient d'envelopper le cadavre dans une couverture et de le balancer ensuite dans le Dismal Swamp.

Nouveaux parasites.

— ... Loraine... (C'était la voix hachée du dénommé Bubba.)... les anciennes pompes... couper le moteur... phares éteints pour pas réveiller...

Après une nouvelle pluie de grésillements, la communication s'éclaircit.

— Judy ? dit Virginia. Judy ? Tu es toujours là ?

— Bubba... (La voix du deuxième inconnu crépita.) Y a quelqu'un d'autre sur...

De nouveau des parasites, des grésillements, une sonnerie stridente et... bip-bip-bip...

— Merde, marmonna Virginia, on a coupé.

Bubba se nommait en réalité Butner Fluck IV. Contrairement à tant de types intrépides qui consacraient leur vie aux « pick-up », aux armes à feu, aux bars *topless* et à la Croix du Sud, il n'était pas né dans la tribu des Bubba. Fils d'un théologien, il avait grandi dans le quartier de Ginter Park, dans le

1. Litt. « Le Marais lugubre ». *(N.d.T.)*
2. La confusion vient de l'utilisation du terme *coon*, désignant un raton laveur, mais signifiant également, en argot, « négro ». *(N.d.T.)*

quartier du Northside, là où de vieilles demeures tombaient en ruine, où l'on voyait très souvent des canons de la guerre de Sécession décorer des vérandas. Butner venait d'une longue lignée de Butner, tous surnommés « But », mais son érudit de père, le docteur But Fluck troisième du nom, n'avait jamais songé qu'en appelant son fils But, à notre époque, il réservait à cet enfant des moments difficiles.

Lorsque le petit But entra à l'école primaire, les insultes, les calomnies et les moqueries étaient déjà sur toutes les lèvres. On les murmurait en classe, on les criait dans le bus et sur le terrain de sport, on les dessinait sur des feuilles de cahier qui circulaient de table en table, ou se retrouvaient dans le casier du jeune But. Quand il écrivait son nom, c'était But Fluck. Dans les carnets de notes, c'était Fluck, But.

Dans un sens comme dans l'autre, il l'avait dans le cul, et bien entendu, ses camarades inventèrent un grand nombre de variantes. *Mother-But-Flucker, Butter-Flucker, But-Flucking-Boy, Buttock-Fluck*, et ainsi de suite. Quand il se réfugia dans les études et devint le premier de la classe, de nouveaux surnoms s'ajoutèrent à la liste. *But-Head, Fluck-Head, Mother-Flucking-But-Head, Head-But-Head,* etc.[1].

Pour ses neuf ans, But réclama une tenue de camouflage et des fausses armes. Il devint boulimique. Il passait énormément de temps dans les bois, à traquer des proies imaginaires. Il se plongea dans un océan grandissant de magazines peuplés de soldats mercenaires, d'anarchistes, de camions, d'armes de guerre, de champs de bataille de la guerre de Sécession et de femmes en maillots de bain. Il collectionnait les manuels d'entretien et de réparations mécaniques, d'outillage automobile, d'électricité, de survie en pleine nature, de pêche et de randonnées dans les régions sauvages. Il chipait des cigarettes et se montrait grossier. À dix ans, il adopta le nom de Bubba et devint la terreur de tous.

Bubba rentrait chez lui en ce lundi matin, après son travail de nuit chez Philip Morris ; sa CB et son émetteur-récepteur étaient allumés, son téléphone portable était branché sur l'allume-cigares, et Eric Clapton tournait dans le lecteur de

1. Une succession de jeux de mots tournant autour des mots *fuck* (enculé) et *butt* (cul).

CD. Son Colt Anaconda .44, avec son canon de 8 pouces et son viseur Bushnell Holo, était glissé sous son siège, à portée de main.

Plusieurs antennes se balançaient sur sa Jeep Cherokee rouge de 1990, qui figurait, sans qu'il le sache, dans la liste des « voitures à éviter » dressée par le *Guide d'achat de la voiture d'occasion* ; tout comme il ignorait qu'elle avait été accidentée et possédait en vérité cent mille kilomètres de plus que ne l'indiquait le compteur. Bubba n'avait aucune raison de se méfier de son bon copain Joe « Smudge » Bruffy, qui lui avait vendu cette Jeep l'année dernière, pour seulement trois mille dollars de plus que la cote de l'Argus.

C'était ce même Smudge avec qui Bubba parlait au téléphone quelques minutes plus tôt, quand deux autres voix s'étaient immiscées dans la conversation. Bubba n'avait pas réussi à comprendre ce que disaient les deux femmes, mais il avait clairement entendu les mots « Chef Hammer ». Et il savait que cela signifiait quelque chose.

Bubba avait été élevé dans une atmosphère presbytérienne de prédestination, de volonté divine, de message caché, d'exégèse et d'étoles colorées. Il s'était révolté. À l'université, il avait étudié les religions d'Extrême-Orient pour contrarier son père, mais aucun des actes de rébellion de Bubba n'avait réussi à effacer le poids de l'endoctrinement de son enfance. Bubba était convaincu que chaque chose avait un sens. En dépit de toutes ses déconvenues et de ses tares personnelles, il était persuadé que s'il accumulait suffisamment de bon karma, ou si, par hasard, le yin et le yang finissaient par s'accorder, il découvrirait la raison d'être de son existence.

Aussi, quand il entendit prononcer le nom du chef Hammer dans son téléphone portable, il fut envahi soudain par un flot de mélancolie et de paranoïa, accompagné d'un sentiment d'allégresse et de puissance. Il endossa l'habit de ce guerrier qu'il était destiné à devenir depuis toujours, chargé d'une mission, tandis qu'il roulait sur le Midlothian Turnpike, l'autoroute à péage, pour se rendre chez Muskrat Auto-Secours, à cause d'une fuite dans le pare-brise, cette fois. D'un geste brusque, Bubba décrocha le micro de son émetteur-récepteur Kenwood et se brancha sur la fréquence de sûreté.

— Unité 1 à unité 2.

Il tenta d'arracher du lit son épouse, Honey, alors qu'il suivait l'avenue à quatre voies du Southside pour quitter le comté de Chesterfield et franchir les limites de la ville.

Pas de réponse. Bubba jeta un coup d'œil dans ses rétroviseurs. Une voiture de patrouille de la police de Richmond vint se placer derrière lui. Il ralentit.

— Unité 1 à unité 2...

Toujours pas de réponse. Un petit connard en Ford Explorer blanche essayait de se faufiler dans la voie de Bubba. Il accéléra.

— Unité 1 à unité 2 !

Bubba ne supportait pas que sa femme ne réponde pas immédiatement à ses appels.

Le flic restait dans son sillage ; les lunettes noires regardaient fixement le rétroviseur de Bubba. Ce dernier ralentit de nouveau. Le crétin au volant de son Explorer essaya encore une fois de déboîter derrière Bubba ; il avait mis son clignotant. Bubba accéléra. Se demandant quel moyen de communication utiliser ensuite, il prit son téléphone portable. Mais il se ravisa. Il envisagea d'essayer de joindre son épouse encore une fois avec l'émetteur-récepteur, et décida finalement de laisser tomber. Elle aurait dû répondre au premier ou deuxième appel. Qu'elle aille au diable. Il décrocha le micro de son poste de CB tout en observant le flic dans le rétroviseur, sans oublier de surveiller l'Explorer.

— Yo, Smudge ! lança Bubba dans le micro pour appeler son pote. Reste branché qu'on puisse tchatcher.

— Unité 2 !

La voix essoufflée de sa femme lui parvint par le biais de l'émetteur-récepteur.

Au même moment, son portable sonna.

— Désolée... je... oh la la..., disait Honey, le souffle coupé. J'étais... Oh, attends... Laisse-moi reprendre mon souffle... Ah, dis donc... Je courais après Half Shell... Il voulait pas venir... Ah, ce chien !...

Bubba l'ignora. Il répondit au téléphone.

— Bubba ?

C'était Gig Dan, le supérieur de Bubba chez Philip Morris.

— J'te copie, l'ami !

Smudge s'était branché sur la CB.

— Unité 2 à unité 1… ?

La voix inquiète de Honey continuait de résonner.

— Salut, Gig, répondit Bubba dans son portable. Qu'est-ce qui se passe ?

— Faut que tu viennes bosser en deuxième partie de deuxième équipe, dit Gig. Tiller s'est fait porter pâle.

Merde, se dit Bubba. Il fallait justement que ça tombe aujourd'hui, alors qu'il avait un tas de trucs à faire et que le temps lui manquait déjà. L'idée de retourner là-bas à 20 heures pour bosser douze heures d'affilée le déprimait à mort.

— OK. Noté, répondit-il à Gig.

— Alors, quand est-ce que tu veux chasser les yeux jaunes ?

Smudge était toujours là.

En vérité, Bubba n'aimait pas beaucoup la chasse aux ratons laveurs. Son chien, Half Shell, avait ses petits défauts, et Bubba avait peur des serpents. De plus, Smudge faisait toujours un meilleur score que lui. Bubba avait uniquement l'impression de lui filer du fric, à chaque fois.

— Avant que les salopards rampants se réveillent, dit Bubba en essayant de paraître sûr de lui. T'as qu'à nous pondre un plan.

— Message reçu, mon pote, répondit Smudge. Ça va cartonner.

2

Smoke était un enfant à problèmes. Cela était devenu évident à la fin de l'école primaire quand il avait volé le portefeuille de son professeur, frappé à coups de poing une camarade de classe, apporté un revolver à l'école, fait brûler vifs plusieurs chats et réduit en pièces le break du proviseur avec une barre de fer.

Depuis ces débuts précoces et fâcheux dans sa ville natale de Durham, en Caroline du Nord, Smoke avait été verbalisé cinquante-deux fois, pour agression, tricherie, plagiat, extorsion, harcèlement, jeu, absentéisme, vol, tenue provocatrice, détention de littérature obscène et mauvais comportement dans le bus.

Il avait été arrêté à six reprises pour des crimes allant de l'agression sexuelle au meurtre ; il avait connu la liberté sur parole, avec et sans contrôle, assortie de conditions particulières, dans le cadre d'un « programme d'alternative à la détention », avant de se retrouver en détention pour de bon, puis dans un camp de nature à visées thérapeutiques, puis dans un centre médico-social, où l'on dressa son profil psychologique, et enfin dans un groupe de maîtrise de l'agressivité. Contrairement à la plupart des jeunes délinquants, Smoke avait des parents qui assistaient à toutes ses comparutions devant le tribunal. Ils lui rendaient visite en détention. Ils engageaient des avocats, qu'ils renvoyaient les uns après les autres dès que Smoke se plaignait et les critiquait. Ils inscrivirent leur fils dans quatre écoles privées différentes, sur lesquelles ils rejetèrent la faute en voyant que ça ne marchait pas.

Pour le père de Smoke, un banquier surmené, il ne faisait aucun doute que son fils était un enfant d'une intelligence hors du commun, mais incompris. Sa mère, prête à tout pour

Smoke, lui donnait toujours raison. Elle ne pouvait croire à sa culpabilité. Les deux parents étaient au contraire convaincus que leur fils était victime d'une machination de la police corrompue ; les flics n'aimaient pas Smoke et ils avaient besoin de trouver des coupables. Le père et la mère écrivirent des lettres cinglantes au procureur, au maire, au ministre de la Justice, au gouverneur, et même à un sénateur, lorsque Smoke se retrouva finalement enfermé au centre spécialisé C.A. Dillon, à Butner.

Évidemment, Smoke n'y resta pas longtemps, car dès qu'il eut seize ans, il cessa d'être mineur, d'après la loi en vigueur en Caroline du Nord, et on le relâcha. Son casier judiciaire fut effacé. Ses empreintes digitales et ses photos d'identité judiciaire furent détruites. Il n'avait plus de passé. Toutefois, ses parents jugèrent préférable d'aller s'installer dans une ville où les policiers, dont la mémoire, elle, n'avait pas été effacée, ne connaîtraient pas Smoke et ne prendraient pas plaisir à le harceler. C'est ainsi que Smoke se retrouva à Richmond, en Virginie, où, ce matin, il se sentait d'humeur particulièrement malveillante, bien décidé à semer la pagaille.

— On a vingt minutes, dit-il à Divinity.

Celle-ci était appuyée contre son épaule, pendant qu'il conduisait la Ford Escort que son père lui avait achetée le jour où il avait obtenu son permis de conduire. Divinity couvrit de petits baisers la mâchoire de Smoke et frotta sa main entre ses cuisses pour voir s'il y avait quelqu'un.

— On a tout le temps que tu veux, trésor, susurra-t-elle dans son oreille. Merde au bahut. Et merde à ce morveux que tu vas chercher.

— On a un plan, n'oublie pas.

Smoke portait une paire de baskets, un survêtement ample, un bandana noué sur la tête et des lunettes noires. Il sillonnait les rues tout autour de la Crestar Bank de Patterson Avenue, dans le quartier du West End, lorsqu'il repéra une petite maison de brique dans Kensington, devant laquelle il n'y avait ni voiture ni journal : la maison était vide, apparemment. Il pénétra dans l'allée.

— Si quelqu'un répond, on dit qu'on cherche le lycée, lui rappela Smoke.

— T'en fais pas, trésor, dit Divinity en descendant de voiture.

Elle sonna à la porte, deux fois : seul le silence lui répondit. Smoke se glissa sur le siège du passager et Divinity prit sa place au volant pour le ramener à la Crestar Bank. Le ciel était pâle et dégagé ; dans les rues, la circulation devenait plus dense, car les gens débutaient une nouvelle semaine de travail et s'apercevaient qu'ils avaient besoin d'argent liquide pour payer leur parking et leur déjeuner. Toutefois, personne n'utilisait le distributeur automatique de billets à cet instant, et tant mieux. Smoke descendit de voiture.

— Tu sais ce que tu dois faire, dit-il à Divinity.

Il se dirigea vers la banque, tandis que la fille redémarrait. Il fit le tour du bâtiment, vers le guichet extérieur où personne ne pouvait le voir. Bientôt, un jeune type conduisant une Honda Civic cinq portes s'arrêta devant le distributeur. Smoke sortit de derrière la banque, sans se presser. Occupé à effectuer sa transaction, le jeune gars ne vit pas approcher Smoke, sur le côté, hors du champ de la caméra de surveillance.

Smoke était si rapide que ses victimes demeuraient généralement hébétées, incapables de réagir. Il colla un morceau d'épais ruban adhésif sur la caméra, et un autre sur les yeux du jeune homme. Après quoi, il lui enfonça le canon de son Glock dans les reins.

— Bouge pas, ordonna-t-il d'une voix calme.

Le jeune homme ne bougea pas.

— File-moi le fric, par-derrière. Lentement.

La victime s'exécuta. Smoke jeta des regards autour de lui. Une autre voiture quittait Patterson Avenue pour se diriger vers le guichet automatique. Smoke arracha le ruban adhésif qui masquait la caméra et courut derrière la banque. Ralentissant le pas, il tourna dans Libbie Avenue, puis dans Kensington. Finalement, il se remit à marcher normalement dans l'allée de la petite maison de brique, où Divinity l'attendait, au volant de l'Escort.

— Alors, y a combien, baby ? demanda-t-elle, tandis que Smoke s'installait tranquillement.

— Vingt, quarante, soixante, quatre-vingts... cent ! compta-t-il. Barrons-nous d'ici.

Judy Hammer n'arrivait pas à y croire. C'était sans doute une des choses les plus bizarres qui lui soient jamais arrivées. Deux Blancs racistes nommés Bubba et Smudge projetaient d'assassiner une Noire nommée Loraine. Celle-ci habitait près des sortes de vieilles pompes, où les meurtriers projetaient de se garer pour l'attendre, moteur et phares éteints. Il y avait une histoire d'argent, plusieurs centaines de dollars peut-être. Judy faisait les cent pas dans son living-room ; Popeye marchait sur ses talons, inquiet. Le téléphone sonna.

— Chef Hammer ?

C'était Virginia.

— Ah, Virginia. C'était quoi, ce truc ? demanda Judy. On a un moyen de localiser l'appel ?

— Non. Je ne vois pas comment.

— Nous avons entendu la même chose toutes les deux, je suppose ?

— Je suis encore sur le portable, dit Virginia. Je préfère ne pas parler de ça pour l'instant. Mais apparemment, on ferait bien de prendre cette affaire au sérieux.

— Tout à fait d'accord. On en parlera après la réunion. Merci, Virginia.

Judy s'apprêtait à raccrocher.

— Hé, au fait, pourquoi tu m'appelais tout à l'heure, pendant que j'étais en train de courir ? demanda Virginia.

— Ah oui, c'est vrai...

Judy fouilla dans sa mémoire, essayant de se souvenir pour quelle raison elle avait appelé Virginia, quand la conversation entre les deux bouseux les avait interrompues. Elle se remit à arpenter la pièce, suivie par Popeye.

— Oh, ça y est, je me souviens. On commence déjà à recevoir des réponses sur notre nouveau site Internet ! déclara Judy, enchantée. Depuis l'éditorial d'Andy.

— Oui, et ça m'inquiète, répondit Virginia.

— Ça va bien se passer.

— Que disent-ils ?

— Ils protestent, dit Judy.

— Oh, je suis choquée !

— Allons, ne sois pas cynique, Virginia.

— Les gens ont réagi au sujet de l'augmentation de la délinquance juvénile ? Et au sujet de « La mentalité de gang qui règne à Richmond », ou je ne sais plus comment il a formulé ça ? Et sur le « besoin urgent d'une réforme radicale de la justice concernant les mineurs dans ce pays » ?

Judy n'avait pas manqué de remarquer que chaque fois que Virginia parlait d'Andy, elle adoptait une attitude foncièrement hostile. Judy sentait quand Virginia était blessée. Et elle avait remarqué, également, une certaine tristesse chez Andy ; l'éclat de son regard était un peu plus terne, une sorte de torpeur avait envahi l'énergie créatrice qui en faisait un être si radicalement différent. Judy priait pour que l'un et l'autre retrouvent leur connivence d'autrefois.

— Tous les téléphones se sont mis à sonner une minute après que les journaux ont atterri devant les portes, répondit-elle. On a secoué les gens, j'ai l'impression. Et nous sommes ici pour ça.

Après avoir raccroché, Judy récupéra l'éditorial d'Andy sur la table basse pour le parcourir à nouveau.

> *[...] La semaine dernière, les* enfants *de notre ville ont commis au moins dix-sept délits de sang-froid, dont un viol, une attaque à main armée et des sévices corporels. Onze de ces actes violents, et apparemment aveugles, ont été commis par des* enfants *qui n'avaient pas encore quinze ans. Où apprennent-ils à haïr et à faire du mal ? Pas uniquement dans les films et les jeux vidéo, mais entre eux. Nous sommes confrontés à un problème de gangs et, osons l'avouer, des enfants qui commettent des crimes d'adulte ne sont plus des enfants...*

— Je parie que ma popularité vient encore d'en prendre un coup, dit Judy en s'adressant à Popeye. Tu as besoin d'un bain, toi. Avec un peu de cette bonne crème ?

Le pelage blanc et noir de Popeye évoquait joliment un smoking, mais il avait le poil très court, une peau rose très sensible, qui avait tendance à devenir sèche et irritée.

Popeye était aux anges quand, chaque semaine, sa maîtresse le plongeait dans une bassine d'eau tiède et le frictionnait avec un shampooing antiséborrhéique, suivi d'une application de la crème antiprurigineux à l'avoine et à la pramoxine, avec laquelle elle massait le poil de Popeye pendant exactement sept minutes, conformément à la notice.

Popeye adorait sa maîtresse. Dressé sur ses pattes arrière, il frottait sa truffe contre ses genoux.

— Hélas, le bain devra attendre, si je ne veux pas être en retard.

Judy poussa un soupir et s'agenouilla près de Popeye.

— J'ai eu tort d'en parler, hein ?

Popeye lui lécha le visage avec compassion. Il savait que sa maîtresse luttait contre le chagrin et le sentiment de culpabilité causés par la mort subite de son mari. Certes, Popeye n'avait pas connu Seth, mais il avait entendu des conversations où il était question de lui, et il avait vu des photos. Popeye avait du mal à imaginer sa maîtresse mariée à un gros type paresseux qui vivait de ses rentes, un pauvre pleurnichard qui passait son temps à manger, à jardiner et à regarder la télé.

Popeye était ravi que Seth ne soit plus là. Popeye idolâtrait sa maîtresse. Il aurait voulu faire plus pour réconforter cette femme héroïque et si gentille, qui l'avait sauvé du refuge et lui avait évité d'être adopté par une famille malheureuse, avec des enfants cruels.

— Bon, fit sa maîtresse en se redressant. Il faut que je me prépare.

Elle prit rapidement sa douche. Enveloppée dans un peignoir, elle resta plantée au milieu de son dressing-room aux murs lambrissés de cèdre, en se demandant ce qu'elle allait mettre. Judy n'ignorait pas le pouvoir subliminal des vêtements, des voitures, de la décoration d'un bureau, des bijoux, de ce qu'elle mangeait durant les déjeuners ou les dîners professionnels. Certains jours exigeaient un collier de perles et une jupe ; à d'autres moments, un tailleur strict, voire sévère, s'imposait. Couleurs, style, matière, collier ou pas collier, tissu imprimé ou uni, poches ou pinces, montres, boucles d'oreilles, parfum, poisson ou viande... Tout cela avait de l'importance.

Judy faisait glisser les cintres sur les tringles ; elle réfléchissait, elle imaginait, elle faisait appel à son instinct, et finalement, elle opta pour un tailleur-pantalon bleu marine, avec des poches et des revers. Elle choisit une paire de chaussures en cuir noir, à lacets et talons plats, avec une ceinture assortie, et une chemise bleue et blanche à rayures, en coton, avec des poignets à boutons de manchette. Elle fouilla dans sa boîte à bijoux, à la recherche d'une paire de boucles d'oreilles en or, toutes simples, et de sa montre Breitling en acier.

Elle prit également une paire de boutons de manchette en or et lapis-lazuli qui avait appartenu à Seth. Elle dut s'y reprendre à plusieurs fois pour réussir à les attacher, et elle revit Seth lui courant après dans la maison, comme Popeye, incapable de fermer seul ses poignets de chemise, ses cols, de trouver deux chaussettes identiques ou d'assortir les couleurs, les rares fois où il daignait s'habiller.

Sans doute aurait-elle mieux fait de partager entre ses fils les bijoux de son mari, ses attachés-cases et ses portefeuilles en cuir, et tous ses autres accessoires masculins, mais elle avait tenu à les garder. Quand elle portait un objet ayant appartenu à Seth, elle avait le sentiment, étrange, qu'il lui demandait d'être l'homme qu'il n'avait jamais été. Il voulait qu'elle soit forte. Peut-être voulait-il l'aider, car maintenant il le pouvait. Seth avait toujours eu énormément de cœur. Mais toute sa vie il avait lutté contre ses compulsions et son passé privilégié, répandant autour de lui le malheur, comme une épidémie. À sa mort, Judy s'était retrouvée riche, soulagée, affligée, furieuse et rongée par les angoisses, comme Seth l'avait été par son poids.

— Viens ici, Popeye !

Le chien se prélassait sur le sol de la cuisine, dans une flaque de soleil. Il n'avait aucune envie de changer de place.

— Allez, on va dans sa caisse.

Popeye observa sa maîtresse à travers ses yeux plissés. Il bâilla, en songeant combien c'était idiot de dire *on*, comme si Popeye était trop bête pour comprendre ce que ça signifiait. Popeye savait bien que sa maîtresse n'avait nullement l'intention de grimper dans cette petite caisse en plastique avec lui, pas plus qu'elle n'était disposée à avaler un cachet vermifuge ou à se faire faire une piqûre par le vétérinaire, ce qui ne l'empêchait pas de dire *on* à chaque fois.

— Popeye ! (Sa maîtresse avait haussé le ton.) Je suis pressée. Dépêche-toi. Allez, hop, dans la caisse. Tiens, voilà ton écureuil.

Elle lança le jouet préféré de Popeye dans la caisse. Il s'en moquait complètement.

— Bon. Tu veux ta peluche ?

Elle lui lança le poussin en laine, crasseux, à qui Popeye avait déjà arraché les yeux et qu'il jetait régulièrement dans les toilettes. Le chien demeura indifférent. Judy traversa alors la cuisine, d'un pas décidé, pour soulever Popeye. Celui-ci adopta sa posture à la Salvador Dali, dans le genre objet ramolli qui pend de partout, en prenant des poses d'opossum. Ce qui n'empêcha pas sa maîtresse de le fourrer dans sa caisse et de se dépêcher de refermer la porte grillagée.

— Il faut qu'on soit plus obéissant que ça, déclara-t-elle en lui donnant une petite gâterie. Je reviens vite, c'est promis.

Après avoir branché l'alarme et fermé la porte, Judy monta à bord de sa Crown Victoria bleu nuit banalisée. Elle descendit East Grace, en passant devant l'arrière de St. John's Church, et tourna dans la 25e Rue où Tobacco Row avait été transformé en appartements de standing et où Pohlig Bros continuait de fabriquer des « boîtes en papier en tout genre ». Un tagueur avait peint à la bombe : « Manger de la viande, c'est un meurtre » et « Mangez du maïs » sur un entrepôt de tabac désaffecté ; des escaliers de secours et du lierre mort s'accrochaient encore à de vieilles carcasses de brique. On pouvait acheter des pneus d'occasion au rabais chez Cowboy Pneu ; la fonderie Strickland et Machine Company avaient refusé de mettre la clé sous la porte.

De l'autre côté de Broad Street, après le Colisée, se trouvait le siège de la police où Judy passait maintenant ses journées, dans un horrible bâtiment en préfabriqué, orné d'une frise en mosaïque bleue, dont il manquait un grand nombre de carreaux. L'immeuble de la police de Richmond était trop sombre, trop petit, traversé par des couloirs sans fenêtres, isolé avec de l'amiante et imprégné de l'odeur rance des gens sales et des sales affaires.

Elle adressa un bonjour aux policiers qu'elle croisa, et ceux-ci le lui rendirent, motivés par la crainte. Judy comprenait le traumatisme provoqué par le changement. Elle comprenait cette méfiance vis-à-vis de toute influence venue de l'extérieur, surtout si la pression était d'origine fédérale. Le ressentiment et l'hostilité n'étaient pas pour elle des découvertes, mais jamais elle n'avait eu à les subir avec une telle intensité.

À 7 heures précises, elle pénétra dans la salle de réunion. Il y avait déjà là une trentaine de personnes à l'air renfrogné, des capitaines, des chefs de brigade, des inspecteurs et des agents de police, qui tous la suivirent du regard. Le plan informatisé de la ville, projeté sur un grand écran, indiquait les statistiques en matière de meurtres, de viols, d'agressions à main armée, de cambriolages, de vols de voiture... bref, tous les classiques au cours des vingt-huit derniers jours, ainsi que le nombre total depuis le début de l'année. Des graphiques symbolisaient les tranches horaires et les jours de la semaine où les crimes étaient le plus nombreux, dans quels secteurs, pendant quels services.

Judy prit place dans son fauteuil en bout de table, entre Virginia et Andy.

— Encore un distributeur automatique de billets, glissa Virginia à l'oreille de Judy.

Cette dernière la foudroya du regard.

— On vient juste d'être prévenus ; ils sont encore sur place.

— Et merde, fit Judy, en sentant enfler sa colère. Je veux tous les détails, très vite.

Virginia se leva et quitta la pièce. Judy jeta un coup d'œil circulaire aux personnes assises autour de la grande table.

— Je suis contente de vous voir tous réunis ici, dit-elle. Nous avons un tas de questions à aborder ce matin.

Elle ne perdait pas de temps en préambules, tout en continuant à regarder autour d'elle, avec un grand sourire.

— Nous allons commencer par le premier *precinct*[1]. Lieutenant Hanger ? Je sais qu'il est tôt.

— Comme d'habitude, grommela-t-il. Mais je sais bien que c'est leur façon de faire, là-bas à New York.

Il adressa un signe de tête à l'agent Wally Fling, l'assistant administratif de Hammer, qui s'occupait depuis peu du logiciel de cartographie assistée par ordinateur, que tout le monde détestait. Fling pianota sur le clavier et un diagramme en forme de camembert apparut sur l'écran.

— Non, plus tard le camembert, Fling, dit Hanger.

Fling se remit à pianoter, et un autre camembert remplaça

1. Équivalent du commissariat. *(N.d.T.)*

le premier sur l'écran, concernant le quatrième precinct, celui-ci.

— Euh, désolé, bredouilla Fling en essayant de nouveau. Je suppose que vous voulez le premier precinct.

— Oui, ce serait bien. Et je ne veux pas de camembert.

Hanger fut resservi malgré tout ; le camembert concernait le deuxième precinct, cette fois. Nerveux, Fling enfonça d'autres touches sur son clavier... et l'insigne de la police de Richmond apparut sur l'écran, accompagné de son slogan : *Courtoisie, Professionnalisme et Respect,* CPR, que Judy avait également emprunté à la police de New York.

Plusieurs personnes émirent des grognements ; il y eut même quelques sifflets. Andy adressa à Judy un regard du style : *Je vous avais prévenue.*

— Pourquoi n'avons-nous pas notre propre logo ? demanda le capitaine Cloud, qui occupait un poste important et estimait avoir droit à la parole.

— Oui, c'est vrai... Il a raison..., renchérirent d'autres voix, chargées de mécontentement.

— On a l'air de copieurs.

— Pourquoi on ne récupère pas leurs uniformes usagés, pendant qu'on y est ?

— Ça fait partie des trucs qui nous énervent, chef.

Deux autres camemberts apparurent brièvement sur l'écran.

— Agent Fling, dit Judy. Revenez sur le logo, je vous prie. Et parlons-en.

Sur l'écran apparut alors un plan de la ville indiquant les saisies d'armes à feu ; des petits revolvers jaunes signalaient les zones à problèmes.

— Bon sang, Fling !

— Faudrait potasser le manuel !

— Ah, merde ! s'exclama l'agent Fling.

Sans savoir comment, voilà qu'il était revenu au menu principal.

Il enfonça la touche « Enter », quatre fois de suite, et un message d'erreur lui demanda d'arrêter.

— Bon, bon, fit Judy pour ramener le silence dans la pièce. Capitaine Cloud ? J'aimerais entendre ce que vous avez à dire.

— Eh bien, voilà, dit Cloud, en reprenant là où il s'était arrêté. C'est un peu comme les armoiries de la ville : George Washington sur son cheval. Franchement, quel rapport entre George Washington et Richmond ? On a piqué ce truc dans la capitale, ou quoi ? Comme le reste ?

— Bien parlé.

— Je suis totalement de cet avis.

— Je parie qu'il n'a même jamais passé une nuit ici.

— C'est gênant.

— Après Washington, voilà qu'on pique des idées à New York. De quoi on a l'air à force, hein ? demanda Cloud.

— Très bien, dit Judy en haussant la voix pour se faire entendre. Je crains qu'on ne puisse pas faire grand-chose au sujet des armoiries de la ville pour le moment. Revenons-en à notre slogan. Capitaine Cloud, n'oubliez pas qu'une partie de vos responsabilités de policier vous oblige à suggérer une solution quand vous soulignez un problème. Auriez-vous un nouveau slogan à nous proposer ?

— Eh bien, disons que j'ai eu une petite idée hier soir.

Cloud souffrait d'un problème d'hypertension. Sa chemise blanche d'uniforme lui serrait le cou, et son visage était cramoisi. Il était sous le feu des projecteurs et il transpirait.

— Je cherchais un truc à la fois simple et direct, mais je vous préviens tout de suite, ne vous attendez pas à quelque chose de très original ou de poétique ni rien, mais si vous posez la question : quel est notre rôle ? Je crois que la réponse peut se résumer en trois mots : *Tough On Crime*[1]. (Cloud balaya l'assemblée du regard.) TOC, autrement dit. C'est très facile à retenir, et ça ne prend pas plus de place que CPR si on doit le peindre quelque part, ou l'ajouter sur nos écussons.

— Ça ne m'emballe pas.

— Moi non plus.

— Non.

— D'accord, d'accord, s'empressa d'ajouter Cloud. J'avais pensé à une solution de rechange, au cas où. Que dites-vous de *Tough In Court*[2] *and Tough On Crime* ? TIC TOC ?

— J'aime pas.

1. Sans pitié pour le crime. *(N.d.T.)*
2. Sans pitié devant le tribunal. *(N.d.T.)*

— Pareil.

— Attendez ! s'exclama Cloud avec fougue. Tout le monde se plaint qu'on met trop de temps à intervenir, et à arriver chez les gens quand l'alarme se déclenche. Pas vrai ? Et combien de fois on a entendu le public ironiser sur les enquêtes qui traînaient en longueur ? Je trouve que TIC TOC renvoie un message positif ; ça évoque une nouvelle attitude, un désir de mettre les bouchées doubles.

— Ça donne surtout l'impression qu'on a les yeux fixés sur la pendule. En attendant l'heure du changement de service.

— Ou alors qu'il va se passer un drame.

— De plus, ça devrait être TOC TIC plutôt, vu que l'arrestation du criminel, ça vient avant le jugement...

— Désolé, Cloud, ça ne va pas.

— Trouvez autre chose.

Cloud était effondré.

— Bon, tant pis, soupira-t-il.

Judy était restée muette durant tout cet échange, car elle voulait donner à ses troupes l'occasion de se faire entendre. Mais elle n'en pouvait plus.

— Voilà un bon sujet de réflexion pour nous tous, déclara-t-elle sèchement. Je suis toujours ouverte aux nouvelles idées. Merci, capitaine Cloud.

— En fait, j'ai réfléchi à la question, moi aussi, déclara Andy Brazil.

Cette remarque fut accueillie par un silence général. Quelques-uns des policiers présents firent mine de feuilleter leurs notes, en s'agitant sur leur siège. D'autres se levèrent pour aller chercher du café. Cloud ouvrit un sachet de pastilles « Fisherman's Friend », en déchirant bruyamment l'emballage. Fling fit redémarrer l'ordinateur, qui émit un petit bip et ressuscita dans un ronronnement.

Judy avait de la peine pour Andy. Elle était indignée de voir qu'on le rejetait ainsi, pour des raisons indépendantes de sa volonté. Ce n'était quand même pas sa faute si les femmes et les homosexuels de tous âges le dévoraient des yeux. Et il n'y pouvait rien s'il avait vingt-cinq ans, du talent et une grande sensibilité. En outre, rien dans son comportement ni dans ses propos ne pouvait ajouter foi à cette rumeur ignoble selon laquelle Judy l'avait amené à Richmond dans ses bagages pour satisfaire ses désirs sexuels et qu'elle avait été finalement abandonnée par Andy qui couchait avec sa propriétaire.

— Allez-y, agent Brazil, on vous écoute. (Judy avait tendance à se montrer brutale avec lui.) Mais faites vite, il faut passer à la suite.

— En fait, dit Andy, je pense qu'il vaudrait mieux se passer de slogan.

Nouveau silence.

— CPR[1], ça donne l'impression qu'on a besoin d'être ranimés, expliqua-t-il.

Personne n'osait le regarder. On remuait des papiers. On faisait grincer des sièges.

— Comme si on était à l'article de la mort, ajouta Andy.

Nouveau silence.

Finalement, Cloud prit la parole.

— C'est ce que j'ai toujours pensé. Il était temps que quelqu'un le dise, avant qu'on le peigne sur toutes les voitures.

— Ça ne servirait qu'à offrir aux gens une occasion de plus de se moquer de nous, renchérit Andy. D'autant que la notion de responsabilité assumée est au cœur du système Comstat. Imaginez un peu que quelqu'un décide d'ajouter le mot « assumez » à notre slogan ?

Nouveau silence général ; tout le monde s'interrogeait. Certains jetèrent des lettres et des mots sur une feuille, pour jouer avec les acronymes, comme dans une partie de Scrabble. Judy comprit immédiatement où voulait en venir Andy.

— CARP ! s'exclama Fling en lisant ce qu'il avait écrit sur son bloc.

— PARC ? proposa le capitaine Cloud.

— Et surtout, CRAP[2], dit Andy.

— Intéressant, dit Judy d'une voix forte pour restaurer le calme. Grâce à vous tous, je vois les choses sous un jour différent. Peut-être est-il préférable de laisser tomber le

1. Allusion à *cardiopulmonary resuscitation*, réanimation cardio-respiratoire. *(N.d.T.)*
2. *A crap* : De la merde, une connerie. *(N.d.T.)*

slogan, finalement. Que ceux qui sont de cet avis lèvent la main.

Tout le monde s'exécuta, à l'exception de Cloud. Celui-ci sirotait son café, les yeux baissés sur son *doughnut* entamé, avec sur le visage une expression amère.

— J'en conclus que je peux effacer le slogan de l'ordinateur, dit Fling, en recommençant à pianoter sur son clavier.

— Non, n'effacez rien du tout, déclara Judy.

3

Puff Daddy & the Family rappaient dans le lecteur de CD, et l'air s'engouffrait par la vitre arrière coincée de la Ford Escort de Smoke. Il s'était changé dans la voiture, et Divinity était partie, mais l'odeur de son parfum écœurant flottait encore à l'intérieur de la voiture, alors que Smoke et Weed Gardener, quatorze ans, roulaient vers le lycée E. Godwin.

Smoke avait fourré l'argent dans sa poche. Sous le siège se trouvait le Glock .9 qu'il avait échangé contre vingt doses de crack dans la rue. Il prenait son pied en se repassant en boucle l'épisode du braquage, une de ses scènes préférées dans ce film qu'était sa vie. Décidément, il s'améliorait. Il s'enhardissait.

Ce serait génial, se disait-il, de faire irruption dans la salle de répétition de la fanfare et de liquider douze, treize, même quinze élèves et leur putain de chef d'orchestre, M. Curry, cet enfoiré qui croyait tout savoir et interdisait à Smoke de jouer dans la fanfare, sous prétexte qu'il n'avait aucune oreille et était incapable de suivre le rythme sur la caisse claire. Mais Weed, lui, jouait des cymbales, alors qu'il ne pouvait même pas faire la différence avec des couvercles de poubelles, et pourquoi ? Parce que Weed était bon en dessin, et qu'il ne faisait jamais d'histoires. Eh bien, tout ça allait bientôt changer.

— *« ... Who you know do it better... »* Smoke scandait les paroles de la chanson, à contretemps et en chantant faux ; il sentait monter la tension. *« Don't make an ass out of yourself... I'm gonna make you love me baby... »*

Weed l'accompagna aux percussions, en tapant sur ses cuisses et sur le tableau de bord, sautillant sur son siège, comme s'il avait un synthétiseur en guise de système nerveux, et un rythme de batterie à la place du cœur. Smoke ne supportait pas ça. Il ne supportait pas que Weed voie des jolies couleurs et des choses à dessiner partout où il allait. Il en avait marre de voir les œuvres de Weed accrochées à la bibliothèque. Seule consolation : Weed était un triple crétin. À tel point qu'il ne se doutait même pas que si Smoke avait sympathisé avec lui, et s'il l'emmenait au lycée en voiture, c'était parce qu'il avait l'intention de se servir de lui.

— *« Ri-dicu-lous... you're in the danger zone you shouldn't be alone... »*

La voix monotone de Smoke monta d'un cran.

Il augmenta le son du lecteur de CD, et poussa les basses au maximum. Après quoi, il s'énerva sur le bouton qui commandait la vitre arrière gauche et lâcha un chapelet de jurons lorsqu'elle resta bloquée à mi-chemin. L'air claquait contre la vitre, la musique pulsait, et Weed continuait de battre le rythme.

— Hé, arrête ça, espèce de mongol !

Smoke saisit la main de Weed pour interrompre son solo.

Weed se pétrifia. Smoke avait l'impression de sentir sa peur.

— Écoute-moi bien, mongol, dit Smoke. Ça se pourrait que j'exauce ton rêve le plus dingue, mec. Le truc le plus génial qu'on t'a offert dans ta petite vie de merde.

— Ah ?

Weed redoutait d'entendre ce que Smoke allait dire.

— Tu veux la jouer cool, hein ? Tu voudrais être comme moi, pas vrai ?

— Oui... je crois.

— Tu *crois* ?

Smoke donna une chiquenaude dans le nez de Weed, si fort que le jeune garçon se mit à saigner. Les larmes lui vinrent aux yeux.

— Tu peux répéter ce que t'as dit, espèce de taré ?

La voix de Smoke débordait de haine.

Le sang coulait sur le visage de Weed et gouttait sur son jean délavé « Route 66 » extra-large.

— Si tu fous du sang dans ma bagnole, je t'éjecte. T'as envie de te retrouver transformé en trace de freinage sur le bitume ?

— Non, non.

— Je sais que t'as toujours rêvé de devenir un Piranha, et t'attends ma réponse, dit Smoke. Après avoir longuement réfléchi, j'ai décidé de te donner ta chance, même si t'es pas à la hauteur.

Weed n'avait aucune envie de devenir un Piranha. Il ne voulait pas faire partie du gang de Smoke. Ils tabassaient des gens, ils volaient, ils forçaient les voitures, ils creusaient des trous dans les plafonds des restaurants pour dérober des caisses de bouteilles d'alcool. Ils faisaient tout un tas de choses dont Weed ne voulait même pas entendre parler.

— Alors, qu'est-ce que t'en dis ?

Smoke avait levé la main, prêt à décocher une autre pichenette dans le nez de Weed.

— Ouais, d'accord.

— D'abord, tu dis *merci,* mongol. Tu dis *Je suis tellement honoré que je vais en chier dans mon froc, de joie.*

— Ça serait super-cool, mec. (Weed habillait sa peur de mots frimeurs qui sortaient de sa bouche en roulant des mécaniques.) Imagine un peu le bordel qu'on pourrait foutre. J'aurai le droit de porter les couleurs ?

— Chicago Bulls, mec, comme cet enfoiré de Jordan. Peut-être que t'auras l'air plus grand avec ça. Peut-être même que ça fera grossir ton petit bout de tuyau que t'as entre les cuisses, et tu pourras enfin t'enfiler des gonzesses.

— Qu'est-ce qui te dit que je m'en tape pas déjà, hein ? répliqua Weed, haut et fort.

— T'as jamais rien enfilé dans ta petite vie de branleur de merde.

— T'en sais rien.

Smoke éclata de rire ; un rire cruel et moqueur.

— Tu parles sans savoir, mec, reprit Weed en jouant les durs, car il savait ce qui arriverait sinon : toute faiblesse décuplait la méchanceté de Smoke.

— Tu parles ! Tu saurais pas quoi faire d'une chatte si elle venait se frotter contre ta jambe en ronronnant. (Smoke s'esclaffa.) J'ai vu ton engin. Je t'ai vu pisser.

— Pisser et baiser, c'est pas pareil ! répliqua Weed.

Smoke pénétra sur le parking du lycée Mills E. Godwin, du nom d'un ancien gouverneur de Virginie. Il arrêta la voiture et attendit que Weed descende.

— Tu viens pas ? demanda ce dernier.
— Non, j'ai un truc à faire.
— Tu vas arriver en retard en cours !
— Oh, zut, je tremble de peur ! ironisa Smoke en riant. Allez, barre-toi, sinon tu vas être... retardé. Ah ah !

Weed descendit. Il ouvrit la portière arrière pour récupérer son sac à dos qui contenait ses livres et le sandwich bolognaise-moutarde qu'il s'était préparé avant que Smoke passe le chercher.

— Après les cours, tu te pointes ici, dit Smoke. Exactement au même endroit. Je t'emmènerai au « clubhouse » pour qu'on t'initie et que tu puisses réaliser ton rêve.

Weed connaissait l'existence du clubhouse. Smoke lui en avait souvent parlé.

— J'ai répétition de fanfare, répondit Weed, en sentant son esprit trembler de peur.
— Non. Pas de répèt' aujourd'hui.
— Si, si, je t'assure, Smoke. Le lundi, le mercredi et le vendredi, on a répèt' avec la fanfare.

Le sang de Weed se glaça dans ses veines et son estomac se contracta.

— Aujourd'hui, t'as mieux à faire, retardé. T'as intérêt à être ici à 3 heures précises.

Weed sentit les larmes lui venir aux yeux de nouveau, tandis que Smoke repartait sur les chapeaux de roue. Il adorait jouer dans la fanfare. Il adorait aller sur le terrain d'entraînement de base-ball et défiler en frappant dans ses grandes cymbales Sabian en bronze, en rêvant à l'uniforme rouge et blanc de soldat de plomb et au chapeau noir à plumet qu'il porterait pour la parade des Azalées du samedi. M. Curry disait que les cymbales Sabian étaient les meilleures, et Weed était chargé de les faire briller, de veiller à ce que les courroies en cuir tressé soient bien attachées.

Des drapeaux flottaient au vent à l'entrée de l'école en brique blonde, où mille neuf cents élèves tapageurs, appartenant à des familles aisées, chahutaient et se rendaient en cours en traînant les pieds. Weed se sentit réconforté. Au moins, son père habitait dans la bonne circonscription scolaire. Weed laissait en permanence des habits et quelques affaires chez son père pour faire croire qu'il vivait là-bas, lui aussi. S'il ne pouvait pas aller au lycée Godwin, il n'y aurait ni dessin ni musique dans sa vie.

La cloche de 8 h 35, destinée aux retardataires, retentit au moment où Weed faisait claquer la porte de son casier orange vif, avant de s'élancer ventre à terre dans les couloirs déserts, peints de couleurs différentes. Des salles de cours devant lesquelles il passait s'échappaient des bavardages et des rires, le bruit sourd et le bruissement des livres qu'on pose et qu'on ouvre sur les tables. La phobie du retard dont souffrait Weed datait déjà de plusieurs années.

Sa mère passait son temps à travailler ; elle était rarement à la maison, ou bien réveillée, pour envoyer Weed à l'école. Parfois, il oubliait de se lever, et il était obligé de courir au coin de la rue pour sauter dans le car, en oubliant ses livres ou son déjeuner, habillé n'importe comment. Dans son esprit, *manquer le car* signifiait laisser passer la vie, et se retrouver seul dans une maison vide, où résonnaient les échos des disputes d'autrefois entre ses parents, maintenant séparés, et le fracas de son grand frère, Twister, aujourd'hui décédé.

Weed déboucha à toute allure au coin d'un couloir du département des sciences, juste au moment où M. Pretty s'installait à la table de surveillance, juste devant la salle de biologie de Mme Fan, où le cadet des Weed était censé se trouver pour une interrogation écrite.

— Hep ! lança M. Pretty, tandis que Weed passait en courant, au moment où la cloche s'arrêtait et où les portes se fermaient dans les couloirs.

— Je vais au cours de Mme Fan ! expliqua Weed, essoufflé.

— Tu sais où c'est ?

— Oui, monsieur Pretty. C'est juste là.

Weed montra la porte rouge, à moins de vingt pas de là, surpris par cette question idiote.

— Tu es en retard, dit M. Pretty.

— La cloche vient juste de s'arrêter. C'est comme si on l'entendait encore.

— Un retard, c'est un retard, Weed.

— Ce n'est pas volontaire.

— Je suppose que tu n'as pas de billet d'excuse, dit M. Pretty, qui enseignait l'histoire aux classes de quatrième.

— Non, j'ai pas de billet, répondit Weed qui sentait croître son indignation, car je pensais pas être en retard. Mais on vient juste de me déposer en voiture, et je n'y suis pour rien. J'ai couru pour pas être en retard. Et vous me retardez encore plus, monsieur Pretty.

M. Pretty avait la sale manie d'arrêter les élèves retardataires, mais pas pour les punir. Homme jeune et séduisant, il éprouvait le besoin irrésistible de capturer son auditoire. Il avait la triste réputation de retenir les élèves dans le couloir le plus longtemps possible, pendant que ceux-ci dansaient nerveusement d'un pied sur l'autre, en jetant des regards désespérés vers les salles de classe où ils auraient dû se trouver, tandis que les cours et les interrogations se déroulaient sans eux.

— Ne rejette pas la faute de ton retard sur moi, ni sur la personne qui t'a amené, déclara M. Pretty derrière sa petite table installée au croisement des couloirs cirés et déserts.

— Je n'accuse personne. Je dis simplement ce qui est.

— À ta place, je surveillerais mes paroles, Weed.

— Vous voulez que je me promène avec un rétroviseur ? lança Weed avec impertinence.

M. Pretty aurait pu laisser Weed aller en cours, mais M. Pretty était énervé, et il décida de faire traîner les choses.

— Je crois que tu es dans mon cours du vendredi après-midi, non ? dit-il. Te souviens-tu de quoi nous avons parlé au dernier cours ?

Weed n'avait qu'une seule pensée en tête vendredi : il n'avait aucune envie de passer le week-end avec son père.

— Peut-être puis-je te rafraîchir la mémoire, dit M. Pretty d'un ton sec. Que s'est-il passé en 1556 ?

Weed avait les nerfs en pelote et à fleur de peau. Il entendait la voix de Mme Fan à travers la porte de sa salle de classe. Elle distribuait les questions de l'interrogation et donnait les instructions.

— Allons, je sais que tu connais la réponse, insista M. Pretty. Que s'est-il passé à cette date ?

— Une guerre.

Weed donna la première réponse qui lui passait par la tête.

— C'était bien essayé, vu le nombre de guerres qu'il y avait en ce temps-là. Mais tu fais erreur. C'est en 1556 qu'Akbar est devenu empereur de l'Inde.

— Ça vous ennuie pas si je vais en cours, maintenant ?

— Et ensuite ? demanda M. Pretty. Que s'est-il passé ensuite ?

— Quoi ?

— J'ai posé la question en premier.

— À quel sujet ?

Weed commençait à s'énerver.

— Je te demande ce qui s'est passé ensuite.

— Ça dépend de ce que vous entendez par « ensuite », répliqua Weed.

— *Ensuite*, ça veut dire ce qui est arrivé *après*, dans le tableau chronologique que j'ai distribué à chaque élève de la classe, répondit M. Pretty d'un ton cinglant. Mais évidemment, je parie que tu n'y as même pas jeté un œil.

— Si, justement. C'est écrit qu'on n'est pas obligé d'apprendre par cœur tout ce qui n'est pas en caractères gras, et le truc sur l'Inde, et ce qui s'est passé après, c'est pas en gras.

— Vraiment ? fit M. Pretty d'un ton hautain. Comment peux-tu te souvenir si une chose était écrite en gras ou pas, si tu ne te souviens même pas de ce qui était écrit ?

— Je me souviens quand c'est écrit en gras !

Weed haussa le ton, comme s'il s'exprimait en caractères gras tout à coup.

— C'est faux !

— C'est vrai !

D'un geste rageur, M. Pretty sortit un stylo à bille de sa poche de chemise. Il griffonna quelques mots sur un formulaire destiné aux retardataires, pour les autoriser ou non à aller en cours.

— Très bien, petit malin, dit l'enseignant, qui avait de plus en plus de mal à conserver son self-control. J'ai écrit dix mots, certains en caractères gras, d'autres non. Je te laisse une minute pour les regarder.

Il tendit la liste à Weed : *parer*, ***effigie***, *pogrom*, *Versailles*, ***hyène***, *Fabergé*, *Fabien*, *Waterloo*, *décret*, **gnome**. Aucun de ces mots ne lui était familier. M. Pretty lui arracha la liste des mains.

— Alors, quels sont les mots en gras ? interrogea-t-il.

— Je ne sais pas les prononcer.

— Versailles ? demanda M. Pretty.

Weed consulta mentalement la liste et repéra le seul mot qui commençait pas un V.

— C'est le quatrième mot, pas en gras.

— Pogrom !

— Le troisième, pas en gras.

— Fabien ! répliqua M. Pretty du tac au tac.

— C'est le quatrième mot avant la fin... Pas en gras, lui non plus.

— Effigie ! éructa le professeur, dont la colère déformait le beau visage.

— Oui, en gras, répondit Weed. Comme le cinquième et le dixième mot.

— Ah bon ? (M. Pretty était hors de lui.) Et quels sont ces deux mots, puisque tu sembles savoir tant de choses ?

Weed vit les mots *hyène* et *gnome* dans sa tête, et il les prononça à sa manière :

— Haine et gomme.

— Et qu'est-ce qu'ils veulent dire ? !

M. Pretty parlait si fort que Mme Fan entrouvrit sa porte, inquiète, pour voir ce qui se passait dans le couloir.

— Chuuuut ! fit-elle.

— Que veulent dire ces mots, Weed ? demanda M. Pretty en baissant la voix, mais d'un ton méprisant.

Weed fit de son mieux.

— La haine, c'est quand quelqu'un se moque de vous. Et la gomme, on s'en sert en cours de dessin, répondit-il au hasard.

L'agent Fling s'en remettait au hasard, lui aussi. Après être passé en « mode plan », il avait appuyé sur la touche F3 pour obtenir l'« affichage thématique », et il avait sélectionné « supprimer » afin d'effacer le dernier camembert, et réussi à faire apparaître les « appels prioritaires de niveaux un, deux et trois » pour le quatrième precinct, ce qui, pour le moment, n'intéressait personne.

Judy alluma les plafonniers. La réunion journalière ne devait jamais durer plus d'une heure, et cette limite était déjà largement dépassée. Elle se sentait découragée, frustrée également, mais elle était bien décidée à ne pas le montrer.

— Je sais que c'est nouveau pour nous tous, dit-elle, calmement. Et je me doute bien que les choses ne se font pas du jour au lendemain. Nous allons mettre de côté la cartographie par ordinateur jusqu'à vendredi matin 7 heures, et d'ici là, cela n'aura plus aucun mystère pour nous, n'est-ce pas ?

Personne ne répondit.

— Agent Fling ? demanda-t-elle.

Les mains de Fling étaient figées sur le clavier. Il semblait abattu, au bout du rouleau.

— Pensez-vous être capable de faire fonctionner ce programme pour la réunion de vendredi ? lui demanda Judy.

— Non, madame, répondit Fling en toute franchise.

La porte de la salle s'ouvrit et Virginia West vint reprendre sa place.

— Très bien, agent Fling, dit Judy d'un ton résolument positif. Y a-t-il quelqu'un qui souhaite apprendre le fonctionnement de ce programme ? Il a été conçu pour être le plus convivial possible ; il n'est pas destiné aux programmateurs ou aux ingénieurs, mais à la police.

Tout le monde resta muet.

— Agent Brazil, venez à mon secours, dit Judy.

— Entendu, répondit celui-ci, dubitatif.

— Vous feriez peut-être bien de vous y coller, pour l'instant, dit Judy. Virginia, tu connais bien ce programme, toi aussi. Essayez de voir si vous ne pouvez pas le faire fonctionner à vous deux. J'espère que tout marchera comme sur des roulettes pour notre prochaine réunion.

— Qui a envie d'apprendre ? lança Andy à la cantonade. Allons, les amis, un peu de courage.

Le lieutenant Audrey Ponzi leva la main. Le capitaine Cloud l'imita et, finalement, l'agent Fling décida de faire une nouvelle tentative.

— Excellent, commenta Judy. Lieutenant Hanger ? Veuillez poursuivre votre exposé. Nous nous passerons de l'ordinateur. Et je vous en prie, dépêchons-nous.

Hanger parcourut rapidement ses notes et avala une petite gorgée de café, avec nervosité.

— Pas beaucoup de changement depuis notre dernière réunion, déclara-t-il. Toujours la même vague de petites effractions sur des voitures, des Jeeps essentiellement, afin de voler les airbags.

— CABBAGES ! s'exclama Fling.

Tous les regards se tournèrent vers le capitaine Cloud, l'inventeur de l'acronyme CABBAE pour *Car Air Bag Breaking And Enterings*, que les médias avaient immédiatement transformé en CABBAGE[1], avec ou sans *s* ; ils continuaient, malgré les nombreux rectificatifs de la police.

— Bref, reprit Hanger, nous pensons que la plupart des airbags volés finissent dans deux ateliers de carrosserie récemment ouverts par des Russes. Sans doute le même clan qui a pris un stand au marché couvert, l'été dernier, dans la 17e Rue, juste en face du *Havana'59*. Ils vendent des choux, ceux avec lesquels on fait du *coleslaw*, ce qui a encore ajouté à la confusion.

En disant cela, il foudroya Cloud du regard.

— Revenons-en aux airbags, dit Judy.

— La méthode utilisée est toujours la même pour tous les vols les plus récents. (Hanger prit soin d'éviter le mot CABBAGE.) Le propriétaire regagne son véhicule, il découvre une vitre brisée, et les airbags ont disparu. Alors, il emporte sa voiture dans un des ateliers de carrosserie des Russes pour faire remplacer les airbags volés, et ironie du sort, les airbags volés qu'on lui installe en remplacement sont peut-être précisément ceux qu'on a volés dans le véhicule en question. Résultat, vous payez deux fois les mêmes airbags, en pensant en acheter des neufs, pour 300 dollars pièce, alors qu'en fait vous payez des airbags volés. Ça va devenir une très grosse arnaque dans le monde entier.

— Mais si vous rachetez vos propres airbags, on ne peut pas vraiment dire que c'est de la marchandise de seconde main, parce que en réalité ils n'ont appartenu à personne d'autre, dit Fling. Dans ce cas...

— Que compte-t-on faire pour lutter contre ce problème ? demanda Judy en haussant la voix.

— Nous projetons de placer un agent infiltré dans au moins un des deux ateliers de carrosserie, expliqua Hanger.

— Peut-on identifier les airbags ? demanda Judy.

1. *Cabbage* : un chou. *(N.d.T.)*

— Non, tant qu'ils ne leur mettront pas des NIV, répondit Hanger, par référence au Numéro d'identification du véhicule gravé sur le bord de toutes les portières, du côté conducteur. Je me disais que, peut-être, nous pourrions obtenir un prêt. Le NIJ serait peut-être intéressé.

— Un prêt pour quoi faire ? demanda Judy.

— Pour mener une étude sur l'utilité des NIA.

— Les NIA ?

— Oui, on appellerait ça comme ça. « Numéro d'identification d'airbag. » L'intérêt, c'est que si on vous installe sur votre voiture les airbags qu'on vous a volés, les NIA correspondront forcément.

— En effet.

— Ça faciliterait énormément les choses.

Hanger acquiesça.

— Non seulement on pourrait arrêter les coupables, mais je suis sûr qu'un grand nombre de ces airbags volés partent vers l'étranger. Si on développait un système NIA international, on pourrait mettre Interpol dans le coup, également. Peut-être qu'on serait enfin reconnus.

— Je vois, fit Judy, obligée de lutter contre un sentiment de désespoir grandissant. À part ça ?

— Deux autres vols de Saturn. Ça devient systématique.

— Ça fait combien en tout ?

— Douze véhicules General Motors volés en un mois.

— Des indices ?

— Apparemment, plusieurs adolescents seraient impliqués. On pense qu'ils ont acheté un lot de clés de Saturn à un jeune nommé Beeper, sans doute dans les environs de l'école primaire Swansboro.

— Une histoire de gang ? demanda Judy.

— Difficile à dire, répondit Hanger.

— Qu'est-ce que ça signifie ?

— Nos seules informations sur ce sujet proviennent d'un indic qui nous a déjà menti par le passé.

Judy décida d'accélérer les choses.

— Nous avons eu une nouvelle agression à main armée devant un distributeur de billets, j'ai le regret de vous le dire. Je laisse au chef adjoint West le soin de vous donner les détails.

— La victime est un Asiatique de vingt-deux ans. (Virginia consulta ses notes.) Il s'est arrêté au distributeur de billets de la banque Crestar, situé dans Patterson, au 5802. Il n'y avait personne dans les environs. Tout semblait normal, mais soudain on lui a collé du ruban adhésif sur les yeux, dit-il, et on lui a enfoncé un pistolet dans le dos. Un homme - il ne peut pas dire de quelle race - a exigé qu'il lui donne son argent. Le temps que la victime enlève le ruban adhésif, l'agresseur avait disparu depuis longtemps.

— Le ruban adhésif n'est pas le même, précisa Judy.

— Absolument, dit Virginia.

— Cela porte à six le nombre d'agressions devant un distributeur de billets, dit Judy. Quatre dans le Southside, deux dans le West End. Une moyenne d'un vol par semaine, depuis le début février.

— Permettez-moi de dire que je suis extrêmement préoccupée par ce dernier vol, en supposant qu'il soit lié aux précédents, déclara Virginia. Récapitulons. Les quatre premières agressions devant des distributeurs ont eu lieu tard le soir ou très tôt le matin, quand il fait nuit. Il s'agit d'une équipe homme-femme. La femme détourne l'attention de la victime en lui demandant où se trouve le bureau de poste le plus proche, ou un téléphone, ou n'importe quoi. Sur ce, son complice surgit, il entrouvre son blouson, juste assez pour montrer la crosse d'une arme à feu, et il dit : *File-moi le fric que tu viens de retirer.* L'arme est peut-être vraie, peut-être pas. L'agresseur prend l'argent et s'enfuit.

« Nous avons ensuite une cinquième agression devant un distributeur, à Church Hill. Là encore, il fait nuit, mais cette fois, le type sort son arme pour de bon. Il pénètre dans la voiture de sa victime, il éteint le plafonnier pour qu'elle ne voie pas son visage et, si la victime tente de donner son signalement à la police, le type menace de la retrouver et de la tuer, il connaît son numéro d'immatriculation. Il l'oblige à rouler pendant plusieurs centaines de mètres, puis il s'enfuit avec l'argent. Nous avons maintenant le distributeur du West End, et cette fois, ça se passe en plein jour. Je vois là une possible escalade. Une escalade qui pourrait conduire à la violence.

— On possède d'autres éléments sur ces affaires ? demanda Cloud.

— Rien de très utile, répondit Virginia. Certaines victimes pensent que la femme est noire, d'autres pensent que c'est l'homme, ou vice versa. Âge inconnu, mais on penche pour des jeunes. Aucune trace de véhicule. Pour résumer : on ne sait rien.

— Et les enregistrements vidéo des banques ?

— Sans intérêt.

— Pourquoi donc ? s'étonna Judy.

— Sur la première bande, on ne voit que le dos de la femme, et il faisait nuit. Sur les quatre enregistrements suivants, on ne voit carrément rien.

— Les caméras fonctionnaient ?

— Oui, aucun problème à ce niveau-là.

— Et celle de ce matin ?

— Elle semble en état de marche.

— L'un de vous a-t-il été confronté à des actes plus ou moins similaires dans d'autres secteurs de la ville ? interrogea Judy.

Personne.

— Et le troisième precinct dans tout ça ? Nous ne vous avons pas encore entendu, capitaine Webber, dit Judy.

— Des Russes ont ouvert une boutique d'antiquités dans Chamberlayne, près du centre commercial Azalée, répondit le dénommé Webber. Pour l'instant, ils n'ont encore rien fait d'illégal.

— Nous avons des raisons de supposer que ça va arriver ?

— Toujours cette histoire de Russes dont on parlait.

— Si ça se trouve, c'est des Gitans, fit remarquer l'inspecteur Linton Bean, de la section des cambriolages.

— Des Gitans peuvent être russes ?

— Je dirais qu'ils peuvent être n'importe quoi, du moment qu'ils rôdent un peu partout en escroquant les gens.

— Oui, mais ceux qu'on a vus passer par chez nous étaient essentiellement roumains, irlandais, anglais et écossais. Les gens du voyage. C'est comme ça qu'ils se nomment. Ils détestent qu'on les traite de Gitans.

— Et si on les appelait tout simplement vagabonds ou voleurs ?

— J'ai jamais entendu parler de Gitans russes.

— Ma sœur est allée en Italie l'année dernière ; il paraît qu'ils ont des Gitans là-bas aussi.

— Je sais qu'il y en a en Floride, des Espagnols.

— C'est ça le truc, reprit l'inspecteur Bean. Il n'existe pas de pays qui s'appelle « Gitan ». Vous pouvez venir de n'importe où et être gitan, y compris de Russie...

Judy décida d'intervenir :

— Bon. Que fait-on pour ce problème ?

— On intensifie les patrouilles dans les quartiers comme Windsor Farms, où vivent surtout des personnes âgées, avec de l'argent, suggéra Bean. On pourrait aussi former un groupe spécial d'intervention.

— Allez-y, dit Judy en jetant un coup d'œil à sa montre, consciente du temps qui passait. Le lieutenant Noble dirige le deuxième precinct. Qu'avez-vous à nous signaler, lieutenant ?

— Cette semaine, nous avons arrêté un récidiviste coupable de violences conjugales, déclara Noble, qui utilisait toujours le langage officiel de la police, ce qui avait le don d'exaspérer tout le monde.

— Très bien, dit Judy.

— Nous procédons également à des ratissages, mais pour l'instant nous n'avons pas encore identifié le suspect des viols dans les cages d'escalier, ajouta Noble. Et si vous le permettez, chef Judy, j'aimerais faire une remarque.

— Faites donc.

— Je ne suis pas sûr que c'était une très bonne idée de se mettre à dos tous les habitants de la ville avec cette connerie d'histoire de gangs, que Brazil a publiée dans le journal du dimanche.

— Ce n'étaient pas des conneries, répondit Andy.

— Citez-moi un gang ! s'exclama Noble d'un ton de défi.

— C'est une question de sémantique. Tout dépend de ce que vous appelez un gang.

Judy était de cet avis.

— Les mineurs commettent les crimes les plus violents. Ils se stimulent mutuellement, ils s'influencent, ils forment des groupes, des gangs. Nous en avons ici aussi, et il est impératif de les identifier.

— La plupart de ces jeunes qui s'introduisent dans les

écoles pour tout casser n'appartiennent pas à des gangs. Ce sont des éléments isolés, déclara Noble.

— Regardez ce qui s'est passé à Jonesboro, répliqua Virginia. Un gamin de quatorze ans recrute un gamin de onze ans pour déclencher l'alarme d'incendie, on est d'accord ? Que se passerait-il si quatre, cinq ou six gamins étaient dans le coup ? Peut-être qu'une vingtaine d'élèves et de professeurs seraient morts.

— Elle a raison.

— Ça fait réfléchir, avouez-le.

— Il faudrait faire appel à la Garde nationale !

— Ces gamins font peur. Ils n'ont aucune limite. Pour eux, tuer est un jeu, ajouta Virginia.

— C'est exact. Ils n'ont pas la notion des conséquences.

— Que se passera-t-il si apparaît tout à coup un chef de gang charismatique qui organise véritablement ces gamins ? Imaginez un peu, dit Andy.

Les points de vue et les arguments s'échangeaient d'un bout à l'autre de la table, tandis que Judy cherchait le moyen d'aborder le sujet suivant.

— D'après des informations récentes, déclara-t-elle, il semblerait que deux hommes de race blanche projettent de commettre un crime racial en volant puis en assassinant une femme noire, sans doute prénommée Loraine. Les deux individus en question se nomment, ou se font appeler, Bubba et Smudge.

Tout le monde resta muet ; les visages trahissaient la perplexité.

— Pardonnez ma question, chef, mais d'où vient ce renseignement ?

Judy se tourna vers Virginia pour solliciter son aide.

— Il nous est impossible de dévoiler notre source pour le moment, répondit celle-ci. Pour l'instant, vous voilà avertis. Ouvrez l'œil et tendez l'oreille.

— Rien d'autre ? demanda Judy.

Non. Rien d'autre.

— Dans ce cas..., reprit-elle, avec un sourire. J'ai des félicitations à adresser à deux personnes, qui d'ailleurs sont ici toutes les deux, me semble-t-il. Agent Patty Passman chargée des communications radio et agent Rhoad ?

Les deux policiers s'avancèrent. Judy leur tendit à chacun un diplôme, et leur serra la main. Il y eut quelques applaudissements épars.

— L'agent Passman, comme vous le savez, a répondu la semaine dernière à un appel d'urgence qui a permis de sauver un homme qui s'étranglait avec son hot dog, dit Judy. Quant à l'agent Otis Rhoad, il a dressé trois cent quatre-vingt-huit PV pour stationnement abusif le mois dernier. Il détient ainsi le record.

— Ouuuh !

— Il a surtout verbalisé nos voitures !

Passman, qui était bien placée pour le savoir, foudroya Rhoad du regard.

— Il mérite surtout le prix du plus bavard !

— Rhoad Hog[1] !

Passman se mordit la lèvre ; la colère empourprait son visage.

— *Rhoad...* éo ! enchaîna Fling qui s'était senti obligé d'en rajouter, même si sa plaisanterie n'avait aucun sens.

— Ça suffit, déclara Judy. On se retrouve ici vendredi matin.

Le clignotant de la Ford Explorer ressemblait aux battements d'un cœur paniqué, tandis que le conducteur, qui avait déjà loupé sa sortie, essayait, une fois de plus, de passer devant Bubba. Celui-ci accéléra de nouveau, et l'Explorer dut faire une embardée pour réintégrer sa file. Le flic collait toujours au train de Bubba, et ce dernier ralentit pour bien faire comprendre qu'il ne tolérerait aucune queue de poisson, quelle que soit la personne au volant. Bubba était un cow-boy qui conduisait son troupeau dans les prairies immenses du réseau routier.

— Unité 2 à unité 1...

La voix de Honey résonna dans l'émetteur-récepteur ; elle semblait de plus en plus inquiète.

Bubba avait trop à faire pour parler à sa femme.

1. Jeu de mots sur l'expression *road hog* qui signifie « chauffard ». *(N.d.T.)*

— Smudge, dit-il en reprenant la conversation avec son vieux pote. Y a la Reine des abeilles qui bourdonne, j'ai un poulet de basse-cour par vent arrière et un boutonneux dans un tapecul essaye de me moucher le nez.

Bubba parlait en langage codé, pour expliquer à Smudge que sa femme essayait de le joindre, qu'un flic lui collait au cul et qu'un 4 × 4 conduit par un jeune con essayait de déboîter devant lui.

— Bon, je te laisse.

Smudge interrompit la liaison.

— À plus, mon pote.

Le jeune type dans l'Explorer semblait très remonté maintenant, et sans doute serait-il devenu violent s'il n'y avait pas eu le flic dans la voie d'à côté. Il décida de déclarer forfait. Malgré tout, il tenait à avoir le dernier mot et il klaxonna en faisant un doigt d'honneur à Bubba, tout en articulant le mot *connard*. Et l'Explorer disparut dans le flot des voitures. Bubba ralentit pour faire comprendre au flic, une fois de plus, qu'il ferait bien de lui lâcher le pare-chocs. Le flic lui répondit en allumant son gyrophare et en faisant hurler sa sirène. Bubba s'arrêta sur un parking de supermarché.

4

L'agent Jack Budget prit tout son temps pour récupérer son carnet de PV en aluminium anodisé et sa planchette à pince. Il descendit de sa voiture de police blanche à bandes rouges et bleues, étincelante, ajusta tout l'attirail qui pendait à sa ceinture et s'approcha de la Jeep rouge avec l'autocollant du drapeau confédéré sur le pare-chocs arrière et la plaque d'immatriculation personnalisée, BUB-AH, qu'il avait regardée fixement pendant plusieurs kilomètres. Le conducteur, un plouc du coin, abaissa sa vitre.

— Dois-je en déduire que vous vous appelez Bub-ah ? demanda Budget.

— Non, mon nom c'est *Bubba*, répondit Bubba d'un ton agressif.

— Montrez-moi votre permis de conduire et votre carte grise.

L'agent Budget se montrait brutal, lui aussi, mais peut-être se serait-il comporté différemment si Bubba n'avait pas commencé.

Bubba prit son portefeuille en Nylon dans sa poche arrière. Le Velcro hurla lorsqu'il l'ouvrit pour sortir son permis de conduire. Il farfouilla ensuite dans la boîte à gants, à la recherche de sa carte grise, et il tendit les preuves d'identification et de propriété au policier, qui les étudia longuement.

— Vous savez pour quelle raison je vous ai arrêté, monsieur ?

— À cause de mon autocollant sur le pare-chocs, je parie, dit Bubba.

Budget recula vers l'arrière de la Jeep pour regarder le pare-chocs, comme s'il n'avait pas encore remarqué le drapeau confédéré.

— Ah, je vois, dit-il, tandis que des images de capuches blanches pointues et de croix enflammées assaillaient son esprit. On espère toujours gagner la guerre et utiliser les Nègres pour ramasser le coton ?

— La Croix du Sud n'a rien à voir avec tout ça ! répliqua Bubba d'un ton indigné.

— La *quoi* ?

— La Croix du Sud.

La mâchoire de Budget se crispa. Il n'y a pas si longtemps encore, un car le conduisait dans un des lycées de la ville où il avait vu ces sièges vides, abandonnés les uns après les autres, à mesure que les enfants noirs, comme lui, se retrouvaient en prison ou se faisaient tuer dans la rue. On l'avait appelé *bamboula, blanche neige, peau de boudin, macaque, mal blanchi.* Il avait grandi dans le *quartier nègre.* Aujourd'hui encore, certains Blancs qui l'appelaient au secours lui demandaient d'entrer par la porte de derrière.

— Je suppose que pour vous c'est le drapeau confédéré, disait ce pauvre connard de cul-terreux blanc. Alors qu'en fait c'était l'étendard du Sud, contre le Stars and Bars, la Stainless Banner, le Naval Jack ou le Pennant.

Budget ne connaissait rien à tous ces drapeaux confédérés officiels qui avaient connu successivement leur heure de gloire, avant de disparaître, pour diverses raisons, pendant la guerre. Mais il savait qu'il détestait ces autocollants, ces tatouages, ces T-shirts et ces serviettes de plage qui fleurissaient dans tout le Sud. Quand il voyait un drapeau confédéré flotter sur une maison ou sur une tombe, ça le mettait hors de lui.

— Tout ça, c'est une histoire de racisme, monsieur, répondit Budget d'un ton glacial.

— Non, il s'agit des droits de chaque État.

— Mon cul.

— Vous pouvez compter les étoiles. Une pour chaque État de la Confédération, plus le Kentucky et le Missouri. Onze étoiles, expliqua Bubba. Pas un seul esclave sur la Croix du Sud. Regardez vous-même.

— Le Sud voulait faire sécession pour pouvoir garder ses esclaves.

— Ce n'est qu'une partie du problème.

— Vous reconnaissez donc que ça en faisait partie.
— Je reconnais rien du tout, répliqua Bubba.
— Vous conduisiez de manière dangereuse, déclara l'agent Budget, qui avait envie d'arracher Bubba à son siège pour lui coller une bonne raclée.
— C'est faux.
— Non, c'est la vérité.
— C'était pas moi.
— Je vous suivais. Je vous ai bien vu.
— Ce gamin avec son Explorer essayait de me couper la route !
— Il avait mis son clignotant.
— Et alors ?
— Vous êtes soûl ? demanda l'agent Budget.
— Pas encore.
— Vous prenez des médicaments ?
— Je n'ai rien pris pour l'instant.
— Mais ça vous arrive d'en prendre ? demanda Budget, car il savait que certaines drogues et certains poisons, comme la marijuana ou l'arsenic, laissaient des traces dans le sang un certain temps.
— Rien qui vous concerne, en tout cas, répondit Bubba.
— C'est à moi d'en juger.
L'agent Budget se pencha vers la vitre baissée, dans l'espoir de capter des effluves d'alcool. En vain.

Bubba prit une cigarette. Il fumait des Merit Ultima, plutôt que d'autres marques, car les Merit, comme les Marlboro et les Virginia Slims, pour ne citer que ces exemples, étaient fabriquées par Philip Morris. Bubba était d'une grande fidélité envers son employeur, et tous les produits « Made in America ».

Il n'avait aucune envie d'avouer à l'agent Budget qu'il prenait du Librax pour ses problèmes d'intestins capricieux, et que, de temps à autre, il avait besoin de Sudafed pour lutter contre son allergie à la poussière, aux acariens et aux poils de chat. Ça ne regardait pas l'agent Budget.
— De l'Advil, répondit-il.
— C'est tout ? demanda le policier d'une voix sévère.

— Un peu de Tylenol, peut-être.
— Monsieur Fluck, vous...
Bubba tressaillit en croyant entendre cette vieille insulte.
— Qu'est-ce que vous avez dit ?
— ... êtes certain de n'avoir rien pris d'autre ?
Budget acheva sa phrase.
— J'ai bien entendu ce que vous avez dit, je vais vous dénoncer à votre chef ! s'exclama Bubba, furieux.
— Allez-y, monsieur Fluck. Vous...
— Ah, vous voyez !
— D'ailleurs, je vais vous arranger un rendez-vous avec elle. Vous pourrez lui parler, monsieur Fluck, face à...
— Arrêtez !
Des hordes de jeunes élèves cruels firent irruption dans le cerveau de Bubba, comme un ouragan. Ils psalmodiaient ces noms horribles, accompagnés d'éclats de rire hystériques. Bubba se revit avec sa tenue de camouflage, obèse. Trop, c'était trop ! Il ne pouvait en supporter davantage.
— Qu'est-ce qui ne va pas ?
L'agent Budget éleva la voix, lui aussi.
— Je suis pas obligé d'entendre ça !
— Vous irez le dire au chef de la police, entre quatre yeux ! Je n'ai rien à...
— Stop !
— Mon vieux, vous avez un problème.

Weed aussi avait un problème. Il arriva en cours de biologie juste à temps pour voir ses camarades faire passer toutes les feuilles d'interrogation vers le devant de la classe, et pour entendre Mme Fan parler du devoir qu'il n'avait pas fait.

Son regard triste balaya les vers, les embryons de cerf, les scarabées, les œufs de termites et les intestins de chien conservés dans le formol, les papillons et les peaux de serpent cloués sur des planches. Il se sentait pris au piège de Smoke.

Plus tard, en cours d'histoire, M. Pretty interrogea Weed trois fois, et celui-ci ne connaissait aucune réponse. Il sentait croître son angoisse et sa peur.

Sa seule évasion, c'était le cours de Mme Grannis. Celle-ci enseignait le dessin, niveaux 4 et 5, en fin de journée ; elle était très jeune et jolie, avec des boucles de cheveux blonds toutes douces, et des yeux verts comme une prairie en été. Plus d'une fois, elle avait dit à Weed qu'il était le premier élève si jeune, dans toute l'histoire du lycée, à suivre son cours. Mais Weed n'était pas comme les autres. Il possédait un don très rare.

On avait longuement débattu pour savoir s'il fallait pousser Weed si loin, et si vite ; d'autant plus qu'il avait visiblement plusieurs kilomètres de retard sur le restant des troupes, sur la plupart des autres fronts. Les questions de maturité et d'intégration sociale avaient été discutées en long et en large parmi les professeurs et les conseillers d'orientation. Finalement, on avait même fait appel à Mme Lilly, le proviseur du lycée, qui avait proposé que Weed aille suivre des cours à l'université de Virginie, ou bien des cours spécialisés à l'École des beaux-arts. Malheureusement, le comté ne fournissait aucun moyen de transport, en dehors des cars de ramassage scolaire du matin et de l'après-midi, que Weed avait si peur de manquer. Il n'avait donc aucun moyen de se déplacer en milieu de journée. Le lycée Godwin décida alors de courir le risque.

Weed avait une heure de libre pour déjeuner entre 11 h 40 et 12 h 31, et il devait se cacher. Il ne voulait pas tomber sur Smoke par hasard. Désespéré, il avait fini par imaginer un plan secret, audacieux, et bizarre. À 11 h 39, il entra dans la classe de Mme Grannis. Il avait ravalé son amour-propre. Il était effrayé par ce qui l'attendait, et à voir la façon dont Mme Grannis le regardait, elle sentait bien qu'il n'était pas dans son assiette.

— Comment ça va, Weed ? demanda-t-elle, avec un petit sourire hésitant.

— Je voulais savoir si ça vous ennuyait pas si je travaillais ici pendant mon heure de libre ?

— Absolument pas. Sur quoi veux-tu travailler ?

Weed regardait les ordinateurs installés sur un comptoir au fond de la salle.

— Du graphisme. Je suis sur un projet.

— Ah, ça me fait plaisir. Il y a beaucoup, beaucoup de débouchés dans ce domaine. Tu sais où sont les CD, dit-elle. On se voit cet après-midi.

— Oui, m'dame, dit Weed en tirant une chaise pour s'asseoir devant un des ordinateurs.

Il ouvrit le tiroir dans lequel les logiciels de création graphique étaient soigneusement rangés, en piles, et il choisit celui qui l'intéressait. Il inséra CorelDRAW dans le lecteur de CD, et attendit que Mme Grannis ait quitté la salle pour se connecter sur le serveur AOL.

Bien que ce soit l'heure du déjeuner, Weed n'avait pas l'intention de manger. À toute allure, il emprunta le couloir qui menait à la salle de répétition de la fanfare, vide présentement, à l'exception de Jimbo Sleeth, surnommé « Les Baguettes », qui s'entraînait sur la batterie Pearl rouge.

— Salut, Sticks ! lança Weed.

Sticks faisait des roulements sur la caisse claire, tandis que ses pieds marquaient le rythme sur la pédale charleston. Il avait les yeux fermés, la sueur coulait sur ses tempes. Weed alla ouvrir un placard, d'où il sortit la housse Sabian en plastique dur. Amoureusement, il souleva les lourdes cymbales en bronze. Il vérifia les courroies en cuir pour s'assurer que les nœuds tenaient bon. Il agrippa les courroies ; ses index et ses pouces se touchaient. Il approcha les deux cymbales l'une de l'autre ; celle de droite légèrement plus basse que celle de gauche.

Sticks ouvrit les yeux et adressa un signe de tête à Weed. Celui-ci frappa avec la cymbale de gauche, la faisant rebondir contre celle de droite, accompagnant la caisse claire et les fûts de ses sons éclatants et euphoriques.

— Vas-y, mec ! s'écria Sticks, en frappant de plus belle sur ses peaux.

On aurait cru assister à une guerre musicale : Sticks martelait un rythme saccadé, puissant, qui vous faisait monter le sang à la tête, pendant que Weed défilait tout autour de la pièce en entrechoquant ses cymbales, comme un jouet mécanique.

— Vas-y ! Vas-y ! Ouais !

Sticks était déchaîné.

Weed, lui, exécutait le « moonwalk » ; le son explosait entre les lèvres jointes des cymbales et résonnait longuement dans la pièce. Il n'entendit pas la cloche sonner, mais il finit par apercevoir la pendule au mur. Il s'empressa de ranger les cymbales et de regagner la salle de dessin de Mme Grannis, avec deux minutes d'avance. Il était même le premier. Mme Grannis écrivait sur un tableau en plastique blanc ; elle se retourna pour voir qui venait d'entrer.

— Alors, tu as bien travaillé pendant ton heure de libre ? demanda-t-elle à Weed.

— Oui, m'dame.

Il n'osait pas croiser son regard.

— Si seulement tout le monde aimait les ordinateurs autant que toi. (Elle se remit à écrire au tableau.) Tu as un logiciel préféré ?

— Quark XPress, Adobe Illustrator et Photoshop.

— En tout cas, tu as un don pour ça, dit-elle, alors que Weed s'installait à une des tables et glissait son sac à dos sous son siège.

— Oh, c'est pas sorcier, marmonna Weed.

— As-tu écrit l'histoire de ton poisson ? lui demanda Mme Grannis en continuant d'inscrire le sujet d'étude de la semaine sur le tableau blanc, d'une belle écriture pleine de jolies boucles.

— Oui, m'dame, répondit Weed d'un ton morose, en ouvrant son cahier.

— J'ai hâte de l'entendre, ajouta-t-elle pour l'encourager. Tu es le seul de la classe à avoir choisi un poisson.

— Oui, je sais.

Le devoir de la dernière quinzaine consistait à réaliser une figure en papier mâché symbolisant chaque élève. La plupart avaient choisi une représentation issue de la mythologie ou du folklore, comme le dragon, le tigre, ou même le corbeau ou le serpent. Weed, lui, avait construit un poisson bleu, cruel. Sa gueule ouverte laissait apparaître deux rangées de dents sanglantes, et Weed avait confectionné, à partir de petits miroirs de poudriers, des yeux scintillants qui lançaient des éclairs à quiconque passait devant lui.

— Je suis sûre, d'ailleurs, que tous tes camarades sont impatients, eux aussi, de connaître l'histoire de ton poisson, ajouta Mme Grannis, en continuant à écrire.

— On va faire de l'aquarelle, ensuite ? demanda Weed, avec intérêt, en apercevant ce qu'elle avait écrit.

— Oui. Une nature morte avec des objets et des matières qui ont des reflets. (Elle continuait d'écrire, avec son style plein de fioritures.) Et un objet en deux dimensions qui donne l'illusion du relief.

— Mon poisson est en trois dimensions, dit Weed, parce qu'il occupe réellement l'espace.

— Exact. Et quels mots emploie-t-on ?

— Au-dessus, en dessous, à travers, derrière et autour, récita-t-il.

Weed se souvenait de tous les termes utilisés dans le cours de Mme Grannis, sans qu'ils soient écrits en caractères gras.

Mme Grannis posa son marqueur.

— Et comment ferais-tu pour donner l'impression que ton poisson est en relief, s'il était en deux dimensions seulement ?

— Ombre et lumière, répondit-il du tac au tac.

— *Chiaroscuro.*

— J'arrive jamais à prononcer ce mot-là, dit Weed. C'est comme ça qu'on fait croire que le dessin d'un verre de vin est en relief, au lieu d'être tout plat. Pareil pour une ampoule, un glaçon, ou même les nuages dans le ciel.

Weed regarda autour de lui les boîtes de pastel, et les paquets de feuilles Grumbacher de 140 grammes, qu'on utilisait uniquement pour le dessin final. Sur les étagères étaient rangés les pots de colle Elmer, les crayons de couleur et les boîtes de peinture à l'eau Crayola, dont il s'était servi pour son poisson. Sur le comptoir, là-bas au fond de la salle, les ordinateurs destinés aux travaux graphiques lui rappelaient la chose qu'il avait faite en secret.

Les élèves commençaient à arriver dans la salle et à s'installer bruyamment. Ils saluèrent Weed de la manière habituelle, avec beaucoup d'affection.

— Hé, mauviette[1], ça boume ?

— Comment ça se fait que t'es toujours là avant nous ? T'as fini tes devoirs en avance ?

— T'as déjà terminé ta Mono Lisa ?

— Hé, t'as de la peinture sur ton froc.

— Ça ressemble pas à de la peinture. T'as saigné, mec ?

— Non, non, mentit Weed.

1. Autre sens du mot *weed*. *(N.d.T.)*

Le regard de Mme Grannis s'assombrit lorsqu'elle regarda Weed, puis son jean. Il imaginait un point d'interrogation dans une bulle au-dessus de la tête du professeur. Il n'avait rien à raconter.

Mme Grannis reporta son attention sur l'ensemble de la classe.

— Tout le monde est prêt à lire ce qu'il a écrit au sujet de son symbole ?

— Pfff...

— Je comprends pas ce qu'il veut dire, le mien.

— On n'a jamais dit qu'il fallait *l'écrire.*

— Bon. Parlons un peu des symboles, dit Mme Grannis en les faisant taire. Qu'est-ce qu'un symbole ? Matthew ?

— Un truc qui veut dire autre chose.

— Où les trouve-t-on ? Joan ?

— Dans les pyramides. Sur les bijoux.

— Annie ?

— Dans les catacombes, pour que les chrétiens puissent s'exprimer en secret.

— Weed ? Où trouve-t-on des symboles, à part ça ?

La sollicitude adoucit le visage de Mme Grannis lorsqu'elle se tourna vers lui.

— Dans les gribouillages et dans la fanfare, c'est ce que je joue, répondit Weed.

Assis à son bureau, Andy dessinait des croquis sur un bloc, à la recherche d'un logo pour sa lettre d'information, tandis que la présidente de la Commission de lutte anticriminalité, dépendant du gouverneur, le rendait fou dans le haut-parleur du téléphone.

— Je trouve que c'est une épouvante erreur de calcul, disait Lelia Ehrhart de son ton hautain et emphatique.

Andy baissa le son.

— Suggérer seulement, et même sous-impliquer qu'on pourrait avoir un gang ici, chez nous, c'est en créer un ! clama-t-elle.

Le logo était destiné au site Internet ; il fallait qu'il attire l'attention, et puisqu'il avait été décidé que le sigle CPR passerait à la trappe, Andy devait tout recommencer. Il détestait les lettres d'information, mais Judy avait beaucoup insisté.

— ... Tous les enfants ne sont pas des petits gangsters. Beaucoup se font influencer sur le mauvais chemin, maltraiter, brutaliser, et ils ont besoin de notre aide, agent Brazil. Si vous insistez sur les quelques mauvais, surtout ceux qui forment des bandes ensemble entre eux, en petits groupes, que vous appelez des gangs, vous donnez au public une très mauvaise image, une fausse pas vraie. Mon comité est complètement pour la prévention, et pour faire ça avant le reste. Voilà ce que le gouverneur nous a mandatés pour nous demander de faire.

— Le gouverneur précédent, souligna poliment Andy.

— Qu'est-ce que ça fait comme intérêt et pourquoi ça compte ? répliqua Ehrhart, qui avait grandi à Vienne et en Yougoslavie et ne parlait pas très bien anglais.

— Ça compte parce que le gouverneur Feuer n'a pas encore constitué de nouvelle commission. Et j'estime que ce n'est pas une bonne idée de faire des suppositions concernant sa politique et ses objectifs, madame Ehrhart.

Il y eut un moment de silence, outré et strident.

— Vous insinuez qu'il pourrait dissoudre ma commission et la défaire ? Que lui et moi on est un problème de mes relations ?

Andy savait qu'un bon logo devait attirer l'attention, sans tomber dans l'excès. Peut-être parce qu'ils parlaient des gangs, il se mit à griffonner les mots « Richmond Police Dept. » à la manière d'un graffiti.

— La vache, murmura-t-il, tout excité par sa trouvaille.

— Vache qui ?

La voix coléreuse de Mme Ehrhart envahit le bureau. Andy revint à lui.

— Pardonnez-moi. Que disions-nous ?

— J'exige vous que me racontiez si c'est qui vous disiez « la vache » tout à l'instant !

Le chef Hammer apparut dans l'encadrement de la porte. Andy leva les yeux au ciel et mit son index sur sa bouche.

— Je trouve que vous êtes devenir impertinent ! s'exclama Ehrhart.

— Non, non, chère madame. Je disais « la vache » au sujet

d'une chose qui n'a rien à voir avec vous, répondit Andy, en toute honnêteté.

— Oh, vraiment ? Et quelle chose ça voulait dire ?

— Je cherche une idée, et je disais « La vache ! ».

— Oh, je vois. Je dépense mon temps coûteux pour appeler votre téléphone, et vous travaillez à autre chose pardessus le marché de notre converse pendant que je parle avec vous ?

— Oui, madame. Mais je vous écoute.

Andy essaya de ne pas éclater de rire en regardant Judy, que Mme Ehrhart n'amusait pas du tout.

Virginia entra à son tour dans le bureau.

— Qu'est-ce que...

Judy lui fit signe de se taire. Andy coinça son stylo entre ses dents et fit mine de loucher.

— Le résultat, agent Brazil, c'est que je ne vous autoriserai pas de vous permettre de citer la commission dans votre prochain éditorial qui parle en termes de soi-disant gangs. *Vous êtes pendu à un fil par une main tout seul !*

Andy ôta rapidement le stylo de sa bouche pour noter cette phrase. Virginia fronça les sourcils, perplexe. Judy, elle, secoua la tête d'un air affligé.

— Nous autres, membres de la commission, sommes des avocats pro-défenseurs des enfants, et pas des chasseurs de primes, psalmodia Mme Ehrhart. Même si les enfants formulent des petits groupes, ce qui cela est parfait et normal, on avait tous nos clichés quand on était à l'école, et les étiqueter de *gangs,* c'est comme ces millions de choses déformées qu'on dit sur les hommes bien intentionnels qui jouent le père Noël à Noël, qu'ils sont tous des agresseurs d'enfants, ou les clowns aussi pareil, ou que l'Internet. C'est comme ça que toutes ces choses-là elles se créent. À cause du pouvoir de la suggestion que les médias ont. Vous ne voyez pas comment vous avez ouvert une porte de barrage ? Alors, je vous demande d'enfoncer une cheville dans le trou tout de suite.

Andy se mordait la main. Il se racla la gorge plusieurs fois.

— Je comprends ce que vous...

Sa voix monta d'une octave, et se brisa.

Il se racla la gorge de nouveau, les larmes aux yeux, rouge comme une tomate, s'efforçant de retenir le rire qui devenait rapidement nerveux. Judy donnait l'impression de vouloir étrangler Lelia Ehrhart, comme toujours. Quant à Virginia, son expression reflétait plus ou moins celle de sa chef.

— Puis-je heureusement suppositionner que nous n'entendrons plus parler de ce tralala de gangs ? demanda Ehrhart, célèbre pour son sens créatif dans le domaine de l'expression libre.

Andy n'osait plus ouvrir la bouche.

— Vous êtes où ?

Andy enfonça plusieurs boutons sur le téléphone, simultanément, pour donner l'impression qu'il y avait des problèmes sur la ligne. Puis, délicatement, il appuya sur le commutateur, et il raccrocha.

— *Ce tralala.*

Il en pleurait de rire.

— Bravo, dit Virginia. Maintenant, elle va nous appeler. Je te remercie, Andy. Chaque fois que tu discutes avec elle au téléphone, c'est pareil, bordel ! Ensuite, elle nous appelle, le chef ou moi. Merci infiniment !

— Nous avons des problèmes à régler, déclara Judy. Nous nous occuperons de Lelia plus tard. Elle nous prend déjà suffisamment de temps.

— Pourquoi vous n'en touchez pas un mot au gouverneur Feuer ? dit Andy en inspirant à fond et en séchant ses larmes.

— Je lui en parlerai s'il me pose la question, répondit Judy. Nous avons besoin d'un manuel d'utilisation très simple pour le programme Comstat. Il faut absolument régler cette question de l'ordinateur. Ça fait combien de temps qu'on a commencé ? Trois mois ? Un quart de l'année déjà. Et ils n'arrivent toujours pas à utiliser l'ordinateur. Vous comprenez, l'un et l'autre, à quel point c'est embêtant ?

Andy redevint sérieux.

— Oui. Je comprends. Si on ne leur laisse même pas ça, on aura échoué.

— Je suis désolée pour ce surcroît de travail, dit Judy en arpentant le bureau. Mais il nous faut ce manuel le plus vite possible.

— Ça veut dire quoi, « le plus vite possible » ? demanda Virginia, méfiante.

— Dans deux semaines, au plus.

— Bon sang ! (Virginia se laissa tomber sur le petit canapé.) Je travaille déjà du matin au soir, je me tape les patrouilles, j'accompagne les inspecteurs, etc.

— Moi aussi, renchérit Andy. Et en plus, je m'occupe du site Internet.

— Je sais, je sais. (Judy s'arrêta pour contempler, par la fenêtre, les tours du centre de Richmond.) J'ai mon ordinateur à la maison. J'apporterai ma contribution. On est tous dans la même galère. Je crois que le mieux c'est de nous répartir les responsabilités. Andy, tu t'y connais en programmation, commandes et ainsi de suite. Tu peux t'occuper de la partie plus technique, et toi, Virginia, tu seras chargée de rédiger tout ça noir sur blanc, en termes basiques, compréhensibles par des policiers.

Virginia se demanda si elle devait considérer cela comme une insulte.

— Pour ma part, ajouta Judy, j'essaierai d'ajouter les concepts, l'aspect philosophique du projet, et de replacer tout ça dans le contexte. Et ensuite... Andy, c'est toi l'homme de lettres, tu rassembleras le tout.

— Je suis d'accord, il faut le faire, dit Virginia, mais si tu veux mon avis, le seul truc qui pourra vraiment convaincre ces gens-là, c'est de voir Comstat marcher.

— Ils ne le verront jamais marcher s'ils ne peuvent pas le faire marcher, rétorqua Judy, en toute logique.

Sur ce, elle sortit du bureau. Andy et Virginia se regardèrent.

— Bon Dieu, dit Virginia. Regarde un peu dans quoi tu nous as foutus.

— Moi ? s'écria Andy.

— Oui, toi.

— C'est elle qui a eu l'idée de rédiger un manuel d'utilisation, pas moi.

— Elle n'aurait pas eu cette idée si tu n'étais pas écrivain !

Virginia avait conscience de l'aspect bancal de son raisonnement, mais pas question de faire marche arrière.

— Oh, je vois. Tout est ma faute, maintenant. Uniquement

parce que j'ai des compétences générales qu'on m'a demandé d'appliquer à un projet donné, et parce qu'on t'a demandé de m'aider, plus ou moins.

Virginia dut faire un effort pour démêler les paroles d'Andy.

— Comment ça, *plus ou moins*? demanda-t-elle. J'ai l'impression de participer plutôt plus que moins.

Le téléphone d'Andy sonna.

— Andy, j'écoute. Oh, bonjour, dit-il d'un ton plus doux tout à coup... C'est très gentil... Oui, l'endroit habituel, c'est parfait... Je suis impatient, moi aussi. Bon, il faut que je raccroche. Désolé, dit-il à Virginia.

— Sais-tu à quel point l'idée de devoir rédiger un manuel d'ordinateur me répugne? demanda-t-elle d'une voix tendue, en imaginant la riche et belle propriétaire d'Andy. Et je te signale que tu n'es pas censé passer des appels personnels au bureau!

— C'est elle qui m'a appelé. Et je te rappelle que ce n'est pas toi qui vas te taper la rédaction du manuel. C'est moi! rétorqua Andy.

— Tu parles. Écrire, une fois que tout le boulot est fait, c'est facile.

Andy sentait la moutarde lui monter au nez.

— Je t'interdis de dire que c'est facile!

— Je dis ce que je veux!

— Non, tu n'as pas le droit.

— Si! déclara-t-elle.

— Alors, vas-y, écris-le.

— Pas question. J'ai déjà assez de travail.

— Euh... excusez-moi..., dit une voix dans leur dos.

Fling brandissait son agenda, figé sur le seuil du bureau, n'osant entrer. Virginia et Andy interrompirent leurs chamailleries et le regardèrent.

— Je m'en vais, dit Virginia.

Elle joignit le geste à la parole.

— Agent Brazil, dit Fling, je voulais juste vous rappeler votre rendez-vous de 13h56 au lycée Godwin. Je crois que vous devez prendre la parole devant tous les élèves à l'auditorium.

— Ah, zut, marmonna Andy en jetant un coup d'œil à sa montre. Vous savez comment on fait pour y aller d'ici?

— Non, répondit Fling. J'y ai jamais foutu les pieds.

L'esprit d'Andy s'emballait.

— Hein ? Quoi ?

— Je suis allé à Hermitage.

— Attendez. (Andy se leva d'un bond derrière son bureau.) Virginia, reviens !

— Dans Hungary Springs Road. (Fling se laissait bercer par ses souvenirs.) Vous savez, Godwin n'est pas le seul bon lycée des environs.

Virginia revint dans le bureau, avec un air de défi renforcé par son ensemble kaki qui s'accordait à la noirceur de ses yeux et au roux profond de sa chevelure. Sa silhouette était plus svelte qu'elle ne le méritait, vu le peu d'efforts qu'elle accomplissait pour l'entretenir.

— Quoi encore ? demanda-t-elle.

— Vous devriez aller à Hermitage également. Pour parler avec les élèves de là-bas. (Fling poursuivait sur sa lancée.) C'est bien d'aller dans une école, mais les autres, alors ?

— Au cas où tu aurais oublié, dit Andy à Virginia, en resserrant les lacets de ses bottes, tu es censée m'accompagner au lycée Godwin.

— Ah, merde.

5

Muskrat Auto-Secours était un peu la deuxième maison de Bubba, et, aujourd'hui plus particulièrement, il s'en réjouissait. L'agent Budget lui avait simplement donné un avertissement, mais qu'importe, Bubba était traumatisé. Le flic l'avait insulté. Il avait fait resurgir de vieilles blessures, des humiliations du passé, et par-dessus le marché il avait été injuste, ignoble même, en affirmant que c'était Bubba le raciste.

L'atelier de Muskrat était situé derrière son ranch de brique, sur plusieurs hectares de terrain jonchés de débris, près de Clopton Street, entre Midlothian et Hull. La clôture qui bordait le garage de Muskrat et les annexes était constituée de vieux pneus empilés. Le sol en terre battue était parsemé de boîtes de vitesses, des carters étaient recouverts de bidons d'huile en plastique pour les protéger de la pluie. Des voitures, des vans, des pick-up, un tracteur, et même un vieux camion de pompiers, utilisé chaque année lors de la parade des Azalées, se trouvaient encore là où Muskrat les avait abandonnés. Bubba s'arrêta devant la grande porte ouverte de l'atelier, coupa le moteur et descendit de voiture.

Il retrouva un peu le moral, momentanément, en voyant le royaume mécanique de Muskrat, qui aurait pu fort bien passer pour un atelier de carrosserie si la plupart des pièces n'étaient pas rouillées, et ne dataient pas d'une époque primitive de l'évolution automobile. Bubba contourna un vérin pneumatique et une presse antiques. Il se fraya ensuite un chemin au milieu d'un ensemble hétéroclite de pots de fleurs, de tuyaux d'arrosage, de pare-chocs, d'ailes de voiture, de capots, de sièges, de tas de bûches et de vieux barils débordant de pièces détachées.

Bien qu'il en parle rarement, Bubba était convaincu qu'il existait un triangle des Bermudes pour les véhicules. Il était certain que les voitures et les camions emportés par les glissements de terrain et les tornades, ou alors disparus et soi-disant volés, se retrouvaient dans des endroits comme celui-ci, chez Muskrat, où on prenait soin d'eux pour qu'ils puissent aider des humains à poursuivre leur voyage dans cette vie. D'ailleurs, Bubba avait l'intention de faire part de ses convictions en écrivant à « Click and Clack'Car Talk » sur Internet, ou même à son chroniqueur préféré, Mlle Pièces Brisées, qui était en réalité un homme.

— Hé, Scrat ! s'écria Bubba.

Il entra dans le garage, où une vieille chaudière brûlait un mélange d'huile de moteur sale et de bois.

— Scrat ? Où t'es, nom de Dieu ?

Il n'était pas toujours facile de trouver Muskrat au milieu de tout ce fouillis de morceaux de radiateurs, de carters, de pompes à graisse, de chaînes, de câbles de remorquage, de courroies, de tuyaux d'essence, de tuyaux d'aspirateur, de câbles de démarrage artisanaux, d'établis faits avec des vieilles roues de Ford et de pièces d'embrayages. Les plaques de pression étaient entassées comme des *doughnuts* sur des bouts de tuyaux d'échappement. Il y avait aussi des moulins, un palan pour extraire les moteurs des voitures, et des centaines de clés en tout genre, des pinces, des ciseaux, des alênes, des étaux, des presses, des ressorts, des accessoires de perceuses, des bougies, des maillets et des marteaux en cuivre.

— Pourquoi t'as foutu le chauffage, Scrat ?

— Pour pas avoir mal aux articulations. Alors, qu'est-ce que t'as essayé de réparer cette fois ?

La voix de Muskrat, étouffée, lui parvenait de sous une Mercury Cougar 96 montée sur cric.

— *Qui* c'est qu'a essayé, hein ? répliqua Bubba d'un ton accusateur.

Muskrat était allongé à plat dos, sur une planche à roulettes. Il sortit de sous la voiture en roulant et apparut tel un magicien en ensemble bleu de mécanicien, coiffé d'une casquette publicitaire pour les accessoires auto NAPA.

— Tu veux dire que c'est moi qu'ai essayé ? demanda-t-il.

Muskrat avait au moins soixante-dix ans, et des mains râpeuses et dures comme de la corne.

— Y a mon pare-brise qui fuit encore, expliqua Bubba. C'est toi qui l'as réparé la dernière fois, Scrat.

— Hmm, fit Muskrat en arrachant plusieurs longueurs de papier toilette à un rouleau industriel fixé au-dessus de sa tête, avec lequel il entreprit de nettoyer ses lunettes. Amène ta bagnole ici, Bubba. J'vais y jeter un œil, mais je t'ai déjà dit de demander aux gars de chez Harding Glass de t'installer un nouveau pare-brise. Ou alors, balance carrément cette saloperie et achète-toi une bagnole qui tombe pas en panne à chaque instant.

Bubba ressortit du garage en faisant la sourde oreille. Il remonta à bord de sa Jeep et fit rugir le moteur, titillé par la colère. Il ne pouvait et ne voulait pas croire que son pote Smudge l'avait arnaqué. Smudge ne pouvait pas lui avoir vendu une bagnole merdique, impossible. Cette éventualité faisait renaître en Bubba le souvenir d'autres injustices, tandis qu'il se garait à l'intérieur du garage, au-dessus de la fosse à côté de la Cougar, et descendait de voiture.

— Faut que je te le dise, Scrat, il y a des brutalités policières dans cette ville, déclara-t-il.

— Ah bon ? marmonna Muskrat en examinant le pare-brise.

— Quelque chose me dit que je devrais faire quelque chose.

— Y a toujours quelque chose qui te dit quelque chose, Bubba.

— Pour des raisons trop compliquées à expliquer, le nouveau chef de la police, cette bonne femme qui vient d'arriver, a besoin de mon aide, Scrat.

— Tu as toujours des raisons compliquées, Bubba. À ta place, je m'occuperais pas de ça.

Bubba ne pouvait pas s'empêcher de repenser au chef Hammer. Il avait entendu prononcer son nom dans son téléphone portable ce matin. Il y avait forcément une raison ; ce n'était pas un hasard.

— Il est temps qu'on se mobilise, Scrat.

— Qui ça, « on » ?

— Les citoyens comme nous. Faut qu'on s'engage.

— Je trouve pas ta fuite, dit Muskrat.

— C'est juste là. (Bubba désigna le haut du pare-brise, près du rétroviseur.) La flotte coule par là. Tu veux une clope ?

Bubba sortit son paquet de cigarettes.

— Tu ferais bien d'arrêter, mon gars, dit Muskrat. Mâche donc des chewing-gums. C'est ce que je fais pour me passer l'envie quand je bosse où y a de l'essence et tout ça.

— Tu oublies que j'ai été opéré. Je souffre le martyre avec mes mâchoires.

Bubba s'amusa à les faire craquer d'un côté et de l'autre.

— Je t'avais dit de pas te faire mettre toutes ces saloperies de couronnes, répondit Muskrat en se munissant d'un vaporisateur Windex rempli d'eau et en déroulant un tuyau d'air comprimé. Tu serais plus peinard si tu te les faisais toutes arracher pour te faire mettre un râtelier, comme moi.

Muskrat exhiba ses prothèses dans un grand sourire.

— Bon. J'vais me foutre à l'intérieur avec le tuyau, et quand j'te le dirai, tu pulvérises la flotte, expliqua Muskrat.

— C'est ce qu'on a fait la dernière fois, dit Bubba. Ça a servi à rien.

— Oui, c'est comme soigner tes couronnes, répliqua Muskrat, têtu, en s'asseyant au volant. Tout ce que tu fais, c'est aller chez le dentiste. À ta place, je m'en ferais mettre des nouvelles qui ressemblent pas à des touches de piano. En tout cas, tu ferais mieux de remplacer cette saloperie de pare-brise. Cette bagnole a été accidentée.

Ce n'était pas la première fois que Muskrat le lui disait.

— ... C'est pour ça que tout arrête pas de déconner, Bubba. Plus le fait que t'essayes toujours de réparer toi-même.

— Elle a pas eu d'accident, je te dis !

— Bien sûr que si. À ton avis, ça vient d'où tout ce Rubson, de l'usine ?

— Je t'interdis de parler comme ça de Smudge, dit Bubba.

— J'ai pas parlé de Smudge.

— Smudge, c'est mon meilleur pote depuis qu'on allait au cathé ensemble, ça date pas d'hier.

— Ça date du temps où t'allais à l'église pour écouter ton père, lui rappela Muskrat. Souviens-toi, t'étais le gosse du pasteur.

Bubba fut ébranlé par un nouveau souvenir. *Le gosse du*

pasteur Fluck. Il avait complètement oublié ce surnom. L'espace d'un instant, il resta muet. Ses boyaux se réveillèrent.

— Je te fais juste remarquer, dans ton intérêt, Bubba, que c'était pas une mauvaise affaire pour Smudge d'être dans le camp du pasteur. Tout le monde n'a pas une haute opinion de lui, comme toi.

Muskrat connaissait les histoires qui circulaient en ville à propos de tous ceux qui avaient possédé un jour une voiture qu'il fallait réparer, y compris la Dodge Dart de Mlle Prum, directrice du catéchisme à la Deuxième Église presbytérienne, dans le vieux centre historique, où le docteur But Fluck avait occupé le poste de pasteur principal.

— Écoute, il est déjà 18 h 30, et faut que je retourne bosser de bonne heure ce soir, comme si j'avais pas déjà eu une journée de merde. Occupons-nous de cette fuite, dit Bubba, alors qu'une Escort s'arrêtait devant l'atelier.

— Je fais aussi vite que j'peux, répondit Muskrat.

Il ôta l'habillage de la Jeep, puis le carton du plafond pour examiner le joint en polyuréthanne noir caoutchouteux.

— Au moins, t'as pas essayé de réparer toi-même, pour une fois, commenta-t-il.

— J'ai pas eu le temps, dit Bubba.

— Tant mieux, vu qu'à chaque fois tu fais qu'aggraver les choses, dit Muskrat, en toute franchise.

Ils n'avaient pas vu entrer l'adolescent propre sur lui, jusqu'à ce qu'il s'approche et les fasse sursauter.

— Salut, dit-il. Je voulais pas vous faire peur.

— Faut pas s'approcher des gens en douce, comme ça, petit, dit Muskrat.

— J'ai une vitre pétée, dit l'adolescent.

— Tu attends sagement dans un coin, dit Muskrat. Je m'occupe de toi dès que j'en ai fini avec ça.

Bubba, lui non plus, n'en avait pas terminé.

— Je te signale que j'ai fait tous mes branchements moi-même pour ma caravane, dit-il.

— Ouais, et t'as branché les clignotants à l'envers, rétorqua Muskrat.

— Et alors, où est le problème ?

— Tu veux que je te rappelle un *gros problème* ? Tu te souviens de la courroie ?

— Les indications étaient pas claires, dit Bubba.

— Tu t'es débattu avec ce machin pendant cinq heures, et ça t'a pas empêché de tout monter de travers : le côté strié contre le côté lisse, au lieu de mettre le côté strié contre le côté strié, et le côté lisse contre le côté lisse. Résultat, tu as flingué l'alternateur, la direction assistée et la pompe à eau. T'as de la chance de pas avoir serré le moteur et d'être obligé d'en acheter un neuf. Vas-y, tu peux balancer la flotte.

— Euh, excusez-moi? dit poliment l'adolescent. Vous croyez que ça va prendre longtemps?

— Va falloir attendre une p'tite minute, répondit Muskrat.

Bubba aspergea d'eau le haut du pare-brise, au niveau du rétroviseur, avec la bouteille de Windex, pendant que Muskrat projetait de l'air comprimé de l'intérieur, au niveau du joint.

— Avant ça, ajouta Muskrat, reprenant la conversation là où il l'avait arrêtée, tu as voulu remplacer le commutateur au mercure du coffre, et là encore, tu t'es planté. La lumière du coffre restait allumée en permanence, et ta batterie était toujours morte. Avant ça, t'avais changé tes freins et t'avais monté les plaquettes à l'envers; et la fois d'avant, t'avais oublié le ressort antivibrations, la pince en fer à cheval du frein de secours, et la manette est tombée dans le tambour.

Bubba adressa un clin d'œil à l'adolescent, pour lui faire comprendre que Muskrat exagérait. Celui-ci se dirigea vers un établi, où l'appareil de chauffage réchauffait plusieurs tubes de polyuréthanne SikaTack Ultrarapide. Il prit un pistolet à mastic et introduisit un tube à l'intérieur.

— Et tu te souviens de la fois où t'as oublié la goupille, et que les deux roues ont fait le grand écart? ajouta Muskrat.

— Ah, quel baratineur celui-là, dit Bubba en s'adressant à l'adolescent.

Un filet d'eau coula à l'intérieur du pare-brise. Muskrat étala un épais boudin de polyuréthanne noir et se lécha le doigt pour l'aplatir. Sur ce, il descendit de voiture pour appliquer un filet de polyuréthanne à l'extérieur.

— Faut attendre environ un quart d'heure, avant de refaire un test, déclara-t-il. La vérité, c'est que les joints sont plus étanches. Je parie que le vent doit sacrément siffler.

Pas question pour Bubba de le reconnaître. Muskrat se dirigea vers la bassine de solvant et trempa ses mains dans le liquide opaque.

— Qu'est-ce que tu voulais, toi ? demanda-t-il enfin à l'adolescent.

— Ma vitre électrique marche plus, à l'arrière.

Le jeune homme était poli, mais son regard était dur.

— Ce doit être le moteur qui déconne, suggéra Bubba, l'as de la mécanique. Mais faudra attendre, mon gars. J'étais là avant.

— On a quelques minutes, dit Muskrat. Je vais m'occuper de lui.

Muskrat s'essuya les mains et sortit pour aller examiner l'Escort. Il ouvrit la portière arrière gauche et ôta le placage, tandis que le jeune type scrutait les environs.

— Hé, Bubba, tu veux bien m'apporter la pince pour dénuder les fils ? lança Muskrat. T'as de la chance, p'tit, dit-il. C'est pas l'interrupteur, ni le moteur. T'as juste un fil pété dans la portière. Suffit de le rafistoler. C'est comment, ton nom, au fait ?

— Smoke.

— Tiens, c'est original, commenta Muskrat.

— Tout le monde m'appelle comme ça, répondit Smoke avec un haussement d'épaules. J'espère qu'on va régler votre problème, dit-il à Bubba. Je suis nouveau dans le coin. Les gens ont l'air sympa.

— C'est le Sud, répondit Bubba avec fierté.

— Je parie que vous êtes d'ici, vous.

— Je pourrais pas être d'ailleurs. En fait, je suis encore plus du Sud qu'avant.

— Comment ça ? demanda Smoke, avec un petit sourire qui aurait pu passer pour une expression de mépris, si Bubba avait fait attention.

— Je suis né dans le Northside, et j'ai déménagé dans le Southside.

— Ah oui ? Où ça ?

— Forest Hills. Dans Clarence, répondit Bubba, flatté par l'intérêt que lui portait ce garçon et la manière respectueuse dont il s'adressait à lui. On peut pas louper ma maison. C'est celle avec le chien de chasse dans l'enclos. Half Shell, il s'appelle. Il aboie du matin au soir, et pourtant, il ferait pas de mal à une mouche.

— C'est pas un très bon chien de garde s'il aboie tout le temps, dit Smoke.

— Tu l'as dit.

— Vous chassez avec ?

— Et comment !

— On dirait que les gars du Sud s'y connaissent en armes.

— Un peu, mon neveu !

Muskrat entortilla les fils qu'il avait dénudés, et c'était fini.

— Quand j'avais ton âge, dit Bubba à Smoke, je réparais moi-même les trucs comme ça.

— Je ne suis pas très doué en mécanique, dit Smoke.

— Faut apprendre, mon gars ! Tu t'achètes de bons outils, des bouquins, et ensuite, t'apprends sur le tas. C'est pareil pour le bricolage dans la maison. Tu construis toi-même ta véranda et tu répares ton toit... Tiens, pas plus tard que l'autre jour, j'ai acheté une nouvelle porte de garage chez Sears. Je l'ai installée tout seul.

— Sans blague ? dit Smoke. Avec la télécommande et tout ça ?

— Un peu, mon neveu. La satisfaction que t'en retires, tu peux pas te la payer avec du fric.

— Vous devez avoir un sacré atelier, dites donc.

— Il a fallu que j'agrandisse le garage. J'ai absolument tout : même un compresseur à air DeVilbiss, et des outils de diagnostic, pour pouvoir tester tout un tas de pressions et les flux de masse d'air.

— J'ai pas besoin de toutes ces conneries, et toi non plus, Bubba, déclara Muskrat. Mais moi au moins, je sais me servir de ce que j'ai.

Muskrat remit le placage de la portière et se redressa. Il s'installa au volant, mit le contact et testa la vitre. Elle remonta dans un bourdonnement.

— Et voilà, ça glisse comme dans du beurre, déclara-t-il fièrement, en essuyant ses mains sur son pantalon.

— Ouah, merci, dit Smoke. Combien je vous dois ?

— La première fois, c'est la maison qui offre, dit Muskrat.

— C'est sympa. Merci infiniment.

— Hé, le Gun & Knife Show arrive dans deux semaines !

s'exclama Bubba, qui venait de s'en souvenir. Je cherche des chargeurs de vingt balles pour ma nouvelle 92FS M9 Special Edition, la plus belle arme militaire du monde. Faudra que je te montre ça, Muskrat. C'est vendu avec la ceinture, l'étui et le porte-chargeur. Ils avaient le même pour les opérations Juste Cause, Tempête du Désert, Bouclier du Désert, Restore Hope et Joint Guard.

— Tu m'en diras tant.

— Je me tâte pour savoir si je vais acheter le coffret de présentation. En noyer, avec un couvercle en verre gravé. Et des poignées en noyer aussi.

Bubba n'en pouvait plus.

— C'est moins pratique si tu as l'intention de tirer avec.

— Et comment que je vais tirer avec ! Des Winchester Silvertip 115 grains à forte puissance.

Muskrat se tourna vers Smoke.

— Comment ça se fait que t'es pas à l'école, toi ?

— J'ai un trou entre deux cours. D'ailleurs, faut que j'y retourne.

Muskrat attendit que Smoke remonte dans sa voiture, puis s'éloigne.

— T'as remarqué les yeux de ce gamin ? dit Muskrat. On dirait qu'il a bu.

— Comme si on faisait pas la même chose à son âge, répondit Bubba. Alors, c'est bon à ton avis ? Il est sec, ton polyuréthanne ?

— Normalement. Mais ne te fais pas trop d'illusions.

Ils recommencèrent le test avec le tuyau d'air et le pulvérisateur. La fuite était toujours là. Muskrat prit le temps d'étudier le problème, jusqu'à ce qu'il en trouve la cause.

— T'as une toute petite fissure dans le toit, déclara-t-il.

6

Weed refusa de lire son histoire, et Mme Grannis en vint à se demander s'il en avait vraiment écrit une. Elle était terriblement déçue, et les autres élèves de la classe ne savaient pas quoi penser. Weed avait toujours été le plus enthousiaste, le petit génie des cours de dessin. Et voilà que soudain il se renfermait sur lui-même, il ne voulait plus participer, et plus Mme Grannis insistait, plus il s'obstinait. Il finit même par se montrer impoli.

— Si j'ai choisi de faire un poisson, ça me regarde, dit-il en récupérant son sac à dos sous sa table.

— Tu avais un devoir à faire, comme tous tes camarades, répliqua Mme Grannis avec fermeté.

— Y a que moi qu'ai fait un poisson.

Weed leva les yeux vers la pendule au mur.

— Raison de plus. Nous sommes impatients que tu nous en parles, dit Mme Grannis.

— Allez, Weed !

— Lis-nous ton truc.

— C'est pas juste ! On t'a lu les nôtres.

Il était 13 h 48. Le cours se terminait dans trois minutes. Mme Grannis était désespérée. Weed faisait sa tête de mule ; il se tenait raide sur sa chaise, la tête baissée, comme si on allait le frapper. Ses camarades commençaient à s'agiter ; ils attendaient que la cloche sonne.

Mme Grannis brisa finalement le silence :

— Bien. Demain, nous commençons l'aquarelle. Et n'oubliez pas, nous avons un rendez-vous spécial juste après ce cours.

Henry Hamilton était le joueur vedette de l'équipe de baseball, et il détestait toutes les activités qui l'obligeaient à rester assis après 14 heures. Il fit la grimace, s'écroula sur son siège et poussa un bruyant soupir. Eva Grecci l'imita, car elle nourrissait une passion douloureuse pour Hamilton. Randy Weisfenning n'était pas content, lui non plus.

— Nous avons deux éminents officiers de police envoyés à Richmond par le NIJ, dit Mme Grannis. Ils ont généreusement accepté de venir nous parler aujourd'hui.

— Nous parler de quoi ?

— Du crime, je suppose.

— Oh, j'en ai marre d'entendre parler de ça.

— Oui, moi aussi. Ma mère, elle veut même plus lire le journal.

— Mon père, lui, il pense que je devrais mettre un gilet pare-balles pour venir en classe ! lança Hamilton en riant.

Il esquiva la taloche que voulait lui donner Weisfenning.

— Ce n'est pas drôle, dit Mme Grannis.

La cloche retentit. Tout le monde se leva d'un bond, comme s'il y avait le feu.

— « On s'en va voir le Magicien... », chantonna Hamilton, en sautillant sur une « route de brique jaune[1] » imaginaire.

Eva Grecci éclata de rire, un peu trop fort.

— Weed, dit Mme Grannis. Il faut que je te parle.

Il s'approcha du bureau en traînant les pieds. La salle de classe se vidait ; bientôt, ils se retrouvèrent seuls.

— C'est la première fois que tu ne rends pas un devoir, dit-elle d'un ton doux.

Weed haussa les épaules.

— Tu veux bien m'expliquer pourquoi ?

— Parce que.

Il haussa les épaules de nouveau. Il sentait monter les larmes.

— Ce n'est pas une réponse, Weed.

Il cligna des yeux et détourna le regard. Tous ses sens étaient en ébullition. Dans une heure, il devait retrouver Smoke sur le parking.

— J'y suis pas arrivé, répondit-il en songeant au récit de cinq pages caché à l'intérieur de son sac à dos.

— Je m'étonne que... tu n'y sois pas arrivé.

1. Référence au *Magicien d'Oz*. *(N.d.T.)*

Mme Grannis mesurait ses paroles.

Weed ne dit rien. Il avait passé la moitié du samedi à rédiger quatre brouillons, avant de recopier méticuleusement la version définitive, au feutre noir, en formant de belles lettres qu'il avait découvertes dans un coffret de calligraphie et modifiées dans son style plus audacieux, génial, totalement unique. La deuxième sonnerie retentit.

— C'est l'heure d'aller à l'auditorium, dit Mme Grannis.

Weed sentait qu'elle scrutait son visage, à la recherche d'une explication. Et il savait qu'elle espérait que les professeurs n'avaient pas commis une erreur en le conduisant jusqu'aux extrêmes limites de l'enseignement artistique du lycée Godwin.

— J'ai pas envie d'aller écouter des flics, dit Weed.

— Weed ? (Il n'était pas question de discuter.) Tu t'assoiras à côté de moi.

Andy Brazil arrêta la voiture de patrouille dans l'allée circulaire devant l'entrée principale du lycée et, bien qu'il n'ait cessé de se plaindre durant tout le trajet, il se sentit heureux d'être là lorsqu'il descendit de voiture, sous le regard ébahi des élèves qui déambulaient. Pas un instant Andy n'imaginait l'effet qu'il produisait, grand, les traits ciselés, en uniforme, et que cela expliquait peut-être pourquoi il attirait si souvent l'attention.

En vérité, il n'avait jamais vraiment accepté son physique. En partie parce qu'il était enfant unique, laissé à la merci d'une mère qui avait toujours été trop malheureuse, et par la suite trop ivre, pour considérer son fils comme une personne indépendante d'elle. Quand elle le regardait, elle voyait l'image floue de son mari, tué quand Andy avait dix ans. Dans ses moments de fureur, c'était contre le père d'Andy qu'elle fulminait, c'était lui qu'elle frappait, qu'elle suppliait de ne pas la quitter.

— Tu sais où on doit aller, nom de Dieu ? demanda Virginia en claquant la portière de la voiture de patrouille.

Andy parcourut les notes que Fling lui avait données.

— On entre, on tourne à gauche...

— On entre par où ?

— Euh... Attends... C'est pas marqué. On doit « franchir la porte en face, suivre le couloir vert, passer d'autres portes, jusqu'au couloir bleu et là... on tombe sur un panneau d'affichage avec des photos ».

— Putain, dit Virginia, tandis qu'ils se mettaient en marche.

— Ensuite, ajouta Andy, on peut pas le manquer, paraît-il.

— C'est un complot, je te le dis. Ils ont volontairement refilé Fling à Hammer pour la faire chier.

— Pas forcément, répondit Andy. (Il lui ouvrit une des portes, et ils pénétrèrent dans l'établissement.) L'ancien chef de la police l'a eu à ses côtés pendant trois ans.

— Oui, et il s'est fait virer pour incompétence.

— Ah !

Andy venait d'apercevoir une jeune et jolie femme, sans doute un professeur, qui marchait avec un de ses élèves.

— Excusez-moi ! dit-il avec un sourire. Nous cherchons l'auditorium. Je suis l'agent Brazil, et voici le chef adjoint West.

— Oui, oui, certainement, dit Mme Grannis avec enthousiasme. Nous allions justement vous voir. Je suis Mme Grannis, et voici Weed. Vous n'avez qu'à nous suivre. C'est tout droit. Je parie que tout le monde est déjà installé et vous attend avec impatience.

Andy se pencha vers Weed.

— Alors, qu'est-ce que tu racontes, mon gars ?

— Rien.

— Oh, allons, dit Virginia. Il paraît qu'on apprend un tas de choses ici.

— Weed est notre artiste vedette, déclara fièrement Mme Grannis, en tapotant l'épaule du garçon.

Celui-ci s'écarta, et sa lèvre inférieure dessina une sorte de moue, comme une marque d'hostilité qui annonçait également l'arrivée des larmes.

— Eh, super, dit Andy en raccourcissant ses longues enjambées. C'est quoi ta spécialité ?

— Tout ce que je veux, répondit Weed.

— Ah bon ? Tu fais de la sculpture ?

— Oui.

— Des dessins à l'encre ?

— Ouais.
— De l'aquarelle ?
— Bientôt.
— Du papier mâché ?
— Fastoche.
— De l'impressionnisme ? Tu aimes Cézanne ? *Le Château noir* ?
— Hein ? (Weed leva les yeux vers Brazil.) Vous avez dit quoi ?
— Cézanne. C'est un de mes peintres préférés. Regarde ce qu'il fait, un jour.
— Il habite où ?
— Il n'est plus de ce monde.
Perplexe, Weed suivit les deux policiers et Mme Grannis dans l'auditorium, qui était plein. Les élèves se retournèrent sur leurs sièges, se demandant ce que Mme Grannis et Weed faisaient avec les deux invités prestigieux. Weed marchait la tête haute, d'une démarche nonchalante accentuée par son look « baggy ». Mme Grannis et lui se glissèrent au deuxième rang, à côté des autres professeurs. Andy et Virginia montèrent sur scène et prirent place dans des fauteuils installés sur l'estrade, sous les projecteurs. Virginia tapota sur son micro, produisant un grand bruit sourd.
— Tout le monde entend ? demanda-t-elle.
— Oui, répondirent plusieurs voix.
— Même au fond ?
— Oui.
— Où il est votre flingue, m'dame ?
Des rires parcoururent les rangées de sièges.
— Justement, commençons par là, dit Virginia, et sa voix résonna dans la salle. C'est quoi ces histoires débiles avec les armes à feu ? Évidemment que j'en ai une.
— C'est quoi, comme genre de flingue ?
— Le genre que je déteste. Parce que je déteste toutes les armes. Et je déteste même le métier de flic. Vous voulez savoir pourquoi ? Parce que j'aimerais qu'on n'ait pas besoin de flics ni d'armes.
Andy et Virginia parlèrent pendant une vingtaine de minutes. Après quoi, le proviseur, Mme Lilly, se dirigea vers la scène, tandis que les applaudissements se poursuivaient.

Andy se pencha pour tendre son micro à Mme Lilly. Celle-ci plissa les yeux, à cause de la lumière aveuglante, et annonça aux élèves qu'ils avaient le temps de poser quelques questions.

Smoke était retourné au lycée, après un bref arrêt chez Sears, où il avait volé une dizaine de télécommandes de portes de garage. Il était assis au bord de l'allée, au dixième rang. Il se leva.

— J'aimerais savoir, demanda-t-il d'une voix forte, avec des accents de sincérité, si vous pensez que certains enfants ont le mal en eux.

— Je pense que oui, répondit la femme flic d'un ton catégorique.

— J'ai envie de croire que non, déclara Mme Lilly.

— Nous aimerions tous croire que c'est faux, dit le policier blond en uniforme. Mais ce qui est important, il me semble, c'est qu'au bout du compte chacun fait des choix. Personne ne vous oblige à tricher à un examen, à voler une voiture, ou à frapper quelqu'un.

Debout dans la pénombre de l'auditorium, Smoke écoutait attentivement les réponses, d'un air parfaitement innocent, pénétré. Il n'avait pas terminé.

— Mais qu'est-ce que vous faites quand quelqu'un est vraiment mauvais, et que rien ne peut le faire changer? demanda-t-il avec beaucoup d'assurance.

— On le fout en prison.

La femme flic parlait sérieusement.

Il y eut des rires.

— La seule chose que nous pouvons faire, c'est protéger la société de ce genre d'individus, ajouta le policier blond.

— N'est-il pas vrai que les gens génétiquement mauvais sont généralement plus intelligents, et plus difficiles à arrêter? demanda Smoke.

— Ça dépend qui essaye de les attraper.

Le policier blond était un peu suffisant.

Les rires éclatèrent au moment où sonnait la cloche. Smoke quitta l'auditorium le premier en se faufilant par une porte latérale, et il se dirigea droit vers le parking. Un sourire froid se dessina sur ses lèvres; il s'imaginait livrant un combat face au flic blond et à son acolyte aux gros seins. Cette pensée l'excitait.

Le sentiment de puissance lui donnait des ailes et pulsait dans ses veines, tandis qu'il trottinait vers son Escort et ouvrait la portière. Assis au volant, il attisait son excitation en contemplant les bus jaunes formant un cercle et les centaines de gamins qui se déversaient tout à coup par les portes, joyeux, chahuteurs et pressés.

Smoke démarra et roula jusqu'au point de rendez-vous sur le parking, obligeant les autres voitures à le contourner, ou à faire demi-tour pour sortir dans l'autre sens. Pas question qu'il se déplace pour laisser passer qui que ce soit. Les voitures et les voix résonnaient autour de lui, tandis qu'il guettait l'arrivée de Weed, qui allait en baver et faire de lui, Smoke, une vedette.

Smoke avait encore envie de se caresser, mais il résista. Quand il s'imposait l'abstinence, rien ni personne ne pouvait plus l'arrêter. Il pouvait faire n'importe quoi. Il sentait naître un léger goût métallique dans sa bouche, alors qu'un flot d'énergie jaillissait d'entre ses cuisses et lui faisait exploser le crâne. Il pouvait se mettre en état de faire n'importe quoi.

Pour cela, il lui suffisait de se repasser le même fantasme dans sa tête, encore et encore. Ruisselant de sueur, sale, il était perché sur le toit d'un immeuble du centre, muni d'un AR-15, et il dégommait la moitié des salauds de flics de cette ville, introduisant les uns après les autres les chargeurs dans son fusil d'assaut, pour abattre les hélicoptères et massacrer la Garde nationale.

Smoke ne poussait jamais son fantasme beaucoup plus loin. La partie rationnelle de son cerveau comprenait que l'ultime scénario serait très certainement celui de sa mort, ou de son emprisonnement, mais ce n'était pas suffisant pour arrêter son imagination quand il était ainsi consumé par un désir si intense de violence.

Il était 15 heures passées de cinq minutes quand Weed approcha de la voiture, en balançant mollement son sac à dos à bout de bras. Smoke ne dit rien lorsque Weed monta à bord, referma la portière et attacha sa ceinture de sécurité. Il démarra et sortit lentement du parking. Il tourna dans

Pump Road et continua vers le sud jusqu'à Patterson Avenue, pendant que Weed, de plus en plus nerveux, passait sa langue sur ses lèvres et regardait fixement dehors, à travers sa vitre.

Finalement, Weed rassembla suffisamment de courage pour demander :

— Pourquoi tu as posé toutes ces questions aux flics ?

Smoke ne répondit pas.

— J'ai trouvé que c'étaient des bonnes questions.

Toujours sans dire un mot, Smoke bifurqua vers l'est dans Patterson Avenue. Et il accéléra. Il sentait la peur de Weed, et la chaleur de la fureur l'écrasait comme un mur de flammes.

— Je les ai trouvés complètement cons, ces flics. (Weed essayait de jouer les durs.) Hé, t'as faim, Smoke ? J'ai pas mangé mon sandwich à midi. Tu le veux ?

Un long silence s'ensuivit. Smoke tourna dans Parham Road.

— Pourquoi tu me dis rien, Smoke ? demanda Weed d'une voix mal assurée. Qu'est-ce que j'ai fait ?

La main droite de Smoke jaillit, comme si elle était animée d'une vie propre. Elle se referma violemment entre les cuisses de Weed.

— À quelle heure je t'avais dit de me retrouver sur le parking ? s'écria Smoke, tandis que Weed hurlait de douleur, plié en deux, les bras noués sous ses jambes croisées, la tête quasiment sur les genoux. À quelle heure, sale petit merdeux ?

— Trois heures ! gémit Weed, le visage ruisselant de larmes. Pourquoi tu as fait ça ? J'avais rien fait de mal. (Il hoqueta.) J'ai rien fait, Smoke !

— Il était quelle heure quand t'es monté dans la bagnole, petit enfoiré ? (Smoke agrippa les tresses laineuses de Weed, par-derrière.) Il était *3 h 5* !

Il tira d'un coup sec. Weed hurla de plus belle.

— *Quand je dis 3 heures, ça veut dire quoi, débile ?*

— J'arrivais pas à me défaire de Mme Grannis ! répondit Weed d'une voix entrecoupée de sanglots, haletante, en faisant d'horribles grimaces, pendant que Smoke lui tirait les cheveux, dont il arrachait certains à la racine. Excuse-moi, Smoke ! Excuse-moi ! Je t'en supplie, arrête de me faire mal.

Smoke le repoussa et éclata de rire. Il monta le son de 2 Pac dans le lecteur de CD ; un mot sur deux était *fuck* ou *nigger*. Glissant la main sous son siège, il sortit le Glock. Il enfonça le canon entre les côtes de Weed, en prenant son pied de voir ce petit merdeux trembler comme une feuille. Weed enfouit son visage entre ses mains. Il péta et rota.

— Si tu pisses ou chies dans ma voiture, je te fais sauter la bite, dit Smoke.

— Par pitié, Smoke, supplia Weed d'une toute petite voix larmoyante. Je t'en prie, arrête.

— Tu feras ce que je te dis, maintenant ?

— Oui. Je ferai tout ce que tu veux, Smoke. Juré !

Smoke rangea le pistolet sous son siège. Il monta encore le volume de 2 Pac et se mit à scander les paroles. Il n'y eut pas d'autres mots échangés, tandis que Smoke traversait le fleuve en direction de Huguenot Road, en serpentant, coupait vers Forest Hills, en évitant les péages chaque fois qu'il le pouvait. Weed ne bougeait plus. Il sécha ses larmes et garda les jambes croisées, bien serrées. Il était si petit que ses Nike touchaient à peine le plancher de la voiture. Smoke savait faire monter la pression. Il savait comment obliger les gens à lui obéir.

— Alors, ça va mieux ? demanda-t-il, en baissant la musique.

— Oui, répondit poliment Weed.

Ils roulaient maintenant sur l'autoroute Midlothian, et ils passèrent devant German School Road.

— Tu sais ce que c'est, un serment ? demanda Smoke.

Il était tout gentil désormais, détendu, comme s'ils partaient manger un hamburger ou se baladaient simplement.

— Non, répondit Weed d'une petite voix.

— Parle plus fort. J'entends pas ce que tu dis.

— Non, je sais pas ce que c'est, répéta Weed en haussant la voix.

— T'as jamais été scout ?

— Non.

— Eh bien, pour être scout, faut prêter serment. Je jure sur l'honneur de faire de mon mieux, et ainsi de suite, bla bla bla. C'est ça, un serment. Tu jures un truc, et si tu tiens pas parole, il t'arrive un truc vachement moche.

Le long de cette portion du Midlothian, tous les commerces étaient consacrés aux voitures, aux camions, et à tout ce qui tournait autour. Un restaurant *Cheers* avait fait faillite, et il n'y avait qu'une seule voiture garée sur le parking d'une librairie pour adultes. Smoke coupa dans une rue perpendiculaire non pavée et traversa le centre d'un terrain pour les caravanes : un espace boueux et désertique jonché de chaises métalliques, de pots de fleurs et de décorations de jardin en céramique. Des chats faméliques détalèrent devant eux. Des carillons tintèrent ; des camions stationnés reflétaient le soleil.

Ils pénétrèrent sur le parking lézardé et infesté de mauvaises herbes du *Southside Motel*, abandonné et condamné par des planches depuis des années. Une chaîne était tendue aux deux extrémités du chemin qui y conduisait ; les climatiseurs installés à l'extérieur des chambres étaient rouillés, le vent s'amusait à aspirer et à recracher des rideaux blancs crasseux à travers les carreaux cassés des fenêtres. Les genévriers avaient poussé en toute liberté, formant des massifs qui masquaient des pans entiers de murs ; l'herbe était morte, envahie de morceaux de verre brisé. Smoke fit le tour du motel par-derrière et se gara à côté d'un container à ordures.

— Tu te souviens quand je t'ai amené par ici, la semaine dernière ? demanda Smoke. Souviens-toi de la règle numéro 1 : personne ne se gare ici. Tu vois toutes ces pancartes « Entrée interdite » ?

— Oui, répondit Weed en regardant partout autour de lui, effrayé.

— Normalement, les flics viennent pas dans ce coin, mais je veux pas prendre le risque. Si jamais ils voient ta bagnole, t'es foutu.

Il redémarra et retourna devant le motel. Weed ne dit pas un mot, tandis que Smoke effectuait une marche arrière pour venir se garer le long d'un chemin boueux, creusé d'ornières, en bordure du camp de caravanes.

— Voilà comment je fais pour venir ici, déclara Smoke en coupant le moteur, avant de récupérer son Glock sous le siège. Toi, va falloir que tu rentres d'une autre façon, vu qu'il y a rien que des pauvres Blancs de merde, par ici ; tu risques de te faire repérer. Ils pourraient même appeler les flics.

— Je fais quoi, alors ? demanda Weed en descendant de voiture et en jetant des regards furtifs aux alentours.

— Toi, tu coupes à travers Fast Track, Jiffy Tune, Tunpike Auto Parks, ou n'importe quel machin au bord de la route, et tu traverses les bois derrière le motel, dit Smoke en glissant son pistolet dans la ceinture de son jean, sur le devant, avant de rabaisser par-dessus son sweat-shirt des Chicago Bulls.

Il emprunta le chemin de terre d'un pas vif ; Weed le suivait tant bien que mal, en boitant, et en souffrant visiblement. Smoke savait que sa nouvelle recrue se demandait si on allait lui faire sauter la cervelle derrière un motel abandonné, au milieu de nulle part, et Smoke le laissait se ronger les sangs. Smoke savait flairer la peur. Sa satisfaction était immédiate quand il faisait souffrir un être quelconque. Il avait appris cela tout petit, en voyant la panique dans les regards, en sentant la terreur dans les battements de cœur précipités de la créature plus faible qu'il torturait à mort.

Smoke venait d'un foyer plus favorisé que bien d'autres, élevé par des parents aisés et larges d'esprit, qui ne l'avaient jamais embêté, ni brimé, et n'avaient jamais pensé que leur fils puisse être mauvais. Ils préféraient lui donner la permission, plutôt que d'inciter l'enfant à agir de manière clandestine. Ils pensaient qu'en étant des parents confiants et équitables leurs trois enfants feraient nécessairement les bons choix. Le frère et la sœur aînés de Smoke avaient, semble-t-il, prouvé le bien-fondé de leur philosophie. Ils obtenaient de bons résultats à l'université, ils fréquentaient des gens bien, ils nourrissaient des ambitions normales.

Smoke, lui, avait toujours été différent. Durant les interminables séances d'évaluation et d'orientation à Durham, et au centre spécialisé de Butner, il ne s'était jamais plaint de sa famille, ni d'une seule chose qui lui soit arrivée ou pas. Il n'avait rejeté sur personne la responsabilité de ce qu'il était ; il s'en était attribué tout le mérite. Il s'était catalogué comme psychopathe. Et il se donnait du mal pour faire honneur à ce titre. Smoke était convaincu qu'un jour le monde entier connaîtrait son nom.

Pour l'instant, il n'en faisait pas baver à Weed, et celui-ci se montrait reconnaissant et coopératif, comme il convenait. Leurs pieds faisaient tinter des morceaux de bouteilles brisées et délogeaient des cailloux ; plusieurs hectares de bois touffu masquaient l'arrière du motel aux yeux des automobilistes, nombreux, qui empruntaient les routes et les rues avoisinantes. Smoke se dirigea droit vers une grande planche de contreplaqué appuyée contre un mur, derrière un bosquet de genévriers. Les yeux plissés, il scruta l'autre côté et tendit l'oreille. Il fit glisser la planche sur le côté et franchit un cadre en aluminium, vide et tordu, vestige d'une porte-fenêtre coulissante.

— Qui tient le bar aujourd'hui ? lança-t-il à l'adresse de la fille et des trois garçons qui se trouvaient dans cette chambre moite empestant la moisissure. On a un événement à célébrer. Weed, je te présente ta nouvelle famille. Elle, c'est Divinity, et les trois connards, c'est Dog, Sick et Beeper.

— C'est leurs vrais noms ? ne put s'empêcher de demander Weed.

— Leurs noms d'esclaves, répondit Smoke.

7

Les Piranhas sirotaient de la vodka dans des gobelets en papier et fumaient des cigarettes. Affalés sur des matelas souillés à l'odeur fétide, ils regardaient Weed d'un air amusé ; leurs yeux semblaient se moquer de lui.

Divinity avait la peau très brune ; pourtant, Weed n'aurait pas dit qu'elle était noire. Hispanique peut-être, ou un peu tout ça mélangé. Elle ne portait pas de soutien-gorge et son maillot de corps, noir, fin et moulant, laissait voir plus que Weed n'en avait jamais vu, pour de vrai. Ses longues jambes, dans son jean usé, étaient grandes ouvertes. Elle était vraiment mignonne.

Dog était un costaud à l'air méchant et stupide ; Sick avait de l'acné, des cheveux bruns quasiment rasés et cinq anneaux dans l'oreille droite. Beeper paraissait un peu plus gentil que les autres, mais peut-être était-ce parce qu'il était aussi petit que Weed. Chacun d'eux avait un chiffre tatoué sur l'index droit, et ils semblaient indifférents à la saleté repoussante des matelas, à la pourriture de la moquette marron.

Le sol était jonché de simples chaises en bois qui évoquaient l'école dans l'esprit de Weed, de plateaux télé, de boîtes de serviettes en papier et de gobelets. Des bougies de toutes tailles et de toutes couleurs surnageaient dans des océans de cire fondue, puis durcie, sur les rebords de fenêtres ; les meubles du motel étaient tellement gondolés que le placage en Formica se recroquevillait. Dans un coin étaient empilés des boîtes de craie, des gommes, un projecteur de diapositives, des livres de la bibliothèque, un tableau en liège, des taies d'oreiller et au moins une douzaine de portefeuilles et de sacs à main vides, et autant de paires de chaussures de tennis en cuir, de différentes tailles. Des caisses de bouteilles d'alcool montaient jusqu'au plafond auréolé par des fuites d'eau. Smoke alluma une des bougies, pendant que Divinity versait de la vodka dans un gobelet et le lui tendait.

— Tu vas changer mon nom, à moi aussi ? demanda Weed.

— Trouve-lui un nom, ordonna Smoke à Divinity.

Elle versa de la vodka dans un gobelet pour Weed, et éclata de rire en voyant qu'il hésitait à le prendre.

— Allez, vas-y ! s'écria Smoke avec un mouvement de tête en direction de Weed.

Le papa de Weed buvait tout le temps de l'alcool, mais Weed, lui, n'en avait jamais bu. Il savait que ça rendait son papa méchant, et après, il allait traîner dehors et il ne rentrait pas chez lui, parfois même pendant tout le week-end quand Weed allait le voir. La vodka lui brûla la gorge et il faillit s'étrangler. Il sentit son visage s'enflammer, et sa tête se mit à tourner.

Smoke tendit son gobelet pour qu'on le remplisse, et il fit signe à Divinity de remplir également celui de Weed.

— En fait, dit-il, t'as déjà un nom tellement con que je vais te le laisser, je crois. On pourra pas trouver mieux que *Weed*[1], même en se creusant la tête, pas vrai ? demanda-t-il à sa bande.

— Exact, baby, répondit Divinity en s'allongeant sur le matelas, les mains derrière la tête, les seins pointés vers le plafond.

Smoke capta le regard de Weed.

— T'as jamais vu des nichons, ducon ?

Weed vida d'un trait son deuxième gobelet de vodka ; il se dit qu'il allait vomir.

— Bi... Bien sûr que si..., bafouilla-t-il.

— Je parie que t'as jamais rien vu, pauvre taré ! s'esclaffa Smoke. Sauf en photo, quand t'essayes de t'astiquer ton petit truc de rien du tout.

Tout le monde rit avec le chef, y compris Weed. Il essayait de jouer les durs et de ne pas montrer sa peur.

— Mon cul, répliqua-t-il en gonflant le torse. J'ai déjà vu des nichons plus gros que ceux-là.

1. *Weed* : mauvaise herbe, chiendent. *(N.d.T.)*

— Montre-lui.

Smoke fit claquer ses doigts en se tournant vers Divinity.

Elle releva son maillot, en souriant à Weed. Celui-ci ouvrit des yeux comme des soucoupes, et il demeura bouche bée, le visage en feu ; à tel point qu'il crut avoir de la fièvre. Elle s'était fait tatouer une cible et des pétales de fleurs à des endroits inimaginables.

— Tu peux regarder, mais si tu touches, je te fais sauter les couilles, déclara Smoke d'un ton menaçant. Tout le monde connaît la règle, hein ?

Beeper, Sick et Dog hochèrent la tête d'un air morne. Ils ne paraissaient pas du tout intéressés par Divinity et ses charmes. Smoke se laissa tomber à côté d'elle sur le matelas. Il commença à la caresser et à l'embrasser ; on aurait dit que sa langue allait se détacher de sa bouche. Weed n'avait jamais vu quelqu'un se comporter de cette façon devant d'autres personnes. Il ne comprenait pas ce qui se passait, et il avait envie de s'enfuir le plus vite possible, pour se réveiller dans une autre ville.

— Alors, baby, t'es prête à faire la popote ? demanda Smoke, en fourrant sa langue dans l'oreille de la fille.

D'un geste alangui, celle-ci tendit le bras derrière elle pour prendre une boîte de seringues et un stylo Bic. Weed regarda, avec une terreur grandissante, Smoke qui faisait chauffer une aiguille à la flamme de la bougie, pendant que Divinity écrasait le stylo avec le cul de la bouteille de vodka. Elle retira la fine cartouche d'encre et la tapota sur son poignet pour en faire sortir une petite bulle d'encre noire, comme si elle vérifiait la température du lait pour un bébé.

— C'est bon, trésor, dit-elle.

— Amène-toi, dit Smoke à Weed.

Celui-ci était paralysé.

— Qu'est-ce que tu vas faire, Smoke ?

Il avait repris sa petite voix.

— On va te donner un numéro d'esclave, trouduc.

— J'en n'ai pas besoin. Je t'assure.

— Je te dis que si. Et si tu ramènes pas immédiatement ton petit cul d'avorton... (Il tapota le matelas sur lequel il était assis avec Divinity.)... je vais être obligé de demander aux gars de te convaincre.

Weed s'avança et s'assit sur le matelas ; une odeur de moisi et de levure assaillit ses narines. Il serra les jambes et noua ses bras autour de ses genoux, en serrant les poings pour cacher ses doigts. Smoke fit tourner lentement l'aiguille dans la flamme.

— Donne ta main droite, ordonna-t-il.

— J'ai pas besoin d'un numéro.

Weed essayait de ne pas avoir l'air suppliant, mais il savait que c'était peine perdue.

— Si tu me files pas ta main tout de suite, je te la coupe !

Divinity versa de la vodka dans un gobelet et le tendit à Weed.

— Tiens, mon chou, ça va t'aider. Je sais que c'est pas agréable, mais on l'a tous fait, tu sais, dit-elle en lui montrant son joli doigt fin avec le numéro 1 tatoué de manière grossière.

Weed but la vodka et, cette fois, il eut l'impression de prendre feu. Son esprit dériva quelque part et, lorsqu'il tendit sa main, il s'étonna de pouvoir supporter les piqûres et les égratignures profondes de l'aiguille chauffée au rouge. Il ne pleura même pas. Il avait appuyé sur le bouton qui éteignait la douleur. Il ne regarda pas Divinity qui faisait goutter l'encre à l'intérieur des plaies et frottait pour la faire pénétrer. Weed vacillait, et, à deux reprises, Smoke dut lui ordonner de rester tranquille.

— Ton numéro d'esclave, c'est le 5, petit merdeux, dit Smoke. Joli chiffre, hein ? T'es dans les dix premiers comme ça. Putain, non, t'es même dans le Top 5, pas vrai ? Ça veut dire que t'es parmi les cinq premiers des Piranhas ! Mais c'est un truc qui se mérite. Pas vrai, vous autres ?

— Tu l'as dit...

— Putain de ta mère, t'as raison.

— T'en fais pas, mon chou. Tu seras à la hauteur, lui dit Divinity d'un ton rassurant.

— On va t'initier, dit Smoke en plantant encore une fois l'aiguille dans l'index droit de Weed, au-dessus de la première phalange. Tu vas nous peindre un petit truc.

Weed faillit basculer à la renverse, et Divinity dut le retenir. Elle riait et lui massait le dos.

— On va montrer à cette putain de ville qui on est, une

bonne fois pour toutes, ajouta Smoke, rempli d'alcool et de suffisance. T'as de la peinture chez toi, hein, petite tantouse d'artiste de mes deux ?

Les paroles de Smoke tourbillonnaient dans la tête de Weed, comme la Voie lactée.

— Il est tombé dans les pommes, dit Beeper. Qu'est-ce qu'on en fait ?

— Rien pour l'instant, dit Smoke. J'ai une course à faire.

Il était presque 20 heures, et Virginia West était contente. Après une longue journée de travail, elle n'avait plus la force de se lamenter à cause de la vaisselle entassée dans l'évier, du linge sale qui traînait par terre, et des vêtements propres jetés sur les dossiers des chaises, ou tombés des cintres.

Elle n'était pas obligée d'attendre qu'Andy l'appelle pour lui proposer d'aller manger une pizza ou simplement se promener, comme il le faisait autrefois, là-bas à Charlotte. Elle savait, grâce à son répondeur ultra-perfectionné, qu'il n'essayait jamais de la joindre. Mais pourquoi l'appellerait-il, d'abord ? se disait-elle. Elle prenait bien soin de lui faire savoir qu'elle n'était jamais chez elle. Ainsi, même si, par hasard, il avait l'idée de lui téléphoner, il ne le ferait pas, de peur de se casser les dents. Elle était occupée, absente, elle ne pensait pas à lui, ça ne l'intéressait pas.

À vrai dire, elle rentrait rarement aussi tôt. Généralement, Virginia préférait rentrer au bercail vers 22 ou 23 heures, quand il était trop tard pour appeler ses parents à la ferme, où elle n'allait pratiquement plus maintenant qu'elle vivait loin. Le temps était devenu le pire ennemi de Virginia. Le moindre moment d'inactivité s'accompagnait d'un sentiment de vide et de solitude insupportable qui la faisait quitter en quatrième vitesse la maison du XIXe siècle qu'elle louait dans Park Avenue, autrefois nommée Scuffletown Road, dans le quartier du Fan.

Si ce nom de *Fan*[1] ne signifiait rien pour les étrangers, et même pour la plupart des habitants de Richmond, qui ne s'intéressaient pas à l'histoire de leur ville, un rapide coup

1. *Fan* : éventail. *(N.d.T.)*

d'œil à la carte permettait d'en comprendre l'origine. En effet, le quartier en question se répandait en éventail sur plusieurs kilomètres, à l'ouest du centre, et étendait ses doigts sous forme de rues pittoresques aux noms tels que Strawberry, Plum et Grove[1]. Les maisons aux architectures singulières étaient faites de brique et de pierre, coiffées de toits en ardoises à bardeaux, percées d'impostes en vitraux, entourées de vérandas et de parapets très travaillés, ornés de fleurons et même de médaillons et de dômes. Les styles allaient de la reine Anne au néo-géorgien, en passant par la villa italienne.

La maison que louait Virginia était une élégante construction à deux étages, dotée d'une façade en granit gris et brun au rez-de-chaussée, et en brique rouge jusqu'au toit. Des frises de vitraux entouraient les châssis des fenêtres du premier étage et une petite véranda vitrée, blanche, sur le devant. Si Park Avenue avait été autrefois une des adresses les plus chics de la ville, une grande partie de ce quartier était devenue plus abordable à mesure que l'université de Virginie continuait à s'étendre. Et franchement, Virginia en venait à détester le Fan, car le bruit incessant provoquait en elle de brutales sautes d'humeur, qui, par ricochet, semblaient avoir le même effet sur Niles, son chat abyssin.

Le problème était que Virginia avait choisi, sans le vouloir, un endroit situé à quelques pas seulement de la maison natale du gouverneur Jim Gilmore, envahie par un nombre grandissant de touristes. De plus, elle habitait juste en face du *Robin Inn*, un restaurant toujours plein, fréquenté par les étudiants et les policiers qui adoraient les platées de lasagnes ou de spaghettis, et les corbeilles remplies de pain à l'ail. Quant à trouver une place pour se garer dans la rue, c'était une véritable loterie, dont les chances de gagner avoisinaient le zéro, et Virginia avait fini par haïr les étudiants et leurs voitures. Et même leurs vélos.

Elle laissa tomber sa mallette dans l'entrée ; Niles se faufila hors du bureau et regarda fixement sa maîtresse avec ses yeux bleus qui louchaient. Virginia lança sa veste de tailleur sur le canapé du salon et retira ses chaussures.

1. Fraise, Prune et Bosquet. *(N.d.T.)*

— Que faisais-tu dans mon bureau? demanda-t-elle à Niles. Tu sais que tu n'as pas le droit d'y entrer. Comment as-tu fait, d'abord? Je me souviens d'avoir fermé la porte, espèce de sac à puces!

Niles ne se sentit pas insulté. Il savait très bien, comme sa maîtresse d'ailleurs, qu'il n'avait pas de puces.

— Mon bureau est la pièce la plus moche de la maison, dit-elle en entrant dans la cuisine, suivie de Niles. Pourquoi veux-tu toujours y aller, hein?

Elle ouvrit le réfrigérateur, prit une Miller Genuine Draft et la décapsula d'une torsion du poignet. Niles sauta sur le bord de la fenêtre pour l'observer. Sa maîtresse était toujours tellement pressée qu'elle croyait avoir fermé les portes, les placards, les fenêtres et les tiroirs, et avoir rangé toutes les choses avec lesquelles Niles pourrait s'amuser en son absence, comme des clous ou des vis, des pelotes de ficelle, ou un reste de sandwich œuf-saucisse abandonné dans l'évier.

Virginia avala une longue gorgée de bière et contempla son centre d'informations personnel, un combiné téléphonique extrêmement coûteux possédant un écran vidéo, deux lignes, un identificateur d'appels et autant de numéros enregistrés qu'elle souhaitait en mémoriser. Elle interrogea son répondeur, mais il n'y avait aucun message. Elle fit défiler le registre des appels pour savoir si, par hasard, quelqu'un avait téléphoné sans laisser de message. Non, personne. Elle but une autre gorgée de bière et poussa un soupir.

Toujours perché sur le bord de la fenêtre, Niles observait sa gamelle vide.

— Ça va, j'ai compris, dit sa maîtresse, avant de boire une nouvelle gorgée de bière.

Elle pénétra dans le cellier et ressortit avec le sac de nourriture diététique.

— Je te préviens tout de suite, dit-elle en remplissant la gamelle en céramique artisanale de Niles, si tu as encore marché sur le clavier de l'ordinateur, ou si tu as foutu le bordel sous mon bureau, si tu as débranché quoi que ce soit, tu vas le regretter.

Niles sauta à terre, sans un bruit, et se mit à grignoter ses croquettes allégées, végétariennes et tristes.

Virginia ressortit de la cuisine pour se diriger vers son bureau, redoutant le spectacle qui l'attendait. Les abyssins étaient des chats dotés d'une intelligence hors du commun, et Niles dépassait assurément la norme, ce qui n'allait pas sans poser des problèmes, car il était d'une nature curieuse, et il manquait d'activités par-dessus le marché.

— Nom de Dieu ! s'exclama Virginia. Comment t'as fait ça, bordel ?

Le plan de la ville de Richmond scintillait sur son écran d'ordinateur. Non, c'était impossible. Elle était certaine que l'ordinateur était éteint quand elle était partie ce matin.

— Bordel de merde, marmonna-t-elle en s'asseyant devant l'appareil. Niles ! Amène ton cul par ici, tout de suite !

De plus, elle ne se souvenait pas que les couleurs du plan étaient orange, bleu, vert et violet. Où étaient passées les zones jaune pâle et blanches ? Et d'où sortaient ces petits poissons bleu électrique, regroupés dans le secteur 219 du deuxième precinct ? Virginia se reporta aux icônes affichées en bas de l'écran. Les homicides étaient représentés par des signes +, les vols par des cercles pleins, les agressions par des étoiles, les cambriolages par des triangles, les vols de véhicules par des petites voitures. Mais il n'y avait aucun poisson, ni bleu ni d'une autre couleur.

En fait, il n'y avait aucune icône de poisson sur tout le réseau informatique Comstat, absolument aucune, et elle ne voyait pas par quel miracle tout le secteur 219 était rempli de poissons, ni pourquoi ce secteur était entouré d'un trait clignotant rouge écarlate. Virginia décrocha son téléphone.

8

Andy Brazil habitait lui aussi dans le quartier du Fan, mais dans Plum Street, dans une des petites maisons mitoyennes avec un toit plat et des corniches en brique brute, de vieilles tuyauteries, de vieux appareils électroménagers et des planchers grinçants, sur lesquels étaient éparpillés des tapis passementés usés jusqu'à la trame.

La maison appartenait à celle qui l'avait meublée, une vieille célibataire nommée Ruby Sink, femme d'affaires avisée et fouineuse, une des premières personnes à avoir appris que l'équipe du NIJ allait débarquer en ville, et que ses membres auraient peut-être besoin de se loger. Justement, il se trouvait qu'elle possédait une maison inoccupée qu'elle essayait de louer depuis des mois. Andy l'avait prise sans même la voir.

Et comme Virginia, il regrettait son choix. Le piège dans lequel il était tombé sautait aux yeux. Mlle Sink était riche, seule, un peu excentrique et surtout affreusement bavarde. Elle débarquait quand cela lui plaisait, soi-disant pour s'occuper du petit bout de jardin paysager devant la maison, ou s'assurer qu'aucune réparation, aucune retouche ne s'imposait, ou encore pour apporter à Brazil du gâteau à la banane et des *cookies* faits maison, et l'interroger sur son travail et sa vie personnelle.

Andy gravit les quelques marches du perron, où un paquet l'attendait, appuyé contre la porte d'entrée vitrée et grillagée. Reconnaissant l'écriture cursive et tarabiscotée de Mlle Sink sur le papier d'emballage marron, il sentit la déprime l'envahir. Il était tard. Il tombait de fatigue. Il n'avait pas mangé. Son frigo était vide. La dernière chose dont il avait envie, c'était des petits gâteaux ou des boîtes de biscuits de

Mlle Sink, qui ne manqueraient pas d'être suivis d'une nouvelle visite ou d'un coup de téléphone.

— C'est moi ! lança-t-il dans le vide d'un ton à la fois sarcastique et irrité, en jetant ses clés sur une chaise. Qu'est-ce qu'on mange ?

La réponse lui vint d'un robinet qui fuyait dans la salle de bains, au bout du couloir lambrissé de bois sombre. Andy commença à déboutonner sa chemise d'uniforme tout en se dirigeant vers sa chambre, située au rez-de-chaussée et tout juste assez grande pour accueillir un lit à deux places et deux commodes.

Il détacha son holster et sortit son Sig Sauer .9, qu'il déposa sur sa table de chevet. Il ôta sa ceinture surchargée d'accessoires, ses bottes, son pantalon et son gilet pare-balles extra-léger. Il se dirigea ensuite vers la cuisine, en se massant les reins, en chaussettes, caleçon et maillot de corps mouillé de sueur. Il avait installé son bureau dans la salle à manger, et alors qu'il passait devant il reçut un choc en voyant ce qui s'affichait sur l'écran de son ordinateur.

— Nom de Dieu !

Il prit une chaise et s'assit devant l'ordinateur.

Sur l'écran scintillait la carte du crime de la ville. Le secteur 219 était envahi de petits poissons bleus et entouré d'un trait rouge clignotant. Cette zone située dans le deuxième precinct était délimitée par Chippenham Parkway à l'ouest, Jahnke Road au nord, les voies ferrées à l'est et l'autoroute à péage Midlothian au sud. Andy pensa aussitôt qu'un terrible drame était survenu dans ce périmètre, et cela, depuis qu'il avait achevé sa ronde et noté « RAS », vingt minutes plus tôt. Peut-être une émeute avait-elle éclaté, ou bien il s'agissait d'une alerte à la bombe, un camion de produits chimiques s'était renversé, on annonçait l'arrivée d'un ouragan.

Il décrocha son téléphone pour appeler le centre radio. L'agent chargé des communications radio, Patty Passman, répondit :

— Ici unité 11, déclara Andy d'un ton brusque. Est-ce qu'il se passe des choses graves dans le Southside, plus particulièrement dans le secteur 219 ?

— Vous avez noté « RAS » à 19 h 24, répondit Passman.

— Oui, je sais.
— Alors, pourquoi vous me demandez ce qui passe au 219 ? Vous êtes branché sur le scanner ?
— 10-10, répondit Andy, ce qui voulait dire « non ». On parle du 219 ?
— 10-10, répondit Passman, tandis que les échos d'une conversation radio servaient de fond sonore.
— Ah. Quand vous m'avez demandé si j'étais branché sur le 219, j'ai cru que ça voulait dire qu'il se passait un truc, dit Andy, en s'apercevant que l'utilisation des codes ne s'imposait pas au téléphone.
— 10-10, unité 11, dit Passman, qui ne savait plus s'exprimer autrement. 10-12, unité 11. (Ce qui voulait dire : « Restez en ligne. ») 10-10, dit-elle en revenant. Pas de 10-18.
Elle l'informait ainsi qu'il ne se passait rien de grave.
— Rien du tout ? insista-t-il.
— Combien de fois dois-je me 10-9 ? répondit-elle d'un ton agacé, en lui faisant savoir qu'elle n'avait pas l'intention de se répéter.
— Un camion de poissons ne se serait pas renversé, par exemple ?
— Hein ?
— N'importe quoi ayant un rapport avec des poissons ? Bleus, éventuellement.
— 10-12. (Elle lui demandait à nouveau de patienter.) Hé, Mabie !
Passman brancha le micro par inadvertance. Ainsi, Brazil et toutes les personnes à l'écoute, y compris les criminels et les amateurs dotés de scanners, pouvaient entendre tout ce qui se disait.
— T'as entendu parler d'une histoire de poissons ? demandait l'agent Passman, d'une voix forte, au dispatcher Johnnie Mabie.
— De poissons ? Qui demande ça ?
— L'unité 11.
— Quel genre de poissons ?
— Des poissons bleus. Peut-être un camion qui s'est renversé, ou alors, un problème dans un des marchés aux poissons, un truc dans le genre.
— Faut que je pose la question à un inspecteur. Unité 709.

Horrifié d'être la risée générale, Andy brancha son scanner.

— 7-0-9, j'écoute.

La voix de l'inspecteur résonna dans la salle à manger de Andy.

— Vous avez une histoire de poissons dans le deuxième, plus précisément au niveau du 219 ? demanda le dispatcher Mabie.

— Quel Poisson ?

— N'importe lequel.

— Je veux dire, Poisson c'est le nom d'un suspect ?

Passman intervint, en éjectant Mabie.

— *Des* poissons. Des poissons renversés, par exemple.

— 10-10, répondit 709 après un long silence. Ça pourrait pas être un pseudonyme ?

Passman revint en ligne, sans jamais l'avoir vraiment quittée, en fait. Elle posa la question à Brazil. Il ne voyait aucun suspect surnommé *Poisson* ou *Poisson bleu.* Il la remercia et raccrocha, alors que déjà d'autres unités appelaient le standard pour poser de fausses questions ou fournir des renseignements moqueurs concernant les *poissons,* les incidents, les situations, les fausses alertes, les suspects, les prostituées et les maquereaux portant ce nom, et les plaques d'immatriculation personnalisées. Andy éteignit brutalement le scanner, furieux de penser que les flics de Richmond possédaient désormais un sujet de plus pour le ridiculiser.

Les journalistes et les équipes de cameramen s'étaient déplacés en force ce soir pour se déployer autour de *La Petite France*, attendant que le gouverneur Mike Feuer et son épouse, Ginny, sortent du restaurant, après s'être régalés de bonne cuisine française et de propos chaleureux échangés avec le chef.

Les médias ne s'intéressaient pas particulièrement au dîner de lancement de la section du développement économique de la Virginie du magazine *Forbes.* Mais le gouverneur était passé dans l'émission *Face à la presse* ce week-end. Il avait fait plusieurs déclarations sujettes à controverse à propos de la criminalité et du tabac, et le chroniqueur criminel du *Richmond Times-Dispatch,* Artis Roop, se sentait floué, car le gouverneur ne lui avait pas réservé la primeur de ses déclarations.

Pendant des semaines, Roop avait travaillé sur une importante série de reportages concernant l'impact du marché noir des cigarettes sur la criminalité, et sur la vie en général. Roop était convaincu que si le prix des Marlboro, par exemple, atteignait les 13 dollars et 26 cents le paquet, comme le prédisaient certains analystes financiers pas plus tard qu'aujourd'hui, les habitants de ce pays commenceraient à cultiver du tabac dans des lieux cachés, comme les champs de maïs, les terrains boisés ou entourés de hautes palissades derrière les maisons, dans les serres, les chemins de halage, les jardins privés ou les clubs privés, et partout où l'ATF[1] ne risquait pas de fourrer son nez. Les gens en viendraient à fabriquer eux-mêmes leurs cigarettes, illégalement, mais qui pourrait leur jeter la pierre ?

Le pays retournerait à l'époque des alambics, ou plutôt des « fumoirs », ainsi que Roop appelait l'appareil imaginaire nécessaire à la fabrication de produits de contrebande issus du tabac. Toujours d'après sa théorie, les habitants de Virginie, particulièrement, pourraient utiliser les « fumoirs » sans aucun risque, car pas un jour ne s'écoulait sans que l'on voie un feu volontaire et contrôlé, dans une forêt, une décharge ou dans un âtre quelconque. De la fumée s'échappant de plusieurs hectares de forêt, ou de déchets, ou des cheminées de maisons anciennes n'éveillerait pas forcément les soupçons.

Roop était assez intelligent pour savoir que, s'il se retrouvait parmi la vingtaine ou trentaine de journalistes agressifs agglutinés à la porte du restaurant, il ne bénéficierait d'aucun traitement de faveur. Il avait choisi, sagement, de rester assis dans sa voiture, branché sur la fréquence de la police, comme toujours. La perplexité s'était mêlée à l'excitation quand il avait entendu parler de poissons renversés dans le secteur 219 du deuxième precinct. Roop n'était pas né de la dernière pluie. Il était persuadé que cette histoire de *poissons renversés* était en fait un code dissimulant une grosse affaire, et il

1. ATF : Brigade des « Alcools, Tabac et Armes à feu », organisme fédéral chargé de lutter contre les fraudes et les trafics. *(N.d.T.)*

partirait à la chasse au scoop dès qu'il en aurait fini avec le gouverneur.

Alors qu'il contemplait l'écran de son ordinateur, en se disant *merde, merde, merde,* Andy songea tout à coup que ce qu'il avait devant les yeux n'était absolument pas la cartographie informatisée du programme Comstat, mais un économiseur d'écran, très habile et original, que quelqu'un avait réussi à télécharger sur le tout nouveau site Internet de la police.

— Nom de Dieu...

Il n'en revenait pas.

Il remarqua alors la petite lumière clignotante sur son répondeur. Il écouta ses messages. Il y en avait trois. Le premier émanait de sa mère, trop soûle pour parler et exigeant de savoir pourquoi il ne l'appelait jamais. Venait ensuite Mlle Sink, qui voulait s'assurer qu'il avait bien eu le gâteau aux patates douces qu'elle lui avait apporté, enfin, il y avait un message de Virginia qui lui demandait de la rappeler immédiatement.

Andy connaissait son numéro par cœur, même s'il ne le composait jamais. Il brancha le haut-parleur, sentant s'accélérer les battements de son cœur, les doigts courant sur le clavier de son ordinateur, sans résultat. Impossible de faire disparaître cet économiseur d'écran, ni même de le modifier.

— Virginia ?

Il passa sa main dans ses cheveux et étouffa sa nervosité avant que celle-ci ne parvienne à s'exprimer.

— ... J'ai eu ton message, dit-il d'une voix mal assurée.

— Il se passe des trucs bizarres avec l'ordinateur.

Elle avait un ton purement professionnel.

— Chez toi aussi ? (Il n'arrivait pas à y croire.) Les poissons ?

— Oui ! Et c'est pas tout. Quand je suis partie ce matin, mon ordinateur était éteint, bon. Je rentre chez moi, ce soir ; non seulement il est allumé, mais en plus il affiche le plan du 219, avec tous ces petits poissons bleus qui nagent dans tous les coins.

— Quelqu'un est entré chez toi aujourd'hui ?

— Non.
— Tu avais branché l'alarme ?
— Comme toujours.
— Tu es sûre que tu n'as pas seulement *cru* avoir éteint ton ordinateur ?
— Je n'en sais rien. Mais peu importe. C'est quoi, ces putains de poissons ? Tu ferais peut-être mieux de venir.
— Oui... Tu as raison, répondit Andy, hésitant, tandis que son cœur battait plus fort pour réussir à se faire entendre.
— Il faut élucider ce mystère, dit Virginia.

Le chef Hammer se débattait avec son ordinateur depuis une heure, essayant de comprendre comment la carte du crime était apparue sur son écran, et pourquoi il y avait des petits poissons dessus. Elle enfonça plusieurs touches, au hasard, et fit redémarrer deux fois l'appareil, pendant que Popeye arpentait la pièce avec impatience, entrait et sortait de son coffre à jouets, grattait le sol, se dressait sur ses pattes arrière, sautait sur les meubles, et finalement sur les genoux de sa maîtresse.

— Comment veux-tu que je me concentre ? lui demanda Judy pour la dixième fois.

Le chien leva les yeux vers sa maîtresse tandis qu'avec la souris elle pointait le curseur sur un X et essayait, encore une fois, de quitter ce plan qui occupait l'écran. C'était complètement dingue. L'ordinateur était bloqué. Peut-être Fling avait-il foutu en l'air le logiciel. C'était le risque encouru quand tous les ordinateurs étaient connectés au microprocesseur central. Si Fling introduisait un bug dans le système, toutes les personnes branchées sur le réseau de Richmond se retrouvaient infectées. Popeye regardait fixement l'écran, il le caressa avec sa patte.

— Arrête ! cria Judy.

Popeye enfonça alors plusieurs touches, ce qui eut pour effet d'expédier Judy hors de la carte pour la faire atterrir sur un écran inconnu qui portait en titre : RPD PÊCHE PIRANHAS. Suivi d'un chapelet de codes qui n'avaient aucun sens : *IM à $ im – sur... disponible AOL % fenêtre (« AOL Format 2.5 », 0 &),* et ainsi de suite.

— Popeye ! Regarde ce que tu as fait. Je suis dans le système d'exploitation, maintenant, et je n'ai rien à faire là ! Je vais te dire un truc, je ne suis pas neurochirurgien. J'ai rien à foutre dans ce truc. Si je touche à quoi que ce soit, je risque d'endommager le cerveau de tout le réseau. Sur quoi tu as appuyé, nom de Dieu, et comment je peux faire pour sortir de là ?

En guise de réponse, Popeye enfonça plusieurs touches... et le plan de la ville réapparut, avec les poissons. Le chien sauta sur le sol, s'étira et sortit de la pièce en trottinant. Il revint avec son écureuil en peluche, qu'il s'amusa à envoyer dinguer. Judy fit pivoter son fauteuil et regarda le chien.

— Écoute-moi bien, Popeye. Tu es resté à la maison toute la journée. Quand je suis partie ce matin, l'ordinateur était connecté sur le menu principal. Alors, comment se fait-il qu'en arrivant tout à l'heure je tombe sur cette carte, avec tous ces petits poissons, hein ? Tu as remarqué quelque chose ? Peut-être que l'ordinateur a fait des bruits et qu'il s'est passé des choses, non ? Autant que je sache, on n'a aucun poisson dans les applications du Comstat.

Elle décrocha son téléphone pour appeler Andy, juste au moment où celui-ci allait sortir.

— Andy ? On a un problème.

— Des poissons ?

— Bon sang, vous aussi ?

— Oui, et Virginia aussi. Même chose.

— C'est affreux.

— J'allais justement chez elle.

— J'arrive, déclara Judy.

9

Les clients du sex-shop se succédaient à un rythme régulier sur les coups de 20 h 20, quand Smoke se gara entre une Chevrolet Blazer customisée dotée de pneus surdimensionnés et une Silverado 2500 surbaissée. Il coupa le moteur, guettant une interruption dans le flot de ces hommes fatigués, hébétés, tremblants d'être vus par bobonne ou maman, qui sortait de la petite boutique.

Un vieillard en bleu de travail émergea du sex-shop en jetant des regards de tous les côtés, usé par le Viagra, le visage creusé, épuisé et paranoïaque dans la lumière nauséeuse des néons. Il fourra un bandana dans sa poche arrière, vérifia que sa braguette était fermée et palpa son cou pour vérifier le rythme de son pouls. D'un pas mal assuré, il se précipita vers sa El Camino. Smoke attendit que la voiture projette des gerbes de graviers, avant de déboucher sur le Midlothian en faisant une embardée. Il connaissait si bien son chemin au milieu des bois qu'il n'alluma sa lampe torche qu'en atteignant la planche de contreplaqué qui servait de porte à son « clubhouse ».

Les bougies avaient été éteintes depuis longtemps, la bande avait fichu le camp, à l'exception de son tout nouveau membre. Weed était assis dans son vomi, sur un des matelas, les mains et les chevilles attachées avec des ceintures. Il tremblait et poussait de petits gémissements.

— Ferme-la, dit Smoke en braquant le faisceau de sa lampe sur le visage terrorisé de Weed.

— J'ai rien fait..., répétait Weed dans un murmure.

Smoke le détacha rapidement, sans respirer, en se tenant le plus loin possible.

— Peut-être que je ferais mieux de me débarrasser de toi,

dit-il avec dégoût. T'es qu'une pauvre petite mauviette. Tu dégueules partout et tu chiales comme une tantouse. Je vais te dire un truc, monsieur Picasso. Tu vas commencer par me nettoyer tout ça.

Virginia courait à travers toute la maison, ramassant des affaires ici et là, mettant de l'ordre, jetant les cartons de pizza et les boîtes de beignets de poulet, fourrant les plats dans le lave-vaisselle, pendant que Niles se collait entre ses jambes comme un ballon de football.

— Pousse-toi de mon chemin, bon sang ! Où est ta souris ? Va chercher ta souris.

Rien à faire. Virginia entra dans la chambre d'un pas vif. Elle s'assit sur le côté gauche du lit, celui où elle ne dormait pas, et sauta plusieurs fois sur le matelas. Elle donna des coups de poing dans l'oreiller et froissa le couvre-lit. Après quoi elle retourna dans la cuisine, toujours au petit trot, sortit deux verres à vin d'un placard. Elle les épousseta, fit tournoyer une petite quantité de Moutain Dew au fond, et repartit en courant vers la chambre pour déposer les verres sur les tables de chevet. Elle lança par terre une paire de chaussettes de sport qui aurait pu appartenir à un homme.

Elle était essoufflée quand elle pénétra dans son bureau pour inspecter les tiroirs à la recherche d'une carte de vœux, ou même d'une lettre, pouvant paraître suffisamment personnelle, sans être signée d'Andy, qui lui avait souvent écrit à une époque qui ne signifiait plus rien pour elle maintenant. Elle dénicha une carte de fleuriste, encore dans son enveloppe, portant son nom tapé à la machine. Elle retourna rapidement dans le vestibule et déposa la carte sur une petite table, là où personne ne pouvait la manquer en entrant.

Bubba était en retard ; c'était une nuit sans lune, sans étoiles, sans espoir de rédemption. Il n'avait pas le choix, il était obligé de dépasser la vitesse autorisée sur Commerce Road. Il n'avait pas le temps de céder à la nostalgie en passant à toute allure devant le *Spaghetti Warehouse*, où il avait emmené Honey pour la dernière fête des mères, bien qu'ils n'aient pas d'enfants. Bubba n'en voulait pas, car Bubba était persuadé que les Fluck, surtout ceux prénommés Butner, étaient déjà trop nombreux ; on était arrivé à la fin de la lignée.

Bubba fumait en conduisant, pied au plancher ; il passa devant Sieberts Towing, la caserne de pompiers, Cardinal Rubber 1 Seal, Estes Express, Crenshaw Truck Equipment, le supermarché Gene, Chez John, « Fruits de mer et poulet », et tous les autres commerces qui bordaient la nationale 95. La pluie avait fait son apparition, des gouttes agiles plongeaient à travers la fissure dans le toit de la Jeep, se faufilaient sous le rétroviseur, par-dessus le polyuréthanne, avant de s'écraser sur le tableau de bord, tout cela en un temps record. Le château d'eau Lucky Strike et le haut de l'enseigne Marlboro se dressaient à l'horizon, quelle que soit la direction dans laquelle regardait Bubba, lui rappelant que la fabrication de cigarettes, comme la vie, continuait.

Bubba éprouvait de la rancœur envers Muskrat qui avait refusé de s'occuper davantage de sa Jeep. Bubba était furieux également contre Honey, qui ne s'était pas montrée digne de son nom[1] quand, enfin, il était rentré chez lui. Elle ne s'était pas excusée pour les macaronis Kraft au fromage, collants, et la pizza surgelée carbonisée, tous les deux saupoudrés d'une trop grande quantité de mélange aromatique Parmesan Plus. Honey se fichait pas mal que le verre de Capri Sun de Bubba, un rituel, soit tiède, que son cheesecake à la Jell-O soit chaud, ou que le reste de café Maxwell du petit déjeuner eût pu servir à goudronner la route.

Après avoir tourné en ridicule le fromage Cheez Whiz et la crème Miracle Whip, que Philip Morris avait répandus à la surface de la terre, Honey s'était lancée dans une litanie pleurnicharde à laquelle Bubba n'avait pu échapper, car sa femme lui avait caché ses clés de voiture. Il ne comprenait pas ce qui lui arrivait. C'était la première fois qu'elle le mettait en retard au travail, même si elle ne pouvait pas savoir qu'il n'était pas réellement en retard, car il partait en avance pour assurer la deuxième partie de service de Tiller.

L'usine Philip Morris étincelait comme un joyau admirablement planté, tel un diapason, au milieu du spectacle ambiant

1. *Honey* : Miel, douceur. Par extension, mon cœur, ma chérie. *(N.d.T.)*

déprimant et de l'insupportable cacophonie de la circulation et des travaux incessants de la nationale 95. Les milliers de mètres carrés du centre administratif et de l'usine étaient immaculés, l'immense espace vert servait souvent d'héliport aux membres de la caste supérieure que Bubba vénérait et ne voyait presque jamais. Les haies étaient magnifiquement sculptées. Les érables du Japon, les pommiers sauvages, les poiriers de Bradford et les chênes, luxuriants, étaient agencés à la perfection.

Au fil des ans, Bubba avait acquis la conviction que Philip Morris avait été envoyé sur terre pour accomplir une mission qui, à l'instar des desseins de Dieu, n'était jamais dévoilée entièrement, uniquement suggérée, même à ses employés élus et bien payés. Bubba n'avait jamais pénétré dans un lieu avec autant de parquets cirés et de verre éclatant, entouré de jardins d'une telle splendeur qu'ils avaient été consacrés par Lady Bird Johnson[1].

De gigantesques écrans vidéo communiquaient avec les employés, dans tous les coins ; la technologie utilisée était si secrète que Bubba lui-même ne comprenait pas la moitié de ce qu'il faisait quotidiennement. Mais il savait bien que tout cela était beaucoup trop intelligent pour provenir de ce monde. Il avait élaboré une théorie qu'il évoquait uniquement avec les individus qui, au fil du temps, avaient été attirés dans la société secrète des *Alien Ship Helpers*, ou ASH[2].

Les « Ashliens » étaient convaincus que les quatorze mille cigarettes produites par minute, vingt-quatre heures sur vingt-quatre, sept jours sur sept, étaient en réalité des barres de carburant dont avait besoin l'imposante salle des machines vrombissante pour propulser le vaisseau spatial à travers des dimensions que seule la foi permettait de concevoir. Ces barres de carburant demeuraient inactives si on ne les brûlait pas, et, pour ce faire, des millions d'êtres humains devaient participer en allumant des cigarettes, contribuant ainsi à la combustion collective nécessaire pour que le vaisseau puisse continuer à foncer à vitesse folle dans sa dimension secrète.

1. Fondatrice de la National Wildflower Research Center. *(N.d.T.)*
2. *Alien Ship Helpers*, ASH : Ceux qui aident les vaisseaux extraterrestres. Le mot *ash* signifie également « cendre ». *(N.d.T.)*

Pour Bubba, il était évident que cette bonne et affectueuse Conscience avait compris, depuis fort longtemps, que la planète ne survivrait pas si ELLE n'intervenait pas. Et donc, en toute logique, d'après la troisième loi de Newton, si toutes les actions provoquaient une réaction égale et opposée, il existait forcément une force maléfique qui appréciait la situation telle qu'elle était, et cherchait même à l'aggraver.

C'est pourquoi, alors que l'on continuait de produire et d'allumer des barres de combustible dans toute la planète, la force maléfique était de plus en plus désespérée et irritable. Elle étudiait l'histoire pour voir ce qui avait marché dans le passé. Elle inventait une campagne en faveur des droits des non-fumeurs, destructrice et créatrice de divisions, qui provoquait immédiatement discrimination, haine, censure et faisait la gloire des services de santé publique. Des campagnes antitabac considérables, des procès, des taxes effroyables et des accrochages sanglants dans l'enceinte du Sénat se déployaient telle la Croix du Sud et lançaient des troupes belliqueuses et avides dans des guerres insensées, auxquelles chacun pouvait assister sur CSPAN ou CNN.

Seuls les « Ashliens » savaient que, si cette campagne d'agression maléfique incitait les gens à cesser de fumer, il n'y aurait bientôt plus de phénomène de combustion, sauf par le biais des voitures, mais ça ne comptait pas. La production de barres de carburant cesserait. La salle des machines serait réduite au silence. Le vaisseau extraterrestre serait contraint de changer de cap, par crainte de se retrouver privé d'énergie, à la dérive.

Bubba pensait à tout cela, et il était dans un état fébrile quand il s'arrêta devant le poste de contrôle. Fred, le gardien, ouvrit sa vitre.

— Hé, comment va, Bubba ?

— Je suis en retard.

— J'ai plutôt l'impression que t'es en avance. Et t'as pas l'air de bonne humeur.

— J'ai pas lu le journal aujourd'hui, Fred. J'ai pas eu le temps. Qu'est-ce que ça donne ?

Le visage de Fred s'assombrit. C'était un « Ashlien » de l'ombre, et il complotait souvent avec Bubba quand celui-ci s'arrêtait au volant de sa Jeep pourrie pour montrer son badge de parking.

— Tu as vu l'écran vidéo en ville, le panneau genre Dow Jones installé devant chez Scott & Stringfellow ?

— Non, je suis pas passé par là.

— C'est de pire en pire, mon vieux, déclara Fred d'une voix de conspirateur. On arrive à 11,93 le paquet. Que Dieu nous garde.

— Non, c'est pas possible ! dit Bubba.

— Eh, si. Et je vais te dire un truc : ils parlent de taxes et de compensations qui feront encore grimper les prix, jusqu'à 12 dollars le paquet, mon vieux.

— On va arriver à quoi, hein ? s'exclama Bubba avec colère. Le marché noir. La contrebande. La corruption. Et tout ça, dans quel but ?

— Aucun, tu as raison, dit Fred en secouant la tête, tandis que Bubba empêchait les autres voitures d'avancer.

— Tu as tout compris. La plupart des clopes, surtout les Marlboro, finiront à l'étranger. Ça veut dire que le navire va prendre la même direction, en suivant la fumée jusqu'en Extrême-Orient. Et l'Amérique dans tout ça ?

— Elle continuera à s'enfoncer. Ah, je suis bien content d'avoir dépassé les soixante-cinq ans ; je peux prendre ma retraite demain si je veux, me payer un petit casier au nouveau mausolée du cimetière de Hollywood, en sachant que si je casse ma pipe cette nuit j'aurai passé ma vie dans le bon camp.

Fred alluma une Parliament et secoua de nouveau la tête, tandis que la file de voitures s'allongeait derrière Bubba.

— De nos jours, les gens voient pas plus loin que leurs putains de capots de bagnoles, qui sont foutrement plus chouettes que la tienne ou la mienne, Bubba, car ces gens-là passent leur temps à faire des procès et à gagner du fric en faisant semblant de tousser et en rejetant la faute de leur maladie sur ceux qu'ont les poches pleines. Mais je te le demande, Bubba : est-ce qu'on leur a collé ces saloperies dans la bouche de force, en les obligeant à tirer dessus ? Est-ce qu'on leur a bandé les yeux pour les aligner devant un mur, en menaçant de les fusiller s'ils n'allumaient pas une clope ? Est-ce qu'on les a forcés à quitter l'autoroute pour aller au drugstore à n'importe quelle heure de la nuit ? Est-ce qu'on a obligé Bogart à fumer dans ses films ?

L'injustice et l'aspect profondément criminel de tout cela mettaient Fred dans une rage folle. La file de voitures s'étendait presque jusqu'à Commerce Road maintenant ; des dizaines d'employés de Philip Morris risquaient d'être en retard, vu que Bubba n'était plus en avance.

— Tu l'as dit, mon vieux. (Bubba ne pouvait pas être plus d'accord.) Pourquoi on ferait pas un procès aux usines de recyclage des déchets, en disant que c'est de leur faute si on chie.

— Amen.

— Et pourquoi on traînerait pas KFC[1] devant le tribunal parce qu'on va crever d'un infarctus ?

Bubba était en veine d'inspiration.

— Au fait, comment ça va ton cholestérol ? demanda Fred.

— Honey me casse les pieds pour que je passe un check-up. Comme si j'avais le temps !

— Moi, je vois les choses différemment, maintenant, déclara Fred. J'ai décidé que si ton corps te dit : « Mange des œufs » ou « Ajoute un peu de sel », il s'adresse à toi, il te dit ce qu'il a besoin. (Fred écrasa sa cigarette.) Mais évidemment, si j'ai trop de tension, je ferai un procès à la gamine sur l'étiquette du sel Morton ; je vais lui piquer son parapluie, moi !

Bubba s'esclaffa. Fred, lui, avait les larmes aux yeux à force de rire. Il fit signe aux voitures de passer en contournant Bubba. Affolés, les employés passèrent en trombe devant le poste de contrôle pour se ruer sur les meilleures places de parking.

Andy était affolé, lui aussi. Il se disait que ni lui ni personne ne serait capable d'installer le nouveau site Internet, dont il avait demandé le report à Hammer en la suppliant, jusqu'à ce que la police ait trouvé un remplaçant à Fling pour frapper sauvagement sur le clavier tous les jours.

1. *Kentucky Fried Chicken* : chaîne de restaurants fast-food spécialisés, comme le nom l'indique, dans le poulet frit. *(N.d.T.)*

Doté d'une culture informatique, Andy était très doué pour comprendre les manuels d'instructions et les fichiers d'aide, contrairement à Virginia qui n'avait aucune patience face à un outil ou à un matériau qu'elle ne pouvait pas serrer dans sa poigne ou scier en deux. Mais Andy était incapable de soigner les virus informatiques ; or, il était convaincu que les poissons bleus étaient une éruption fulgurante causée par une nouvelle souche, fatale, qui s'était introduite en douce dans le système, peut-être parce que tout le monde croyait qu'il n'y avait rien à craindre tant qu'on évitait d'utiliser des disquettes à risque. Comment avait-il pu être si naïf ? Comment avait-il pu se montrer si inconscient, alors qu'il savait parfaitement que les virus pouvaient se transmettre par le biais d'Internet, et que, par conséquent, son site avait mis en danger tout le système Comstat ?

Le cœur d'Andy cognait contre sa cage thoracique, alors qu'il conduisait sa BMW Z3 à moteur V6. L'intérieur sentait encore le cuir, la carrosserie était immaculée, et pourtant, il aimait moins cette voiture que la vieille BMW 2002 qui avait appartenu à son père. Quand il l'avait recouverte d'une bâche pour l'abandonner dans sa maison natale à Davidson, Andy était convaincu d'agir au mieux. Il était temps de prendre un nouveau départ. De laisser son passé derrière lui. Peut-être était-il temps, enfin, de rompre les ponts avec sa mère alcoolique.

Il traversait les innombrables croisements et les rues à sens unique du Fan, en évitant les vélos, les piétons, la foule qui essayait d'entrer ou de sortir des restaurants, diverses épiceries ou laveries automatiques. Andy tremblait à l'idée d'annoncer la vérité à Judy au sujet de Comstat, et pire encore, il était impossible de trouver une place pour se garer dans le quartier de Virginia. Andy n'avait pas de chance, et il laissa échapper un grognement en voyant Judy tourner et virer dans les rues étroites, agacée, le pied collé au plancher, car, comme toujours quand elle ne savait pas où aller, elle fonçait.

Finalement, Andy décida de se garer devant une bouche d'incendie en voyant une Mercedes V12 déboîter dans un vrombissement, mais une Jeep Cherokee tenta de lui souffler la place par-derrière. Andy bondit hors de sa voiture, trottina jusqu'à la Jeep et lui fit signe de s'arrêter. Shari Moody était au volant. Elle baissa sa vitre, l'air mauvais.

— Je l'ai vue la première, dit-elle.

— La question n'est pas là, répondit Andy.

— Si, justement.

— Je suis de la police de Richmond.

— Sans blague ? dit-elle d'un ton moqueur.

— Je suis officier.

— Officier, mais pas gentleman, répliqua-t-elle, sarcastique.

— Inutile d'être insultante, madame.

— Les officiers de police ne conduisent pas des BMW, et vous êtes en jean, dit-elle. J'en ai marre de tous ces gens qui essayent de me piquer ma place de stationnement parce que je suis une femme.

Andy sortit son insigne et le colla sous le nez de la conductrice, en voyant Judy passer une fois de plus, à toute allure.

— On conduit toutes sortes de voitures, et on n'est pas toujours en uniforme, expliqua Andy à Shari Moody. Ça dépend de ce qu'on fait, madame, et le fait d'être un homme ou une femme n'a rien à voir là-dedans.

— Ouais, tu parles, dit-elle en gobant un chewing-gum. Si j'étais un mec, vous seriez pas là.

— Détrompez-vous.

— Alors, qu'est-ce que vous allez faire, hein ? Me filer une amende pour un truc que j'ai pas fait, comme toujours ? Vous savez combien de PV j'ai eu, uniquement parce que je suis une femme et que je conduis un 4 × 4 ?

Andy n'en avait aucune idée.

— Beaucoup, dit-elle. Si j'avais une Suburban ou, Dieu m'en garde, une Ford F-350 Crew Cab avec un moteur de 460 et tout le tintouin, je serais déjà dans le quartier des condamnés à mort, je parie.

— Je ne vous mettrai pas de PV, dit Andy. Mais j'ai peur que vous soyez dans une zone à risques, et je dois vous demander de vous en aller, pour votre protection, expliqua-t-il en prenant son ton de policier.

Effrayée par ces paroles, Shari Moody verrouilla ses portières.

— Vous voulez dire qu'il y a des dealers armés dans ce quartier ?

— Non. Mais nous devons lutter contre une épidémie de vols de Jeeps qui fait des ravages dans le coin.

— Ooooh, fit-elle, car elle commençait à comprendre. J'ai lu ça quelque part. Cette histoire de choux.

— Je vous déconseille fortement de garer votre Jeep par ici, madame, dit Andy, alors que Judy repassait de nouveau, en sens inverse, encore plus vite.

— Mince, alors, dit Mme Moody, moins agressive tout à coup, plus sensible au joli physique de ce jeune policier si serviable. Merci de m'avoir prévenue. Vous êtes nouveau dans le coin ? Je peux vous joindre quelque part si j'ai besoin d'en savoir plus sur les zones à risque et le problème de choux ?

Andy lui donna sa carte et lui fit signe de circuler. Il parvint à intercepter Judy au moment où elle traversait le carrefour encore une fois, à toute allure. Il lui indiqua la place de stationnement devant la bouche d'incendie, remonta en voiture et dut aller se garer cinq rues plus loin, près d'un secteur délabré de West Cary, où des gens installés sur leur véranda le dévisagèrent, tout en calculant combien sa voiture pourrait leur rapporter chez un vendeur de pièces détachées.

10

Bubba se dépêchait, vêtu de son uniforme bleu, avec ses chaussures de sécurité et ses protections auditives, transpirant déjà, tandis qu'il traversait deux sas au petit trot. Il passa sous la tourelle d'observation qui ne servait plus depuis que Philip Morris avait commencé à faire des visites guidées à bord de petits trains.

Il courait, marchait de nouveau, se remettait à courir, puis marchait encore, sur les sols brillants, au milieu des machines Hauni Protoss II et GD Balogna, beiges et étincelantes, des ordinateurs et des unités OSCAR, dans des travées où le grondement et le martèlement de la production ne cessaient jamais, où des choses comme la poussière ou les temps morts n'existaient pas.

Des véhicules robotisés d'un jaune éclatant, sans chauffeur, chargés de caisses de cigarettes, allaient et venaient dans un bourdonnement, s'arrêtaient pour recharger leurs batteries devant des aimants informatisés, jamais fatigués, jamais en train de se tourner les pouces ou de former des syndicats. Des ouvriers de maintenance en uniforme gris circulaient à toute vitesse et en tous sens à bord de petites voitures de ravitaillement, abordant avec prudence les virages et les croisements très fréquentés.

De gigantesques bobines dévidaient de la cellulose à une vitesse incroyable, tandis que des milliers de cigarettes blanches, immaculées, se déversaient dans des glissières et alimentaient des conduits qui les disposaient par rangées de 7-6-7 pour les paquets souples et de 6-7-7 pour les paquets rigides, avant qu'un piston ne les expédie dans une poche, où elles étaient enveloppées de papier d'aluminium double largeur couplé à des emballages vierges qui étaient ensuite étiquetés et collés sur les côtés, avant d'être jetés dans de grands tambours séchants, pour se retrouver finalement habillés de papier de cellophane et acheminés, en file indienne, dans des piles de transpalettes, où des groupes de dix paquets étaient poussés dans des cartouches, transportés par ascenseurs vers des postes d'expédition où des tapis roulants emportaient les cartons à l'extérieur du bâtiment, où attendaient les camions.

Bubba était essoufflé quand il atteignit le poste 8, où il occupait le poste d'opérateur de fabrication, « tech 3 » de manière plus officielle, le grade le plus élevé des employés. Sa responsabilité était énorme. Il était l'unique capitaine d'un module programmé pour produire très exactement 12 842 508 cigarettes à la fin de cette journée de vingt-quatre heures, soit 4 280 836 cigarettes durant les huit heures de travail de Bubba.

Aucun module ne restait jamais sans surveillance chez Philip Morris, et le supérieur de Bubba, Gig Dan, avait été obligé de jouer les remplaçants durant la dernière moitié du second roulement et les seize premières minutes du troisième. Dan était soulagé, mais mécontent, quand Bubba arriva enfin, en nage et à bout de souffle.

— Bon Dieu, Bubba, qu'est-ce qui s'est passé ? hurla Dan, suffisamment fort pour que tous les deux entendent malgré leurs protections auditives.

— J'ai été arrêté par les flics.

Bubba déformait légèrement la vérité.

— Et il leur a fallu quatre heures et demie pour te filer un PV ?

Dan n'était pas dupe.

— Il m'a fait un sermon interminable, et sa radio était bousillée, ou je sais pas quoi. J'avais les nerfs. On est persécutés par les flics, Gig. Il est temps qu'on réagisse pour...

— En attendant, je te demande juste de t'occuper de ton module, Bubba ! hurla Gig, par-dessus le vacarme des machines. Notre objectif aujourd'hui était de 15 millions et on était déjà à 719 164 de moins avant que tu t'amuses à flâner en route !

Bubba essaya de protester :

— J'ai pas...

— Tu sais quoi ? Le dernier pointage indique 3 822 563,11

pour ce roulement, c'est exactement 458 272 unités de moins que ce qu'on devait faire, alors qu'on était déjà en dessous de ce qu'on était censés faire, nom de Dieu. Et pourquoi ? Le papier des filtres a déjà cassé deux fois, les rejets sont trois fois supérieurs à la normale, car la circonférence est tombée en dessous de 24,5 ; le poids n'approchait même pas des 900, et la dilution avait diminué de 8 p. 100, et ensuite, il y a eu une bulle dans la colle, parce qu'il y avait de l'air dans le circuit, et pourquoi ça ? Parce que tu n'étais pas là pour foutre cinq misérables clopes dans le Sodimat. Tu n'as pas inspecté la qualité. Tu n'as pas surveillé les machines, parce que tu étais trop occupé à te faire arrêter par les flics, soi-disant, ou à branler je ne sais quoi !

— Pas de problème ! brailla Bubba. Je vais rattraper le retard.

Andy était en retard, lui aussi, mais ce n'était pas sa faute. Il avait couru dans le noir, de l'endroit où il avait laissé sa voiture en danger, jusqu'à Park Avenue, et lorsqu'il atteignit enfin la maison de Virginia, il prit le temps de retrouver son souffle. Il sonna et, quand elle vint lui ouvrir, elle l'accueillit avec froideur.

— Où t'étais passé ? demanda-t-elle, plantée devant la petite table de l'entrée.

— J'essayais de trouver un traiteur, répondit Andy, sèchement.

— Pour quoi faire ?

— Un traiteur, un restaurant, une banque... N'importe quel endroit pour garer ma voiture.

— Visiblement, tu as réussi.

— On verra si ma voiture est toujours là quand je repartirai.

Bizarrement, Virginia restait devant la table, et Andy sentit qu'il y avait là une chose qu'il ne devait pas voir.

— On est dans mon bureau. C'est à gauche, juste après la chambre.

Elle attendit qu'il passe le premier, en restant devant la table.

Andy commençait à se sentir mal. Il n'avait pas envie de

voir ce qu'il y avait sur la table. Il passa devant la chambre, en refusant de jeter un coup d'œil à l'intérieur. Il entra dans le bureau sans regarder autour de lui. Judy était assise tout près de la table, avec ses lunettes, les yeux fixés sur la carte étrange qui occupait l'écran de l'ordinateur.

— Que disiez-vous à cette femme dans la Jeep ? lui demanda aussitôt Judy. Celle dont j'ai pris la place de stationnement.

— Je lui ai dit qu'elle était dans une zone d'enlèvement d'ordures.

— Une quoi ? demanda Virginia qui venait d'entrer dans le bureau.

— Un endroit où les camions circulent toute la nuit pour faire le tour des poubelles des restaurants. Je lui ai montré mon insigne et elle a obéi.

— Vous n'auriez peut-être pas dû, dit Judy. Tu as quelque chose à boire ici, Virginia ?

— Du sérieux ?

— Je conduis ma voiture de fonction.

Andy trouva une chaise, qu'il installa à côté de Judy.

— De l'eau ou du Sprite, dit Virginia.

— Pas de Perrier ?

— Non, plus depuis la phobie du benzène.

— C'est ridicule, Virginia. Si les poulets attrapent la fièvre des volatiles, tu arrêtes d'en manger ?

— C'est arrivé récemment ? J'ai aussi du Coca Light.

— De l'eau du robinet, ça ira, dit Judy. Andy, on reste là à discuter et ça ne mène à rien. Avez-vous une idée de ce qui se passe ? Je vous en prie, expliquez-moi comment des poissons se sont introduits dans le Comstat.

— Ce n'est pas tout à fait le cas, ils ne sont pas arrivés directement, chef Judy. (Il se tourna vers Virginia.) Je voudrais bien un peu d'eau, moi aussi. Mais je peux aller la chercher. Je peux même aller chercher le verre du chef Judy aussi, si tu veux. Avec plaisir.

— Non, je m'en occupe. Et arrête d'être poli, ça m'horripile.

— Désolé, répondit Andy, poliment.

C'était affreux pour lui d'être ici, chez Virginia, et de penser qu'elle ne l'avait jamais invité, pas une seule fois depuis qu'ils étaient venus s'installer à Richmond. En outre, c'était la première fois qu'il la voyait autrement qu'en tenue de travail ou en survêtement, et elle portait le jean délavé qui l'avait toujours rendu dingue. Son T-shirt gris en coton très doux collait aux formes pleines de ses seins qu'il n'avait plus le droit de voir, et encore moins de toucher. Il était au supplice.

— Si vous regardez en haut de l'écran, là...

Il fit glisser son doigt sur le moniteur, en s'adressant à Judy, comme si Virginia, emportée par l'extase, avait disparu pour toujours.

— ... Vous constatez que nous sommes sur notre site Internet. C'est notre adresse.

— Non ? s'exclama Judy, incrédule.

— J'en ai peur, dit Andy.

Judy et Virginia se penchèrent vers l'écran, pour lire, abasourdies :

> *http://www. sen-orrin-hatch-r-utah. gouv/loisén.-10/sen–judic-comi/dept-justice:nypd–1-pol-plaza/comstat/comp-plan-centre-dc/interpol-scot-yard/fbi/atf/dea/cia/va-gua. nat./va-état-pol/va-corr-dept/va-crim-just.-serv/min-jus-ser/va-proc. gén./va-gov.-off/va-dept-santé/va-dept-sécurité/ville-mang/gsa/hôtel-ville/cons/mun/rich-pol-dept./off-pub-info/qa/rich-fois-disp/ap/lien-res/tt-droits-rser/secret/othrwyz/pub-domain. htlm*

— Andy, je n'ai jamais vu un tel bordel ! s'exclama Judy. Je vous en supplie, ne me dites pas que c'est de cette façon que le public accède à notre site Internet.

— J'ai peur que si, répondit malgré tout Andy.

— Mais comment veux-tu que quelqu'un se souvienne d'un truc pareil, nom de Dieu ? demanda Virginia, qui foudroyait l'écran du regard.

Andy ignora son intervention.

— Au moins, ça marche, dit-il. La preuve, c'est qu'on a reçu des réponses.

— Mais pourquoi diable est-ce si compliqué ? demanda Judy. Combien de réponses va-t-on recevoir avec une adresse pareille ? (Elle marqua une pause, une ombre recouvrit son visage.) Ne me dites pas que Fling a quelque chose à voir là-dedans.

Un silence.
— Oh, Seigneur, murmura Judy.
— Vous vouliez que ce soit fait rapidement, chef Hammer, dit Andy. Il fallait trouver des portes pour accéder à notre site, un peu comme le courrier qu'on expédie ici et là, avant qu'il nous arrive enfin, ou comme quand on doit changer d'avions dans quatre aéroports différents avant d'arriver à destination...
— Oh, merveilleux, dit Virginia. Fling expédie les gens dans cinquante aéroports différents uniquement pour aller d'un bout à l'autre de la ville. Il demande à la poste d'acheminer une lettre à travers une vingtaine d'États, pour parcourir simplement deux rues.
— Au crédit de Fling, disons que plus il y a d'entrées, plus notre système est protégé, déclara Andy, avec objectivité.
— Ah ah ! (Virginia ricana pour de bon cette fois.) Tu parles qu'on est protégés ! Ce foutu site Internet fonctionne depuis quelques jours à peine, on est envahis par ces saloperies de poissons, et on ne peut plus accéder au Comstat !
— En outre, renchérit Judy qui suivait les cailloux blancs du peu de logique semblant exister dans cette forêt obscure, il me semble que notre situation sur le plan de la sécurité est à l'opposé de ce que vous avez décrit, Andy. J'ai plutôt l'impression que plus il y a d'entrées, plus des intrus ont des chances de s'y introduire. C'est comme des portes dans une maison. Moins il y en a, mieux c'est.
— Oui, c'est une façon de voir les choses, reconnut Andy. Pour être franc, j'ignorais que Fling inventerait une adresse pareille, et ensuite, il était trop tard.
Judy continuait de scruter l'écran, de plus en plus écœurée.
— Voyons si j'ai bien saisi, dit-elle. La première porte d'accès de notre petit site Internet de Richmond est le sénateur Orrin Hatch, président de la Commission judiciaire, le père du projet de loi 10 ?
— Oui, répondit calmement Andy, en s'imaginant qu'il aspergeait Fling de gaz lacrymogène avant de le balancer du haut d'un pont.
— Quel rapport entre la loi de 1977 sur « les délinquants juvéniles violents et récidivistes » et notre site, Andy ? demanda Judy.
Andy n'en avait pas la moindre idée.

— Ensuite, on passe par Interpol et Scotland Yard ? Puis le FBI, l'ATF, la DEA, les services secrets et la CIA ?

Judy se leva brusquement pour arpenter la pièce.

— Puis le QG de la police de New York au One Police Plaza ? Puis le bureau du gouverneur de Virginie ? Ensuite l'hôtel de ville, etc. ?

Elle leva les mains au ciel, en signe de désespoir.

— Y a-t-il un seul endroit au monde où les demandes des habitants de Richmond n'atterriront pas avant d'arriver sur notre site ?

La voix de Judy montait dangereusement.

Niles s'enfuit de sous la table, où il dormait, sur le pied de Virginia.

— Écoutez ! (Andy n'en pouvait plus.) Je ne suis pas responsable de cette adresse Internet, d'accord ? Toute la programmation importante a été effectuée par le Centre de cartographie informatisée du NIJ. Fling devait juste trouver une adresse simple.

— Et nous voilà avec des poissons ! s'exclama Judy.

— Rien ne prouve que l'adresse ait un rapport avec l'apparition des poissons. (Andy lui-même ne croyait pas à ce qu'il disait.) Peut-être qu'ils seraient entrés quand même avec une adresse courte.

Virginia se leva pour aller chercher une autre Miller.

— Oublions un peu cette adresse à la con, lança-t-elle de la cuisine. C'est tout nouveau, ce machin d'Internet.

— Aussi nouveau que les chaussures à semelles lisses, dit Andy à Judy, au lieu de répondre à Virginia.

Celle-ci le foudroya du regard en revenant à la table. Elle ne supportait pas qu'Andy fasse des analogies. Et elle supportait encore moins qu'il fasse comme si elle était une vulgaire lampe, une chaise, un objet quelconque qu'il ne remarquait même pas.

— Oui, c'est exactement pareil, dit Judy, qui avait glissé assez souvent sur les sols en marbre ou les parquets, avec des chaussures neuves à semelles en cuir qui avaient besoin d'être râpées par des pavés, des trottoirs, voire un couteau à dents.

— Alors, comment quelqu'un peut-il connaître suffisamment bien notre tout nouveau site pour nous envoyer des poissons ? demanda Virginia. Allons quoi ! On sait tous qu'ils sont entrés grâce à cette putain d'adresse de Fling.

— Voilà qui est bien dit, déclara Judy.

— L'éditorial paru dimanche de la semaine dernière. Vous vous souvenez ? J'annonçais la création d'un site Internet pour que les habitants de cette ville puissent nous transmettre leurs questions, leurs problèmes, leurs réclamations, et ainsi de suite. On leur disait que la nouvelle adresse serait prête dans quelques jours, et qu'ils pouvaient appeler le QG pour l'obtenir. Visiblement, Fling l'a distribuée.

— Et c'est comme ça que les poissons sont entrés, répéta Virginia, avant d'avaler une gorgée de Miller. À moins que ce ne soit l'œuvre d'une personne travaillant au sein de la police.

— Un sabotage. Un virus.

Andy réfléchissait à voix haute.

— Je crains que ce soit également une possibilité, dit Judy. Mais si on suppose que ce n'est ni un virus, ni une tentative délibérée pour planter le système, alors, il reste la possibilité que ces poissons soient un symbole, ou peut-être une sorte de code.

— Sans doute pour se moquer de nous, comme d'habitude, dit Virginia. Après les *Ninjas*, les poissons, maintenant. Ça veut peut-être dire qu'on empeste. Autrement dit, tout le monde aimerait bien qu'on fiche le camp.

— Non, je ne pense pas qu'il s'agisse de ça, déclara Judy d'un ton catégorique.

— Ou alors, peut-être qu'on va à la pêche aux informations, suggéra Virginia, qui ne voulait pas en démordre.

— Quel genre d'informations ? demanda Andy. Tiens, au fait, si ça ne vous ennuie pas, chef, je crois que je prendrais bien une bière.

— Ça m'est égal.

Andy se leva et se rendit dans la cuisine.

— La pêche aux indices ? Aux méthodes criminelles ? Aux endroits à risques ? poursuivit Virginia.

— Ça n'a aucun sens.

Judy arpentait la pièce.

Niles revint discrètement dans la salle à manger. Suivi de très près par Andy, qui sirotait une Heineken.

— J'ai pris la meilleure, dit-il à Virginie, poliment. J'espère que ça ne t'ennuie pas.

— C'est la bière de Jim, pas la mienne.

Andy s'assit et vida la moitié de la bouteille d'une seule gorgée.

— Andy... (Judy réfléchissait.) Y a-t-il un moyen de retrouver l'origine des poissons ?

Andy se racla la gorge, les joues en feu ; les battements de son cœur étaient irréguliers, sourds.

— Ça m'étonnerait.

— Essayons de réfléchir une minute. (Judy cessa de faire les cent pas pour se pencher vers le plan aux couleurs vives, sur l'écran.) Le secteur 219 est délimité par un trait rouge clignotant, et il y a un, deux, trois, quatre... onze poissons bleu électrique à l'intérieur du périmètre. Partout ailleurs, on retrouve les icônes habituelles.

Elle regarda Virginia et Andy.

— Et si c'était une sorte d'avertissement ? suggéra-t-elle.

— Des poissons ? (Andy réfléchit.) Il n'y a pas beaucoup de marchés aux poissons dans le 219. Ni lacs, ni réservoirs, ni même beaucoup de restaurants de fruits de mer, à part le *Homard Rouge* et chez *Capitaine D*.

— Quel usage illégal peut-on faire d'un poisson ? (Judy explorait les possibilités.) Je vois mal une contrebande de poissons, à moins qu'il n'existe une proposition de loi qu'on ne connaisse pas encore, une énorme taxe sur le poisson, et les procès qui s'ensuivraient inévitablement.

— Hmmm. (À ce stade, Andy était disposé à tout considérer.) Poursuivons sur cette voie. Supposons que cette loi soit présentée devant le Sénat, sans que personne ne soit au courant pour l'instant. Étant donné que l'une des premières entrées est la Commission judiciaire du Sénat, et en supposant que le poisson soit un problème majeur, se pourrait-il que, d'une manière ou d'une autre, on ait intercepté leurs codes, juste au moment où on recevait nos données ?

— Je commence à avoir la migraine, dit Judy. Virginia, tu veux bien, s'il te plaît, enlever ton chat de mon pied ? Il ne bouge plus. Il est mort ou quoi ?

— Niles, viens ici.

11

Weed essaya de se mettre debout, mais il retomba sur les fesses. Il rampa sur la moquette ; son tatouage, tout nouveau, l'élançait. Smoke alluma une demi-douzaine de grosses bougies, après quoi il alla chercher plusieurs gros bidons d'eau et un rouleau de papier toilette. Weed entreprit de nettoyer ses saletés, et sans doute aurait-il vomi encore une fois s'il avait eu quelque chose à vomir.

— Maintenant, va dehors, enlève ta chemise et ton froc, ordonna Smoke.

— Pour quoi faire ? demanda Weed d'une voix à peine audible, en sentant son estomac se soulever comme une petite barque sur un océan déchaîné.

— Tu pues trop pour monter dans ma bagnole, mongol. Va t'asperger avec de la flotte pour te laver, à moins que tu préfères rentrer à pied.

Weed avança prudemment, dans la lumière vacillante des bougies, et il sortit par l'ancienne porte-fenêtre coulissante. Il ôta sa chemise et son jean. Dehors, il ne faisait plus aussi chaud que dans l'après-midi, et Weed fut pris de frissons incontrôlables, obligé de déverser plusieurs litres d'eau sur son petit corps frêle, protégé seulement par son caleçon trempé et ses Nike qui faisaient des bruits d'éponge à chaque pas.

— Comment je vais m'habiller ? demanda-t-il à Smoke, qui avait recommencé à écluser de la vodka.

— Ça te plaît pas, ce que t'as sur toi ?

— Je peux pas me balader comme ça ! Oh, la vache, j'ai mal à la tête. J'ai envie de vomir et je meurs de froid, Smoke.

Smoke lui tendit un gobelet de vodka. Weed le regarda sans y toucher.

— Bois. Ça ira mieux.

Smoke disparut derrière des caisses de bouteilles d'alcool et revint avec un jean Gotcha, plié, un T-shirt noir, un maillot, un coupe-vent et une casquette des Chicago Bulls.

— Tes couleurs, annonça-t-il d'un ton solennel.

Un court instant, Weed fut si heureux qu'il en oublia sa terrible migraine. Il se sentait important en enfilant le jean extra-large sans enlever ses baskets détrempées, et en faisant passer par-dessus sa tête le T-shirt et le maillot. Il ne voulait plus boire de vodka, mais Smoke l'obligea.

Weed avait à peine conscience du monde qui l'entourait tandis qu'il marchait, en trébuchant, derrière Smoke, dans le bois obscur, pour déboucher finalement près du sex-shop. Ils restèrent cachés derrière les voitures en attendant que la voie soit libre, puis ils sautèrent à bord de l'Escort et démarrèrent en trombe. Weed commençait à se dire que les choses n'étaient pas si terribles, finalement, lorsque Smoke s'arrêta soudain au coin d'une rue sombre, à Westover Hills. Sur la banquette arrière, il récupéra deux taies d'oreiller bleu marine. L'une des deux était vide, l'autre remplie d'objets qui s'entrechoquaient.

— Descends et ferme ta gueule, surtout, dit Smoke. Pas un bruit !

Weed osait à peine respirer en suivant Smoke dans Clarence Street, jusqu'à une banale maison en bois, peinte en blanc, entourée d'une palissade branlante dont les planches étaient disjointes. La véranda en séquoia penchait comme une embarcation luttant contre un vent violent, et l'énorme garage, ajout ultérieur, était disproportionné par rapport au reste de la maison. Un vieux break Chevy Cavalier était garé dans l'allée, il y avait des lumières allumées dans plusieurs pièces de la maison, et un chien aboyait dans son enclos.

— Fais exactement comme moi, chuchota Smoke.

— Et le chien ?

— Ferme-la.

Smoke scruta la rue déserte, il se plia en deux et traversa le jardin comme une flèche ; il plongea derrière les arbres et s'immobilisa au coin de la maison, accroupi près de la porte close du garage. Weed était juste derrière lui, le cœur battant à tout rompre, tandis que Smoke fourrait la main dans la taie d'oreiller, d'où il sortit une poignée de télécommandes. Il les essaya l'une après l'autre.

— Merde, murmura-t-il en voyant qu'il ne se passait rien.

Mais à la huitième tentative, il fut récompensé de ses efforts. La porte de garage achetée chez Sears, et installée artisanalement, se leva lentement, avec des bruits inquiétants pour sa santé. Aucune autre lumière ne s'alluma dans la maison ; le chien continuait d'aboyer, encore et toujours. Weed avait envie de prendre ses jambes à son cou, et Smoke dut le sentir, car il l'agrippa par le col.

— Joue pas au con, grogna-t-il dans l'oreille de Weed.

Il sortit de sa poche une petite Mag-Lite. Il observa les environs. Les mêmes fenêtres étaient éclairées à l'intérieur de la maison. Aucun signe d'activité.

— Suis-moi, murmura-t-il.

Le cerveau de Weed se liquéfiait à l'intérieur de son crâne, comme un jaune d'œuf. Sa vision se troubla. Saisissant le pan de chemise de Smoke, il le suivit pas à pas, trébuchant sur le sol en béton, pour finalement pénétrer dans le garage en titubant. Smoke s'arrêta. Il regarda autour de lui, le souffle haletant, en tendant l'oreille. Il alluma sa lampe et le doigt lumineux caressa des centaines de scies, de perceuses, de marteaux et d'autres outils étincelants, que Weed n'avait jamais vus.

— Putain, c'est pas croyable, murmura Smoke. Ce connard sait même pas planter un clou, et regarde-moi ce matos.

Il braqua la lampe sur un petit placard muni d'un cadenas qui annonçait la présence d'un trésor. Il n'eut même pas besoin de sortir les cisailles qui étaient dans la taie d'oreiller, car il y en avait une paire, beaucoup plus efficace, suspendue au râtelier. Il la décrocha et s'amusa à ouvrir et à refermer les deux becs d'acier cruels. Il semblait satisfait. Le cadenas se brisa net, comme du vulgaire plomb, et tomba dans l'obscurité avant de heurter le sol avec un petit bruit de ferraille.

Smoke ouvrit délicatement les portes du placard. Il promena le faisceau de la lampe sur les étagères où s'entassaient des tenues de camouflage, des cibles, des boîtes de munitions, des revolvers, des pistolets, des carabines et des fusils. Fébrile, les mains tremblantes, il se jeta dessus et fourra tout ce qu'il pouvait dans les taies que Weed tenait ouvertes. Il remplit ensuite les poches de son jean large, glissa des armes dans sa ceinture. D'un geste brusque, il ouvrit un grand sac en plastique noir, qu'il bourra au maximum, avant de le tendre à Weed. Et il balança sur son épaule les deux taies gonflées, tel le père Noël effectuant la tournée de la NRA[1].

— Cours ! murmura-t-il à Weed.

Ils traversèrent le jardin puis s'éloignèrent dans la rue dans un vacarme métallique, incapables de courir. Ils transpiraient et peinaient. C'est alors que Smoke avisa une épaisse haie de buis, dans laquelle ils planquèrent le sac et les taies, à l'abri des regards. Le pied plus léger, ils regagnèrent l'Escort en courant.

Ils sautèrent à bord et retournèrent dans Clarence Street pour s'arrêter à la hauteur de la haie. Le butin était toujours là. Smoke vida ses poches et enferma dans le coffre tout ce qu'il venait de voler. Pas une voiture ne passa. Rien ne bougeait. Le chien de Bubba continuait d'aboyer, comme toujours.

Smoke laissa échapper un rire hystérique en redémarrant. Weed ne savait pas du tout où ils allaient. Jamais encore il n'avait enfreint la loi dans sa vie, sauf la fois où il avait fait un dessin injurieux représentant un professeur qu'il n'aimait pas, ce qui lui avait valu deux jours d'exclusion.

— J'ai juste tenu le sac, j'ai pas vraiment volé, en fait, hein, Smoke ? Et c'est pas comme si je gardais des trucs, d'abord. C'est tout pour toi, pas vrai ?

Smoke se mit à rire de plus belle.

— Où on va ? osa demander Weed.

Smoke fouillait parmi ses CD.

— Je peux rentrer chez moi, maintenant ?

— Bien sûr, répondit Smoke.

Il se mit à rapper sur Master P.

— J'ai l'impression que c'est pas la bonne direction, dit Weed, obligé de hausser la voix.

Smoke lui ordonna de la fermer. Finalement, ils se retrouvèrent dans West Cary Street, très loin du quartier où vivait Weed. Smoke s'arrêta, au milieu de la chaussée.

1. NRA : National Rifle Association. Puissant lobby des fabricants et possesseurs d'armes. *(N.d.T.)*

— Descends.
Weed protesta.
— Mais... pourquoi ? Je vais pas descendre ici !
— Tu vas marcher un peu. Pour être sûr que tu sois bien réveillé quand on passera te chercher tout à l'heure.
Weed ignorait ce qui devait se passer « tout à l'heure ». Il n'osa pas poser la question. La cruauté de Smoke s'enroulait sur elle-même, tel un serpent, prête à frapper.
— Descends, mongol.
— Je sais pas où on est.
— Continue tout droit et tu tomberas dans ta rue, à deux ou trois bornes d'ici.
Les yeux écarquillés, Weed regardait fixement la nuit, sans bouger ; le sang cognait dans sa tête. Smoke jetait des coups d'œil dans ses rétroviseurs.
— Je te retrouve à deux rues de chez toi, à 3 heures du mat'. Au coin de Schaaf et Broadmoor.
Weed ne comprenait pas. Son estomac recommençait à tout renvoyer dans le mauvais sens.
— Et apporte tes peintures, ducon. Faut un truc qui tienne sur une statue en ferraille grandeur nature, dans un cimetière.
Weed ouvrit sa portière et cracha de la bile sur le bitume. Il descendit de voiture et faillit tomber de nouveau.
— Souviens-toi de ce qui t'est arrivé la dernière fois où t'étais à la bourre, lui rappela Smoke. Et si quelqu'un découvre ce que tu mijotes, je te ferai *vraiment* mal, cette fois.
D'un pas chancelant, Weed marcha jusqu'au trottoir et dut s'accrocher à un panneau de limitation de vitesse pour ne pas s'écrouler. Il regarda les feux arrière de l'Escort disparaître au bout de la rue obscure. Il se laissa tomber au bord du trottoir et supplia Dieu de lui venir en aide. Finalement, il se releva, incapable de se souvenir de l'endroit où il se trouvait, de la direction qu'il devait suivre. Chaque fois que des phares de voiture apparaissaient dans la nuit, il plongeait derrière les murs, derrière les arbres, parfois même il s'allongeait à plat ventre, en faisant le mort.

Niles faisait le mort, lui aussi. Il avait renoncé à essayer de faire comprendre qu'il était assis sur le bureau de sa maîtresse au moment même où les poissons étaient apparus sur l'écran de l'ordinateur en milieu de journée, à 12h47 très précisément.

Niles n'avait rien fait du tout pour provoquer cette chose inhabituelle, et sincèrement il croyait que sa maîtresse avait chargé sur son ordinateur un nouvel économiseur d'écran, rien que pour lui, car Niles adorait les poissons, et sa maîtresse cherchait toujours des moyens de lui faire plaisir et de l'occuper, pour l'empêcher de commettre des bêtises.

Judy déplaça de nouveau ses pieds sous la table. Niles s'accrocha, les pattes nouées autour de ses chevilles, les griffes rentrées pour ne pas filer les collants.

— Et si quelqu'un utilisait des poissons pour transporter de la cocaïne ? suggéra Virginia.

— Brillante idée, Virginia, dit Judy, en agitant les pieds.

— La drogue pourrait circuler sans qu'on la repère, en provenance du Maine, de Miami, de n'importe où.

— Je vais mettre les stups sur le coup immédiatement, déclara Judy. Andy, appelez le Centre de cartographie informatisée dès demain matin, à la première heure, pour voir ce qu'ils peuvent nous dire. Espérons que le problème des poissons n'est pas général, qu'ils n'indiquent pas un virus.

— Avec une adresse pareille, dit Andy, en toute franchise, je m'inquiète du nombre de sites qui ont pu être infectés sur le réseau.

— Dites au NIJ que le problème est urgent, et que nous ne pouvons pas accéder à Comstat tant qu'il n'est pas résolu. Bon, il faut que je rentre pour promener Popeye. Virginia, sois gentille de récupérer ton chat pour que je puisse bouger.

— Niles, ça suffit !

Niles se laissa tomber sur la chaussure d'Andy. Celui-ci se pencha sous la table pour caresser les côtes de Niles, comme les touches d'un piano. Niles se mit à ronronner. Il aimait beaucoup Andy, qu'il avait surnommé « Le Pianiste » à l'époque où ils vivaient tous à Charlotte, quand Le Pianiste et la maîtresse de Niles s'entendaient bien, quand ils jouaient au tennis, s'entraînaient au tir et allaient au cinéma ensemble, quand Le Pianiste parlait de quitter le *Charlotte Observer* pour devenir policier et écrire des histoires criminelles qui changeraient la façon de penser des gens.

Niles voulait que Le Pianiste et sa maîtresse redeviennent amis, même si ça signifiait se faire éjecter du lit toutes les nuits. Niles était agacé par sa maîtresse. Elle n'était pas du tout gentille avec Le Pianiste, et elle n'était pas contente que Niles ronronne pour lui. Alors, il sauta sur les genoux du Pianiste.

— Désolé. Faut que je m'en aille, lui dit le Pianiste. Merci pour la bière, dit-il poliment à Virginia, en s'éloignant de la table. Chef Hammer, je vous escorte jusqu'à votre voiture.

Virginia les poussa vers la sortie. Elle revint se planter devant la table dans l'entrée, mais pas assez vite. Andy eut le temps d'apercevoir la carte du fleuriste, avec le nom de Virginia tapé à la machine.

— Bonne nuit, leur dit Virginia.

12

Nerveux et furieux, Andy marchait d'un pas vif dans la lumière des lampadaires de Mulberry Street, inquiet à l'idée qu'on lui ait volé ou saccagé sa BMW. Il était tenté de rebrousser chemin pour débarquer chez Virginia et exiger une explication.

Il était exact que leurs relations à Charlotte n'avaient pas été facilitées par leurs différences. Elle était plus âgée, plus expérimentée que lui. Elle avait du pouvoir. Et une personnalité à l'opposé de la sienne. Mais elle avait été son mentor, à l'époque où il s'occupait des affaires criminelles pour le compte de son journal, et où il patrouillait de nuit en tant que policier bénévole. Il en avait tiré ses meilleurs articles. Ils lui avaient rapporté des prix et avaient modifié la façon de voir des gens. Ils avaient également modifié sa propre façon de voir.

Alors, il avait décidé de devenir policier pour de bon, comme son père avant lui, et Virginia lui avait apporté le courage nécessaire. Elle l'avait aidé, elle l'avait aimé, malgré leurs bagarres qui ressemblaient parfois à de violents orages. Quand ils se réconciliaient, c'était toujours formidable. Andy ne pouvait pas penser à elle sans retrouver aussitôt chaque goût, chaque sensation. Il ignorait pour quelle raison elle avait changé de manière si brutale, et quand il lui avait posé la question, elle n'avait pas voulu répondre. C'était comme s'ils n'avaient jamais été amants, ni même bons amis. Andy n'osait pas insister, car sa peur principale était peut-être justifiée : il n'était pas à la hauteur, voilà tout. Jamais personne dans sa vie ne lui avait donné le sentiment de compter. Son père était mort quand il était enfant, et sa mère, qui ne s'aimait pas, était bien incapable d'aimer qui que ce soit. Pendant quelque temps, Virginia avait rempli un vide terrible dans l'existence d'Andy. Il haïssait ce Jim. Comment ce type osait-il lui envoyer des fleurs ?

Smoke ordonna à Sick, Beeper, Dog et Divinity d'ouvrir l'œil pour tenter de repérer Weed, et s'assurer qu'il n'essayait pas d'effectuer un détour qui risquait de foutre en l'air leurs plans de cette nuit.

C'est ainsi que les Piranhas s'embarquèrent à bord de la Pontiac Lemans 69 de Dog, pour sillonner les rues sombres de West Cary et tenter d'apercevoir, vainement, la trace de ce petit salopard complètement bourré.

— J'ai soif, déclara Divinity.

— Putain, t'as raison, dit Beeper.

— Allez, Dog. Fais-nous voir ton petit numéro, demanda Divinity.

Dog n'aimait pas qu'on le considère comme un chien qui exécute des numéros. Mais il ne protestait jamais. Il suivait le mouvement et faisait ce qu'on lui demandait.

— Tu veux quoi, cette fois ? demanda-t-il.

— Voyons voir..., dit Divinity. Pourquoi pas un truc bien frappé, baby ? Michelob Ice, par exemple ? Je commence à en avoir marre de la Bud et de toutes les saloperies avec un goût de pisse que tu nous ramènes. Et je trouve que la glace, ça te fait tourner la tête, si tu vois ce que je veux dire. Tu sais plus où t'es.

Elle se croyait drôle et adorait rire de ses plaisanteries.

Dog s'arrêta sur le parking d'une épicerie 7/Eleven et se servit de sa fausse carte d'identité pour acheter un pack de six Michelob Ice, pendant que Beeper et Sick provoquaient une diversion. Beeper faisait semblant de glisser sur le carrelage, et Sick devait l'aider à se relever, pendant que Divinity parcourait les rayonnages et fourrait tout ce qu'elle voulait dans son sac en jean.

— Quand on va le retrouver, j'crois qu'on va bien s'amuser, déclara Dog en repensant à Weed, tandis qu'il ressortait du parking. Je l'aime pas, ce gars.

— C'est parce qu'il peint, et toi, tu sais rien foutre, dit Divinity.

Dog sentit qu'il commençait à devenir mauvais.

— Il a besoin d'apprendre à vivre, dit-il. Faut lui apprendre le respect.

— Vas-y, apprends-lui le respect, et Smoke va t'arracher les couilles pour les filer à bouffer à un pitbull, dit Divinity en sirotant sa bière.

Dog revint dans West Cary Street.

— Smoke, je l'emmerde. Il me fait plus peur !

C'était faux. Dog ne s'appelait pas encore Dog avant Noël dernier. Il venait d'avoir quinze ans, et il traînait à la recherche d'un peu de crack, quand il était tombé sur Divinity et Smoke au centre commercial de Chimborazo Boulevard. Smoke avait vendu deux ou trois « cailloux » à Dog... avant de le braquer avec son flingue pour lui reprendre le crack, tout en gardant l'argent.

« Hé, file-moi au moins mon fric, si tu veux pas me filer la came, avait dit Dog.

— Faut que tu le mérites », avait répondu Smoke.

Il avait alors convaincu Dog de braquer une femme, avec son arme, près du Monroe Building, dans le centre. Dog avait rapporté 47 dollars à Smoke. Il n'oublierait jamais ce que Smoke lui avait dit alors :

« Maintenant, tu m'appartiens. Tu es à moi. » Et il avait pointé son arme entre les yeux de Dog. « Tu es mon esclave. Et tu sais pourquoi ? »

Dog avait répondu qu'il ne savait pas.

« Parce que ta vie, c'est de la merde. Où t'habites, c'est merdique. Et dans ta tête, y a que de la merde. T'es tellement con que tu te pointes pour acheter du crack, et en fait, tu finis par braquer une pauvre vieille, qui a sûrement fait une attaque. Si elle est morte, c'est comme si tu l'avais tuée. Peut-être que je devrais prévenir les flics.

— Non, tu peux pas faire ça. » Dog était désorienté. « Tu peux pas faire ça ! »

Smoke s'était moqué de Dog, et Divinity s'était jointe à lui. Dog avait été surnommé Dog, et il était devenu un Piranha. Il avait commencé à sécher les cours, si souvent qu'il était tout le temps renvoyé, ce qui l'autorisait à continuer de sécher les cours. Ça aussi, c'était déroutant. Il y avait tellement de choses déroutantes, et chaque fois que Dog se posait des questions, en disant éventuellement qu'il n'avait plus envie de braquer des gens, de faucher des trucs dans une voiture ou dans un restaurant, Smoke se mettait en rogne.

Il savait comment faire du mal à Dog, et comment le faire trembler pour sa vie. Smoke s'en foutait de tuer. Dog l'avait vu écraser des animaux volontairement, comme ce chat la semaine dernière, ou le chiot, qui était pourtant loin de la route, dans l'allée d'une maison. Smoke avait inventé un jeu qu'il appelait « Écraser l'écureuil », et ça voulait bien dire ce que ça voulait dire. Il roulait comme un dingue en faisant des embardées, pour écraser un écureuil, et il comptait les points. Smoke se vantait même d'avoir tué quelqu'un, dans le temps, là-bas dans la ville de Caroline du Nord où il avait vécu.

Il racontait qu'il s'était introduit chez une vieille dame handicapée, et il l'avait poignardée, cinquante fois, juste pour lui emprunter sa petite voiture de handicapée et aller faire un tour avec. Il disait qu'il était revenu chez elle, après avoir abandonné le véhicule, qu'il avait volé tout ce qui lui plaisait, s'était fait un sandwich, et l'avait mangé en regardant le cadavre ensanglanté de la vieille ; et ensuite, il lui avait déboutonné ses vêtements. Il disait qu'elle était tellement moche qu'il lui avait refilé quelques coups de couteau à des endroits qu'il aurait même pas dû regarder. Il disait que sa grand-mère vivait chez eux, avec ses parents, jusqu'à ce qu'il lui file un coup de poing dans la figure et qu'elle décide de déménager. Il disait qu'elle lui avait cassé les pieds une dernière fois, et c'était fini.

Smoke disait qu'il était allé en prison pour avoir tué la vieille infirme, et qu'on l'avait remis en liberté à la minute même où il avait eu seize ans, et personne, à part sa famille, ne savait, et ne saurait jamais, ce qu'il avait fait, car la loi était faite comme ça. Mais Dog sentait que d'ici peu Smoke tuerait quelqu'un d'autre. C'était un besoin, chez lui. Dog ne voulait pas être celui qui servirait à l'assouvir.

— Oh, putain, la vache ! s'exclama soudain Divinity en décapsulant une autre bouteille de bière. Vise un peu la bagnole. Hmmm...

— Faut qu'on trouve Weed, lui rappela Beeper.

— On s'en fout, répondit Divinity. Hé, baby. Arrête-toi là. Moi, je descends.

À la hauteur de West Cary Street, la sirène d'alarme qui retentit dans la tête d'Andy lui parut aussi assourdissante qu'un camion de pompiers qui oblige les voitures à s'écarter sur sa route. Trois adolescents et une fille habillée en pute tripotaient la BMW d'Andy, comme s'ils avaient l'intention de la violer en groupe.

Les garçons riaient ; ils se déplaçaient de manière « cool », avec leurs jeans extra-larges qui tombaient à moitié, une jambe retroussée, l'autre baissée, leurs grosses baskets, des maillots aux couleurs des Chicago Bulls, et des bonnets. La fille portait une jupe noire aussi courte que moulante, et un T-shirt noir échancré. Tous les quatre jetèrent des regards de défi à Andy, qui ne baissa pas les yeux.

Il marcha droit vers sa voiture, les clés à la main, un Colt Mustang attaché autour de la cheville, sous son jean usé. Il était déjà de mauvaise humeur avant d'arriver ici. Maintenant, il était d'humeur dangereuse.

— Hé, c'est ta caisse, baby? demanda la fille.

— Ouais.

— Elle vient d'où?

— Crown BMW dans West Road, répondit Andy avec un sourire provocant. Ils ont une jolie sélection de modèles.

— Ah ouais? fit la fille. Mais tu vois, Beau Gosse, je m'en fous, vu que je viens de choisir celle-là.

Divinity avait décidé de s'instituer porte-parole de la bande. Premièrement, elle était moins ivre que les autres. Deuxièmement, le gars de la bagnole était super-craquant, et elle pourrait peut-être se payer un peu de bon temps.

— Écoute, baby, dit-elle en se rapprochant de lui. Si t'emmenais la petite Divinity faire une virée dans ton super-engin?

Elle se rapprocha encore. Beau Gosse recula. Les trois autres l'entourèrent. Beau Gosse se tenait près de la portière, les loubards l'encerclaient.

— Qu'est-ce qui t'arrive, trésor? (Divinity fit glisser ses doigts sur le torse du Beau Gosse.) Ouaaaah. Quel homme! Miam-miam...

Elle plaqua ses mains sur les muscles d'Andy, et elle aima ce qu'elle découvrit.

— Me touche pas, avertit Beau Gosse.

Beeper bondit devant lui.

— Qu'est-ce que t'as dit, enfoiré ?

— Je lui ai dit de ne pas me toucher. Et tire-toi de ma vue, connard, répondit Beau Gosse sans hausser le ton.

— Barre-toi de là, renchérit Divinity. Il est à moi.

Beeper s'écarta. Divinity avait encore envie de toucher Beau Gosse. Et elle aurait bien voulu qu'il lui caresse le dos. Elle frotta ses seins contre le bras d'Andy.

— Ça te fait de l'effet, baby ? roucoula-t-elle. Moi, ça me fait plein de frissons partout.

— Qu'est-ce que tu branles, bordel ? s'exclama Dog, en la saisissant par le coude pour la tirer en arrière.

— Hé, mec ! s'écria Sick. Si Smoke te voit, il va nous étriper !

Beeper était le seul à garder ses pensées pour lui. On aurait dit qu'il en avait marre de voir Divinity exhiber son cul, comme une sorte de Viper V10 que tout le monde rêve de conduire.

— Laisse tomber ce mec, lui suggéra-t-il.

— On lui pique sa caisse et on s'arrache d'ici, dit Dog qui jetait des regards inquiets aux alentours en humectant ses lèvres.

— Je ne vous laisse pas ma voiture, déclara Andy. Elle n'est pas encore payée.

Divinity s'esclaffa et se rapprocha un peu plus.

— *Elle est pas encore payée !* beugla-t-elle. Elle est pas encore payée. Ah, baby, heureusement que tu nous préviens, on voudrait pas piquer une bagnole qu'est pas finie de payer !

Sick, Dog et Beeper s'y mirent à leur tour. Ils riaient et ricanaient, en se pavanant autour de la voiture, comme des petits poulets agressifs au milieu d'une basse-cour, pantalons tombants, caleçons remontés.

Divinity posa de nouveau les mains sur Andy ; elle sentait l'encens, et elle avait mauvaise haleine. Ses doigts se promenèrent sur le torse du Beau Gosse, mais quand elle se colla à lui, en frottant son bas-ventre contre le sien, il la repoussa, brutalement.

— Ne me touche pas sans avoir la permission, dit Andy sur un ton de général en chef.

— Hé, enfoiré de ta mère, cracha-t-elle. Personne repousse Divinity.

Sa main glissa sous sa minijupe, et ressortit avec un fin couteau à cran d'arrêt. La lame d'acier jaillit ; elle scintillait dans la faible lumière de la rue.

— Allez, mec, vaut mieux te tirer, dit le jeune gamin mauvais, avec sa coupe en brosse.

— Range ce couteau, dit le crétin à Divinity.

— Dégage, toi ! répondit-elle. Foutez le camp, bande de nazes. J'ai un truc à régler, et une jolie caisse toute neuve à conduire.

— Si on te laisse, Smoke va nous tuer, dit le crétin, d'un ton presque anodin.

— Si vous vous barrez pas, c'est moi qui vous bute, menaça Divinity.

Les trois garçons décampèrent. Ils disparurent au coin de la rue, en direction de Robinson Street. Divinity pointa le couteau sur la gorge d'Andy, en s'approchant.

— Je savais bien que tu voulais être seule avec moi, dit-il, comme s'il n'avait jamais eu peur de rien, et n'aurait jamais peur de rien. Mais c'est une drôle d'entrée en matière.

— N'essaye pas de me baiser, dit Divinity d'une voix douce, mais menaçante.

— Je croyais que c'était ce que tu voulais. Que je te baise.

— Quand j'en aurai fini avec toi, baby, tu baiseras plus jamais personne.

Andy pointa le porte-clés magnétique vers la portière de la BMW qui se déverrouilla dans un déclic.

— Tu es déjà montée dans ce genre de bagnole ? demanda-t-il, au moment où la lame du couteau captait un éclat de lumière.

Il savait qu'il pourrait retenir le bras de la fille avant qu'elle n'ait le temps de le poignarder, mais il risquait, malgré tout, de recevoir un vilain coup de couteau. Il avait une autre idée en tête. Il ouvrit la portière.

— Qu'est-ce que t'en dis ?

Divinity ne put empêcher son regard de dériver vers l'intérieur de la BMW, pour admirer les sièges et l'habillage en cuir souple et sombre, les tapis épais.

— Vas-y, monte, dit Andy.

Elle semblait hésiter.

— Qu'est-ce qu'il y a ? Tu as peur qu'on te voie avec moi ? demanda Andy. Tu as peur que ton petit copain se fâche ?

— J'ai peur de personne.

— Peut-être que j'ai pas le look, hein ? Je ne suis pas habillé comme il faut, c'est ça ?

Assis en biais sur le siège du conducteur, Andy fit passer sa chemisette Polo par-dessus sa tête et la lança à l'arrière de la voiture. Divinity regardait fixement son torse nu. Des gouttes de sueur coulaient sur sa peau. Il prit une casquette de base-ball des Braves qui traînait sur le tableau de bord et s'en coiffa, à l'envers.

Divinity sourit. Elle baissa son couteau.

— J'ai déjà des Nike. (Andy leva son pied droit pour le prouver.) Il me suffit de retrousser mon pantalon, et ensuite, tu pourras monter avec moi, baby. Et on roulera jusqu'au bout de la nuit.

Divinity gloussa. Elle éclata de rire en voyant Andy se pencher pour retrousser la jambe droite de son pantalon. Elle s'étrangla quand il lui braqua le Colt Mustang entre les yeux. Le couteau à cran d'arrêt tomba bruyamment sur le bitume. Et Divinity s'enfuit en courant. Une vieille Lemans grise déboucha au coin de la rue, dans un rugissement, et pila net. La portière arrière s'ouvrit en grand, et Divinity plongea à l'intérieur. Andy resta planté au milieu de West Cary Street, son arme à la main, le cœur battant à tout rompre.

Il envisagea de les prendre en chasse, mais le bon sens lui conseilla de laisser tomber. La Lemans avait disparu si rapidement qu'il avait juste eu le temps d'entr'apercevoir une plaque d'immatriculation de Virginie. Il remonta dans sa BMW et continua dans West Cary, rentrant chez lui.

La première fois que la Lemans passa au ralenti, le pot d'échappement raclait la chaussée en faisant un bruit épouvantable et en produisant des étincelles, comme si la voiture était une allumette qui essayait d'enflammer la rue.

Les basses des haut-parleurs étaient si fortes que toute la nuit vibrait, encore plus que le crâne de Weed, et il s'était éraflé les paumes des mains en plongeant dans un fossé, juste à temps. Risquant un coup d'œil entre les herbes hautes, il avait aperçu à l'intérieur de la voiture quatre personnes qui s'agitaient au rythme du rap. L'une d'elles, une fille, se retourna pour regarder en arrière, tout en buvant au goulot. Weed avait alors constaté, avec effroi, que cette voiture transportait Divinity, Beeper, Sick et Dog, sans doute à sa recherche.

Il était 22 heures passées lorsque Weed entendit pour la deuxième fois, au loin, le vrombissement épouvantable du moteur gonflé, le raclement du pot d'échappement et le boum-boum-boum des basses. Il sauta par-dessus un muret et s'accroupit derrière un sapin, sur la propriété d'un richard qui habitait dans une grande maison de brique, avec d'énormes colonnes blanches.

Les Piranhas disparurent au bout de la rue. Weed attendit cinq bonnes minutes avant de sortir de sa cachette. Il escaladait le muret en sens inverse au moment même où une petite voiture de sport débouchait au coin, dans un ronronnement ; les phares puissants clouèrent Weed sur la toile de la nuit, comme un papillon sur une vitre.

13

Bubba était trop occupé pour prendre le temps de boire même une seule gorgée du Tang que Honey, pour se venger, avait laissé à température ambiante avant de remplir la bouteille Thermos, et qui serait donc encore tiède s'il arrivait à le boire un jour. Il n'y avait pas la moindre chance que Bubba puisse se rendre dans la salle de repos pour faire chauffer au micro-ondes son plat préparé Taco Bell, que Honey n'avait pas pu gâcher.

Bubba n'avait pas un moment pour penser à la Icehouse, la Molson Golden ou la Foster's Lager qui remplissaient le réfrigérateur dans le cellier, et qui l'attendaient quand il rentrait enfin à la maison, épuisé, sur les coups de 7 h 30, tous les matins, sauf le mardi et le mercredi, ses jours de repos. Bubba ne mangeait, ne buvait et ne fumait que les produits Philip Morris. Il n'aurait acheté que des actions Philip Morris s'il n'avait pas investi tout son argent dans les produits maison, sa Jeep et ses outils.

Bubba Fluck avait le cœur meurtri, au point d'enrager. On le traitait comme de la merde, alors qu'il se cassait le cul pour activer la manœuvre au poste 8. D'accord, un tas de cigarettes rejetées avaient atterri dans les poubelles, par terre ; on les expédierait dans la salle de scarification, où une machine séparerait le papier du précieux tabac pour le réutiliser. Bubba refusait d'accepter la défaite. Si trois équipes parvenaient à produire trente millions de paquets de cigarettes en vingt-quatre heures, se disait-il, alors il pouvait très bien, nom de Dieu, fabriquer un demi-million de cigarettes ou vingt-cinq mille paquets supplémentaires avant le changement d'équipe.

Bubba travaillait comme un possédé ; il ne cessait de

courir entre l'ordinateur et la machine. Quand la tension du papier approchait dangereusement de la zone rouge, Bubba était là immédiatement pour effectuer les ajustements. Intuitivement, il sentait quand il allait manquer de colle, et il veillait à ce que le manutentionnaire vienne l'approvisionner à temps. Quand le papier du filtre cassa de nouveau, Bubba le rembobina à l'intérieur du conduit à air, le réintroduisit dans les rouleaux d'alimentation, le glissa dans le dérouleur et appuya sur le bouton de remise en marche, tout cela en un temps record de trente et une secondes.

Quand le papier se déchira une fois de plus, il comprit que les lames de la tête coupante étaient émoussées et il appela un réparateur pour qu'il règle le problème. Bubba continua de transpirer durant toutes ces minutes perdues et il redoubla d'énergie, ensuite, pour rattraper ce nouveau retard. Il garda le rythme pendant trois heures, sans autre incident, sans s'arrêter, et à 4 heures du matin le compte rendu de production sur l'écran de l'ordinateur indiquait que Bubba n'était plus qu'à 21 350 unités, soit moins de deux minutes, derrière le poste 5.

La responsable de production, Betty Council, contrôlait la qualité, supervisait les réparateurs et les électriciens et coordonnait les équipes. Elle avait l'œil sur Bubba depuis quelques semaines déjà, car il semblait avoir plus de problèmes techniques que les autres agents. Gig Dan lui avait d'ailleurs dit qu'il commençait à en avoir marre de lui.

— Alors, tout va bien ? lança-t-elle à Bubba, tandis que l'aspirateur de la machine avalait le mélange de tabac et que les cigarettes se formaient, si vite que l'œil avait du mal à suivre le mouvement.

Bubba était trop occupé pour répondre.

— Vous n'êtes pas obligé de vous tuer à la tâche, dit Council, qui était sur le point de recevoir une nouvelle promotion, car c'était une femme intelligente, travailleuse, et quelques mois plus tôt elle avait augmenté la production de 3 p. 100 en encourageant la compétition entre les postes.

— Ça va, répondit Bubba.

Pendant ce temps, les cigarettes étaient collées, coupées, acheminées dans le cylindre de transfert. Les filtres sortant de la trémie étaient débités et accouplés aux cigarettes.

— Je n'en reviens pas ! hurla Council pour couvrir le vrombissement et le martèlement de la machine. Vous êtes presque au coude à coude avec Smudge.

Andy colla le pied au plancher pour poursuivre ce gamin qui courait en zigzag sur le bord de la chaussée, en manquant tomber à chaque pas. Il était généralement admis, parmi les policiers, que toute personne qui courait avait une bonne raison pour cela. Andy baissa sa vitre.

— Hé, qu'est-ce qui se passe ? cria-t-il, pendant que le gamin continuait à cavaler.

— Rien..., répondit celui-ci, essoufflé.

On voyait le blanc de ses yeux dans le noir ; la peur alimentait le mouvement de ses Nike.

— Si tu cours, c'est qu'il y a quelque chose, répliqua Andy. Arrête-toi qu'on puisse parler !

— Je peux pas.

— Mais si, tu peux.

— Uh-uh...

Andy s'arrêta sur le bas-côté, devant le jeune fuyard, et jaillit hors de sa voiture. Le gamin était épuisé, et ivre. Il portait un maillot des Bulls et son visage avait quelque chose de vaguement familier, même dans l'obscurité.

— Fichez-moi la paix ! brailla-t-il, alors qu'Andy l'agrippait par le dos de son maillot. J'ai rien fait !

— Hé, du calme... Attends un peu. Je t'ai déjà vu, toi. Oui, au lycée Godwin. L'artiste... Avec un nom peu commun. Comment c'est, déjà... ? *Week ? Wheeze ?*

— Je vous dirai rien !

Le gamin respirait avec difficulté, la sueur ruisselait sur son visage et gouttait à l'extrémité de son menton.

Andy scruta les environs, en tendant l'oreille, perplexe. Il ne voyait personne d'autre. Aucune alarme ne hurlait dans les parages, la route était noire, la nuit silencieuse.

— Weed ! s'exclama-t-il. Ça y est, je me souviens.

— Non, c'est pas ça.

— Mais si. J'en suis sûr. Moi, c'est Andy Brazil.

— Vous êtes le flic qu'est venu à l'école, dit Weed d'un ton accusateur.

— Et alors, ça pose un problème ?
— Comment ça se fait que vous roulez dans une BMW ? voulut savoir Weed.
— J'ai une meilleure question : comment se fait-il que tu sois ivre et que tu cavales comme un dingue ?
Weed leva les yeux vers l'endroit où aurait dû se trouver la lune, si elle n'avait pas été masquée par les nuages.
— Je te ramène chez toi.
— Vous pouvez pas me forcer, répondit Weed, d'un air de défi, mais ses paroles se prenaient les pieds dans le tapis et se rentraient dedans.
— Bien sûr que si, dit Andy, en riant. Tu es ivre sur la voie publique. Et tu es mineur. Soit tu te retrouves au poste, soit je te ramène chez toi, et à ta place, je choisirais la deuxième option, je prendrais de l'aspirine et je me mettrais au lit.
Weed réfléchissait. Un semi-remorque passa dans un grondement, suivi d'un break. Weed réfléchissait toujours, en s'épongeant le visage avec sa manche. Une VW Rabbit passa dans un vrombissement, puis ce fut une Jeep, et Andy pensa aux CABBAGES. Il haussa les épaules et retourna vers sa voiture. Il ouvrit sa portière.
— Je vais appeler une voiture de patrouille pour te conduire au poste, dit-il. Je ne transporte pas de prisonniers dans mon véhicule personnel.
— Vous disiez que vous alliez me ramener chez moi. Et maintenant, vous dites que vous voulez pas.
— J'ai dit que je ne voulais pas t'emmener au poste.
Andy s'assit au volant et referma sa portière. Weed ouvrit, d'un geste brusque, celle du passager et se glissa sur le siège en cuir. Il attacha sa ceinture, sans dire un mot. Andy repartit dans West Cary.
— C'est quoi, ton vrai nom ? demanda-t-il.
— Weed.
— Comment se fait-il que tu portes un nom pareil ?
— J'en sais rien.
Weed regardait fixement ses baskets délacées.
— Bien sûr que si.
— Mon père bosse pour la ville.
— Et ?
— Il tond l'herbe et des trucs comme ça. Il arrache les

mauvaises herbes. Et il m'a appelé Weed, car c'est ça que je deviendrais, il disait.

À peine eut-il prononcé ces mots qu'il se sentit humilié et inquiet. Il était évident qu'il n'avait pas poussé comme du chiendent, et il en avait déjà trop dit à ce flic. Il regarda celui-ci noter *Weed* sur un petit carnet. Et merde ! Si le flic découvrait que Weed était un Piranha, c'était un homme mort. On pouvait compter sur Smoke.

— Quel est ton nom de famille ? demanda Andy.

— Jones, mentit Weed.

Andy nota également ce nom.

— Ça veut dire quoi, ce 5 ?

— Hein ?

— Le chiffre 5 tatoué sur ton doigt.

La peur se transforma en panique. Weed sentit son esprit se vider.

— J'ai pas de tatouage, répondit-il comme un idiot.

— Ah bon ? Et ça, là, c'est quoi ?

Weed examina d'abord une main, puis l'autre, comme s'il n'avait jamais pris le temps de bien s'observer. Il regarda fixement le 5 et le frotta avec son pouce.

— Ça veut rien dire. J'ai fait ça comme ça.

— Mais pourquoi le chiffre 5 ? insista Andy. Tu ne l'as pas choisi sans raison.

Weed commençait à trembler. Si le flic découvrait que ce 5 était son numéro d'esclave, il pouvait tout comprendre, de fil en aiguille.

— C'est mon chiffre porte-bonheur.

Weed sentait la sueur couler sous ses aisselles, le long de son corps, sous le maillot des Bulls.

Andy jouait avec le lecteur de CD, passant de Mike & The Mechanics à Elton John, avant d'opter finalement pour Enya.

— Hé, comment vous pouvez écouter ce truc ? demanda finalement Weed.

— Ça ne te plaît pas ?

— Y a que dalle là-dedans. Pas une bonne batterie, pas de cymbales, ou des paroles qui veulent dire quelque chose.

— Peut-être qu'elles veulent dire quelque chose pour moi, répondit Andy. Et peut-être que je m'en fous de la batterie ou des cymbales.

— Hein, quoi ? (Weed était en colère maintenant.) Vous dites ça parce que je joue des cymbales, et que je vais bientôt apprendre la batterie.

— Tu voudrais bien me dire où on va ? demanda Andy. À moins que ce soit un secret ?

— Je parie que vous y connaissez rien en cymbales. (La logique de Weed était fluctuante ; ce trajet en douceur, dans la nuit, finissait de l'endormir.) On est même dans la parade des Azalées.

— Je suppose que tu habites quelque part près de Godwin, ou sinon, tu ne pourrais pas aller à l'école là-bas.

Andy était de plus en plus frustré.

Weed, lui, s'endormait. Il sentait mauvais, et Andy ne savait toujours pas pourquoi il était ivre dans la rue, ni pourquoi il cavalait comme s'il avait Jack l'Éventreur à ses trousses. Il le secoua doucement. Weed fit un bond sur son siège, presque jusqu'au toit.

— *Non !* hurla-t-il.

Andy alluma le plafonnier au-dessus du rétroviseur et observa longuement, attentivement, le jeune Weed. Il remarqua que le chiffre 5 tatoué sur son index droit était grossier et boursouflé.

— Dis-moi où tu habites, demanda-t-il d'un ton ferme. Réveille-toi, Weed, et réponds-moi.

— Henrico-Doctor.

— L'hôpital ?

— Ouais.

— Tu habites près de l'hôpital Henrico-Doctor ?

— Hmm. J'ai vachement mal à la tête.

— Ce n'est pas dans le quartier de Godwin.

— C'est mon père qui habite près de Godwin. Pas ma mère.

— Mais chez qui tu veux rentrer ? Chez ta mère ou chez ton père ?

— Je vais presque jamais chez lui. De temps en temps, un week-end tous les deux mois, peut-être, pour qu'il puisse sortir et me laisser seul, mais je me plains pas.

— Ta mère habite dans quelle rue ?

— Au coin de Forest et Skipwitch. Je vous montrerai.

La langue de Weed collait à son palais.

Andy prit la main droite du jeune garçon, posée sur sa cuisse.

— Pourquoi tu t'es fait faire ce tatouage ? C'est quelqu'un qui t'a convaincu ?

— Y a plein de gens qu'en ont un.

Weed retira sa main.

— J'ai l'impression qu'on vient de te le faire, dit Andy. Peut-être même aujourd'hui.

14

Apparemment, le gouverneur Feuer et ses amis avaient attaqué d'autres plats et d'autres conversations. Ils n'étaient toujours pas sortis de *La Petite France*, et Roop était las d'attendre. Autant essayer de récolter quelques informations sur cette histoire de poisson, songea-t-il, et il composa le numéro de téléphone personnel de Hammer, que Fling lui avait bêtement donné.

— Hammer, j'écoute.

— Artis Roop à l'appareil.

— Comment allez-vous, Artis ?

— Vous vous demandez certainement comment j'ai eu votre numéro...

— Je suis dans l'annuaire.

— Exact. Euh, écoutez, chef Hammer, je m'intéresse à cette affaire de poissons renversés.

— Des poissons ? répéta-t-elle d'un ton paniqué. Qui vous a parlé de poissons ?

— Je ne peux dévoiler mes sources. Mais s'il y a eu un déversement de poissons, je pense que le public doit en être informé, pour sa protection, ou ne serait-ce que pour emprunter un autre itinéraire en allant travailler demain matin.

— Il n'y a aucun déversement de poissons à ma connaissance, répondit Judy, fermement.

— De quoi parlent les gens, alors ?

— Vous faites référence à une simple affaire interne, Artis.

— Je ne comprends pas.

Roop commençait à s'inquiéter, car la porte du restaurant demeurait obstinément close, sans aucun signe d'activité. Et soudain, il se dit que le gouverneur allait peut-être tenter de s'échapper par l'entrée de service. Peut-être avait-il déjà fichu le camp. Roop débrancha son téléphone relié à l'allume-cigares et jaillit hors de sa voiture, en continuant à parler.

— En quoi des poissons ou un déversement de poissons peuvent-ils être une affaire interne ? insista-t-il.

— Un pépin informatique.

— Oh, fit Roop, perplexe. Je ne pige toujours pas. Ces poissons, c'est une sorte de virus ?

— Espérons que non, répondit Judy qui était toujours très franche, sauf quand elle refusait de faire un commentaire.

— Autrement dit, le système de télécommunications Comstat est hors service ?

Roop avait mis le doigt sur le point sensible.

Judy hésita.

— Pour le moment, dit-elle.

— Partout ?

— Je n'ai rien à ajouter.

Roop était convaincu que ces poissons étaient un énorme problème. Mais il avait d'autres... poissons à fouetter. Les agents de police de l'UPP, l'Unité de protection des personnalités, sortaient enfin de *La Petite France*, suivis de près par le gouverneur. Les projecteurs des caméras et les flashes des appareils photo le mitraillèrent de tous les côtés, mais le gouverneur demeurait aimable et imperturbable, tout comme son épouse, d'ailleurs, car ils étaient habitués à tout ce bordel. Roop écoutait jaillir les *gouverneur ceci* et les *gouverneur cela,* ravi de constater que Feuer n'avait aucun commentaire à faire. D'un pas nonchalant, le journaliste se dirigea vers Jed, le chauffeur du gouverneur, membre de l'UPP lui aussi.

— Je ne veux pas l'ennuyer, dit-il. Ça me fait de la peine de voir qu'on le harcèle de cette façon, en permanence. Il ne peut même pas dîner tranquillement sans être traqué.

— Dommage que tout le monde ne pense pas comme vous, dit Jed.

— Comment diable faites-vous pour garer cet engin ? demanda Roop en promenant son regard sur les courbes noires et étincelantes de l'immense limousine Lincoln.

Jed répondit par un petit rire, comme si ce n'était vraiment pas un problème.

— Non, c'est vrai, renchérit Roop, tandis que le gouverneur et son épouse étaient escortés d'un pas vif vers leur limousine. Moi, d'abord, je ne pourrais jamais être chauffeur. Je me perds partout où je vais. Imaginez un peu comme c'est difficile de foncer sur les lieux d'un crime quand vous ne savez même pas où vous êtes !

Roop s'était renseigné sur Jed, dont tout le monde savait, à l'exception du gouverneur, qu'il souffrait de déficiences d'orientation et cherchait à le cacher.

— Vous vous moquez de moi ? dit Jed en ouvrant la porte arrière pour que la première famille puisse s'engouffrer à l'intérieur de la limousine.

— Bonsoir, monsieur le gouverneur et madame Feuer, dit poliment Roop en se penchant.

— Bonsoir à vous, répondit le gouverneur, qui était un homme tout à fait charmant, si l'on réussissait à l'approcher.

— Je vous ai vu à *Face à la presse,* dit Roop.

— Ah oui ?

— Oui, gouverneur. Et vous avez été formidable. Dieu soit loué, enfin quelqu'un qui défend l'industrie du tabac.

— C'est une question de bon sens, dit Feuer. Personnellement, je ne fume pas. Mais j'estime que c'est un choix. Personne n'oblige les gens à fumer et, franchement, le chômage et le marché noir ne sont pas de joyeuses perspectives.

— Ensuite, ce sera le tour de l'alcool, ajouta Roop d'un ton d'indignation vertueuse.

— Je saurai m'y opposer.

— *Les fumoirs vont remplacer les alambics,* gouverneur.

Roop cita le slogan qui, croyait-il, pourrait bien lui valoir le prix Pulitzer.

— J'aime bien cette idée, dit Feuer.

— Moi aussi, ajouta la *first lady.*

— Des *fumoirs*, dit le gouverneur avec un petit sourire crispé. Comme si l'ATF n'avait pas assez de travail. Au fait, dit-il en s'adressant à Roop, je crois que nous n'avons pas été présentés.

La petite maison située au coin de la rue, en face de l'hôpital Henrico-Doctor, était en brique, avec des volets fraîchement peints en bleu et un petit jardin bien entretenu. L'allée était en gravier. Il n'y avait aucune voiture. Andy s'y engagea, les petits cailloux blancs crépitaient sous la BMW. Il se demandait ce qu'il devait faire.

— Ta maman rentre à quelle heure ? demanda-t-il à Weed.

— Elle est déjà rentrée.

Weed était un peu plus alerte.

— Elle n'a pas de voiture ?

— Si, si.

— Où est-elle alors ? J'ai l'impression que ta maman n'est pas rentrée.

— Oh. (Weed se redressa dans son siège pour regarder à travers le pare-brise, la main sur la poignée de la portière.) J'ai envie de me coucher. Je suis fatigué. Laissez-moi descendre, d'accord ?

— Weed, où travaille ta maman ?

Andy était impatient de rentrer chez lui et de finir sa journée, lui aussi, mais ça l'embêtait de laisser seul ce petit gamin mystérieux.

— Elle travaille à l'hôpital, répondit Weed en ouvrant sa portière. Elle bosse dans la salle d'opération.

— Elle est infirmière ?

— Non, je crois pas. Mais elle va peut-être revenir vers minuit.

— Peut-être ?

— Des fois, elle rentre plus tard. Elle travaille vachement, car c'est elle qui rapporte tout l'argent à la maison. Mon père, lui, il joue beaucoup, et il fait plein de grosses dettes. J'ai envie d'aller me coucher. Merci de m'avoir ramené. J'étais jamais monté dans une bagnole aussi chouette.

L'agent Brazil repartit à l'instant même où Weed verrouilla la porte d'entrée derrière lui. Celui-ci balaya du regard le living-room vide, regrettant que sa mère ne soit pas à la maison, tout en s'en réjouissant. Il restait du pain de viande et des tranches de rôti froid, mais Weed ne savait pas si le fait de manger allait arranger, ou au contraire, aggraver les choses. Il décida d'essayer et se prépara sur le gril un sandwich jambon-fromage, qui calma son estomac.

En passant dans le couloir, il s'arrêta pour ouvrir la porte de la chambre de Twister. Weed contempla les trophées et les posters de basket, le lit défait, le dessus-de-lit froissé ; le T-shirt University of Richmond abandonné par terre, l'ordinateur sur le bureau, avec son économiseur d'écran Bad Dog. Tout était exactement comme Twister l'avait laissé la dernière fois où il était venu dans cette chambre, le 23 août, un dimanche ; la dernière fois où Weed l'avait vu vivant.

Weed entra timidement, en imaginant qu'il sentait l'eau de toilette de Twister, *Obsession,* et qu'il entendait son rire, ses plaisanteries. Il voyait Twister assis par terre au milieu de la chambre, ses longues jambes musclées repliées pour enfiler ses chaussures, appelant Weed sa « Petite Minute ».

« Il en faut soixante pour faire une heure, dirait-il. Je sais bien que t'es nullard en calcul, mais crois ce que je te dis. Bientôt, tu deviendras une heure, puis un jour, une semaine, un mois. Et après, tu seras grand comme moi.

— Pas possible, répondrait Weed. T'étais deux fois plus grand que moi quand t'avais mon âge. »

Twister se déplierait et il ferait semblant de dribbler avec un ballon imaginaire. Il s'approcherait de Weed, avec une feinte à droite, une feinte à gauche, en gardant le ballon collé à lui, les coudes remuant dans tous les sens.

« Le temps défile à la pendule et il ne me reste qu'une seule... *Petite Minute* ! » Twister soulèverait Weed de terre, en riant, et il le lancerait sur le lit, comme un ballon de basket, en le faisant rebondir, jusqu'à ce que son petit frère soit étourdi de bonheur.

Weed alla s'asseoir au bureau. Il alluma l'ordinateur, la seule chose à laquelle il touchait dans la chambre de son frère, car c'était Twister qui lui avait montré comment s'en servir, et Weed savait que Twister aurait aimé qu'il continue à l'utiliser. Il se connecta sur AOL. Il envoya un e-mail sur la messagerie de Twister et regarda si quelqu'un d'autre lui en avait envoyé.

Hormis les mots que Twister recevait chaque jour de Weed, la boîte aux lettres était vide.

Salut, Twister,

Tu lis mes lettres? Elles ont pas été ouvertes, mais je parie que tu es pas obligé de les ouvrir comme tous les autres gens. J'ai touché à rien dans ta chambre. Maman n'y entre jamais. Elle garde la porte fermée.

Weed attendit une réponse immédiate. Il était convaincu, d'une certaine façon, qu'un de ces jours Twister allait le contacter par le biais de l'ordinateur. Il lui dirait : *Hé, ça roule, Petite Minute? Ça me fait plaisir que tu m'écrives. Attention, je vois tout ce que tu fais. T'as intérêt à filer droit.*

Weed attendit, et attendit encore. Finalement, il se déconnecta et éteignit la lumière. Il demeura sur le seuil de la chambre quelques instants, trop désespéré pour bouger. D'un pas traînant, il retourna dans sa chambre et régla son réveil sur 2 h 45.

— Pourquoi t'es pas là? demanda-t-il en s'adressant à Twister.

L'obscurité ne connaissait pas la réponse.

— Pourquoi t'es pas là, Twister! Je sais plus ce que je dois faire. Maman rentre plus jamais à la maison; elle travaille tellement qu'on dirait qu'elle a reçu un coup sur la tête. Elle dort, elle se lève, et elle repart. Elle parle presque plus depuis que t'es parti. Papa lui en fait baver, et maintenant, j'ai des ennuis avec Smoke. Si ça se trouve, il va me tuer, Twister. Si t'étais là, il pourrait pas.

Weed se coucha en parlant à Twister. Il dormit mal, la tête remplie de rêves cruels. Il était pourchassé par un camion-poubelle qui produisait d'horribles bruits de raclements en roulant à toute allure sur une route sombre, à sa recherche. Le camion-benne était sur ses talons, où qu'il aille. Weed transpirait à grosses gouttes; son cœur battait la chamade quand le réveil sonna. Il se jeta dessus et l'éteignit. Il tendit l'oreille, en retenant sa respiration, et en priant pour que sa mère dorme toujours.

Il alluma la lumière et s'habilla rapidement. Il s'approcha de la petite table pliante sous la fenêtre et s'assit pour réfléchir au matériel dont il avait besoin pour peindre cette statue métallique, en regrettant de ne pas avoir pu expliquer franchement à l'agent Brazil ce qui se passait, et pourquoi il avait ce tatouage au doigt. Mais Weed savait que Smoke se serait vengé. D'une manière ou d'une autre.

La grande question était de savoir s'il fallait utiliser de la peinture à l'huile ou acrylique. Weed fourragea dans ses précieuses fournitures artistiques, regardant avec amour le coffret de peinture Bob Ross que sa mère lui avait offert à Noël dernier, en faisant des heures supplémentaires. Il avait coûté presque 80 dollars et contenait huit tubes de peinture à l'huile, quatre pinceaux et une cassette vidéo d'initiation, que Mme Grannis lui avait laissé visionner à l'école, car il n'avait pas de magnétoscope.

Weed déboucha les tubes de vert émeraude, jaune d'or et rouge carmin, en réfléchissant au temps qu'il fallait pour que la peinture à l'huile sèche, et au problème du nettoyage ensuite. Il ne voulait pas sentir la térébenthine.

Il examina ses tubes de peinture laquée à l'acrylique. Il avait le choix entre quarante-six couleurs, mais pour obtenir un joli effet, il devait d'abord poncer la statue et appliquer ensuite deux couches. Cela prendrait un temps infini, et en vérité, Weed n'avait aucune envie de s'en prendre à une statue. Dieu ne serait pas content. Abîmer la statue d'une personne célèbre, c'était aussi mal que de peindre des graffitis sur un mur d'église ou de dessiner des moustaches à Jésus.

Finalement, Weed élabora un plan audacieux. Peut-être pourrait-il utiliser de la gouache. Il en avait un sac plein. Ça ne coûtait pas cher, et ça n'abîmait rien. On pouvait la nettoyer avec de l'eau et du savon, mais ça, Smoke ne pouvait pas le savoir, évidemment, quand Weed peindrait.

Weed n'avait jamais utilisé de la gouache sur du métal, et il fit un petit essai avec de la peinture verte sur sa corbeille à papier en fer. Il fut tout excité, et un peu étonné, de voir que la peinture s'étalait facilement et tenait. Rassemblant tous les tubes qu'il possédait, il les fourra dans son sac à dos et dans un grand sac en papier d'épicerie. Il fouilla dans sa boîte de pinceaux, tous parfaitement nettoyés, et choisit deux pinceaux à aquarelle pour les traits fins, et deux brosses pour les grandes surfaces. Il ajouta un Academy numéro 14, au cas où.

15

La police de la ville de New York sortait du domaine habituel d'Artis Roop. Après avoir commencé par les renseignements téléphoniques, il avait été envoyé du precinct nord de Midtown au numéro de SOS Viol, puis au numéro de SOS Crack, puis à la fourrière municipale, pour tomber enfin sur un employé administratif du Queens, qui lui avait donné le numéro du central de la police. De là, Roop parvint, grâce à un mensonge, à entrer en rapport avec le sergent Mazzonelli.

— Oui, je sais ce que c'est le Comstat. À votre avis, qui l'a utilisé en premier, hein ? dit Mazzonelli.

— Je sais bien que c'est vous autres, évidemment, répondit Roop, assis à son bureau encombré dans la salle de rédaction du *Richmond Times-Dispatch.*

— Exact, c'est nous.

— Nous avons un problème au centre de cartographie, dit Roop.

— Quel centre de cartographie ? J'ai jamais entendu parler d'un centre de cartographie.

— Au NIJ.

— Le New Jersey ?

— Non, le NIJ.

— Mais vous appelez d'où, bon Dieu ? demanda Mazzonelli. (Il plaqua sa main sur le combiné.) Hé, Landserberg ! Tu vas chez Hop Shing ?

— Qui pose la question ?

— Ta mère.

— Ah oui ? Qu'est-ce qu'elle veut ? *Du poisson ?*

Roop commença à s'exciter.

— C'est même pas drôle ! lança un autre flic.

— Un Stromboli. Avec du provolone et un supplément d'oignons. Comme d'habitude, quoi, dit Mazzonelli.

Il ôta sa main du combiné et revint en ligne.

— Vous disiez quoi, déjà ? demanda-t-il.

— On a des ennuis avec le réseau informatisé Comstat.

— Qui ça, *on* ?

— Ici Washington, on a un problème, dit Roop, répétant ce qu'il avait entendu dans les films. Il se peut qu'un virus ait infecté le réseau, et nous voulons connaître l'ampleur des dégâts.

Silence.

— Il pourrait avoir l'apparence d'un poisson, ajouta Roop.

— Merde, dit Mazzonelli d'une voix à peine audible. Vous avez le même truc chez vous, là-bas ? Ces saloperies de petits poissons bleus qui se baladent dans le 219, si encore je savais où c'est ce machin.

— À Richmond, en Virginie, dit Roop. Nous pensons que c'est le trou de ver par où est entré le virus. Le porteur, en d'autres termes.

— Richmond ?

— Nous le pensons, sergent. C'est plus grave que je le craignais. Si votre système de télécommunications Comstat est inaccessible, lui aussi, ajouta Roop, en prenant furieusement des notes, ça veut dire que tout le monde est planté.

— Merde. C'est le truc le plus dingue que j'aie jamais vu. On a ici trois spécialistes qui essayent, en ce moment même, de faire disparaître ces saloperies de l'écran, mais on est complètement planté. D'accord, c'est pas moi qui m'occupe de tout le bordel informatique. Mais j'ai des yeux et des oreilles, et je sens bien quand un truc déconne vraiment. D'après ce que j'ai entendu dire, y a pas moyen de trouver d'où vient le problème.

— Exactement, dit Roop en passant à la page suivante. Personne n'y arrive, apparemment.

La rédactrice en chef de Roop, Clara Outlaw, s'arrêta à son bureau pour voir ce qui se passait, et savoir s'il avait l'intention d'être prêt pour la dernière édition. Roop lui fit signe avec son pouce que tout était OK. Elle voulut dire quelque chose, mais il lui fit les gros yeux et posa son doigt sur ses lèvres. Elle tapota le cadran de sa montre. Il hocha la tête et lui montra de nouveau son pouce. Elle ne le croyait pas. Elle tapota encore une fois sa montre. Il secoua la tête et lui fit signe d'attendre une minute.

— Ça s'est passé en début d'après-midi, à ce qu'il paraît. Tout à coup, cette carte pleine de poissons s'est mise à clignoter sur l'écran, et on peut plus l'effacer. C'est comme si elle avait surgi de nulle part...

Plus moyen d'arrêter Mazzonelli.

Roop griffonna le mot *piscistéria* sur une feuille de bloc. Il l'arracha et la tendit à Outlaw. Celle-ci fronça les sourcils et écrivit *Pfiestéria?* Roop secoua la tête. Il ne fallait pas confondre avec le microbe responsable d'un génocide de poissons sur la côte Est, à moins que...? Que savait-on au juste pour le moment? Roop lui arracha la feuille des mains et souligna *piscistéria* quatre fois.

À 2 h 50 du matin, Weed sortit de sa chambre à pas feutrés; il s'arrêta un court instant devant la porte fermée de sa mère, en priant pour qu'elle ronfle. Oui, elle ronflait, aussi fort qu'à son habitude. Weed sortit de chez lui et attendit au coin de la rue, là où Smoke lui avait dit de se trouver.

Quelques minutes plus tard, le moteur de la Lemans résonna au loin, et Weed repensa à son cauchemar avec la benne à ordures. Ses mains se mirent à trembler si violemment qu'il craignit de ne pas pouvoir peindre. Son envie de vomir réapparut, et il fut tenté de rentrer chez lui en courant pour appeler la police, ou au moins prendre ses peintures acryliques, au cas où Smoke comprendrait qu'il s'était fait berner.

La portière arrière de la Lemans s'ouvrit. Weed grimpa à bord et posa, dans un geste protecteur, son sac à dos et le sac de peintures sur ses genoux, les yeux fixés sur la nuque de Smoke. Divinity était assise à l'avant, appuyée contre l'épaule de Smoke.

— Je suppose que les autres viennent pas, dit Weed, en faisant de son mieux pour empêcher sa voix de trembler.

— On n'a pas besoin d'eux, dit Smoke.

— Comment ça se fait que t'as pas pris ta voiture? demanda Weed, dont la terreur enflait comme une vague sur le point d'éclater.

— Je veux pas laisser ma bagnole dans un endroit où on risque de la voir, voilà pourquoi.

— Et Dog s'en fout si on repère sa voiture ?

— Je me fous de savoir s'il s'en fout ou pas, répondit Smoke d'un ton glacial. Mais ferme ta gueule maintenant, ducon. Les questions, c'est moi qui les pose. Tu piges ?

Divinity éclata de rire, et fourra sa langue dans l'oreille de Smoke.

— Oui, répondit Weed d'une toute petite voix, tandis que les larmes envahissaient ses yeux, mais il les essuya si rapidement qu'elles n'eurent pas le temps d'aller où que ce soit.

Il n'ouvrit plus une seule fois la bouche tandis que Smoke roulait vers le centre, en traversant les alignements de pavillons d'Oregon Hills, où ils abandonnèrent la voiture sur un petit parking au bord du fleuve. La clôture du cimetière, enrobée de lierre grimpant, mesurait environ trois mètres de haut. Weed ne voyait pas comment ils pourraient l'escalader, mais Smoke, lui, avait la solution. Weed ignorait que l'on pouvait mettre des publicités sur le mur d'un cimetière, mais, apparemment, la teinturerie Victory trouvait que c'était une bonne idée. Le grand panneau publicitaire métallique était fixé sur le grillage, au croisement de South Cherry et Spring Street.

Smoke montra à Weed et à Divinity combien il était facile d'agripper les bords du panneau et de se hisser suffisamment haut pour attraper ensuite la grosse branche en surplomb d'un vieux chêne planté de l'autre côté de la clôture. En deux temps, trois mouvements, ils sautèrent sur le sol du cimetière obscur et silencieux. Weed avait l'impression de se retrouver dans une ville fantôme parcourue de rues étroites et sinueuses, peuplée de pierres tombales et de monuments effrayants qui se dressaient à perte de vue. Et soudain, il se dit que Smoke et Divinity avaient peut-être l'intention de le laisser là, pour rire.

C'était peut-être ça leur véritable plan. À cette idée, il fut traversé de frissons, jusqu'aux os. Weed avait entendu des histoires de maquereaux qui punissaient les putains en les attachant à des arbres dans des cimetières et en les laissant là toute la nuit. Certaines perdaient la raison. D'autres mouraient quand leurs cœurs s'emballaient et se mettaient à battre à mort. Une putain s'était même rongé la main pour s'échapper, et une autre s'était suicidée en retenant sa respiration. Weed interdit à ses dents de claquer. Il savait qu'il ne devait trahir aucune trace de peur.

— Hé, cool ! dit-il en regardant autour de lui. Je pourrais rester ici des semaines pour peindre.

Weed et Divinity suivaient Smoke, qui semblait savoir où il allait.

— ... Toutes ces tombes, c'est comme des toiles vierges et des feuilles de dessin. Hmmm... Je pourrais peindre jusqu'à plus soif, ajouta Weed. Dis, quand j'aurai fini la statue, je pourrai en faire d'autres ?

— Ferme-la, dit Smoke.

Weed se tut. C'était comme si des insectes minuscules rampaient sur sa peau ; il transpirait et il avait froid en même temps. Il se demandait combien il y avait de morts ici. Plus qu'il ne pouvait en compter, en tout cas, surtout que Weed avait généralement des F en math. Il était surpris par le nombre de personnes qui s'appelaient PAX. Au lycée, il n'y avait aucun PAX, mais il y avait quelques Paxton, et un Paxinos qui venait de New York et qui croyait être le seul à savoir parler.

Mais c'étaient surtout les morts riches qui inquiétaient Weed, dans leurs petites maisons de marbre, avec un tas de sculptures et de noms gravés au-dessus de lourdes portes en fer. Il y avait même des fenêtres, et à l'idée de regarder à l'intérieur, Weed sentait ses poils se hérisser. Des images l'assaillaient et semaient la confusion dans son esprit. Une créature au visage moisi et aux yeux enfoncés tenait dans ses mains rongées par la moisissure une Bible blanche, dont elle s'apprêtait à tourner la page pour lire la malédiction de Weed condamné à l'enfer. Un squelette souriant, vêtu d'une longue tunique en satin, ses mains osseuses refermées autour d'une rose séchée, était sur le point de se redresser pour se lancer à leur poursuite, dans un bruit de craquement d'os et de bruissement d'étoffe.

Weed sentait ses jambes flageoler. Il laissa échapper son sac à dos, dont les sangles s'enroulèrent autour de ses pieds. Déséquilibré, il s'empêtra davantage, traversa une haie de buis taillé et faillit rétablir son équilibre, avant de trébucher sur une urne funéraire, qu'il renversa, et de s'affaler à plat ventre. Sa tête frôla une pierre tombale en calcaire de l'Indiana, taillée en forme d'arbre. Weed ignorait qui était le lieutenant colonel Peachy Boswell, mais il venait de piétiner sa sépulture.

Smoke et Divinity riaient comme des bossus, la main plaquée sur la bouche pour éviter de faire du bruit, s'étranglant à moitié, pliés en deux, et sautillant comme si le sol était brûlant. Weed prit son temps pour se relever ; il procéda à un examen complet de tous ses membres pour vérifier que rien ne manquait ou n'avait été endommagé, mais son coude picotait légèrement, et il s'aperçut que du sang coulait le long de son bras. Agenouillé dans l'herbe, il replaça les mottes de terre qu'il avait arrachées. Il récupéra son sac à dos et ses peintures. Il haussa les épaules, comme s'il s'en foutait pas mal d'avoir profané une tombe, un péché pour lequel il existait certainement une malédiction semblable à celle qu'il avait imaginée dans la Bible blanche.

Divinity plongea la main dans son sac en jean, d'où elle sortit une bouteille de Wild Turkey. Smoke et elle burent au goulot, tour à tour. Smoke tendit la bouteille à Weed, qui refusa. Smoke lui colla la bouteille sous le nez. Mais Weed ne céda pas.

— Je vais me sentir mal après, murmura-t-il. Tu veux que je peigne, non ?

— Un peu, mon neveu ! s'esclaffa Smoke. La statue est juste là, mongol. Et tu sais quoi ? On va te laisser faire. On va pas attendre que t'aies fini.

Weed s'efforça de rester cool.

— D'accord. Mais comment je fais pour rentrer chez moi ?

— Tu te démerdes !

Smoke prit Divinity par la main et ils décampèrent en riant, sans se soucier de piétiner les tombes.

Weed regarda autour de lui en essayant de se repérer. Il était dans la partie du cimetière la plus proche du fleuve, là où se trouvaient un tas de gens riches, dont beaucoup étaient si importants qu'ils possédaient leur propre parcelle de terre, assez vaste pour accueillir toute la famille. Weed aperçut la silhouette de la statue, deux allées plus loin, et son cœur s'emplit d'un sentiment d'admiration mêlée de crainte. Un homme se dressait fièrement, grand et droit sur la toile de fond de la nuit, offrant son beau profil aux angles tranchants.

En s'approchant, Weed constata que six allées conduisaient à la statue ; cela signifiait que cet homme avait sûrement été un héros, peut-être même la personne la plus célèbre de son temps. Vêtu d'un long manteau et chaussé de cuissardes, il tenait son chapeau dans une main, l'autre reposait sur sa hanche. Il était juché sur un socle en marbre entouré d'azalées et de lierre. Deux drapeaux confédérés étaient plantés à ses pieds.

Weed ne connaissait pas ce nom : Jefferson Davis. Il ne connaissait rien de cet homme dont il s'apprêtait à peindre la statue, à part que Davis était « un soldat américain, défenseur de la Constitution », né en 1808 et mort en 1889. Le calcul mental demanda à Weed quelques minutes de réflexion. Il ouvrit son sac à dos et entreprit de déballer ses peintures, ses pinceaux et ses bouteilles d'eau.

Quatre-vingt-neuf moins huit, il remuait les lèvres pendant qu'il calculait. Il effaça tout et recommença. *Neuf moins huit, ça fait un. Et huit moins zéro, ça fait toujours huit.* Donc, Jefferson Davis n'avait que dix-huit ans quand il était mort. La tristesse submergea Weed.

Tournant la tête, il découvrit la sculpture en marbre d'une femme éplorée tenant une Bible ouverte. Un ange aux ailes déployées se tenait à ses côtés. Ils semblaient l'observer et attendre. Et soudain, Weed comprit pourquoi on l'avait amené dans ce lieu. Ça n'avait rien à voir avec Smoke, dans le grand schéma de l'univers en tout cas. Ce n'était pas une malédiction, mais un cadeau inespéré. La joie envahit son cœur. Weed savait ce qu'on attendait de lui. Il ne se sentait plus seul, et il n'avait plus peur.

16

Ces derniers temps, le sommeil était devenu un étranger qui ne voulait plus avoir affaire à Andy. Il repoussa les draps avec ses pieds, une fois de plus, se leva pour aller chercher de l'eau, fit le tour de l'appartement dans le noir pendant quelques minutes, s'assit devant l'écran de son ordinateur et contempla le plan de la ville avec ses poissons bleus. Il but encore un peu d'eau, en imaginant que Virginia se torturait elle aussi.

Il espérait qu'elle ne tenait pas en place et était assaillie par les cauchemars, que son cœur saignait en pensant à lui. Mais ses fantasmes volaient en éclats, pulvérisés par un visage qu'il ne connaissait pas, un gars prénommé Jim. Andy avait beau se creuser la cervelle pour passer en revue tous les flics que connaissait Virginia, il ne voyait aucun Jim susceptible de l'intéresser, même vaguement. Elle aimait les hommes grands, bien bâtis, intelligents, drôles et sensibles, des hommes avec lesquels elle pouvait aller voir un film, boire un verre et s'entraîner au tir. Elle en avait marre de se faire draguer. Elle réclamait patience et délicatesse. L'indifférence fonctionnait aussi, parfois.

Andy retourna dans sa chambre d'un pas décidé. Il était presque 5 heures. Virginia lui avait bien fait comprendre qu'elle n'avait pas l'intention d'aller faire du jogging avec lui ce matin, car elle détestait courir et avait besoin de se reposer. Andy enfila son survêtement et partit seul. Il traversa le quartier du Fan à grandes foulées, en accélérant peu à peu, obsédé par l'image de ce Jim. Tout ce qu'il savait de lui, c'était qu'il buvait de la Heineken, ou du moins qu'il en avait apporté un pack de six chez Virginia, mais peut-être pensait-il simplement qu'elle aimait la Heineken. Jim ne buvait peut-être pas de bière. Peut-être était-il plutôt scotch ou bon vin, même si Andy n'avait aperçu ni l'un ni l'autre dans la cuisine de Virginia. Évidemment, il n'avait pas regardé dans ses placards.

Il n'avait pas non plus regardé dans sa chambre quand il était passé devant, car il savait qu'il ne pourrait supporter de voir des vêtements d'homme jetés par terre, et le lit en désordre. Andy courut à vive allure pendant huit kilomètres. Après quoi, il fit quelques exercices de musculation et des abdominaux, jusqu'à avoir tout le haut du corps en feu. Il prit une longue douche brûlante, à la fois triste et furieux.

Il se rasa et se brossa les dents sous la douche, et décréta finalement qu'il ne pouvait pas laisser Virginia se comporter ainsi plus longtemps. Maudite soit-elle. Il se passait et se repassait inlassablement le film de la dernière fois où ils s'étaient touchés, le soir du réveillon de Noël, quand il était allé chez elle pour lui apporter son cadeau. Il avait économisé pendant des mois pour lui offrir un bracelet en or et platine qu'elle avait cessé de porter quelques jours après leur arrivée à Richmond.

Andy avait l'impression qu'on s'était servi de lui. On lui avait menti et on l'avait traité comme un moins-que-rien. Si elle l'aimait vraiment autant qu'elle le lui disait autrefois, comment avait-elle pu, du jour au lendemain, fréquenter ce dénommé Jim, et d'abord, ça durait depuis combien de temps ? Peut-être le trompait-elle depuis le début, peut-être fréquentait-elle déjà un autre Jim, là-bas à Charlotte, peut-être avait-elle des Jim dans le monde entier. Andy était décidé à l'appeler pour exiger une explication. Il se sécha les cheveux en répétant mentalement ce qu'il lui dirait. Il enfila son uniforme, en prenant son temps pour pouvoir réfléchir.

Le cimetière de Hollywood s'animait généralement à l'approche de l'aube. Clay Kitchen, chargé de l'entretien, prenait son travail très au sérieux. En outre, il aimait beaucoup les heures supplémentaires et s'était aperçu qu'en arrivant vers 7 heures tous les matins, il pouvait ajouter une bonne dizaine d'heures, soit 285 dollars et 80 cents, à sa paye bimensuelle.

Au volant de sa Ford Ranger bleue, Kitchen traversait lentement la section des soldats confédérés, où dix-huit mille hommes courageux, et l'épouse du général Pickett, étaient enterrés ; leurs pierres tombales en marbre, toutes simples, serrées les unes contre les autres, formaient des rangées parfaites, entre lesquelles il n'était pas facile de tondre. Kitchen se gara près du monument des confédérés, une pyramide de trois mètres de haut, construite avec du granit extrait de la James River en 1868, à une époque où les seules machines étaient des hommes forts, de l'audace et un derrick.

Kitchen avait entendu un tas d'histoires. Il y avait eu des accidents. Les ouvriers avaient fini par devenir nerveux. Le planning de construction avait pris un an de retard ; tout le monde était épuisé. Quand il ne resta plus qu'à grimper au sommet pour guider l'installation de la pierre de faîte, tous les ouvriers se défilèrent. Laisse tomber. Tu te fous de moi. Comme personne ne voulait le faire, un prisonnier du pénitencier voisin se porta volontaire, dit-on, et il accomplit la tâche périlleuse sans incident, le 6 novembre 1869, sous les acclamations d'une foule en liesse.

L'herbe commençait à être un peu trop haute au pied de la pyramide, il faudrait la tailler. Mais cela attendrait que Kitchen ait achevé son inspection des soixante-dix hectares qui lui donnaient tant de travail. Il repartit, en suivant l'avenue des Confédérés, puis Eastvale, jusqu'à Riverside, ce qui le mena à Hillside et au cercle des Présidents, puis Jeter et Ginter, pour finalement approcher de Davis Circle, où il découvrit immédiatement le problème, de loin.

Jefferson Davis portait une tenue de basketteur rouge et blanche. Le chapeau qu'il tenait dans la main avait été transformé en ballon de basket, même si ce ballon avait une forme bizarre. Sa peau avait été peinte en noir. Le socle de marbre sur lequel il trônait ressemblait maintenant à un parquet de gymnase.

Kitchen accéléra, en état de choc, comme un fou, presque hors de lui. Il freina brutalement pour voir de plus près. Le maillot portait le numéro 12. Grand amateur de sport, Kitchen avait reconnu sans la moindre hésitation la tenue des Spiders de l'université de Richmond. Le numéro 12 était celui de

Bobby Feeley, une des recrues les plus pitoyables qu'ait jamais vues Kitchen. Il arracha la radio fixée à sa ceinture et réveilla son supérieur par la voie des ondes.

— Quelqu'un a transformé Jeff Davis en basketteur noir ! déclara Kitchen.

17

Niles n'arrêtait pas d'embêter Virginia. Ce chat ne possédait pas un caractère facile, mais il y avait un péché qu'il n'avait absolument pas le droit de commettre. Aucun chat, ni personne, ne pouvait empêcher Virginia de dormir si elle avait décidé de dormir, et c'était justement ce qu'elle avait décidé.

— Qu'est-ce qui te prend, bon sang ? grommela-t-elle, en se retournant de l'autre côté et en donnant un coup de poing dans son oreiller.

Niles ne dormait pas, mais il ne bougeait pas pour autant. Il n'avait pas changé de position depuis minuit, quand sa maîtresse avait finalement décidé de laisser tomber ce livre ridicule *Le Baume de l'âme*, qui promettait cent une histoires heureuses à vous réchauffer le cœur, sans intérêt pour Niles.

— La ferme ! dit sa maîtresse en donnant des coups de pied sous les draps.

Les côtes de Niles se soulevaient et retombaient en silence, au rythme de sa respiration. Quand sa maîtresse comprendrait-elle enfin qu'elle était toujours d'humeur grognon chaque fois que Le Pianiste apparaissait dans les parages ?

— Je n'en peux plus !

Elle se redressa dans le lit. Elle prit Niles et le lança par terre. Il avait supporté pas mal de choses depuis quelques heures, mais trop, c'était trop. Il remonta sur le lit et décocha des coups de patte sur le menton de sa maîtresse, en gardant les griffes rentrées.

— Salopard !

Elle lui donna une petite claque sur la tête.

Niles lui sauta sur le ventre, aussi fort qu'il le pouvait, en sachant combien elle détestait ça, le matin, quand elle avait envie de faire pipi. Elle le balança hors du lit de nouveau, il y retourna, en crachant ; il lui mordilla le petit doigt, bondit à terre et décampa à toute allure. Virginia se leva d'un bond pour se lancer à sa poursuite.

— Viens ici, petit salaud !

Niles courait plus vite qu'elle ; il tourna dans le bureau de sa maîtresse et sauta sur l'étagère du haut de la bibliothèque, où il attendit, en agitant furieusement la queue. Sa maîtresse négocia le virage de manière moins gracieuse : elle se cogna la hanche dans l'encadrement de la porte et lâcha une nouvelle insulte. Elle pointa le doigt sur Niles. Celui-ci n'était nullement intimidé. Il n'était même pas fatigué. Elle s'approcha de la bibliothèque et leva le bras, pour essayer de l'attraper.

Niles bondit par-dessus sa tête et atterrit sur le bureau. Il appuya sur la touche Répertoire du standard téléphonique individuel, jusqu'à ce qu'il trouve le numéro qu'il cherchait. Après quoi, il appuya sur Haut-parleur et Appel. Il attendit, jusqu'à ce que sa maîtresse tente de le saisir par la peau du cou. À ce moment-là, il lui décocha un coup de patte sur le nez et s'enfuit, une fois de plus, tandis que la sonnerie d'un téléphone retentissait bruyamment, plusieurs fois, dans le haut-parleur.

— Allô ? fit Le Pianiste.

Virginia se pétrifia.

— Allô ? répéta Andy.

Elle décrocha d'un geste brusque.

— Comment j'ai fait pour t'appeler, alors que j'ai rien fait ? demanda-t-elle d'un ton impérieux, en lisant le numéro d'Andy affiché sur le petit écran vidéo.

— Qui est à l'appareil ?

— C'est Niles qui a appelé, pas moi.

— Virginia ?

— C'est pas moi qui ai appelé, répéta-t-elle, en foudroyant du regard le chat qui étirait ses pattes, l'une après l'autre, à bonne distance.

— Ce n'est pas un crime de m'appeler, dit Andy.

— La question n'est pas là.

— Tu veux aller prendre un petit déjeuner, ou tu es occupée ? demanda Andy d'un ton nonchalant, comme s'il posait la question par gentillesse, sans chercher particulièrement à la voir.

— Oh, là, j'en sais rien..., répondit-elle en passant en revue la liste des autres options imaginaires. Quelle heure est-il ? Niles m'a empêchée de dormir toute la nuit.

— Presque 7 heures.

— Pas question d'aller courir avec toi, si c'est ce que tu veux savoir, répondit Virginia, alors que son cœur oubliait de battre au bon rythme.

— J'ai déjà couru, dit Andy. Si on allait au *River City* ? Tu connais ?

— Je ne me souviens pas des noms de tous les trucs du coin.

— C'est très bon, tu verras. Ça ne t'ennuie pas de passer me chercher, puisque tu es obligée de prendre une voiture, et pas moi ?

— Je parie que toi, tu connais tous les restaus du coin.

Popeye, lui non plus, ne laissait pas un moment de répit à Judy Hammer ce matin. Il lui sautait dessus à tout moment. Il fit irruption impudemment dans le bureau, sauta sur le fauteuil et regarda fixement l'écran de l'ordinateur où flottaient les poissons. Il ne voulait pas laisser sa maîtresse s'asseoir pour boire une tasse de café ou jeter un œil au journal. Popeye ne pensait qu'à une chose : sa promenade. Les gâteries le laissaient de marbre. Il refusait de s'asseoir, de se coucher et de rester en place.

— À quoi ça me sert de lire tous ces bouquins et d'aller consulter un spécialiste du comportement animal ? demanda Judy d'un ton exaspéré. J'ai pas besoin de ça, Popeye, franchement. J'ai pourtant essayé de te raisonner. Je t'ai expliqué longuement combien c'est important de coopérer, et d'être un plaisir pour son maître. Plus d'une fois, je t'ai demandé si tu avais subi un traumatisme avant que je te récupère à la SPA, un truc qui te pousse à mordiller les gens et à leur sauter au visage.

« Mais tu ne veux pas me raconter ce qui s'est passé, et ce n'est pas juste, Popeye. Pourtant, tu sais bien que ça me préoccupe. Tu sais bien que je n'ai pas une vie facile, et que je n'ai pas besoin d'un stress supplémentaire. Je vais me retrouver avec un procès sur le dos si tu mords une personne qui feint ensuite d'être traumatisée, défigurée ou impuissante, car elle sait que j'ai de l'argent et que je ne veux pas de mauvaise publicité. Alors, je te le demande : assis !

Judy s'accroupit, un biscuit à la main.

Popeye adopta sa posture de défi et regarda fixement sa maîtresse.

— Assis, j'ai dit.

Popeye ne bougea pas.

— Couché.

Popeye ne bougea pas.

— Mais qu'est-ce que tu as dans la peau ?

L'onde de choc se propagea à toute vitesse, entraînant des répercussions alarmantes. Le responsable de l'entretien du cimetière de Hollywood alerta immédiatement la présidente de l'association du cimetière, Lelia Ehrhart, qui appela aussitôt tous les membres du conseil d'administration, dont Ruby Sink, secrétaire de l'association et qui était la personne la plus susceptible de propager la nouvelle.

Mlle Sink décida de sortir de chez elle pour aller chercher son journal, au moment même où le chef Hammer passait avec Popeye devant sa maison de brique à un étage, avec sa véranda soutenue par des colonnes doriques, ses corniches et ses fenêtres d'époque. Mlle Sink accéléra le pas ; ses pieds raclaient les marches du perron et les pavés.

— Attendez, revenez ! s'écria-t-elle.

Judy n'aimait pas recevoir des ordres.

— Bonjour, madame Sink, dit-elle poliment, sans ralentir le pas.

— Il faut que je vous parle.

Judy s'arrêta, tandis que Popeye faisait de son mieux pour garder le cap.

— C'est une sacrée chance que je sois tombée sur vous, dit Mlle Sink.

— Sage, Popeye.

Hammer tira sur la laisse.

— Attention, Popeye...

— Quel nom affreux pour un chien, dit Mlle Sink. Qu'est-ce qu'il a aux yeux ?
— C'est normal, c'est la race.
— Vous lui avez fait couper la queue ?
— Non.
Mlle Sink se pencha pour regarder de plus près le moignon de queue, de travers, qui ne cachait rien d'important. Popeye choisit ce moment pour se lécher à un endroit inconvenant, et soudain il bondit, et sa langue s'introduisit dans la bouche de Mlle Sink. Celle-ci se jeta en arrière, dans un hurlement. Elle se frotta les lèvres et parut sur le point de vomir en songeant à l'endroit que cette langue venait d'explorer. Popeye saisit dans sa gueule l'ourlet de la robe rose de Mlle Sink, et faillit faire tomber la vieille femme.
— Arrête, Popeye ! Sois sage. Assis ! ordonna Judy.
Popeye obéit, et reçut un biscuit en récompense. Mlle Sink était mortifiée, momentanément muette. Elle continuait à se frotter la bouche, en examinant l'ourlet de sa robe.
— De quoi vouliez-vous me parler ? demanda Judy.
— Vous voulez dire que vous n'êtes pas au courant ? s'exclama Mlle Sink.
Elle jeta un regarda haineux à Popeye en se penchant pour ramasser son journal.
— Au courant de quoi ? demanda Judy, agacée à l'idée que Mlle Sink puisse savoir une chose avant elle.
— On a saccagé le cimetière de Hollywood ! (La fureur de Mlle Sink s'amplifiait.) La statue de Jefferson Davis est couverte de graffitis !
— Quand l'avez-vous appris ? demanda Judy, alors que, déjà, dans son esprit, des troupes confédérées se dressaient et se mettaient en marche.
— J'exige de savoir ce que fait la police.
— Nous avons été prévenus ?
Mlle Sink réfléchit.
— Je n'en ai pas entendu parler, reprit Judy, tandis que Popeye s'intéressait aux chevilles de Mlle Sink.
— J'ignore si quelqu'un vous a prévenus, dit la vieille femme. Ce n'est pas de mon ressort. Je supposais que la personne qui a découvert le crime aurait appelé immédiatement la police. Certes, j'ai moi-même été avertie il y a quelques

minutes seulement. Ils pensent que c'est un joueur de basket de l'université qui a fait le coup.

— Qui ça, *ils* ?

— Vous poserez la question à Lelia Ehrhart. C'est elle qui m'a appelée.

Judy sentit son ressentiment s'épanouir et éclore.

— Et comment Lelia a-t-elle été avertie ?

— Elle est présidente de Hollywood, répliqua Mlle Sink, comme s'il n'existait qu'un seul Hollywood au monde. Cette ville est en train de sombrer. Si nous avions plus de policiers qui faisaient leur travail, ce genre de choses n'arriveraient pas. Sans parler de la dégradation permanente de ce quartier. *Ce quartier*, quand même !

Judy craignait de dire un jour à cette bonne femme grincheuse et chevaline d'aller se faire voir.

— Quand on voit les gens qui traînent par ici, fulminait Mlle Sink. Comme si on était dans un quartier avec des McDonald's et des façades en aluminium !

Autrefois, Mlle Sink se sentait parfaitement en sécurité, à l'écart et à l'abri de tout, dans sa célèbre rue bordée d'arbres où, en 1775, Patrick Henry, assis dans l'église épiscopale St. John, sur le troisième banc en partant de la gauche, avait déclaré : « Accordez-moi la liberté, ou accordez-moi la mort ! » C'était là, également, quelques maisons plus loin, qu'Elmira Royster Shelton et Edgar Allan Poe s'étaient retrouvés et avaient recommencé à se fréquenter, peu de temps avant la mort de l'écrivain.

Même si Mlle Sink n'était pas épiscopalienne, si elle n'avait jamais été fiancée, et si elle ne lisait pas d'histoires terrifiantes, elle vénérait l'histoire et les gens célèbres qui la faisaient. Mais surtout, Mlle Sink éprouvait une formidable indignation chaque fois qu'un intrus violait le sanctuaire de son quartier restauré, et cela valait pour Judy Hammer, qui n'était pas originaire de Richmond, mais de l'Arkansas, un État qui, aux yeux de Mlle Sink, ne faisait pas partie du Sud authentique.

Popeye vida sa vessie sur un buisson de forsythias jaunes en fleur. Après quoi, il alla renifler les tulipes et le lampadaire, prêt à annexer de nouveaux territoires.

— En réalité, la criminalité a diminué de 6 p. 100 dans notre quartier, madame Sink, lui rappela Hammer, en omettant d'ajouter qu'elle progressait en flèche partout ailleurs. Grâce, en partie, aux efforts de toute la communauté, grâce aux membres des comités de vigilance, comme vous. Les yeux et les oreilles de la rue.

— 6 p. 100, mon œil ! (Mlle Sink tapa du pied avec sa pantoufle rose et arracha d'un geste rageur le plastique qui enveloppait son journal.) Expliquez-moi pourquoi quelqu'un a volé la fontaine de Libby Hill Park ?

— On l'a retrouvée, et elle est retournée à sa place comme si elle ne l'avait jamais quittée, madame Sink.

— Peu importe. On l'a volée. Sous notre nez. Une fontaine en fer, et personne n'a rien vu ! Bravo pour les yeux et les oreilles de la rue ! (Elle plongea la main dans sa poche pour en sortir un mouchoir en papier.) Sans parler des pierres que l'on lance sur les lampadaires et les voitures. La plupart de mes amis et des membres de ma famille sont enterrés dans le cimetière de Hollywood.

Mlle Sink se tamponna le nez avec son mouchoir et jeta un regard noir à l'affreux petit chien de Judy Hammer. Elle déplia son journal pour connaître les autres événements survenus en ville. Le gros titre, juste au-dessus de la pliure, sautait aux yeux, en énormes lettres noires :

HYSTÉRIE DE LA PISCISTÉRIA
UN VIRUS MYSTÉRIEUX MET HORS SERVICE LE RÉSEAU INFORMATIQUE DE LA POLICE

Judy arracha le journal des mains de Mlle Sink.

— Pardonnez-moi, dit la vieille femme d'un ton indigné. Voilà un geste grossier.

Judy n'en avait rien à foutre. Elle lut l'article, incrédule. Un artiste avait même représenté les petits poissons bleus censés, à en croire l'article, être les porteurs du virus.

— Oh, Seigneur. New York est atteint, également, commenta-t-elle, en continuant à lire. Ça s'est répandu partout. Saleté de Roop. Les médias s'en contrefichent. Ça ne va faire qu'aggraver les choses : pourquoi récompenser un pirate informatique en lui offrant la une ? Ah, bravo, bravo, bravo.

Où sont passés tous les gens qui essayaient de travailler main dans la main ? À l'époque où j'ai commencé dans ce métier, les journalistes acceptaient de publier des informations bidon pour aider véritablement la police.

« Vous imaginez une telle chose aujourd'hui ? ajouta Judy. Les arrivistes comme ce Roop pensent-ils seulement que, en nous empêchant de faire notre travail, ils se font du tort à eux-mêmes ? Que se passera-t-il quand on lui volera son airbag, hein ?

— Ah, oui, j'ai lu cette histoire. Pourquoi vous appelez ça CABBAGES ?

— Que se passera-t-il quand il se fera braquer à un distributeur automatique ?

Judy poursuivait sur sa lancée.

— C'est épouvantable, dit Mlle Sink en frissonnant. Je vois que ça s'est reproduit hier. Mais évidemment, regardez l'heure qu'il était. Les gens n'ont pas à retirer d'argent dans des machines en pleine nuit, quand il n'y a personne dans les rues.

Popeye se manifesta de nouveau. Dressé sur ses pattes arrière, il dansa sur place, les pattes avant tendues, comme s'il voulait étreindre Mlle Sink. Ça n'avait aucun sens.

— Qu'est-ce qu'il a, ce chien ? demanda la vieille femme. On dirait qu'il essaye de me dire quelque chose.

— Popeye est extrêmement intelligent. Très intuitif aussi. Franchement, il sait tellement de choses que, parfois, ça me fait peur, avoua Hammer.

— Pour la petite histoire, ajouta Mlle Sink, je pense que les distributeurs automatiques de billets et l'Internet sont le 666 de l'Apocalypse. La bête qui nous conduit à notre fin.

Popeye sauta de nouveau sur Mlle Sink. Il grogna. Il se mit à faire des bonds, en essayant de serrer la vieille femme dans ses pattes. Mlle Sink fit claquer son journal dans sa paume, en guise d'avertissement. Popeye courut se réfugier derrière sa maîtresse, enroulant sa laisse autour des jambes de Judy. Il tremblait.

— Ce n'est rien, mon bébé.

Judy était affligée et furieuse.

Elle s'accroupit, enlaça le chien et le serra contre elle. Et elle lui offrit une autre gâterie.

— Ne recommencez pas ça, s'il vous plaît, dit-elle à Mlle Sink, d'un air sévère.

— La prochaine fois, je lui donnerai un coup sur les fesses, promit la vieille femme.

— Non, ça m'étonnerait, répondit Judy de son air le plus dur, dans le genre : *vous amusez pas à ça avec moi.*

— Ce chien va mordre quelqu'un, un jour, dit Mlle Sink d'un ton de réprimande. Vous verrez. Ça vous coûtera cher. De nos jours, les gens font des procès pour un rien, comme ça.

Elle voulut faire claquer ses doigts, sans succès.

Popeye grogna.

— Bon, il faut que je rentre pour appeler les autres membres du conseil d'administration. Maintenant que je vous en ai parlé, c'est comme si j'avais prévenu la police, je suppose, dit Mlle Sink.

Elle rebroussa chemin et remonta son allée, en traînant des pieds sur sa véranda dorique. Son chat jaillit de derrière une haie.

18

Malgré ses incroyables efforts, en dépit de ses huit heures de travail acharné, ininterrompues, au poste 8, la production de Bubba accusait un retard de 3901 cigarettes. Il était effondré. C'était le dernier soir de la compétition mensuelle, et pour le deuxième mois d'affilée, le poste 5 décrochait la victoire.

— Allons, ne le prends pas mal, lui dit Smudge.

— C'est plus fort que moi, répondit Bubba, découragé.

Ils s'arrêtèrent à l'entrée de la cafétéria et Bubba introduisit son badge dans le distributeur de cigarettes pour sélectionner le paquet gratuit auquel chaque employé avait droit quotidiennement. Il choisit ses habituelles Merit Ultima. Smudge également, et il revendit son paquet à Bubba pour 8 dollars et 25 cents, un prix légèrement inférieur au taux du marché. Smudge fumait des Winston, qui n'étaient pas fabriquées par Philip Morris. Pour la première fois, Bubba fut chagriné que Smudge ne lui offre pas son paquet de cigarettes auquel il avait droit chaque jour, car, après tout, il ne lui coûtait rien. Il était d'autant plus chagriné que Smudge et Gig Dan jouaient au golf ensemble.

— Je parie que Gig a eu une dure journée, commenta Bubba, tandis que Smudge et lui sortaient du bâtiment.

— Oui, il avait l'air vanné quand il est parti, dit Smudge. Dommage que tu sois arrivé en retard.

— J'aurais pas été à la bourre si ce connard de Tiller n'était pas encore malade, soi-disant.

Smudge ne fit aucun commentaire.

— C'est bizarre, il tombe toujours malade le dernier soir de la compétition, ajouta Bubba sur le ton d'une remarque anodine.

— Peut-être qu'il supporte pas l'idée de perdre, suggéra Smudge.

— C'est bizarre aussi comme tout déconne dans mon module le dernier soir de la compétition. Tu sais combien de fois ce putain de papier filtre a pété ? Et combien j'ai eu de bulles dans la colle ? Sans parler des lames émoussées. J'ai tout nettoyé avant le changement d'équipe, et j'ai découvert de la poussière dans la machine et un bloc de colle sur le rouleau à encoller.

Smudge s'arrêta devant sa Suburban rouge rutilante. Il sortit ses clés.

— Je vais te dire, reprit Bubba, je crois que quelqu'un est allé voir Kennedy au premier roulement, pour le mettre dans le coup du complot. Kennedy se tape la première partie de la deuxième équipe parce que Tiller s'est fait porter pâle, vu qu'on lui a demandé. Et Kennedy bousille tout ce qu'il peut, comme ça, quand je me pointe pour bosser, je me paye la poussière, les blocs de colle et toutes ces conneries qui m'attendent.

— Ça me paraît un peu compliqué, on se croirait dans un roman d'espionnage. Ne sois pas parano, vieux.

Smudge tapota l'épaule de Bubba.

Ce n'était pas seulement de la paranoïa. Bubba n'était pas idiot. Il savait bien que Gig Dan trempait dans le complot, lui aussi, ou sinon, il aurait dit à quelqu'un que la machine était encrassée. Il savait forcément, puisqu'il avait dû remplacer inopinément Bubba, vu que Bubba était arrivé en retard sur son avance, et finalement en retard tout court, à cause de Fred qui l'avait retenu en bavardant. Mais Bubba garda ses convictions pour lui, car il commençait à voir de quelle étoffe était réellement fait Smudge. En tout cas, ça commençait à puer.

— Tu nous dois deux caisses de bière, à moi et à tous les gars du poste 5, mon pote, dit Smudge en faisant démarrer sa Suburban.

— Oui, je sais. Qu'est-ce que tu préfères ?

— Hmmm. Voyons voir... (Smudge s'amusait à emmerder Bubba.) De la Corona.

Il ajoutait l'insulte à l'humiliation.

La Corona n'était pas un produit Philip Morris, et Smudge

savait que Bubba préférerait avaler du poison plutôt que d'acheter autre chose que du Philip Morris.

— D'accord, mais tu dois m'offrir une revanche, dit Bubba.

Smudge éclata de rire.

— Vas-y, je t'écoute.

— Demain soir. Le meilleur score. On monte les enchères, plus de 200 dollars.

Le visage de Smudge s'éclaira, alors qu'il allumait une Winston.

— Ça marche. Advienne que pourra, dit-il.

Bubba pensa à la fuite dans le toit de la Jeep, et à tout ce que Muskrat avait dit sur cette voiture. Il testa Smudge une dernière fois ce matin.

— Tu veux que je t'y emmène ? proposa-t-il.

— Non, on sera mieux dans mon 4 × 4, répondit Smudge, exactement comme s'y attendait Bubba. Je conduis, tu payes l'essence. Passe me prendre chez moi.

Andy guettait par la fenêtre l'arrivée de la Caprice de Virginia, et régulièrement, toutes les minutes environ, il courait dans la salle de bains pour mouiller ses doigts et les passer dans ses cheveux enduits d'une légère couche de gel, pour leur donner un aspect humide, en prenant soin à ce qu'une mèche tombe au milieu de son front. Il s'était déjà brossé les dents quatre fois et ne tenait pas en place.

Mais quand, enfin, Virginia se gara devant chez lui, il prit son temps. Il attendit qu'elle arrive à la porte. Il attendit qu'elle frappe... cinq fois.

— Andy ? Tu es là ? cria-t-elle.

Il courut à la porte pour ouvrir, en glissant les pans de sa chemise d'uniforme dans son pantalon et en ajustant sa ceinture, comme s'il était débordé et en retard.

— Zut, je suis désolé, dit-il poliment. J'étais au téléphone.

Ce n'était pas tout à fait un mensonge, car Andy était effectivement au téléphone. Simplement, il n'avait pas précisé *à quel moment.*

— Je n'ai pas beaucoup de temps, répondit Virginia, d'une belle reprise de volée. Dépêchons-nous. De toute façon, je doute que ce soit une bonne idée, ajouta-t-elle en descendant les marches du perron. J'ai une journée épouvantable qui m'attend. Et je n'ai même pas faim.

Andy ferma sa porte et suivit Virginia jusqu'à sa voiture, piqué au vif encore une fois.

— Ça m'est égal, tu sais, dit-il. Si tu dois aller au QG, vas-y. Tu n'es même pas obligée de me conduire. C'est pas un problème.

— Maintenant que je suis ici...

— Moi non plus, je n'ai pas faim, dit-il.

Virginia démarra.

— Tu ferais bien de mettre ta ceinture, lui dit Andy.

— Je m'en fous.

— Écoute, moi aussi je veux pouvoir sortir rapidement de cette bagnole, en cas de besoin. Mais je n'ai pas envie de me retrouver éjecté, à travers le pare-brise, par exemple. D'ailleurs, ça prend combien de temps de défaire une ceinture, hein, sois franche ?

— Quand on a patrouillé dans les rues autant que moi, on n'a pas besoin d'être franche.

C'était un moyen de rappeler à Andy son inexpérience et son statut de subalterne.

— Tu es déjà allée à *La Forêt* ? demanda-t-il.

— Quelle forêt ?

— Le truc qui est à Forest Hills.

— C'est de l'autre côté du fleuve.

— C'est plus facile de se garer que dans le centre, là où se trouve le *River City Diner*.

— On prend quand même un petit déjeuner, finalement ? Je croyais qu'on avait éliminé cette question.

Virginia alluma la radio, se brancha sur WRVA. L'adrénaline court-circuitait tout le système nerveux central d'Andy, qui cherchait désespérément les mots appropriés. Il avait le droit de savoir pourquoi elle le traitait de cette façon. Il avait le droit de savoir qui était Jim.

— Je me dis que si je ne grignote pas un petit truc maintenant je ne sais pas quand j'aurai l'occasion de manger, dit Andy, pour bien lui faire comprendre qu'il était très occupé, lui aussi.

— *River City* est plus près du QG.

— Essaye un peu de te garer dans Main Street à l'heure de pointe.

Virginia décida de prendre la direction du Southside.

— Comment tu as découvert *La Forêt* ? demanda-t-elle, au moment où la radio annonçait la nouvelle de la piscistéria.

— J'y suis allé deux ou trois fois.

Les pensées d'Andy étaient emmêlées comme un fil de pêche.

« ... pensons qu'il existe une nouvelle race de virus informatiques qui ne peut être détectée par les logiciels antivirus que la plupart d'entre nous utilisent... », expliquait Johnny, de la célèbre émission *Johnny Matin*.

— Personnellement, je reste plutôt dans le secteur du Fan, dit Virginia. Il y a suffisamment de très bons restaurants et de bars, comme le *Strawberry Street Vineyard*. Pourquoi aller plus loin ?

— Le *Strawberry Street Vineyard* est un bar à vins, rectifia Andy.

— Je n'ai pas dit le contraire !

— On trouve les meilleurs vins de la ville. Ils ont tout. Tiens, la semaine dernière, j'ai pris un pinot noir de Ken Wright Cellars. Magnifique.

Andy était obligé de remuer le couteau dans la plaie.

« ... hiberne dans les sédiments inférieurs, expliquait l'invitée spéciale de *Johnny Matin*, le docteur Edith Sandal-Viverette, biologiste à l'Institut des sciences marines de Virginie. Et il libère des toxines qui assomment et tuent tous ces poissons. Les crabes en sont victimes eux aussi. Ce qui est curieux, Johnny, c'est que les microbes aiment que la température de l'eau tourne autour des vingt-sept degrés. Il est encore un peu tôt.

— Mais la piscistéria n'a aucun rapport avec pfiesteria, n'est-ce pas ? demanda Johnny, inquiet.

— Je ne crois pas que nous puissions dire cela pour le moment. »

Andy décida de continuer à faire sa mauvaise tête. Il n'était pas assez intéressé pour interroger Virginia. Elle ne comptait pas.

— Je me suis mis aux bourgognes également, insista-t-il.

— Moi, j'en ai marre du vin rouge, dit Virginia.

— Dans ce cas, tu devrais essayer un bourgogne blanc.
— Qu'est-ce qui te dit que je n'ai pas déjà essayé ?
« C'est franchement effrayant », disait Johnny, tandis qu'Andy et Virginia continuaient de ne pas écouter.

Bubba comprit ce qui était arrivé en apercevant sa maison à quelque deux cents mètres de là. La porte du garage était grande ouverte. La peur lui étreignit le cœur. Il pénétra dans l'allée et jaillit de sa voiture, en hurlant le nom de sa femme.
— Honey ! Honey ! cria-t-il en gravissant les marches de la véranda quatre à quatre. Honey ! Oh, mon Dieu ! Honey ! Où t'es ? Tout va bien ?
Bubba laissa échapper ses clés trois fois avant de réussir à ouvrir la porte d'entrée. Il fit irruption dans le living-room, au moment où les pantoufles de Honey glissaient dans le couloir. Il se précipita vers elle pour la serrer dans ses bras.
— Mais... qu'est-ce qui se passe, bon sang ? demanda Honey en lui caressant le dos.
Bubba fut pris de sanglots.
— Oh, j'ai eu si peur qu'il te soit arrivé quelque chose, dit-il en pleurant dans les cheveux permanentés et couleur miel de sa femme.
— Qu'est-ce que tu voulais qu'il m'arrive, trésor. Je viens de me lever.
Bubba la lâcha et recula ; son état d'esprit avait changé tout à coup. Il était furieux maintenant.
— Comment tu peux dormir, alors que quelqu'un s'est introduit dans l'atelier ? beugla-t-il.
— Hein ? (Honey ne comprenait pas.) L'atelier ?
— La porte du garage est grande ouverte ! Tu l'as laissée ouverte, pour une raison quelconque, comme la Jell-O dégueulasse et le Tang à température ambiante ? C'est le coup fatal, pour m'achever ? C'est comme ça qu'ils sont entrés ?
— Je touche jamais à cette porte, répondit Honey, qui savait qu'elle n'avait pas intérêt à mettre les pieds dans l'atelier de son mari. Je préférerais encore manquer de respect à notre Seigneur, devenir mormone, lesbienne ou féministe plutôt que d'approcher de ton atelier ! s'exclama Honey, qui

était baptiste du Sud et connaissait par cœur la ligne directrice du parti. J'ai aucune envie de m'approcher de tes outils, et encore moins de les toucher. Je t'en parle jamais, d'ailleurs, même si je les vois bien quand tu bricoles sur des projets qui marchent jamais.

Bubba ressortit en courant. Fermant les pans de son peignoir, Honey lui emboîta le pas. Bubba pénétra dans le garage. Il retint son souffle et serra les poings, tandis qu'il contemplait le plus grand drame survenu dans sa vie. Les outils étaient éparpillés dans tous les coins, et toutes ses armes à feu avaient disparu. Quelqu'un avait pissé sur le compas électronique de Bubba, qui ne convertirait plus jamais les pouces en dimensions métriques. Le combiné ponceuse-marteau pneumatique avait été jeté cruellement dans le grand bidon d'huile usagée que Bubba gardait pour le chauffage de Muskrat.

Il ressortit à la lumière du jour en titubant. Honey lui prit le bras pour l'empêcher de tomber.

— Je devrais peut-être prévenir la police, dit-elle.

Virginia et Andy approchaient de *La Forêt* quand plusieurs choses se produisirent simultanément.

Le téléphone portable d'Andy fit entendre sa sonnerie stridente. L'émetteur-récepteur de la police annonça un cambriolage possible dans Clarence Street, et WRVA diffusa une publicité pour la nouvelle chapelle mausolée du cimetière de Hollywood, située dans une des plus anciennes sections du cimetière, à proximité d'une route, donc facile d'accès, et sans frais supplémentaires pour un caveau ou un monument ; le prix unique couvrait tout, y compris l'inscription.

— Allô ? fit Andy dans son téléphone.

« ... à toutes les unités dans le secteur... », répétait le dispatcher de la police. « Cambriolage possible au 10946 Clarence Street... »

« ... La chapelle mausolée du cimetière de Hollywood incarne le mélange de la beauté et de la dignité... », affirmait la publicité, sur fond de jazz.

— Andy ? C'est Hammer, dit le chef Hammer au téléphone.

— Unité 3, répondit Virginia dans le micro.

— On parle de notre problème d'ordinateur aux infos nationales. Je suppose que vous avez vu le journal de ce matin, dit Hammer.

« Allez-y, 3 », dit l'agent Patty Passman chargée des communications, surprise d'entendre la chef de la brigade judiciaire répondre à l'appel.

— Non, je l'ignorais, répondit Andy en toute franchise.

— C'est en première page, dit Hammer. Ils se moquent de nous, ils se moquent de Comstat, en racontant qu'on est plantés dans le monde entier à cause d'un virus nommé piscistéria.

« ... conçu pour refléter les éléments classiques que l'on trouve dans les collines de Hollywood... », disait la publicité à la radio.

— On est tout près, déclara Virginia à l'agent Passman. On prend l'appel.

— Un ou plusieurs vandales ont profané le cimetière de Hollywood cette nuit, ajouta Hammer.

« 10-4-3. L'appel vient de M. Butner Fluck. »

— Apparemment, on aurait peint une tenue de basketteur des Spiders sur la statue de Jefferson Davis, expliqua Hammer.

Andy n'en revenait pas. Il éclata de rire, sans pouvoir s'arrêter.

— Et je crains qu'on ait modifié sa race, ajouta Hammer.

— Vous voulez dire qu'il a été michaeljordanisé ? demanda Andy, en s'étranglant de rire.

— Ce n'est pas drôle, Andy.

— Je crois que je vais vomir.

Andy était plié en deux ; il ne pouvait même plus parler.

Virginia effectua un demi-tour dans Forest Hills et accéléra.

— Lelia Ehrhart a réclamé une réunion d'urgence des personnalités de la ville, demain matin à 8 heures, dit Hammer.

— J'espère qu'elle ne va pas parler !

La voix d'Andy grimpa d'une octave. C'était plus fort que lui.

— Qu'est-ce qui te prend ?

Virginia lui jeta un regard en biais ; elle roulait à toute vitesse, par habitude, empruntant tous les raccourcis possibles pour arriver sur les lieux du crime.

— Occupez-vous de cette affaire, ordonna Judy Hammer à Andy.

— La piscistéria ou Magic Jeff ?

Andy avait des crampes à l'estomac, les yeux remplis de larmes.

— Les deux.

La maison de Clarence Street était extrêmement bizarre, mais pour des raisons qui n'apparaissaient pas au premier regard. Non, c'était plutôt le genre de phénomène qui provoquait un curieux et désagréable sentiment d'absence d'harmonie, au moment même où l'on passait devant, en voiture ou à pied, ou quand on déposait le journal.

Mais pour une personne à l'œil exercé, le problème était évident.

— Nom de Dieu, dit Virginia en arrêtant la voiture au milieu de la route, les yeux écarquillés.

— Ouah ! renchérit Andy. Je parie qu'il a fait des travaux d'aménagement quand il était ivre.

Les volets vert sombre étaient de travers ; la peinture n'était pas du même blanc des deux côtés de la porte d'entrée, rouge. La palissade blanche était la plus affreuse qu'ait jamais vue Virginia. De toute évidence, le sol était instable, et celui qui avait fixé les piquets ne les avait pas enfoncés assez profondément, ou bien il ne les avait pas plantés dans le ciment ; il n'avait pas non plus pris la peine d'utiliser un fil à plomb, semble-t-il, pas plus qu'il n'avait chanfreiné le haut des piquets, si bien que l'eau de pluie ne pouvait pas s'écouler et que le bois commençait à pourrir. D'un côté du portail mal ajusté, la clôture penchait vers le sommet de la colline, et de l'autre côté, elle piquait du nez en sens inverse. Les piquets étaient espacés de manière irrégulière, comme une mauvaise dentition.

Apparemment, ce même bricoleur bien intentionné, mais malavisé, avait agrandi son garage en y ajoutant un appentis de fabrication artisanale qui penchait vers le nord, signe que les poteaux de soutènement n'avaient pas été enfoncés sous la ligne de givre. Résultat, la partie ajoutée s'était déplacée durant l'hiver. Tout était de travers dans cette maison. Les bardeaux n'étaient pas alignés, les jardinières étaient toutes de taille différente, la fontaine de jardin en pierre, sur le devant, était asséchée, le chaos régnait dans les motifs à chevrons du banc, à côté du barbecue en brique à moitié en ruine. Près du bois se trouvait un vaste enclos à moitié branlant, dans lequel un chien, perché sur un tonneau, braillait.

Virginia pénétra dans l'allée, et une cloche de station-service annonça à M. Fluck qu'il avait de la visite. Un rideau bougea derrière une fenêtre de la cuisine, et aussitôt, un homme sortit de la maison. Il était gras et n'avait plus beaucoup de cheveux ; sa tête ronde et ses petits yeux évoquaient un visage jovial qu'il était loin de posséder. M. Fluck paraissait au contraire déprimé et totalement désespéré, comme si sa femme venait de le quitter, ou de revenir, en fonction des sentiments qu'il éprouvait pour elle.

— Oh oh, fit Andy en détachant sa ceinture.

— Comme tu dis, répondit Virginia.

Bubba traversa son parterre de brique irrégulier jusqu'à l'allée, où la Chevrolet Caprice blanche s'était arrêtée. Son esprit était assombri par les rêves détruits, la prédestination cruelle et le mauvais karma.

Son père, le révérend Fluck, avait toujours désapprouvé l'amour de Bubba pour les armes à feu, et celui-ci soupçonnait son père d'avoir prié pour que cette chose se produise. Ça ne pouvait pas être une coïncidence, car, en gros, seules les armes avaient été volées. On n'avait pas emporté ses précieux outils. Le cambrioleur n'avait même pas essayé de s'introduire dans la maison, ni dans le véhicule de Bubba.

Un grand policier blond et bien bâti, en uniforme, descendit de la Caprice. Au volant se trouvait une femme habillée en civil, sans doute un inspecteur, supposa Bubba. Tous les deux s'avancèrent vers lui, accompagnés par les crachotements de leurs radios.

— Monsieur Fluck ? demanda la femme.

— Oui. Dieu soit loué, vous voilà. C'est la pire chose qui me soit jamais arrivée.

— Je suis le chef adjoint Virginia West, et voici l'agent Andy Brazil.

Bubba se sentit soulagé. Il soupira. La police avait envoyé un chef adjoint. Sans doute sur ordre du chef Hammer. Elle veillait sur Bubba. D'une certaine façon, elle avait été touchée autant que lui ; leurs destinées étaient entremêlées. Le chef Hammer savait qu'une terrible injustice avait été perpétrée contre Bubba.

— Je suis bien content que le chef Hammer vous ait contactés, dit Bubba.

Les deux policiers semblèrent perplexes.

— C'est elle qui vous a prévenus, non ? (Bubba sentait sa foi vaciller.) À l'instant, quand j'ai appelé la police ?

— En fait, euh..., bredouilla Andy. Oui. Comment savez-vous qu'elle vient de m'appeler ?

Bubba leva les yeux au ciel et sourit, malgré sa souffrance.

Virginia se dirigea vers l'atelier. Andy la suivit. Tous les deux restèrent à l'entrée, pour contempler les dégâts. Andy nota le mois, le jour, l'année, le nom et l'adresse de la victime sur le formulaire de procès-verbal fixé sur sa planchette à pince.

— Quel désastre, commenta-t-il.

— C'est indescriptible, dit Bubba.

— Avez-vous une idée de l'heure à laquelle a été commis le cambriolage ? demanda Virginia.

— Entre 20 heures hier et 7 h 30 ce matin.

Andy continuait d'écrire.

— Il me faudrait votre numéro de téléphone personnel et celui de votre travail, demanda-t-il.

Bubba les lui donna.

— En rentrant du travail, j'ai découvert ça, expliqua-t-il, presque en larmes. Exactement dans cet état. J'ai touché à rien. J'ai rien déplacé, alors je peux pas dire exactement ce qui a disparu.

L'œil exercé de Virginia balaya les outils : la perceuse montée sur un socle, la ponceuse vibrante, la meule, le serre-joint, le rabot, et bien évidemment, toute la gamme des ciseaux, les brosses métalliques, les forets, le kit à fraiser, sans oublier le matériel de protection en tout genre.

— C'est étrange : vous avez un tas d'outils fort coûteux, et pourtant, le ou les cambrioleurs ne les ont pas emportés, fit remarquer Virginia.

— Il cherchait des armes, dit Bubba. Je sais qu'elles ont disparu.

Il désigna l'armoire et le cadenas brisé qui gisait sur le sol.

— Vous aviez une cisaille à plomb ? demanda Virginia.

— Une Toolsmith.

— Vous l'avez encore ? demanda Andy.

— Je la vois d'ici.

— Comment était fermée l'armoire des armes ? demanda Virginia.

— Avec juste un cadenas.

— Elle était blindée ?

Bubba prit un air honteux.

— J'avais l'intention de m'en occuper, dit-il.

— Autrement dit, elle ne l'était pas.

Andy voulait en être sûr pour remplir son rapport.

Bubba secoua la tête.

— C'est dommage, dit Virginia, avec une certaine agressivité. À ma connaissance, aucune cisaille à plomb n'a jamais réussi à forcer une porte blindée. Et compte tenu de ce que vous aviez dans votre armoire, vous auriez dû choisir ce qu'il y a de mieux.

— Je sais, je sais, dit Bubba, qui sentait sa honte s'accroître. Je sais que j'ai été idiot.

Virginia entra dans l'atelier pour y regarder de plus près, et elle remarqua que Bubba avait peint ses initiales, en blanc, sur tous ses outils et tout son matériel. Elle dut enjamber des dizaines de manuels sur la plomberie, l'extension des terrasses et des patios, la peinture et la pose du papier peint, l'élagage et les problèmes de réparations domestiques.

Elle contourna un énorme triple mètre-ruban Stanley en acier et son étui en cuir Nicholas, un porte-outils Makita, une large ceinture McGuire-Nicholas en cuir épais, un super-porte-marteau Longhorn en peau de vache, de grosses bretelles Nicholas rouges et une genouillère en mousse caoutchoutée, avec double lanière, séparée de sa sœur jumelle.

Virginia savait reconnaître le matériel de qualité. Elle connaissait toutes ces marques, et savait combien elles coûtaient. Elle était intriguée. Et envieuse.

— Et vous n'avez pas de système d'alarme, fit remarquer Andy.

— J'ai la pancarte « Entrée interdite » et la cloche dans l'allée. J'entends dès que quelqu'un arrive.

— Je ne savais pas qu'on s'en servait encore, dit Andy.

— Il y en a tout un tas au garage Muskrat.

— Et votre chien ? demanda Virginia.

— Half Shell aboie tout le temps, jour et nuit. Plus personne ne fait attention.

— Autrement dit, Half Shell et la vieille cloche de station-service sont votre seul système d'alarme ?

Virginia lui jeta un regard sceptique.

Bubba savait bien qu'il ne lui faisait pas bonne impression. Soudain, il s'apercevait combien elle était mignonne. Bubba, lui, se sentait gros, sale, répugnant et inférieur. Il avait ressenti ça la majeure partie de sa vie. Le chef adjoint West voyait clair à travers ses armes, ses outils et son bricolage. Elle voyait Bubba comme un petit garçon persécuté, affligé d'un nom affreux, dans un monde qui le ridiculisait. Bubba le devinait dans les yeux de cette femme. Et brusquement, il se dit qu'elle était peut-être allée à l'école avec lui.

— Vous êtes d'ici ? lui demanda-t-il.

— Non.

— Vous êtes sûre ?

— Comment ça, j'en suis sûre ?

Comme Bubba était paranoïaque et obsessionnel, il avait besoin d'en être absolument certain.

— Alors, vous n'êtes pas de Richmond ?

— Non.

Elle devenait cassante.

— C'est que vous ressemblez à une fille avec qui j'étais à l'école, et qui s'appelait Virginia, mentit Bubba.

— Nous ne sommes pas allés à l'école ensemble.

— Le ou les cambrioleurs ont-ils uriné dans votre atelier ? demanda Andy.

— Oui. (Bubba montra l'endroit en question.) Ça veut dire quelque chose ?

— Souvent, les cambrioleurs urinent ou défèquent dans les endroits où ils s'introduisent, expliqua Virginia. Ça fait partie d'un *modus operandi*, comme on dit ; ça peut avoir de l'importance, ou pas.

Andy prit note.

— C'est le genre de truc que l'ordinateur de la police aurait pu vérifier, s'il y avait pas eu le virus du poisson, dit Bubba. J'ai entendu ça à la radio en rentrant à la maison ce matin. Vous pouvez pas comparer avec d'autres cambriolages.

— Ne vous en faites pas pour ça. (Andy préférait éviter le sujet.) Vous avez une liste des armes, avec leurs numéros de série ?

— Je les ai toutes achetées chez Green Top, répondit Bubba. J'achète jamais des armes ailleurs.

— C'est déjà une bonne chose, dit Andy. Mais je veux noter sur le rapport tout ce qui a disparu pour que l'inspecteur puisse s'y retrouver.

— Je suppose que vous pourrez pas non plus vous servir de l'ordinateur pour savoir si quelqu'un d'autre a été cambriolé de la même façon, dit Bubba, déçu. À cause du problème du poisson.

— Ne vous occupez pas de la façon dont on travaille, dit Andy. Alors, cette liste ?

— Un Browning Buck Mark Bullseye .22, récita Bubba, de mémoire. Un Taurus à huit coups M608.357, un Smith & Wesson Model 457 en alliage léger .45 ACP, avec son holster Bianchi Avenger, un kit de nettoyage de poche Pachmayr, un mini-Glock G26 .9, avec viseur nocturne, un Sig P226 9×19, comme celui des Navy Seal... Voyons voir, quoi d'autre ?

- Nom d'un chien, dit Virginia.

— Un Daisy Model 91, un pistolet à air comprimé, autrement dit. Un revolver Ruger Blackhawk .357, et deux pistolets de compétition Ruger.

— Vous faites des compétitions de tir ? demanda Virginia.

— J'ai pas eu le temps.

— C'est tout ? interrogea Andy.

— Je venais d'acheter un M9 Special Edition .9, avec des chargeurs de quinze balles ; il était encore dans la boîte. Ah, ça m'écœure. J'ai même pas pu l'essayer. J'avais aussi un tas de chargeurs rapides et une vingtaine de boîtes de cartouches. Principalement des Winchester Silvertips.

— D'autres choses ont disparu ? demanda Virginia.

— C'est difficile à dire. Le seul autre truc que je voie nulle part, c'est ma ceinture d'outils Stanley. Elle est superchouette. En Nylon noir avec une ceinture rembourrée jaune, ultralégère, et moins chaude que le cuir. On peut tout y mettre, sauf un évier.

— J'ai toujours rêvé d'en avoir une, avoua Virginia. Ça coûte au moins 60 dollars.

— Oui, si vous avez une réduc'.

– Pensez-vous à des suspects ? demanda Andy, qui en était arrivé à cette partie du rapport. Voyez-vous quelqu'un qui aurait pu faire ça ?

— C'est forcément quelqu'un qui savait ce que j'avais dans mon atelier, dit Bubba. En plus, la porte a même pas été forcée, ça veut dire qu'il avait la télécommande aussi.

— Intéressant, commenta Andy.

— Ça s'achète chez Sears, dit Virginia en levant les yeux vers la porte du garage relevée. Monsieur Fluck, je ferai en sorte qu'un inspecteur passe vous voir avant la fin de la journée pour rechercher des indices éventuels, des empreintes, des traces d'effraction, n'importe quoi.

— Vous allez trouver mes empreintes, dit Bubba, inquiet.

— En effet, il faudra d'abord prélever les vôtres, puisque vous en parlez, pour faire la différence.

Ils ressortirent de l'atelier, en faisant attention où ils mettaient les pieds. Half Shell aboyait et tournait en rond en faisant des bonds.

— Remerciez encore le chef Hammer de ma part, dit Bubba en accompagnant Virginia et Andy à leur voiture.

— *Encore ?* répéta Andy, étonné. Vous lui avez parlé ?

— Non, pas directement.

19

Extrêmement sensible aux problèmes raciaux, Judy Hammer avait étudié en profondeur la zone métropolitaine de Richmond. Elle savait qu'il n'y avait pas si longtemps encore les Noirs n'avaient pas le droit d'appartenir à certains clubs, ni de vivre dans certains quartiers. Ils ne pouvaient pas fréquenter les terrains de golf, ni les courts de tennis, ni les piscines publiques. Le changement avait été long, et demeurait trompeur à bien des égards.

Les clubs et les associations de quartier commençaient à accepter les Noirs dans leurs rangs, et même les femmes dans certains cas, mais de là à arriver en haut de la liste d'attente ou à se sentir à l'aise, c'était une autre paire de manches. Quand le futur premier gouverneur noir de Virginie avait tenté d'emménager dans un quartier huppé, on l'avait chassé. Le jour où une statue d'Arthur Ashe avait été érigée dans Monument Avenue, cela avait failli déclencher une nouvelle guerre.

Judy était inquiète, tandis qu'en compagnie de l'assistant administratif Fling elle traversait le cimetière de Hollywood pour aller inspecter les dégâts et vérifier si les descriptions qu'on lui en avait faites étaient exagérées. Elles ne l'étaient pas. Judy se gara à Davis Circle, d'où la statue de bronze était parfaitement visible, au loin, dressée sur un fond de magnolias et de conifères, au milieu de petits drapeaux confédérés qui flottaient au vent, sur le socle en marbre ; des bandes de plastique jaune tendues par la police encerclaient les lieux du crime.

— On dirait qu'il monopolise la balle et qu'il veut la passer à personne, fit remarquer Fling. Et il m'a l'air un peu coincé, aussi.

— Il l'était, commenta Judy.

Elle réprima le rire qui l'agitait intérieurement et était presque impossible à retenir. La statue de Davis avait toujours été qualifiée de fière, voire hautaine. Il portait la tenue typique du gentleman du Sud à cette époque, avant que le tagueur ne transforme, de manière remarquable, le long manteau en maillot trop large et en short ample tombant jusqu'aux genoux. Le pantalon était devenu une paire de jambes musclées et de chaussettes montantes. Les bottes ressemblaient maintenant à des baskets Nike.

Judy et Fling descendirent de la Crown Victoria, au moment où résonnait derrière eux le rugissement rauque d'une Mercedes 420E noire. La berline, avec son toit ouvrant et son intérieur cuir, vira brusquement autour de la voiture de Judy et s'arrêta juste devant.

— Merde, murmura Hammer, en voyant Lelia Ehrhart récupérer quelque chose sur le siège à côté d'elle, avant d'ouvrir la portière de la Mercedes. Où est l'interprète ?

Bien que née à Richmond, Lelia Ehrhart avait passé la majeure partie de sa jeunesse à Vienne, en Autriche, où son père, le docteur Howell, riche et éminent spécialiste de l'histoire de la musique, avait travaillé laborieusement pendant des années sur une biographie psychologique et non autorisée du très doux et très sensible Mozart, terrorisé par la trompette. Par la suite, la famille était partie s'installer en Yougoslavie, où le docteur Howell avait exploré l'influence subliminale de la musique sur la dynastie Nemanjic. La langue naturelle de Lelia Ehrhart était donc l'allemand ; venaient ensuite le serbo-croate, puis l'anglais. Elle ne parlait aucune de ces langues correctement et avait combiné les trois, en les remuant bien et en les pétrissant, comme pour faire un gâteau.

L'espace d'un instant, Ehrhart demeura figée, hypnotisée par la statue, les lèvres entrouvertes, en état de choc. Elle portait un jean Escada jaune, un chemisier ample à rayures jaunes avec un gros E sur la poche de poitrine, une ceinture noire ornée de papillons en cuivre et des chaussures assorties. Même si Judy s'habillait essentiellement en Ralph Lauren et Donna Karan, elle connaissait d'autres créateurs et savait que ces papillons dataient de plusieurs saisons déjà.

Cela lui procura une légère satisfaction, insuffisante malgré tout.

— Cela va exciter une émeute ! s'exclama Ehrhart en se rapprochant des lieux du crime, un appareil photo Canon Sure Shot à la main. Jamais rien comme ça s'est produit avant ça.

— Je ne sais pas si j'irais jusque-là, répondit Judy. Il n'y a pas si longtemps, quelqu'un a peint des graffitis sur la statue de Robert E. Lee.

— C'était différent.

— On ne l'a pas transformé en basketteur noir, en effet, confirma Fling. Ça aurait pu se faire, remarquez, mais il est sur un cheval, avec une épée, et en plus, il est dans Monument Avenue, où quelqu'un risque de vous repérer si vous y restez trop longtemps. Franchement, je ne vois pas comment on pourrait facilement le peindre. Lui ou n'importe qui d'autre dans Monument Avenue. Arthur Ashe tient une raquette de tennis, et tous les autres sont à cheval. À moins de faire un joueur de polo, peut-être.

— Je veux savoir comment ce que vous faites maintenant ? demanda Ehrhart en s'adressant à Hammer, alors qu'une bourrasque de vent faisait trembler les arbres et claquer les petits drapeaux confédérés aux pieds de Davis. Où étaient vos agents quand un vandale est pénètre dans ici comme Michel-Ange dans la chapelle Sixtine.

— Ce cimetière est une propriété privée, lui rappela Fling.

— Si un céréal killer entre sur ma propriété privée, ce sera pareil la réaction aussi ? s'exclama Ehrhart, indignée.

— Non, pas si on sait qu'il s'agit d'un serial killer, répondit Fling.

— En fait, dit Judy, nous patrouillons dans le cimetière.

— C'est encore pire ! Ça veut dire forcément vous étiez quelque part pas ici cette nuit.

— La voiture de patrouille a beaucoup à faire dans ce secteur, Lelia. Nous avons l'université, Oregon, Hills. Et on reçoit beaucoup, beaucoup d'appels, expliqua Judy. Quand ils concernent des personnes vivantes, ils sont prioritaires.

— Comme si je pouvais le savoir !

— Ce qui dépend de la municipalité, ce qui n'en dépend pas, c'est flou. (Fling tentait de faire oublier son erreur.) Et ce que j'essayais d'expliquer précédemment, madame Ehrhart, c'est qu'il ne faut pas attacher trop d'importance à tout cela, alors qu'il s'agit peut-être simplement d'un choix fait au hasard, compte tenu de l'isolement de cet endroit pour quiconque veut commettre un mauvais coup.

— Ah, c'est facile à dire, répliqua Ehrhart.

Judy avait l'impression d'entendre une conversation entre deux extraterrestres.

— Et Bobby Feeley?

Ehrhart se faisait plus accusatrice.

— On s'occupe sérieusement de cette affaire, Lelia, assura Judy.

— Il a douze ans, insista Lelia. Ça veut bien dire un quelque chose.

— Nous enquêtons avec la plus grande rigueur, dit Judy, qui estimait en son for intérieur que la statue était beaucoup mieux ainsi, avec sa nouvelle tenue.

— Je parie qu'il a jonché d'alibis son trajet de là-bas à ici, et vous, vous prenez ça pour le pied de la lettre.

Ehrhart n'en démordait pas.

— Je crois qu'il ne se sentait pas bien hier soir, et il n'est pas sorti, dit Fling. Il a des témoins.

Hammer foudroya du regard Fling, qui venait de divulguer une information sensible concernant cette affaire.

— On en parlera à ma réunion. Ah, au fait, j'ai dû devoir être obligée de l'avancer plus tôt à 7 heures du matin, Judy. (Ehrhart commença à photographier les lieux du crime.) Dans la salle de conférence privée du Commonwealth Club. Si vous ne savez pas où c'est, ils vous demanderont à la porte quand vous enregistrerez votre manteau.

— Il fait un peu chaud pour porter un manteau, dit Fling.

Depuis un siècle, les supposés ancêtres de Lelia Howell Ehrhart reposaient en paix dans de vastes caveaux installés sur des concessions familiales ; des obélisques et des urnes entretenaient leur souvenir, ils étaient bénis par des croix, protégés par des anges de la miséricorde en marbre de Carrare et un chien en fonte, embellis par des sculptures en métal ouvragé.

Nul n'ignorait que dans son arbre généalogique figurait l'épouse de Jefferson Davis, Varina Howell, bien qu'aucun généalogiste n'ait réussi, jusqu'à présent, à faire remonter la trace de la lignée de Ehrhart vers une région proche du Mississippi, d'où était originaire Mme Davis.

Ehrhart était traumatisée et personnellement outragée. Elle se sentait visée par cet acte de vandalisme et ne pouvait s'empêcher de penser qu'il était dirigé contre elle ; et cela lui donnait le droit de retrouver le monstre qui était responsable, et de le faire enfermer jusqu'à la fin de ses jours. Ehrhart n'avait pas besoin de la police. D'ailleurs, à quoi servaient-ils, hein ?

Le plus important, ce qui permettait d'obtenir des résultats, c'étaient les relations ; or, Ehrhart possédait quelque chose de mieux que l'Internet. Elle était mariée au docteur Carter « Bull » Ehrhart, soi-disant descendant du général confédéré Franklin « Bull » Paxton. Bull Ehrhart était un ancien élève de l'université de Richmond. Il avait offert des centaines de milliers de dollars à l'université et il manquait rarement un match de basket.

Il avait été très facile pour Lelia Ehrhart d'appeler l'entraîneur en chef des Spiders, Bo Raval, pour savoir exactement où elle pourrait mettre la main sur Bobby Feeley. Sans doute au gymnase, lui avait-on répondu. Elle quitta Three Chopt Road pour s'engager dans Boatwright, qu'elle suivit jusqu'au campus de l'université. Elle pénétra sur le parking, où les membres du club des Spiders se garaient durant les matchs. Elle gara sa Mercedes de travers, prenant ainsi deux places, à l'écart de ces voitures moins chères qui risquaient d'enfoncer ses portières. D'un pas déterminé, elle se dirigea vers l'entrée du Robins Center.

Le hall désert résonnait du souvenir d'innombrables matchs, gagnés et perdus, où Ehrhart s'était ennuyée. Finalement, elle avait refusé d'y accompagner son mari, de même qu'elle n'acceptait pas de se soumettre au football. Elle ne voulait plus regarder le sport à la télé, tout simplement. Bull pouvait bien jouer avec sa télécommande, en se prenant pour Dieu qui contrôle, ordonne et impose sa volonté, elle s'en foutait.

Un ballon de basket rebondissait derrière des portes fermées, à la fois solitaire et déterminé. Ehrhart entra dans le gymnase Milhouser où Bobby Feeley s'entraînait à tirer des lancers francs. Il était grand, évidemment, avec de longs muscles dessinés, le crâne rasé et un anneau en or à l'oreille, comme tous les basketteurs. Sa peau était luisante de sueur, son T-shirt gris était trempé devant et derrière, son short ample lui descendait jusqu'aux genoux et virevoltait quand il se déplaçait. Indifférent à la présence d'Ehrhart, Feeley tira de nouveau, et cette fois, le ballon heurta le cercle.

— Merde.

Ehrhart ne dit rien, tandis que Feeley dribblait, feintait, accélérait, en jouant des coudes, pivotait sur lui-même, feintait de nouveau, piquait une pointe, bondissait et tentait un smash, heurtant l'anneau encore une fois.

— Putain de merde !

— Excusez-moi..., dit Ehrhart pour s'annoncer.

Feeley ralentit ses dribbles et tourna la tête.

— Vous êtes Bobby Feeley ?

Elle pénétra sur le parquet du gymnase avec ses chaussures à talons hauts, ornées de papillons en cuivre.

— Faut pas faire ça, dit-il.

— Je vous demande pardon ?

— Vos chaussures.

— Eh bien, qui fait le problème ?

— C'est pas des tennis.

— Les vôtres non plus elles sont pas du tennis.

Le jeune garçon se remit à dribbler, perplexe.

— Vous appelez ça comment ? demanda-t-il.

— Des chaussures de basket-ball.

— Ah. Une puriste, dit Feeley, qui était excellent élève en anglais. Ça empêche pas que vous avez pas le droit de marcher sur le parquet avec ces chaussures. Faut les enlever, ou sinon, vous allez ailleurs.

Ehrhart ôta ses chaussures et se rapprocha de Feeley, en mi-bas.

— Qu'est-ce que je peux faire pour vous ? demanda-t-il en déplaçant la balle brusquement, les coudes écartés, de manière dangereuse, pour éviter un adversaire imaginaire.

— Vous portez le numéro 12, dit Ehrhart.

— Ah non, ça va pas recommencer ! s'exclama Feeley en

dribblant. Qu'est-ce que ça veut dire ? Vous croyez vraiment, vous autres, que j'ai rien de mieux à faire ? Que je m'amuserais à faire un truc de bizuth, comme taguer des graffitis dans un cimetière ?

Il dribbla entre ses jambes et manqua un tir en suspension.

— Il ne s'agit pas juste de graffiti comme on en regarde sur les trains du métro ou sur les immeubles.

Feeley arrêta de dribbler et essuya la sueur qui coulait sur son front, en essayant de déchiffrer ces paroles.

— Et peindre aussi à la bombe la Montagne Rushmore, hein ? demanda-t-elle avec indignation.

— Qui a fait ça ?

— Alors vous peignez votre uniforme de basket-ball, numéro 12 compris, sur mon ancêtre !

— Vous êtes parente avec Jeff Davis ?

Feeley s'élança et exécuta un smash. Le ballon rebondit contre le panneau.

— Je descends de Vinny, déclara Ehrhart.

— Comme l'Ourson ?

— Non, Varina.

— Je croyais que c'était un endroit ou un truc dont fallait pas parler.

— Vous êtes vulgairement grossier, monsieur Feeler.

— Feeley.

— Ça me méprise que les gens de votre génération ne respectent rien de ce qui s'est passé avant dans le passé. Car en fait, c'est pas encore passé même si c'est arrivé avant vous. Et je suis devant vous comme la preuve.

Feeley fronça les sourcils.

— Essayez de rappeler plus tard, y a de la friture sur la ligne.

— Pas question, dit-elle d'un ton catégorique.

Il coinça le ballon sous son bras.

— Qu'est-ce que j'ai fait ?

— On sait bien tous les deux ce que vous avez fait.

Il se remit à dribbler et exécuta un tir en bras roulé qui frôla le dessous du filet.

— Désolé, dit Feeley, j'ai pas touché à la statue de M. Davis, mais j'avoue qu'il était temps que quelqu'un le remette à sa place.

— Comment vous pouvez oser ?

Feeley lui adressa un grand sourire éclatant. Il dribbla en alternant les deux mains, mais le ballon heurta son pied.

— Inculpé de trahison, mais jamais jugé. Premier et dernier président de la Confédération. Ah ! (Il manqua un nouveau lancer franc.) On a forcément de la peine pour lui, quand on y pense. Des chemins de fer minables, pas de marine, pas d'usines de poudre, ni chantier naval, sans parler des armes et du matériel. (Un tir en suspension passa bien au-dessus du panneau.) Les membres du Congrès qui se battent comme des chiffonniers. (Feeley avança au pas et le ballon rata une nouvelle fois la cible.) Lee se rend sans demander son avis à Davis. (Il courut après le ballon.) Jeff Davis se retrouve avec les fers aux pieds et il finit agent d'assurances à Memphis.

— C'est pas vérité !

Ehrhart était excédée.

— Bien sûr que si, m'dame !

— Où étiez-vous hier soir ? demanda-t-elle.

— Ici même, je m'entraînais. (Un tir de dernière seconde, du milieu du terrain, atterrit dans les gradins.) Je suis pas allé au cimetière, et j'y ai d'ailleurs jamais foutu les pieds.

Il courut chercher le ballon et s'amusa à le faire tournoyer sur son majeur.

Ehrhart se trompa sur la signification de son geste.

— Vous me faites un geste d'obscénité ?

Le ballon tomba. Feeley recommença. Il voulut le faire passer dans son dos, mais le laissa échapper.

— Putain.

— Je trouve que vous êtes manqueur de respect, dit-elle d'une voix forte et émue. Vous pouvez faire de l'alibi tant que vous voulez, à l'arrivée, ça changera pas ce qui est.

— Écoutez, m'dame. (Feeley coinça le ballon sous son bras.) J'ai rien à voir avec cette statue. Mais j'ai bien envie d'aller y jeter un œil.

Nombreux étaient les habitants de Richmond à partager cette envie. Clay Kitchen n'avait jamais vu un tel défilé de voitures aux phares éteints. Jamais en vingt-sept années de service fidèle il n'avait assisté à un comportement aussi indécent.

Les gens étaient d'humeur enjouée. Ils avaient baissé leurs vitres pour profiter du printemps précoce. Ils écoutaient du rock'n'roll, du jazz et du rap.

Kitchen et Virginia roulaient à toute allure dans la camionnette ; ils avaient évité le flot de la circulation en pénétrant sur les lieux du crime par Lee Avenue. Virginia regardait par la vitre, stupéfaite par l'intérêt suscité. Voyant tout à coup la statue, elle faillit perdre sa bienséance policière, et s'exclamer : *Putain, c'est pas croyable !*

— Arrêtez-vous ici, dit-elle à Kitchen. Je ne veux pas qu'on me voie descendre de votre camionnette.

Kitchen comprenait parfaitement. Virginia West était venue habillée en civil, et elle n'avait pas voulu lui dire pourquoi, mais il était perspicace. Il savait ce qui se passait. Très souvent, les criminels revenaient sur les lieux de leur méfait, surtout les pyromanes, quand ils voulaient s'excuser, ou quand ils avaient oublié d'emporter un souvenir. Kitchen avait discuté avec des policiers qui patrouillaient à l'intérieur du cimetière, quand tout était calme. Kitchen avait entendu des histoires.

Il se souvenait de ce type qui avait poignardé sa femme presque mille fois, et qui avait dormi avec le corps pendant plusieurs jours ; il lui apportait le petit déjeuner au lit, il regardait la télé avec elle, il lui parlait du bon vieux temps. Évidemment, c'était pas vraiment la même chose que de revenir sur les lieux du crime, vu qu'il ne les avait pas quittés, se disait Kitchen. Mais il savait de source sûre que là-haut vers le nord, il y a quelques années, une femme avait broyé son mari dans une machine à débiter le bois, et elle était revenue quelques jours plus tard pour brûler les morceaux dans son jardin. Apparemment, un voisin avait eu des soupçons.

La foule qui se pressait autour de la statue menaçait, à tout moment, de passer sous les bandes de plastique jaune de la police, ou même de les briser. Virginia utilisa sa radio pour réclamer des renforts. On n'était pas loin d'une situation d'émeute au cimetière ; il y avait là des centaines de curieux. La plupart avaient bu, et sans doute continuaient-ils à boire.

— Unité 3, répondit l'agent des communications Patty Passman. C'est un 10-18 ?

Virginia masqua son agacement. Les gens la poussaient dans le dos. Passman ne manquait jamais de mettre en doute les appels de West, et voilà qu'elle avait le culot de lui demander si la situation était urgente. *Mais non, occupez-vous de moi quand vous aurez le temps,* avait-elle envie de répondre. *Quand j'aurai été piétinée.*

— Unité 3, quel est votre 10-20 exact ?

— Je suis exactement devant la statue, répondit West sèchement.

— Hé ! C'est qui la gonzesse avec la radio ? s'écria un homme.

— Y a des flics en civil dans les parages !

— Le FBI.

— La CIA.

— Ouah !

— Tu veux mes empreintes, ma jolie ?

Une forte odeur d'alcool s'échappait des corps de plus en plus pressants autour de Virginia, tandis que des individus moqueurs surgissaient devant son nez. Son espace vital avait disparu. On la bousculait, on la touchait, en riant. Elle reprit sa radio et remarqua soudain le petit poisson bleu peint sur le socle de la statue, juste sous la Nike gauche de Jefferson Davis. Un gamin s'avança dans son dos et fit mine de lui voler son arme. Virginia le souleva de terre en le tenant par sa ceinture et l'envoya dinguer comme un petit sac d'ordures. Le gamin éclata de rire et s'enfuit en courant.

— Unité 3, 10-18 ! s'exclama-t-elle dans la radio, les yeux fixés sur le poisson, tandis que dans son esprit ses pensées entraient en collision.

— Appel à toutes les unités dans le secteur du cimetière de Hollywood, un agent a besoin d'aide, annonça calmement Passman.

— Arrière ! cria Virginia à la foule. Reculez maintenant !

Elle était acculée contre la bande jaune ; la foule surexcitée continuait d'avancer.

D'un geste vif, West dégaina sa bombe de gaz lacrymogène. Les gens marquèrent un temps d'hésitation.
— Qu'est-ce qui vous prend, nom de Dieu ? leur cria West. Reculez, j'ai dit !
La foule recula légèrement ; les visages étaient déformés par l'indécision, les poings serrés, la sueur coulait, l'atmosphère vibrait, tendue par une violence à deux doigts d'exploser.
— Quelqu'un veut bien m'expliquer ce que ça veut dire ? lança Virginia.
Un jeune type vêtu d'un polo Tommy Hilfiger et coiffé d'un bonnet, portant un pantalon extra-large dont une jambe était retroussée, l'autre pas, parla au nom du groupe.
— Personne veut d'nous ici, expliqua-t-il. Peut-être que ça fout les boules, à force ? Un jour, il se passe un truc, et on disjoncte.
— Personne ne va disjoncter, leur déclara Virginia, à tous. Comment tu t'appelles, toi ?
— Jerome.
— J'ai l'impression que ces gens t'écoutent, Jerome.
— J'en connais aucun, mais on dirait bien.
— Aide-moi à les calmer.
— OK.
Jerome se tourna vers la foule.
— STOP ! hurla-t-il. TOUT LE MONDE RECULE, BORDEL ! LAISSEZ CETTE DAME RESPIRER, PUTAIN !
Tout le monde obéit.
— Écoutez-moi maintenant, reprit Jerome en s'adressant à Virginia. (Il s'était coulé avec aisance dans son nouveau rôle.) Le problème, c'est que vous autres, vous savez pas comment c'est.
— Vas-y, dis-lui ! cria une femme.
Jerome s'adressa à la foule :
— Vous croyez qu'on veut d'nous ici, hein ?
— Non ! Non ! hurlèrent les gens.
— Vous croyez qu'ils ont envie d'nous voir débarquer ?
— Non ! Non ! scanda la foule.
— Vas-y-tu-t'pointes-à-Hollywood-et-tu-crois-qu'on-t'laissera-entrer-on-t'foutra-à-la-porte-du-ci-me-tière-va-donc-faire-tes-pri-ères !

Jerome s'était mis à faire du rap.

— Yo man !

— Le mo-nu-ment-comme-le-monde-qui-ment-est-froid-com-bien-de-fois-faut-que-j'le-ré-pète. (Jerome se pavanait devant la foule.) Qu'est-ce-qu'il-faut-pour-le-sen-tir-et-le-goû-ter-quand-t'as-aucune-chance-d'le-vendre-parce-que-tout-s'achète-sauf-vous-et-moi-et-quoi-qu'on-fasse-on-est-les-keums-de-la zone-on-n'a-rien-à-foutre-à-Holly-wood.

— ET-LES-*MEUFS*-DE-LA-ZONE !

— Les-keums-et-les-*meufs*-de-la-zone-ont-rien-à-foutre-à-Holly-wood, rectifia Jerome pour être politiquement correct.

— RIEN-À-FOUTRE-À-HOLLY-WOOD ! répondit la foule sur le même tempo.

— Merci, Jerome, dit Virginia.

— RIEN-À-FOUTRE-À-HOLLY-WOOD !

La foule était incontrôlable.

— Jerome, ça suffit !

— Dites-le encore, mes frères ! (Jerome tournoyait sur lui-même, en exécutant des mouvements de kickboxing.) RIEN-À-FOUTRE-À-HOLLY-WOOD !

— RIEN-À-FOUTRE-À-HOLLY-WOOD !

Des sirènes de police retentirent au loin.

20

Le Robins Center, où les Spiders jouaient au basket devant une foule enthousiaste, était situé entre le parking privé où Ehrhart avait garé sa Mercedes et le parking destiné aux communs des mortels, à moins de deux rangées de places de stationnement, soit une cinquantaine de mètres, de la piste où, à cet instant, Andy courait à fond, pour la deuxième fois de la journée.

On était en fin d'après-midi. Pendant des heures, il avait dû gérer la crise informatique du Comstat, tandis que les médias continuaient à divulguer des histoires vaches au sujet de la piscistéria et de la déprédation de la statue de Jefferson Davis. Des commentaires peu intelligents et de fort mauvais goût s'échangèrent par e-mail, ou de bouche à oreille, dans les bureaux, les restaurants, les bars et les salles de sport, avant de parvenir finalement aux oreilles de la police.

La police a effectué une bonne prise... Ils ont enfin ferré un gros poisson.

La police ne répond pas aux journalistes, ils essayent de noyer le poisson.

Jeff Davis a changé de camp, il porte de nouvelles « couleurs ».

Qu'est-ce qui est noir, blanc et tout rouge ? Jeff Davis !

Andy attendait avec impatience la fin de la journée. Il avait besoin de se vider la tête et d'évacuer le stress avec une bonne suée. Ce dont il n'avait absolument pas besoin, en revanche, c'était de voir Lelia Ehrhart sortir du Robins Center et se diriger vers sa Mercedes noire garée sur le parking du Spiders Club. Il comprit immédiatement ce qu'elle complotait et la fureur s'empara de lui.

Andy quitta la piste et franchit la grille du stade en piquant un sprint. Il rattrapa Ehrhart au moment où celle-ci faisait une marche arrière. Il tapota à la vitre, alors que la voiture continuait à reculer. Ehrhart freina, vérifia que les portières étaient verrouillées et sa vitre baissée de quelques centimètres à peine.

— Je suis l'agent Brazil, dit-il en s'épongeant le visage avec le bas de son débardeur.

— Je ne vous avais pas reconnu, dit Ehrhart, en le jaugeant du regard comme quelqu'un qui envisage de faire un achat.

— Je ne veux pas être impoli, dit Andy, mais que faisiez-vous dans le gymnase ?

— Je me renseigne.

— Vous avez parlé à Bobby Feeley ?

— Oui.

— Il ne fallait pas faire ça, madame Ehrhart.

— Quelqu'un devait le faire, et je m'intéresse personnellement moi-même à cette affaire qui m'est concernée. Vous autres, les étrangers visiteurs de Charlotte, vous dites toujours que les citoyennetés doivent soutenir la police. C'est que je fais. Quel âge avez-vous ?

— Aider la police ne signifie pas intervenir dans une enquête, répondit Andy.

Ehrhart regardait ses jambes.

— Vous êtes très athlète, dit-elle d'un ton enjôleur. J'ai un entraîneur. Si ça vous dit de travailler avec ensemble, vous et moi, ce serait agréable, hein ?

— Merci pour votre proposition généreuse.

Andy était courtois, professionnel et respectueux.

— À quelle salle vous vous travaillez ?

Elle abaissa sa vitre jusqu'en bas, caressant chaque partie du corps d'Andy avec des yeux qui possédaient un énorme pouvoir d'achat.

— Bon, il faut que je vous laisse, dit-il, alors que Lelia regardait fixement son entrejambe.

— Vous vous traînez souvent par ici ? demanda-t-elle, en poursuivant son examen physique. Vous êtes très en transpiration. Ça vous coule partout comme des petites rivières et vous semblez très chaud. Vous devriez enlever votre tricot et boire du Gatorade. (Elle tapota le siège du passager.) Venez vous asseoir, Andy. À la fraîche. J'ai un bassin de nage chez moi. On pourrait aller y plonger la tête. Imaginez comme c'est bon quand vous êtes tout chaleur.

— Merci, madame Ehrhart. (Andy ne pensait qu'à s'enfuir.) Mais il faut que je m'en aille.

Il décampa sans demander son reste. La vitre de la Mercedes remonta dans un bourdonnement. Les pneus semblèrent exprimer leur colère quand elle repartit sur les chapeaux de roue.

Gravissant les marches deux par deux, Andy pénétra dans le Robins Center et se précipita vers le gymnase où Bobby Feeley s'entraînait à défendre, face à des adversaires imaginaires.

— Monsieur Feeley ? demanda Andy, du bord de la touche.

Feeley courut vers lui en dribblant. Avec un petit ricanement.

— Eh, c'est l'Inquisition, ou quoi ? À moins que vous cherchiez la piste de course, peut-être ?

— Je suis de la police de Richmond ; j'enquête sur l'acte de vandalisme commis dans le cimetière de Hollywood la nuit dernière.

— Vous allez toujours bosser habillé comme ça ?

Feeley tenta un nouveau tir en suspension, et, cette fois, la balle ne frôla même pas le panneau.

— En fait, expliqua Andy, j'étais en train de courir, quand j'ai vu Lelia Ehrhart repartir.

— Ah, un sacré numéro, celle-là. (Feeley récupéra le ballon.) Ça fait longtemps qu'elle vit sur cette planète ?

— Écoutez, monsieur Feeley...

— Appelez-moi Bobby.

— À votre avis, Bobby, pourquoi quelqu'un s'amuserait à peindre une statue à votre image ? demanda Andy. À supposer que ce ne soit pas vous le coupable.

— C'est pas moi. (Feeley faisait des feintes de passes.) Et même si c'est très flatteur de penser qu'il y a ma statue dans un cimetière historique de Blancs, je pige pas. (Il manqua un bras roulé.) Je suis un joueur de basket très médiocre, et je vois pas comment je pourrais être un héros pour quelqu'un.

— Comment êtes-vous entré dans l'équipe ? fut obligé de demander Andy, en voyant Feeley manquer un autre tir.

— J'étais meilleur que ça dans le temps. Je foutais le feu au parquet du temps du lycée ; j'avais un million de propositions de recrutement, et j'ai choisi Richmond. Mais quand j'ai débarqué ici, un truc s'est mis à déconner. C'était pas croyable ; je commençais à me dire que j'avais un lupus, une dystrophie musculaire, ou le Parkinson...

Feeley s'était assis sur le ballon de basket, le menton au creux de la main, déprimé.

— Le fait de porter le maillot de Twister Gardener n'arrange rien, ajouta-t-il, l'air abattu. Je me demande même si c'est pas lié. Peut-être que je me déconcentre, vous comprenez, parce que tout le monde regarde mon numéro 12 et se souvient de lui.

Andy vint s'asseoir à côté de lui.

— Je ne suis pas d'ici, dit-il. Et je suis plus tennis que basket.

— Alors, je vais vous dire un truc, mec. Twister était le meilleur joueur qu'il y ait jamais eu dans cette fac. Je suis sûr et certain qu'il jouerait pour les Bulls à l'heure qu'il est, s'il s'était pas fait tuer.

— Que s'est-il passé ? demanda Andy, qui sentait comme un frémissement tout au fond de son esprit.

— Un accident de voiture. Un salopard de chauffard ivre qui roulait du mauvais côté de la route. En août dernier, juste avant le début de sa deuxième année.

Cette histoire faisait du mal à Andy. Il était furieux de penser qu'un talent extraordinaire pouvait être détruit en l'espace d'une seule seconde, à cause d'un individu qui avait décidé de s'envoyer quelques bières de trop dans un bar.

— Mais je suis content de l'avoir vu jouer. On pourrait dire que c'était mon héros.

Feeley se leva et étira son long corps souple de plus de deux mètres.

— Ce n'est pas facile de porter le maillot de son héros, commenta Andy, en se levant lui aussi.

Feeley haussa les épaules.

— Faut assumer pour jouer dans la cour des grands.

— Peut-être que vous devriez changer de numéro.

Feeley tressaillit. Son visage se durcit ; ses yeux lancèrent des éclairs.

— Hein ? Qu'est-ce que vous dites ?

— Peut-être que vous devriez enlever ce numéro, le laisser à quelqu'un d'autre, suggéra Andy.

Les yeux de Feeley se fermèrent brusquement. Les muscles de sa mâchoire se crispèrent.

— Pas question.

— C'est juste une suggestion, dit Andy. Mais je ne comprends pas pourquoi vous tenez tant à le garder si ça vous déconcentre. Laissez tomber, Bobby.

— Jamais, j'ai dit !

— *Just do it*, comme on dit.

— Allez vous faire voir !

— C'est une question de bon sens, pourtant, ajouta Andy.

— Jamais, bordel de merde !

— Pourquoi ?

— Parce que ça compte plus pour moi que pour n'importe qui d'autre !

— Qu'en savez-vous ?

Feeley lança le ballon de toutes ses forces, et celui-ci entra dans le panier sans même toucher les bords.

— Personne ne respectera et ne traitera Twister aussi bien que moi, personne ne peut entretenir sa mémoire aussi bien que moi !

Feeley fonça pour récupérer le ballon ; il dribbla avec la main droite, la main gauche, et exécuta un smash.

— Et je vais vous dire un autre truc, même ! Jamais vous verrez ce maillot sale ou jeté en boule dans un coin ! (Il smasha en arrière, au-dessus de sa tête, et le cercle du panier vibra.) Je veux pas qu'un petit merdeux plein de fric débarque ici et porte le numéro de Twister !

Il fit un bras roulé, courut au rebond, exécuta un smash, récupéra le ballon, fonça en tête de raquette, le subtilisa à des mains avides et décolla de trente bons centimètres pour planter le ballon dans le panier.

— Twister a de la famille dans le coin ? demanda Andy.

— Quand je venais voir les matchs, ici, Twister était toujours avec un petit môme. Il l'asseyait juste derrière le banc, dit Feeley. (Il tirait des lancers francs, tout en parlant.) J'ai l'impression que c'était peut-être son petit frère.

À la marbrerie James River, Ruby Sink menait, elle aussi, sa petite enquête. Le vacarme des marteaux piqueurs et des outils pneumatiques était effroyable, et quelqu'un martyrisait du granit de Georgie avec un tamponnoir à quatre pointes. La sableuse était en marche et une grue suspendue soulevait un monument funéraire en marbre blanc de presque sept cents kilos, ébréché et verdi par la moisissure, tout en haut.

Le marbre blanc du Vermont était très difficile à tailler, d'ailleurs, on ne l'utilisait plus, si bien que Floyd Rumble avait hérité de cette corvée. De toute façon, il était déjà un peu débordé. Il y avait certains jours comme ça. Il avait mal au dos et son fils était bloqué derrière le bureau, car la secrétaire était en vacances.

Là-dessus, le colonel Bailey, atteint de la maladie d'Alzheimer, était venu pour la quatrième fois en l'espace d'une semaine, pour dire qu'il voulait être enterré en uniforme et souhaitait faire graver quelque chose de très patriotique sur sa stèle en marbre gris. Chaque fois, Rumble passait une nouvelle commande, car il ne voulait surtout pas humilier qui que ce soit.

Rumble prit un couteau et se remit à tailler une feuille sur le marbre noir, en repensant à la gêne qu'il avait éprouvée quand Ben Neaton, l'agent de change, avait été foudroyé, subitement, par une crise cardiaque, et que son épouse était venue ici, trop effondrée pour réfléchir, et à plus forte raison pour faire un choix.

Alors, Rumble lui avait suggéré l'élégance de la pierre noire, car M. Neaton avait toujours conduit des Lincoln noires éclatantes et porté des costumes sombres. L'inscription *« Il n'a pas disparu, il a été réinvesti »* avait été tracée au pochoir sur une feuille de caoutchouc, qu'on avait plaquée ensuite sur la pierre. La sableuse avait gravé les lettres en quelques minutes, mais Rumble se chargeait toujours manuellement des détails, comme les frises ou les fleurs.

Il n'était pas rare que les personnes désespérées, en état de choc, demandent à Rumble de se charger de toutes les décisions et lui racontent, à la place, la vie de leur cher défunt, quelles avaient été ses dernières paroles, ce qu'il avait mangé ou porté pour la dernière fois, ou bien ce qu'il avait l'intention de faire le lendemain.

Rumble écoutait des récits interminables où il était question du mari qui ne sortait pas chercher le journal, comme il le faisait toujours pendant que sa femme préparait le petit déjeuner et les sandwiches pour l'école, qu'elle réveillait et préparait les enfants, en veillant à ce qu'ils ne manquent pas le car, avant de préparer les œufs de son mari comme il les aimait, de lui demander ce qu'il voudrait pour le dîner, et à quelle heure il pensait rentrer.

Ruby Sink avait épuisé toute la patience de Rumble. Elle avait prévu sa stèle depuis que sa sœur était morte, il y a onze ans, et, très souvent, Mlle Sink débarquait à la marbrerie, une fois dans le mois, juste pour voir sur quoi travaillait Rumble. D'abord, elle avait voulu un ange, puis un arbre, puis une simple pierre tombale en granit d'Afrique, avec des lis en relief, puis elle en était venue aux marbres et les avait tous passés en revue, comme une femme qui inspecte sa penderie sans savoir quelle couleur de robe choisir.

La famille de Rumble possédait cette société depuis trois générations. Il avait eu affaire à toutes sortes de clients, et il était assez intelligent pour cesser de passer des commandes destinées à Mlle Sink, après qu'elle avait changé d'avis pour la troisième fois.

— Bonjour, Floyd.

Mlle Sink pénétra directement dans l'atelier, en parlant fort pour couvrir le tchac-tchac-tchac et le tacatacata des machines et des sableuses, le bourdonnement des systèmes d'aération et le vrombissement des compresseurs.

— Façon de parler, répondit-il.

— Je ne sais pas comment vous pouvez supporter toute cette poussière.

Elle faisait toujours la même remarque.

— C'est bon pour la santé, répondait-il toujours. C'est ce qu'ils mettent dans le dentifrice. Toute la journée, vous vous lavez les dents. Vous avez déjà vu un Rumble avec des dents cariées ?

Il se donnait du mal pour distraire Mlle Sink. Parfois, ça marchait. Pas aujourd'hui.

— Vous êtes au courant, je suppose ?

Elle s'approcha pour lui faire une confidence.

La stèle de sept cents kilos était suspendue dangereusement dans les airs, et Rumble pensait à la corvée que représentait cette restauration. Toutes les copies de réalisations anciennes, comme celle-ci, devaient être ciselées à la main, et il savait qu'il ne pourrait pas se mettre au travail tant que Mlle Sink ne se trouverait pas à un kilomètre de son atelier. Car en voyant la stèle, elle déciderait qu'elle avait enfin trouvé ce qu'elle cherchait. Elle saurait, sans l'ombre d'un doute, qu'il lui fallait du marbre blanc cassé du Vermont, ciselé à la main.

Il passa en revue ses casiers de pochoirs, afin de graver une inscription en hébreu sur du marbre blanc, pendant que ses assistants faisaient descendre la stèle endommagée dans une sorte de chariot.

— Vous savez ce qu'ils ont fait à Jefferson Davis, dit Mlle Sink.

— J'en ai entendu parler.

Rumble entreprit de disposer ses pochoirs. Ceux-ci devaient être en plastique pour qu'on puisse voir à travers, mais ils cassaient sans cesse.

— Comme vous le savez, Floyd, je fais partie du conseil d'administration.

— Oui, madame.

— Le plus urgent pour l'instant, c'est de déterminer l'ampleur des dégâts subis par la statue, de quelle façon nous allons la restaurer, et combien cela va coûter.

Rumble n'était pas encore allé au cimetière pour jeter un œil. Et il n'irait pas tant qu'on ne lui aurait pas proposé le travail.

— On a peint aussi le socle en marbre, ou uniquement le bronze ? demanda Rumble.

— Le bronze essentiellement. (Cette simple pensée la rendait malade.) Mais le coupable a peint également le haut du socle pour lui donner l'apparence d'un terrain de basket. Alors, oui, une partie du marbre a été touchée.

— Je vois. Jefferson Davis est maintenant sur un terrain de basket. Quoi d'autre ?

— Le plus grave. On lui a dessiné une tenue de basket, avec des chaussures de tennis et tout le reste ; et on a modifié sa race.

— À première vue, nous avons deux problèmes, déclara Rumble en jetant par terre un autre pochoir brisé, tandis que dans un coin de l'atelier la scie à pointe de diamant s'attaquait à un bloc de pierre. Pour réparer le marbre, il va falloir que je l'enlève au ciseau pour le remplacer par une surface nouvelle. En ce qui concerne le bronze, s'il s'agit de peinture à l'huile...

— Oh, oui, dit Mlle Sink. Je vous l'affirme. Ce n'est pas de la peinture en bombe. Ce sont des couches épaisses, étalées au pinceau.

— Dans ce cas, il va falloir tout décaper, peut-être avec de la térébenthine, puis peaufiner avec un revêtement de polyuréthanne, pour éviter toute oxydation.

— Nous étudierons le problème, déclara Mlle Sink.

— Il le faut, dit Rumble. De toute façon, nous devrons transporter Jefferson Davis dans mon atelier. Je ne peux pas effectuer ce travail sur sa personne en plein milieu d'un cimetière, avec des gens tout autour. Ça veut dire qu'il faudra le soulever avec une grue et une élingue et l'installer à bord d'un camion.

— Je pensais que l'on pourrait plutôt fermer le cimetière pendant que vous faites tout ça.

— Pendant l'opération de déménagement, certainement. Mais de toute façon, à votre place, je le ferais sans tarder, au cas où cela donnerait à certaines personnes l'idée de s'attaquer à d'autres monuments. Et je vous suggère d'instaurer des patrouilles de surveillance.

— Je demanderai à Lelia de s'en charger.

— En attendant, je veux que personne ne touche à cette statue. Si vous me chargez de la restaurer, naturellement.

— C'est vous que l'on a choisi, évidemment, Floyd.

— Comptons environ une journée pour faire venir la statue jusqu'ici, et ensuite, je ne sais pas combien de temps il me faudra.

— Je suppose que tout cela va nous coûter une coquette somme, dit la parcimonieuse Mlle Sink.

— Je vous ferai le prix le plus juste, dit Rumble.

Bubba, lui, n'avait aucune envie d'être juste. Le traumatisme et les perturbations subis étaient bien trop importants pour qu'il songe même à dormir, et, dès que l'inspecteur de police était reparti après avoir relevé les empreintes et d'autres indices, Bubba était retourné dans son atelier. Il avait tout nettoyé, rapidement et à fond ; la colère lui donnait une énergie illimitée, pendant que Half Shell aboyait et aboyait sans cesse, en tournant en rond, en sautant du tonneau renversé pour y remonter aussitôt, et ainsi de suite.

Aujourd'hui, le karma de Bubba ne prenait pas une orientation favorable. Il avait acheté un sac de grosses billes blanches et un pot de peinture jaune fluorescente. Toutes ses tentatives pour percer des trous dans les billes se soldaient par un échec. Elles n'arrêtaient pas de s'échapper de l'étau, et, quand il serrait plus fort les mâchoires, les billes se brisaient. Quant au foret, il dérapait à chaque fois et finissait par casser, lui aussi. Cela continua ainsi, sans aucune amélioration, jusqu'à ce que Bubba ait une idée de génie.

Un peu après 15 heures, Honey glissa la tête à l'intérieur de l'atelier, avec une expression inquiète sur le visage.

— Mon trésor, tu n'as rien mangé de la journée.

— J'ai pas le temps.

— Tu as toujours le temps pour manger, mon chou.

— Pas maintenant.

Elle aperçut ce qui restait de son collier de grosses perles favori sur l'établi.

— Qu'est-ce que tu fais, trésor ?

Elle osa pénétrer de quelques centimètres à l'intérieur de l'atelier. Les perles étaient en liberté, et Bubba élargissait les trous avec un foret de 12.

— Bubba ? Qu'est-ce que tu fais avec mes perles ? C'est mon père qui me les a données.

— C'est des fausses, Honey.

Bubba introduisit une ficelle noire dans une des perles et fit un nœud serré de l'autre côté. Il fit la même chose avec une autre perle, puis attacha ensemble les deux morceaux de ficelle, à une dizaine de centimètres des perles. Lentement, il les fit tournoyer au-dessus de sa tête, à la manière d'un lasso. Satisfait du résultat, il entreprit de poursuivre la fabrication.

— Rentre à la maison, Honey, dit Bubba. C'est une chose que tu n'as pas besoin de voir, ni de raconter aux gens.

Honey hésitait sur le seuil de l'atelier, dubitative et inquiète.

— Tu ne fais pas quelque chose de louche, j'espère ? osa-t-elle demander.

Bubba ne répondit pas.

— Je ne t'ai jamais vu faire quelque chose de louche, trésor. Tu as toujours été l'homme le plus honnête que je connaisse, si honnête que tout le monde profite toujours de toi.

— J'ai rendez-vous avec Smudge chez lui à 18 heures, et on va à Suffolk.

Elle savait ce que ça voulait dire.

— Au Dismal Swamp ? Oh, je t'en supplie, Bubba, ne me dis pas que tu retournes encore là-bas.

— P't-être bien qu'oui, p't-être bien qu'non.

— Pense à tous ces serpents.

Honey frissonna.

— Des serpents, y en a partout, dit Bubba, qui avait la phobie des serpents, et pensait que personne ne le savait. On peut pas passer sa vie à avoir peur des serpents, déclara-t-il.

Smudge possédait un atelier, lui aussi, beaucoup mieux agencé que celui de Bubba, et équipé uniquement avec le matériel indispensable. Il avait un établi, forcément, une boîte à onglets, des scies égoïnes et à métaux, un rabot, un tour à bois et un aspirateur. Smudge n'aimait pas beaucoup les serpents, lui non plus, mais il faisait appel au bon sens.

Le temps avait été exceptionnellement chaud pour la saison. Les mocassins d'eau devaient s'agiter dans le Dismal Swamp, et par conséquent Smudge n'avait aucune envie d'aller chasser le raton laveur là-bas. Il vaudrait mieux aller à Southampton Country, mais sans doute pas pour Bubba. Penché devant son établi, Smudge collait à la superglu la sonnette d'un véritable crotale au bout de la queue d'un long serpent en caoutchouc. Il accrocha le serpent à un simple hameçon, auquel étaient attachés sept mètres de fil invisible.

21

Smudge chargea la niche à l'arrière de son Dodge Ram V10, prêt pour la chasse au raton laveur.

— Allez, monte, Tree Buster[1] !

Le chien de chasse tacheté ne se fit pas prier pour sauter à bord du véhicule et rentrer dans sa niche. Tree Buster était né pour courir après les ratons laveurs et les obliger à monter dans les arbres, et il ne faisait rien d'autre dans la vie, à part manger. Tree Buster était un champion de concours. Il avait un aboiement de corne de brume, très puissant ; il était ce qu'il y avait de mieux pour un chien de chasse aux ratons laveurs, à moins de chasser dans la montagne, où un timbre plus aigu portait plus loin.

Smudge était très fier de Tree Buster, et il le nourrissait avec des aliments déshydratés Sexton, qu'il commandait dans le Kentucky. Tree Buster possédait des pattes de félin, puissantes, et de bons muscles, ses oreilles descendaient jusqu'au bout de sa truffe, il mordait avec force et sa queue se dressait comme un sabre. Toutes ces qualités n'étaient pas exactement celles du chien que Bubba avait commandé, poussé par Smudge, grâce à une petite annonce parue dans *American Cooner*.

Bubba, lui, était convaincu d'avoir fait une bonne affaire. Le chien était déjà dressé, et son père n'était autre que Thunder qui avait figuré en très bonne place dans un certain nombre de compétitions de chasse. Bubba avait acheté ce chien 3 000 dollars, sans même le voir, sans savoir qu'il avait été dressé pour chasser les coyotes, les cerfs, les ours et les

1. Littéralement « Dénicheur d'arbre ». *(N.d.T.)*
2. *Thunder Clap* : Coup de tonnerre. *(N.d.T.)*

lynx. Il était particulièrement doué pour flairer les tatous, que les gars appelaient *possum on the half*

Bubba gara sa Cherokee dans l'allée de Smudge. Il récupéra la niche à l'arrière et la chargea à bord de la camionnette de Smudge. Half Shell cessa alors d'aboyer. Sa queue battait furieusement.

Bubba balança à l'intérieur ses cuissardes, sa lampe frontale, sa torche électrique, ses gants, sa veste Barbour imperméable, un téléphone portable, une boussole, un Bucktool et un couteau Spyderco à cran de sûreté. Il déposa son sac à dos par terre, devant son siège. Le sac contenait un tas de choses, dont des sandwiches au fromage, des Kool-Aid, son Colt Anaconda et des petits trucs.

— T'es paré pour affronter une tempête de neige, on dirait, commenta Smudge, tandis qu'il descendait l'allée en marche arrière.

— On sait jamais ce que nous réserve le temps à cette époque de l'année, répondit Bubba.

— Il fait chaud. Je me demande si on devrait aller au Dismal Swamp. Ça doit grouiller de serpents, là-bas.

Bubba fit comme si cela lui était complètement égal, alors que tous ses poils se dressaient sur son corps.

— On en parlera chez Loraine, dit Bubba.

Ils traversèrent le « pays de la cacahouète », les étendues de paillis et les sinistres parcelles de terres agraires qui venaient d'être labourées. Presque rien n'avait changé à Wakefield depuis des années, à l'exception du nouveau radar 88-D Doppler des services de la météorologie nationale. Cette installation qui ressemblait à un gigantesque château d'eau high-tech avait déclenché des superstitions parmi ses voisins, qui n'avaient aucune envie d'avoir cette chose près de leurs jardins.

Ainsi, Bubba avait éprouvé un sentiment étrange en voyant apparaître le dôme au-dessus de la cime des arbres. Évidemment, il savait bien que ce radar servait à suivre les déplace-

1. Littéralement : opossum « dans sa coquille », par référence à un célèbre plat du Sud, *oysters* (huîtres) *on the half shell*.

ments des formations orageuses, à calculer la direction du vent et à prévoir les risques de tornades au niveau national. Mais il était persuadé qu'il y avait autre chose. Les extraterrestres étaient dans le coup. Peut-être utilisaient-ils ce radar pour communiquer avec le vaisseau mère, où qu'il se trouve, dans quelque repli de l'espace-temps ou quelque plan de réalité. Car, après tout, les extraterrestres avaient bien été envoyés ici par quelqu'un. Il fallait bien qu'ils appellent chez eux.

Fut un temps où Bubba aurait peut-être confié sa théorie à Smudge, mais plus maintenant. Quand ils passèrent devant l'autel de l'Enfant Jésus de l'église de Prague, Bubba n'eut pas envie de tendre l'autre joue. Et quand ils passèrent devant la maison funéraire Purviance, Bubba sentit naître en lui de sombres pensées concernant la longévité de Smudge. Quand ils pénétrèrent dans Southampton Country, où des buses posées sur la route cherchaient un casse-croûte, Bubba songea à toutes les fois où Smudge lui avait tondu la laine sur le dos, depuis l'époque de leur amitié au catéchisme.

Juste après les marécages, le restaurant *Chez Loraine* offrait un service « Rapide et chaleureux » ; une enseigne au néon, sur la devanture, proclamait : CR VETTES FR TES HUIT S & P NCES DE CR BES 13.25 $, avec une flèche clignotante qui désignait le petit bâtiment couleur crème orné de rouge. Le parking était en fait un ancien relais routier, avec des empilements de gravier et des terre-pleins où se trouvaient autrefois des pompes à essence et à diesel. Un train reliant Norfolk passa dans un grondement derrière le restaurant, tandis que Bubba et Smudge se garaient et passaient devant les vitres, où étaient suspendus des jambons Smithfield.

Chez Loraine était un des lieux de prédilection des chasseurs de ratons laveurs, même s'il y avait moins de monde en dehors de la saison de chasse, ce qui n'était pas pour déplaire à Myrtle, la caissière. Elle pouvait comprendre, sans doute, qu'on tue des ratons laveurs dans le temps, quand les peaux se vendaient jusqu'à 20 dollars pièce. Mais à quoi bon se donner cette peine maintenant que le prix était tombé à 8 dollars ? Les bêtes abattues par les gars restaient généralement dans les bois.

Myrtle était toujours contente de voir Smudge et Bubba.

Ceux-là chassaient pour le plaisir d'entraîner leurs chiens, apparemment. Ils tuaient des ratons laveurs uniquement quand il était important de remotiver les chiens, de leur faire croire que, s'ils parvenaient à acculer un animal en haut d'un arbre, ils pourraient peut-être le tuer. Myrtle ne pouvait compter le nombre de fois où les chasseurs de ratons laveurs débarquaient au restaurant, en tenue de camouflage, couverts de sang. Les gars fumaient et chiquaient. Ils commandaient des litres de café chaud, des huîtres et des crevettes frites à volonté, des Captain's Platters et des pâtés de viande.

Les tables recouvertes de plastique étaient désignées par des numéros de bingo. Bubba et Smudge choisirent la B4, avec son sympathique message : « Revenez nous voir très vite. » Bubba farfouilla dans le petit panier en osier de la table A1, contenant des sachets de sauce Worcestershire et Tabasco, de sucre et de confiture, pour voir si des paquets de gaufrettes ne s'y cachaient pas. Au plafond, un ventilateur tournait lentement. Smudge et Bubba parcoururent la liste des plats du jour sur l'ardoise, à côté d'une pancarte disant : « Nous nous réservons le droit de refuser de servir un client. »

— Jouons cartes sur table, Bubba, dit Smudge, en ôtant sa casquette Ducks Unlimited. Combien ?

— Combien tu veux ?

Bubba essayait d'adopter un air macho, plein d'assurance, mais, intérieurement, il tremblait comme de la Jell-O.

— 500, dit Smudge, en observant attentivement Bubba pour guetter sa réaction.

— Je monte jusqu'à 1 000, dit Bubba, qui sentit son estomac se glacer.

— Tu parles sérieusement, mon pote ? Ou c'est juste du baratin ?

— Je les ai dans ma poche.

Smudge secoua la tête.

— Ton vieux clébard a expédié une poule au sommet d'un poulailler, et une chèvre sur une souche. La seule fois où il a coursé un raton, il l'a fait grimper en haut d'un poteau télégraphique. Il ne veut même pas traverser la flotte, il reste devant, à gueuler, quand il n'est pas fourré dans tes pattes. Half Shell vaut même pas le plomb pour le flinguer, Bubba.

— On verra, dit Bubba, au moment où Myrtle venait prendre leur commande, son carnet à la main.

— Vous avez fait votre choix, les gars ?

— Thé glacé, crevettes et huîtres frites, dit Bubba.

— Une portion ou à volonté ?

— À ton avis ?

Myrtle rit de bon cœur, en mâchant son chewing-gum.

— Et toi, Smudge ?

— Pareil.

— Avec vous, c'est pas difficile, dit-elle, en ôtant les miettes qui jonchaient leur table, avant de retourner en cuisine.

— Alors, on va où ? demanda Bubba.

— On va commencer au croisement de la 620 et de la 460, par là-bas, dit Smudge en désignant la direction en question. Et hop, on remonte vers la gauche, au milieu de nulle part. Y a juste des chemins de terre, la forêt et des ruisseaux. Je suis allé jeter un coup d'œil au Dismal Swamp, ça te donne pas envie d'y faire un tour, crois-moi. Apparemment, quand il fait chaud dans la journée, ça grouille de serpents, on dirait des vers de terre, y en a partout. La nuit, quand ça se rafraîchit, on roule dessus, comme des brindilles sur la route.

Bubba avait du mal à respirer.

— Ça va pas, vieux ? demanda Smudge.

— C'est mes allergies. J'ai oublié de prendre mon Sudafed.

— Probable qu'il y aura moins de serpents là où on va, reprit Smudge. Et si on en voit un, tant pis. Ils ont plus peur de nous qu'on a peur d'eux, de toute façon.

— Qui a dit ça ? s'exclama Bubba. C'est un serpent qui l'a raconté à quelqu'un ? C'est comme dire que les chiens n'ont pas le sens du temps. Est-ce que quelqu'un a demandé à Half Shell si c'était vrai ? J'ai entendu des histoires de serpent qui te remonte dans le froc. T'appelles ça avoir peur ?

— C'est juste, dit Smudge, songeur. J'ai entendu dire ça, moi aussi. Et j'avoue que j'ai entendu aussi des histoires de serpents qui pourchassent des gens, et de cobras qui te crachent dans l'œil, mais je pourrais pas te dire si c'est vrai ou pas.

Divinity essayait de calmer Smoke et de le faire sortir de son humeur dangereuse. Mais quand il se mettait dans cet état, mieux valait ne pas vociférer et fulminer si elle ne voulait pas avoir droit à une correction.

— Je veux pas qu'il t'arrive un sale coup, voilà tout, baby, dit-elle, encore une fois, tandis que Smoke roulait à toute allure sur l'autoroute Midlothian, tournant le dos à ce taudis qu'il appelait un « clubhouse », et où il avait maintenant entreposé un arsenal suffisant pour éliminer un poste de police tout entier.

— Si je le retrouve, il est mort !

Wu-Tang jouait *Severe Punishment*. Smoke monta le son.

— Qu'est-ce que je lui avais dit de faire, hein ?

Il foudroya Divinity du regard.

— Tu lui as dit de peindre la statue, répondit-elle d'une voix calme, en observant tout de même les mains de Smoke, pour s'assurer qu'il ne les approchait pas d'elle.

— Ouais, je lui ai dit de la peindre, mais dans le sens *dégrader*, dans le sens *bousiller* ! (Smoke serra le volant de toutes ses forces.) Je savais bien que j'aurais dû rester pour le surveiller. Ah, putain ! Merde ! Ce connard dessine un petit poiscaille bleu à la con, et le monde entier croit qu'il y a un rapport avec cette saloperie de poisson virus ! Qu'est-ce qu'on y gagne, nous, hein ? Où est-ce que c'est signé les Piranhas ?

— On dirait qu'on n'a rien gagné, baby.

Divinity s'était pétrifiée à l'intérieur ; elle attendait que jaillisse la bête qui se trouvait en lui.

— Eh bien, je vais remédier à tout ça, et tu sais comment ?

— Non, baby, dit Divinity en lui massant la nuque.

— Me touche pas ! (Smoke la repoussa brutalement.) Mon cerveau travaille.

À cette heure, la salle de rédaction était laissée aux mains d'une certaine espèce, les poissons troglodytes du journalisme, ceux qui dormaient quand il faisait jour et observaient l'existence à ses heures les plus sombres. Artis Roop n'avait aucun horaire.

Débordant d'énergie, presque enragé, il se déchaînait sur les « fumoirs », la piscistéria et ce même poisson bleu peint de manière discrète sur le socle de Basketball Jeff. Il n'y avait pas de nouvelles révélations. Roop ne faisait que remodeler des informations anciennes, et il le savait. Mais il ne se passait rien d'autre, à part toujours les éternelles fusillades entre dealers, et les éternelles luttes au sein du conseil municipal.

— Merde.

Il se renversa dans son fauteuil et s'étira, faisant craquer sa nuque de droite à gauche.

— Tu as un truc pour la dernière édition ? lui lança Outlaw, la rédac'chef.

— Je suis dessus.

— C'est gros ?

— J'ai quoi comme place ? demanda Roop.

— Ça dépend de ce qu'on reçoit par Télex.

Roop s'apprêtait à avouer qu'il n'avait rien qui vaille tripette, quand son téléphone sonna.

— Roop, j'écoute.

— Qu'est-ce qui me le prouve ?

— Hein ?

— Comment je peux savoir que vous êtes bien Roop ? demanda la voix d'homme, brutale.

— C'est une farce, ou quoi ?

Roop était sur le point de raccrocher.

— Je suis le gars du poisson bleu.

Roop ne dit rien. Il ouvrit rapidement son carnet.

— Vous avez déjà entendu parler des Piranhas ?

— Non, avoua Roop.

— À votre avis, qui c'est qu'a peint cette putain de statue ? Et il représente quoi, ce putain de poisson ?

— Un piranha ? (Roop était fasciné.) Ce poisson est un piranha ?

— Vous avez tout pigé.

— On a suggéré qu'il s'agissait du symbole de l'État, une truite, dit Roop.

— Non, c'est pas une truite, et vous feriez mieux de faire gaffe, car les Piranhas vont s'occuper d'un tas de trucs qui se passent dans cette putain de ville.

— On peut donc dire que les Piranhas sont un gang ? demanda Roop.

— Non, ducon, on est une troupe de majorettes !

— Pas de problème, alors, si je compare les Piranhas à un gang dans mon article. Qui êtes-vous ? demanda Roop, sur la pointe des pieds.
— Votre pire cauchemar.
— Non, pour de vrai.
— Le chef. Je suis tout ce que je veux, et je fais tout ce que j'ai envie de faire. Cette putain de ville a encore rien vu. Vous pouvez imprimer ça en rouge. Souvenez-vous des Piranhas. Vous entendrez encore parler de nous.
— Mais pourquoi un joueur de basket ? Et ce tag de poisson a-t-il un rapport avec le virus informatique qui...
Roop n'obtint qu'une tonalité en guise de réponse. Il appela la police.

Les tables B3, B6, B2 et B1 s'étaient maintenant jointes à la conversation de Bubba et de Smudge.
— Attendez que je vous raconte ce qui m'est arrivé un jour, dit un vieux bonhomme en bleu de travail. J'en ai trouvé un dans mes chiottes. J'ai soulevé le couvercle, et il était là, ce salopard, enroulé sur lui-même, avec la langue qui entrait et sortait.
— Oh, mon Dieu ! s'exclama une femme assise à la table voisine. Comment c'est possible ?
— À mon avis, il faisait chaud cet été-là, et il voulait se rafraîchir.
— Les serpents ont le sang froid. Ils ont pas besoin de se rafraîchir.
— Peut-être qu'il venait des égouts ?
— Un matin, de bonne heure, avant qu'il fasse jour, j'étais dans ma barque, pour chasser le canard, quand une saloperie de mocassin d'eau a sauté à bord, juste sur mon pied, je déconne pas. Il était au moins gros comme ça.
Il représenta un énorme cercle avec ses doigts.
— Chaque fois que tu racontes cette histoire, Ansel, la bestiole est de plus en plus grosse.
— Qu'est-ce que vous avez fait ? demanda Smudge, alors que Bubba restait muet dans son coin, pâle comme un linge.
— J'ai balancé cette saloperie d'un coup de pied, de toutes mes forces. Il m'est passé juste au-dessus de la tête, tout

frétillant ; je l'ai senti frôler mes cheveux, avant de retomber dans la flotte.

— Un jour, on en a eu un ici, dans le frigo.

Myrtle les rejoignit. Elle tira une chaise pour s'asseoir, comme si le service ne comptait plus.

— J'ai eu la trouille de ma vie, les gars. Apparemment, il se prélassait au soleil ce salopard, derrière, quand Beane est entré dans la glacière pour chercher un pot de cornichons. Il a dû passer tout près de cette horreur de serpent à sonnette, et aucun des deux n'a remarqué l'autre. Ce qu'on a supposé, après coup, c'est que le serpent était entré pendant que Beane avait laissé la porte ouverte, et il s'était retrouvé enfermé. Le lendemain matin, voilà bibi qui va dans le frigo pour prendre le bacon, et, au moment où j'ouvre la porte, où j'entre, j'entends un bruit de crécelle.

Myrtle marqua un temps d'arrêt, pour frissonner et fermer les yeux. Tout le monde était muet, pétrifié d'effroi, suspendu à ses lèvres.

— J'ai pas bougé, reprit-elle. J'ai regardé autour de moi, mais je voyais rien, et puis, j'ai entendu le bruit de crécelle encore une fois. J'avais compris ce que c'était. Un serpent à sonnette, ça fait un bruit particulier, et c'était bien ça que j'entendais, juste à côté des gros pots de salade de pommes de terre et de *coleslaw*.

Elle s'interrompit de nouveau.

— Où qu'il était ?

Le vieil homme en bleu de travail ne pouvait plus attendre.

— Je parie qu'il était en train de bouffer un rat dans un coin.

— On n'a pas de rats dans le frigo ! rétorqua Myrtle.

— Alors, où qu'il était, nom de Dieu ? demanda Smudge.

— À ça de moi.

Elle écarta ses deux index d'une douzaine de centimètres. Tout le monde laissa échapper un petit cri.

— Il était enroulé juste à côté du balai-éponge, avec sa queue dressée qui faisait un boucan d'enfer.

— Qu'est-ce que t'as fait, alors ? demanda le chœur.

— Eh bah, je me suis fait mordre, dit Myrtle. Là, au mollet gauche. Ça s'est passé si vite que j'ai quasiment rien senti, et le serpent a disparu comme un éclair. Je suis restée une semaine à l'hôpital, et vous pouvez me croire, j'avais la jambe tellement enflée qu'ils se demandaient s'ils allaient pas me la couper.

Tout le monde resta muet. Myrtle se leva.

— C'est bientôt prêt, dit-elle en repartant vers les cuisines.

Ruby Sink essaya pendant plusieurs heures de joindre Lelia Ehrhart au téléphone, mais quand le signal d'appel retentissait, la personne qui était en ligne décidait tout bonnement de l'ignorer.

Habituellement, la fébrilité et la solitude propulsaient Mlle Sink dans sa cuisine, même si elle n'avait personne à qui faire à manger désormais, excepté cet adorable jeune officier de police qui louait une de ses nombreuses maisons. Souvent, elle avait songé à l'inviter à dîner, mais elle n'avait pas le temps de préparer un grand repas.

Confectionner des sablés, c'était une chose. Cuisiner un rôti ou un poulet grillé, c'était une autre paire de manches. Tous ses conseils d'administration, toutes ses associations la minaient véritablement. C'était déjà un miracle qu'elle trouve le temps de préparer quelque chose pour ce garçon. Elle appela le pager de Brazil et laissa son numéro, en supposant qu'il était certainement occupé sur les lieux d'un crime.

Le message de Mlle Sink atterrit sur le pager d'Andy au moment où celui-ci frappait à la porte de chez Weed. Il n'avait pas fallu une longue enquête pour consulter l'annuaire de la ville et découvrir que c'était la famille Gardener, et non pas Jones, qui vivait dans la petite maison derrière l'hôpital Henrico-Doctor, où Andy avait déposé Weed la nuit précédente.

Quand Roop avait indiqué à la police qu'un gang baptisé les Piranhas revendiquait l'acte de vandalisme commis au cimetière, Andy avait compris que Weed était certainement impliqué dans une histoire grave et dangereuse.

— Il y a quelqu'un ?

Andy cogna contre la porte avec sa lampe Mag-Lite.

Virginia surveillait la porte de derrière et, après plusieurs minutes d'attente vaine, elle rejoignit Andy devant la maison.

— Il sait qu'on le cherche, dit-elle en rangeant son Sig .9 dans son holster.

— Peut-être, dit Andy, mais rien ne permet de supposer qu'il a deviné que l'on savait qui était son frère.

Ils retournèrent vers la voiture banalisée. Andy braqua sa lampe sur son pager pour lire le numéro qui était affiché. Il prit son téléphone. Mlle Sink décrocha aussitôt.

— Andy ?

— Oh, bonjour, dit Andy d'une voix suave, en repensant à la carte du fleuriste sur la table dans l'entrée de Virginia.

— On ferme le cimetière au public, lui annonça-t-elle sans préambule.

Virginia prit son temps pour ouvrir sa portière. Andy aurait parié qu'elle cherchait à savoir à qui il parlait.

— C'est une excellente idée, je trouve, dit-il.

— Il va falloir transporter la statue à l'atelier, ce qui n'est pas une mince affaire quand on pense au poids qu'elle pèse. Et en attendant de la sortir du cimetière, l'association a décidé d'en interdire l'accès à tout le monde, sauf pour les enterrements, évidemment.

— Quand ça ? demanda Andy à voix basse.

— Quoi ? fit Mlle Sink. Je ne vous entends pas.

— Maintenant ?

— Oh... (Mlle Sink semblait désorientée.) Vous voulez dire : est-ce qu'il est déjà fermé ?

— C'est ça.

— Oui. Dites, vous aimez le rôti à la cocotte ?

— Ah, c'est alléchant, murmura Andy, tandis que Virginia ouvrait sa portière d'un geste brusque.

— J'imagine que les jeunes gens d'aujourd'hui ne mangent plus de rôti à la cocotte. Ni de poulet rôti.

— Oh, si, si, dit Andy en contournant la voiture pour ouvrir sa portière et s'asseoir à la place du passager.

— Vous savez quel est le secret ?

Le moral de Mlle Sink était remonté en flèche.

— Une pincée de piment.

Virginia démarra en faisant rugir le moteur.

— Exactement ! s'exclama Mlle Sink. Comment le savez-vous ?

— J'ai déjà essayé. Et j'ai très envie de recommencer.

— Voilà qui est parlé. Je vous rappellerai et nous organiserons ça.

— Je l'espère, dit Andy. Il faut que je raccroche.

Virginia conduisait comme si elle détestait cette voiture et cherchait à lui faire du mal.

— Moi au moins, je ne passe pas des coups de fil personnels pendant le service, déclara-t-elle.

Andy ne dit rien. Il regardait par la vitre. Il inspira profondément et poussa un soupir. Il jeta un petit coup d'œil à Virginia ; ses sentiments étaient un mélange volatil d'euphorie et de chagrin. Elle était jalouse. Ça voulait dire qu'elle tenait encore à lui. Mais il ne pouvait pas supporter de lui faire du mal. Il faillit lui dire la vérité au sujet de Mlle Sink. Mais il repensa à la carte du fleuriste et se dit : *laisse tomber.*

Bubba n'était pas de bonne humeur, tandis que Smudge roulait à travers la nuit d'encre ; la voiture cahotait dans les ornières, projetant des gerbes de boue. Les étoiles dispensaient chichement leur lumière. Bubba regrettait d'être venu. Il se sentait affreusement mal. Il craignait de vomir.

— On n'a pas parlé des règles ! déclara Smudge d'un ton enjoué.

— Je croyais qu'on avait dit que c'étaient les mêmes que d'habitude, répondit Bubba, l'air abattu.

— Non. Je crois qu'il faudrait ajouter une clause d'abandon, proposa Smudge. Vu que l'enjeu est important et que c'est une compétition à un contre un.

— Je comprends pas.

Bubba sentait s'accumuler ses soupçons.

— Supposons que Half Shell fasse son numéro habituel de gueulard sans aucun flair, et qu'il se mette à aboyer au pied d'un arbre, alors que le raton est planqué dans un autre. Tu sais bien qu'il fait toujours le coup. Peut-être que t'auras envie de remballer au lieu de passer toute la nuit dans les bois. Pareil pour moi.

— Si j'abandonne, tu empoches les 1 000 dollars. Si t'abandonnes, ils sont pour moi. Si on abandonne tous les deux, on gagne rien ni l'un ni l'autre, résuma Bubba.

— T'as tout pigé, mon pote. On se donne cent vingt

minutes, avec cinq minutes de pause entre chaque secteur, selon les règles habituelles.

Bubba n'avait aucune idée de l'endroit où il se trouvait lorsque Smudge gara enfin la camionnette sur un chemin boueux, et descendit en laissant les phares allumés pour avoir de la lumière. Assis sur le pare-chocs arrière, ils enfilèrent leurs grandes bottes et leurs vestes.

— Merde, j'ai laissé mon Bucktool à l'intérieur, marmonna Bubba.

Il rampa jusqu'au siège du passager, à l'abri des regards de Smudge, et il sortit de son sac à dos les perles montées sur de la corde noire. Il les fourra dans une poche. Il sortit ensuite son Colt Anaconda .44. Ce n'était pas l'arme qu'il aurait choisie pour l'occasion, mais il n'avait plus rien d'autre. On lui avait tout volé. Il glissa le revolver monstrueux dans un étui en Nylon fixé à la ceinture, sous sa longue et large veste.

— Prêt ? demanda Smudge.

— Allons-y ! répondit Bubba courageusement.

Ils sortirent les chiens, qui se mirent à hurler et à aboyer, en agitant la queue ; Bubba et Smudge les retenaient à l'aide de grosses laisses en Nylon.

— Gentil chien, dit Bubba en pétrissant le cou de Half Shell derrière ses longues oreilles.

Bubba adorait son chien, quels que soient ses défauts. Il ressemblait à un beagle haut sur pattes, avec un poil étonnamment doux. Il adorait lécher les mains et le visage de Bubba. Celui-ci répugnait à l'envoyer dans ces bois. S'il se faisait mordre par un serpent, ou lacérer par un raton laveur, Bubba ne pourrait pas le supporter.

Smudge avait sorti son chronomètre. Bubba caressait Half Shell, en l'encourageant à dénicher un raton laveur, cette fois.

— Go ! s'écria Smudge, avant que Bubba ne soit prêt.

Weed courait dans le noir, en suivant Cumberland Street, jusqu'à ce qu'il approche de la passerelle de la I-95, au niveau de Cherry Street. De chaque côté se dressaient d'épais bosquets d'arbres et de buissons, dont l'accès était interdit par une haute clôture grillagée.

Weed s'avança dans l'herbe, jetant des regards furtifs à droite et à gauche lorsqu'il atteignit le grillage, à travers lequel il ne voyait rien tant la végétation était dense. Mais il se fichait presque de savoir ce qu'il y avait de l'autre côté. Et même s'il faisait une chute de cinq mètres, au milieu des voitures roulant à toute allure ? Que lui réservait la vie, à part tomber entre les mains de Smoke ?

Weed escalada le grillage et repoussa les branches qui lui cinglaient le visage, tandis qu'il redescendait péniblement de l'autre côté. Il retint son souffle lorsque ses pieds touchèrent le sol, et, à l'aveuglette, se fraya un chemin dans l'herbe haute, au milieu des broussailles, les bras tendus devant lui pour se protéger les yeux. Finalement, il se retrouva dans une sorte de clairière, où il aperçut un petit campement, et une silhouette assise au milieu ; une cigarette rougeoyait dans l'obscurité. Le cœur de Weed fit un bond dans sa poitrine.

— Qui est là ? lança une voix agressive. Bouge pas. Je vois dans le noir et je sais que t'es maigrichon et que t'as même pas d'arme !

Weed ne savait pas quoi dire. Il n'avait aucune échappatoire, à moins de rebrousser chemin pour tenter de repasser de l'autre côté de la clôture, ou de choisir de sauter par-dessus le mur pour atterrir sur la route.

— Qu'est-ce qui t'arrive, t'as donné ta langue au chat ? demanda l'homme.

— Non, monsieur... Je savais pas qu'il y avait quelqu'un... Je vais vous laisser.

— T'as pas d'endroit où aller. C'est pour ça que t'es ici, pas vrai ?

— Oui, monsieur.

— Laisse tomber ces conneries de « oui, monsieur ». Je m'appelle Pigeon.

— C'est pas votre vrai nom.

Weed osa s'avancer de quelques pas.

— Je me souviens plus de mon vrai nom.

— Pourquoi on vous appelle comme ça ?

— Parce que je les bouffe. Enfin, quand je peux.

Weed sentit son estomac se soulever.

— Et toi, c'est quoi ton nom ? Approche un peu que je te voie pour de bon.

— Weed.
— C'est pas ton vrai nom, dit Pigeon en singeant Weed.
— Si, justement.
Weed avait faim et soif ; le vacarme incessant des voitures l'effrayait. Le froid s'était abattu sur la nuit, et il tremblait dans son jean large et son maillot des Bulls. Pigeon alluma une autre cigarette, et Weed entrevit son visage dans le jaillissement de la flamme.
— Vous êtes vachement vieux.
— Plus vieux que toi, c'est sûr.
Il inspira profondément et garda la fumée.
Weed se rapprocha. Pigeon sentait mauvais, comme s'il avait commencé à pourrir sans être encore mort.
— Quand t'es ici depuis un moment, tes yeux recommencent à voir. T'as remarqué ? Je crois qu'y a un rapport avec toutes les lumières des voitures qui passent en bas, dit Pigeon. Tu m'as l'air de pas avoir plus de dix ans, toi.
— Quatorze ! répondit Weed, indigné.
Plongeant le bras dans un sac-poubelle, le vieil homme en sortit un reste de sandwich. Weed saliva, tout en sentant monter la nausée. Pigeon piocha de nouveau dans le sac, pour sortir cette fois une grosse bouteille de Coca à moitié vide. D'une pichenette, il lança son mégot dans la nuit.
— T'en veux ?
— Je mange pas et je bois pas ce qui vient des poubelles, dit Weed.
— Comment tu sais que ça vient des poubelles ?
— J'ai vu des gens comme vous récupérer des trucs dans les poubelles. Vous vous promenez avec des Caddie, et vous vivez nulle part.
— Je vis ici, dit Pigeon. C'est pas nulle part. Amène-toi. Je vais te montrer un truc.
Weed essaya d'ignorer l'odeur pour approcher de la couverture sur laquelle Pigeon était assis. Celui-ci plongea la main dans une poche de sa veste de treillis usée et sortit devant Weed un sac en plastique qui contenait quelque chose.
— Des crackers au beurre de cacahouète, commenta Pigeon de sa voix sèche, éraillée. Ça sort pas de la poubelle. Ça vient de la soupe populaire.

— Juré ? demanda Weed, dont l'estomac le suppliait de faire preuve d'un peu de bonne volonté.

Pigeon acquiesça.

— J'ai aussi une bouteille d'eau qu'est pas ouverte. Toujours la soupe populaire. Je peux bien partager avec un petit garçon perdu.

— Je suis pas perdu, rectifia Weed.

Bubba, si. À la seconde même où ils avaient lâché les chiens, Half Shell avait filé à travers les bois, dans une direction, tandis que Smudge et Tree Buster partaient dans une autre. Les chiens foncèrent au milieu des broussailles pendant dix bonnes minutes, avant que Half Shell ne se mette à aboyer, trois fois.

— TOUCHE POUR HALF SHELL ! beugla Bubba.

Les bruits de branchage cessèrent dans la direction de Smudge. Bubba se mit à courir, tant bien que mal, en cassant des branches pour pouvoir retrouver son chemin, enjambant les souches, pataugeant dans les rivières, balayant le chemin avec le faisceau de sa lampe. Il marchait d'un pas lourd en faisant du bruit, en espérant que s'il y avait un serpent dans les parages, celui-ci y réfléchirait à deux fois avant d'approcher de ce raffut. Son cœur cognait à tout rompre et il avait le souffle coupé, mais il continuait de suivre les aboiements de son chien.

Dressé sur ses pattes arrière, appuyé contre le tronc d'un vieux sapin, Half Shell aboyait et hurlait en agitant furieusement la queue lorsque Bubba apparut. Celui-ci était convaincu que son chien avait suivi la trace à l'envers, remontant vers l'endroit où le raton laveur était passé, au lieu de le pourchasser ; à moins qu'il n'ait découvert, une fois de plus, un arbre dans lequel il n'y avait pas plus de raton laveur qu'il n'y avait de canne à sucre sur un iceberg. Bubba braqua sa SuperSabre Lite étanche vers la cime de l'arbre, balayant les branchages de haut en bas, déçu, mais nullement surpris.

Il sortit de sa poche les deux perles peintes de couleur fluorescente et attachées à une corde, et les fit tournoyer au-dessus de sa tête. Il les lança le plus haut possible et poussa un soupir de soulagement en les voyant s'accrocher dans les branches du sapin, à mi-hauteur. Il braqua le faisceau de sa lampe sur les perles, qui brillèrent d'une lueur jaune, tels deux yeux de raton laveur. L'euphorie gonfla le cœur de Bubba, tandis que Half Shell continuait d'aboyer dans le vide, et que Tree Buster déboulait tout à coup, suivi de près par Smudge.

— TOUCHE POUR HALF SHELL ! hurla Bubba.

— Tu parles, dit Smudge, essoufflé et en nage.

— Regarde par toi-même.

Bubba pointa sa lampe sur les yeux jaune vif, tout là-haut dans les branches de l'arbre.

— S'il y a un raton, comment ça se fait que Tree Buster reste assis, sans essayer de l'attraper, lui aussi, dit Smudge, dont le chien regardait fixement devant lui, la langue pendante.

— Ça, c'est ton problème, mon pote, répondit Bubba. Tu peux pas dire que tu le vois pas.

— Si, si, je le vois, dut reconnaître Smudge. Cette saloperie de bestiole est tapie tout là-haut, dans une drôle de position. On dirait qu'elle est de traviole.

Bubba sortit sa carte de score.

— Cent points pour la touche, plus cent vingt-cinq pour l'arbre, annonça-t-il en inscrivant les chiffres dans la colonne « Arbre ».

Smudge avait un air maussade. Ils reprirent les chiens en laisse et marchèrent à travers les bois pendant cinq minutes. Smudge déclencha de nouveau le chronomètre et ils lâchèrent les chiens. Tree Buster s'élança en coup de vent, comme s'il savait où il allait. Half Shell, lui, s'enfonça d'une trentaine de mètres à peine dans la forêt, avant d'atteindre un ruisseau et d'aboyer, trois fois.

Bubba lança son cri de bataille :

— TOUCHE POUR HALF SHELL !

Tree Buster aboya trois fois, lui aussi, beaucoup plus loin.

— TOUCHE ! TREE BUSTER ! hurla Smudge.

Les deux hommes coururent vers leur chien respectif. Bubba faillit trébucher sur une racine, et il enfonça le pied dans un trou, en essayant de ne pas penser aux serpents. Si jamais Smudge découvrait le pot aux roses, songeait-il, celui-ci risquait de l'abandonner ici. Des chasseurs retrouveraient son squelette dans quelques années.

Half Shell continuait d'aboyer devant le ruisseau. Bubba le prit dans ses bras pour l'emporter de l'autre côté et le déposer au pied d'un gros chêne au tronc nu.

— Vas-y, aboie ! ordonna Bubba.

Half Shell était indifférent.

— Allez, vas-y ! supplia Bubba.

Half Shell restait assis, la langue pendante. Bubba poussa un soupir résigné. Plongeant la main dans sa poche, il en sortit une autre paire de billes et un sandwich au fromage, avec du pain de mie. Half Shell se mit alors à aboyer et à baver, car Bubba lui agitait le sandwich devant la truffe. Le chien devint fou. Bubba se dressa sur la pointe des pieds pour fourrer le sandwich dans un trou du tronc. Half Shell se mit à sauter pour tenter de l'attraper, en continuant d'aboyer et de hurler, tandis que Bubba expédiait une autre paire d'yeux dans les branches hautes d'un autre arbre.

Et ainsi de suite, jusqu'à ce qu'il ne reste plus que vingt minutes sur les deux heures de compétition. Bubba avait accumulé neuf cents points. Smudge aucun. Depuis trois quarts d'heure, il ne disait plus un mot. Il ne caressait plus son chien.

— Je propose qu'on arrête, dit Bubba. Tu pourras jamais rattraper ton retard, Smudge.

— Tant que c'est pas fini, c'est pas fini.

La dernière chance de Smudge, c'était que Bubba déclare forfait, qu'il abandonne avant la fin de la compétition. Smudge savait qu'il n'avait pas le choix, tandis qu'ils s'enfonçaient plus profondément dans les bois pendant la pause de cinq minutes prévue entre deux secteurs.

Discrètement, Smudge sortit de son sac à dos le serpent en caoutchouc ; il referma la main sur la sonnette pour ne pas qu'elle fasse de bruit pendant qu'il déroulait le fil invisible qu'il y avait attaché. Et il le lança au-dessus de la tête de Bubba. Le serpent atterrit à environ cinq mètres devant les pieds de Bubba.

— Putain, c'est quoi ça ? demanda Bubba d'une voix tremblante.

— C'était quoi ? demanda à son tour Smudge en tirant par à-coups sur le fil pour agiter la sonnette.

— Oh, mon Dieu ! s'exclama Bubba, totalement figé, braquant le faisceau de sa lampe sur un énorme crotale qui fonçait vers lui en se tortillant. AAAAAHHH !

Il se mit à courir dans tous les sens, en écartant sauvagement les pans de sa veste, tandis que le serpent le suivait en faisant des bonds, des cabrioles et en faisant tinter sa sonnette.

— Cours ! Cours ! lui criait Smudge, qui se précipitait aux endroits stratégiques pour placer son serpent.

Soudain, Bubba fit volte-face ; il tenait entre ses mains tremblantes son Anaconda .44 avec son canon de huit pouces et son viseur. Et il tira : une fois, deux fois, trois fois... Des morceaux de serpent volèrent dans tous les sens. Smudge plongea derrière un arbre mort, roula dans les broussailles, et dévala un petit talus pour finir dans la rivière.

22

Transi de froid et perclus de douleurs, Weed contemplait la ville, assis dans l'obscurité du campement malodorant qu'il partageait avec Pigeon ; celui-ci s'était endormi après avoir ingurgité un litre de Colt

Weed se demandait ce que faisait l'agent Brazil à cet instant, et si tout le monde était à sa recherche. Il se demandait également si la police avait découvert des choses qui pourraient lui causer des ennuis. Peut-être qu'ils lui feraient faire des gribouillis sur une sorte de détecteur de mensonges et qu'ils comprendraient alors que c'était lui qui avait peint la statue.

Pigeon avait partagé avec lui deux crackers au beurre de cacahouète. Il lui avait laissé boire quatre gorgées d'eau, en disant qu'il fallait l'économiser. Weed décréta que cette cachette était encore plus minable que le « clubhouse » des Piranhas, et il songea à sa jolie maison, aux bons petits plats, à son lit bien propre.

Il ne retournerait jamais chez sa maman. Sans doute même ne la reverrait-il jamais. Plus jamais il ne passerait un week-end avec son père, mais de cela, il n'en avait pas particulièrement envie, de toute façon. Weed serait obligé de vivre comme Pigeon, car les Piranhas le pourchasseraient sans répit. Il ne serait plus jamais libre. Son numéro d'esclave était là pour le lui rappeler, au cas où il oublierait.

Pigeon roula sur le côté et se réveilla, à peu près au moment où les effets de l'alcool se dissipèrent. Il fit gonfler le monticule de vêtements sales qui lui servait d'oreiller. Son bâillement était comme une poubelle ouverte, dont Weed sentait les effluves à deux mètres de là.

1. Alcool frelaté. *(N.d.T.)*

— Vous êtes réveillé ?
— Hélas.
— Comment ça se fait que vous vivez comme ça, Pigeon ? Vous avez toujours vécu de cette façon ?
— J'ai été môme moi aussi, comme toi. Puis j'ai grandi, et j'ai combattu au Vietnam ; en rentrant au pays, je voulais plus m'intégrer dans quoi que ce soit.
— Pourquoi ?
— À cause de ce que je ressentais. Ça a pas changé.
— Moi, c'est pareil, dit Weed. Peut-être que je vais rester tout le temps avec vous à partir de maintenant.
— Et puis quoi, encore ! s'exclama Pigeon, d'une voix qui fit sursauter Weed. On t'a déjà envoyé faire la guerre ? On t'a déjà arraché le pied, et une partie de la main ? T'es déjà allé dans un hôpital psychiatrique jusqu'à ce qu'on te foute dehors, parce qu'on pouvait plus te garder ? T'as déjà dormi dans la rue en plein hiver, avec juste un journal comme couverture ? T'as déjà bouffé du rat ?
Weed était horrifié.
— C'est vrai, vous avez eu le pied arraché ?
Pigeon leva sa jambe droite pour exhiber son moignon. Weed ne vit pas très bien car il était protégé par une chaussette, et l'aube était encore sombre.
— Comment ça se fait que vous étiez dans un hôpital psychiatrique ?
Weed en arrivait à la question la plus importante, en se demandant si, finalement, c'était une bonne idée de rester avec Pigeon.
— Parce que je suis fouuuuu.
Pigeon agita tout son corps en roulant des yeux.
— Non, c'est pas vrai, dit Weed.
Il repensa à la clôture, en se demandant s'il pourrait la franchir rapidement.
— Si, si, je t'assure. Des fois, je vois des choses qui sont pas vraies. Surtout la nuit. Je vois des gens qui m'attaquent avec des couteaux, des armes. Ça gicle de partout : des bras et des jambes coupés, le sang. Ils ont un tas de noms pour ça, mais à l'arrivée, ça change rien, Weed. Tu peux appeler ça comme tu veux, c'est toujours la même chose.
Pigeon sortit un autre mégot de cigarette de sa poche, et

quand il l'alluma, Weed aperçut sa main estropiée. Il n'en restait qu'un bout de l'index et le pouce.

— Pourquoi tu t'enfuis ? demanda Pigeon.

— Qui vous a dit que je m'enfuyais ?

— Je le sais.

— Et alors ?

— Les flics te recherchent ? Allons, sois pas timide, petit. Moi aussi, ils m'ont couru après une ou deux fois.

— Et même si c'était vrai ? répliqua Weed.

— Hmm. (Pigeon recracha la fumée de son mégot ; sa respiration sifflait dans le noir.) Quelqu'un te court après, c'est sûr. Je parie que c'est un gamin comme toi. Peut-être que tu lui as piqué sa drogue, ou un truc dans ce genre.

— Non, c'est faux ! J'ai même jamais vu de drogue ! Il est devenu enragé simplement parce que j'ai pas fait ce qu'il voulait que je fasse.

— Vraiment enragé ? Comme s'il était capable de te faire du mal ?

Les yeux de Weed s'emplirent de larmes. Il les essuya rapidement, en espérant que Pigeon ne pouvait les voir.

— Ah, je comprends, c'est un de ces gamins *vraiment* mauvais. Ils tuent les gens pour le plaisir. C'est une nouvelle race. Et le pire, c'est qu'ils s'en tirent, le plus souvent.

La haine de Weed le brûlait, comme la cigarette incandescente coincée entre les lèvres de Pigeon. Celui-ci jeta son mégot, en secouant la tête d'un air affligé.

— Ces gamins, ils sont pires que tout ce que j'ai vu au Vietnam, reprit-il. Ils se trimballent avec des bombes sur eux. *Hé, salut, mon gars, comment ça va ?* Et BOUM ! Au moins, là-bas, on avait une raison. Et c'était pas une putain de partie de plaisir, tu peux me croire.

— Il m'a déjà fait du mal, plusieurs fois, avoua Weed. Il m'a obligé à entrer dans sa bande, et il m'a tatoué le doigt, alors que je voulais pas, et à cause de lui, je vais pas à l'école, je loupe les cours de dessin et les deux dernières répèt' de la fanfare ! Il sait où j'habite, en plus. Où que j'aille, il me trouvera et il me fera sauter la tête. Ce gars-là, il est pire que le diable !

Pigeon réfléchissait au problème :

— J'ai l'impression qu'il te reste une seule chose à faire,

déclara-t-il. Tu m'as dit que les flics te recherchaient *peut-être* ?

— Oui, ça se peut.

— Qu'est-ce que t'as fait ?

— J'ai peint une statue dans le cimetière.

— Laisse-toi attraper.

Weed ne comprenait pas.

— Pourquoi je me laisserais prendre ?

— Ils t'enverront au trou, et le diable ne pourra plus t'atteindre.

— Je veux pas aller en prison !

— Ils t'enverront dans un foyer pour les gosses, juste en face de la prison. On te filera des fringues, trois repas par jour, t'auras ta chambre, tu pourras jouer au basket, regarder la télé, aller en cours. Si tu veux un toubib, un psy, suffit de demander. Qu'est-ce que tu dis de ça ? Tu devrais écouter les gamins dans la rue. C'est des vraies vacances. *Hé, où t'étais passé, mec ? J'étais en vacances, mec !* Bande de petites ordures.

« Les gosses, y me foutent la trouille maintenant. Je me suis fait tabasser, dévaliser ; ils m'ont filé des coups de couteau, des coups de pied dans les couilles. Un jour, ils m'ont carrément fait cramer, nom de Dieu. Et qu'est-ce qu'on leur fait ? On les envoie en *vacances*, bordel de merde, pendant deux ou trois semaines. Ils ressortent aussi sec, en rigolant, et ils se pavanent dans les rues, les poches bourrées de liasses de fric.

— Je veux pas aller en vacances, dit Weed.

— Tu préfères mourir ?

— Non... Non, je veux pas.

— Alors, fais-toi boucler quelque part, avant que le diable t'attrape, dit Pigeon. Et le temps que tu sortes, peut-être que quelqu'un lui aura réglé son compte en premier. Les gars comme lui, ils font pas de vieux os.

À trois rues de là, plus au sud, dans Spring Street, Andy et Virginia inspectaient une partie du grillage qui entourait la dernière demeure des présidents, des gouverneurs, des héros de la guerre de Sécession, des grandes familles de Richmond, et plus récemment de tous les habitants qui souhaitaient se faire enterrer ici, tout en sachant, évidemment, que tous les emplacements avec vue sur le fleuve étaient déjà pris.

Le soleil du petit matin était encore emprisonné entre les doigts froids de la pénombre, dans une section reculée du cimetière de Hollywood, où le sol bas cédait la place aux ronciers et au cours d'eau. Virginia et Andy avaient découvert un trou dans la clôture, assez large pour offrir un accès dérobé à un adulte de taille moyenne. Mais l'accumulation de rouille permettait de penser que le grillage avait été découpé il y a plusieurs mois déjà, voire plusieurs années.

— Il n'est pas entré par ici, décréta Andy en examinant les environs.

Cette déduction irrita Virginia, principalement parce qu'elle ne l'avait pas faite la première.

— Je ne savais pas que tu étais inspecteur. Je croyais que tu étais attaché de presse, dit-elle.

— Je ne suis pas attaché de presse.

— D'accord. Journaliste, reporter, romancier, si tu préfères.

Andy repensa à l'éditorial qu'il devait rendre bientôt, et qu'il n'avait même pas commencé. Concernant la lettre d'information du site Internet, il ne pouvait rien faire non plus, vu que le système informatique était toujours bloqué sur la même carte de la ville, avec les poissons. En outre, Andy n'avait pas du tout réfléchi au manuel d'utilisation auquel il devait collaborer, mais cela n'avait aucune importance pour l'instant.

— Selon moi, déclara Virginia, il est évident qu'il a quand même pu entrer par là, facilement.

Andy franchit l'ouverture dans le grillage, en prenant soin de ne pas déchirer son costume et de ne pas se blesser.

— Tu as raison, dit-il. Tu viens ?

— Non. C'est ton pressentiment, pas le mien. Personnellement, je ne pense pas qu'il va revenir sur les lieux du crime, comme tu dis. Qu'est-ce qui te fait penser ça, d'abord ?

— Il a commis un geste très personnel et sentimental, expliqua Andy. Je crois qu'il ne pourra résister à l'envie de revenir voir son œuvre. Pour lui, cette statue n'est pas celle de Jeff Davis. C'est un monument dédié à Twister. Il doit se passer un tas de trucs dans la tête de Weed en ce moment, et j'ai bien l'intention de le retrouver avant que les Piranhas ne lui mettent le grappin dessus.

— Peut-être l'ont-ils déjà retrouvé.

Andy réfléchit à cette hypothèse en balayant du regard les pierres tombales penchées, si anciennes que les inscriptions n'étaient plus que des fantômes de mots, illisibles. Des arbres qui étaient déjà là avant la guerre de Sécession projetaient des ombres épaisses, et les feuilles bruissaient à chaque souffle de vent.

— Écoute, Virginia. Je vais rester ici un moment. Quand je déciderai de repartir, j'appellerai quelqu'un par radio pour qu'on vienne me chercher.

Virginia hésita. Andy sentait que ça l'embêtait qu'il décide de rester sans se soucier de la voir repartir seule.

— De toute façon... (Elle hésita encore un peu, avant de se montrer désagréable.) Tout ce que je peux dire, c'est que j'en reviens pas des problèmes qu'ils ont dans cette putain de ville ! Et ils vont dépenser une fortune pour ce putain de cimetière.

— En fait, répondit Andy qui s'était bien renseigné sur Richmond et ses environs, le cimetière de Hollywood est une société à but non lucratif, sans actionnaires, qui appartient à un grand nombre de personnes, pas à la municipalité.

— Ah, répliqua Virginia en s'éloignant à grands pas. On s'en fout.

Pas Lelia Ehrhart. Elle effectuait son huitième mandat au poste de présidente du conseil d'administration du cimetière de Hollywood, une occupation qui lui prenait très peu de temps, en vérité. La majorité des propriétaires de parcelles étaient morts, la réunion annuelle du conseil d'administration attirait peu de monde, les suggestions et les réclamations étaient rares.

Ehrhart n'avait jamais eu besoin de qui que ce soit pour ces réunions. Elle n'avait jamais eu besoin de l'opinion et des suggestions des autres. C'était elle, et elle seule, qui avait eu l'idée d'interdire dans l'enceinte du cimetière les pique-niques, les sandwiches, les boissons alcoolisées, les bicyclettes, le jogging, les motos, les skateboards, les Rollerblades, les camping-cars, les véhicules tractant des caravanes et les postes de radio. Ehrhart se dévouait avec passion pour le cimetière, qui jouait un rôle essentiel d'attraction touristique et célébrait des vies effacées, mais pas oubliées, surtout celles des personnes dont Ehrhart se prétendait parente.

— C'est plus grave que du vandale, déclara Ehrhart dans le salon privé du Commonwealth Club, où elle avait convoqué la réunion du conseil d'administration. C'est un front pour nos droits inaliénés, leur liberté et leur bonheur, pour notre civilisation même. Ces vandalistes, ces délinquants juvéniles impénitents à sang-froid qui se font appeler Piranhas ont désagradé tous ceux qui sont ici dans leur chez eux.

Cela n'incluait pas le chef Judy Hammer, car elle était originaire de l'Arkansas. Elle franchit au pas de course l'entrée entourée de lierre et grimpa les marches du vieux perron en brique du club historique et aristocratique, dont les femmes ne pouvaient être membres. Toutefois, elles avaient le droit, en tant qu'invitées de leur mari ou d'un ami, de jouir de toutes les installations, à l'exception du bar victorien, du grill, de la piscine, du gymnase, du hammam et du sauna, des courts de squash et de racquet-ball et des salons de lecture.

De telles restrictions laissaient indifférentes ces femmes dévouées à l'intérêt général qui se démenaient afin de former différents comités pour le bal du Bois et ses débutantes, pour soutenir les arts en organisant des ventes aux enchères de vins, de vacances, de bijoux et autres articles de luxe, préparer des réceptions de mariage ou l'exposition florale et horticole, des déjeuners avec la Fédération de Virginie des clubs botaniques, les Filles de la révolution américaine, ou les Filles de la Confédération, et évidemment, avec les familles en vue de Virginie et les épouses des législateurs.

Judy avait vingt minutes de retard. Elle fit irruption dans le hall en marbre, insensible au magnifique tapis d'Orient, au lustre en cristal antique, aux petits canapés en velours, aux miroirs dorés et au portrait grandeur nature de George Washington. Elle ne s'arrêta pas pour laisser son manteau au vestiaire, ni pour admirer les stupéfiants tableaux de Robert

E. Lee et Lighthorse Harry. Judy Hammer ne s'intéressait pas à un club fondé il y a cent huit ans par d'anciens officiers confédérés qui, à en croire leur charte originale, souhaitaient promouvoir les liens sociaux et entretenir une bibliothèque.

La porte de la salle de réunion au rez-de-chaussée était fermée. Judy l'ouvrit lentement, sans bruit, tandis que Lelia Ehrhart pérorait. Judy balaya du regard les visages du révérend Solomon Jackson, conseiller municipal ; du maire, Stuart Lamb ; du lieutenant gouverneur, June Miller ; du président de la Nations Bank, Dick Albright ; du directeur du *Richmond-Times Dispatch,* James Eaton ; et du président du Metropolitan Richmond Convention & Visitors Bureau, Fred Ross.

Les hommes jetèrent un regard en direction de Hammer. Plusieurs hochèrent la tête. Tous semblaient ne plus tenir en place, et sur le point de demander à Ehrhart de se suicider. Judy prit un siège.

— ... Ce n'est pas seulement et bien plus que la cité des morts, disait Lelia avec autorité. C'est le Walhalla des hommes du courage, qui ont transporté la Croix du Sud dans leur cœur mortel, en l'agitant pour la cause des droits de l'État, et se sont retrouvés enterrés pour terminer, dont beaucoup on connaît même pas, à Hollywood.

Ehrhart aurait été une blonde époustouflante sans quelques défauts physiques qui la rendaient encore plus désagréable qu'elle ne l'aurait été sans cela. En réalité, ses cheveux n'étaient pas aussi blonds qu'elle voulait le faire croire, et à mesure qu'elle vieillissait, ils fonçaient et exigeaient de fréquentes visites chez Simon & Gregory, le salon de coiffure. Et les longues heures de travail avec son professeur d'éducation physique personnel ne pouvaient rien contre son long cou, ses épaules étroites, sa poitrine menue, et ses hanches larges, soumis au code génétique.

Ehrhart couvrait tout cela de son mieux, exclusivement en Escada. Ce matin, elle resplendissait dans une jupe et un chemisier orange vif, agrémentés d'une paire de boucles d'oreilles, d'escarpins et d'un sac à main assortis. Judy, essoufflée et en nage dans son tailleur gris à fines rayures, trouvait que Lelia ressemblait à un cône de signalisation.

— Deux présidents et cinq gouverneurs reposent ici, prêchait Lelia. Sans oublier, également, les généraux de brigade Armistead, Gracie, Gregg, Morgan, Paxton, Stafford et Hill.

— Hill était général de division, fit remarquer, avec affabilité, le lieutenant gouverneur Miller. Et tous les généraux que vous venez de citer n'ont été enterrés à Hollywood que pendant un certain laps de temps. Autrement dit, ils ne sont plus ici.

Lelia avait trouvé ces sept noms au dos d'une plaquette où figurait la liste de tous les généraux des États confédérés d'Amérique, et elle n'avait pas remarqué, ni compris, la phrase entre parenthèses : *inhumés pour un temps.* De fait, c'est seulement à cet instant qu'elle comprit que son ancêtre supposé, le général Bull Paxton, faisait partie des sept héros de guerre dont les restes, lui apprenait-on soudain, avaient été déménagés de ce cimetière. Mais Lelia refusait d'être contredite.

— Je crois que je suis dans la raison.

Elle gratifia le lieutenant gouverneur d'un sourire glacial.

— Non, je ne crois pas, répondit celui-ci, d'une voix qui haussait le ton et ne trahissait de l'énervement que très rarement. Il y a vingt-cinq généraux à Hollywood, mais pas ces sept-là. Vous devriez peut-être vérifier dans votre plaquette.

— Quelle plaquette ?

— Celle que vous n'avez pas lue attentivement.

23

Bubba, Smudge, Half Shell et Tree Buster passèrent la nuit dans les bois. Ce n'était pas délibéré. Quand Bubba avait pulvérisé le serpent à sonnette en caoutchouc, Smudge avait exécuté un vol plané, et il s'était retrouvé avec une bosse à la tête.

Désorienté et confus, Smudge saignait légèrement. Conclusion, leur orientation dépendait entièrement de Bubba. En outre, il devait retenir à lui seul les deux chiens pour les empêcher de s'élancer à la poursuite d'un éventuel raton laveur.

— Attention à la racine, là, dit-il à Smudge, tandis que les deux hommes progressaient péniblement à travers des buissons et des arbres si denses que l'on aurait pu se croire dans la forêt tropicale, se disait Bubba.

— C'est encore loin ? bredouilla Smudge.

— On devrait pas tarder à y être, répondit Bubba.

Comme il le faisait depuis maintenant huit heures.

Smudge ne pourrait pas continuer à marcher bien longtemps. Heureusement, Bubba avait apporté à manger, malheureusement il avait fourré la moitié de son sandwich au fromage dans le trou de l'arbre. Ah, bon sang, il donnerait n'importe quoi pour ce sandwich. Au moins, l'eau n'était pas un problème. Cette saloperie était partout, et chaque fois qu'ils en rencontraient, Half Shell y plongeait les pattes et aboyait, si bien que Bubba était obligé de lui faire traverser les ruisseaux, dont certains étaient profonds et rapides. En vérité, la seule chose qui permettait à Bubba de continuer, c'était la colère.

— J'arrive pas à comprendre comment tu as pu faire un truc aussi dégueulasse, dit-il à Smudge, pour la centième fois.

Smudge était trop épuisé et désorienté pour répondre.

— J'aurais pu faire une crise cardiaque. T'as de la chance que je sois un type sympa.

Ils atteignirent un autre ruisseau, un simple filet d'eau, en vérité, mais pour Half Shell, c'était du pareil au même.

— J'en ai marre ! s'exclama Bubba en s'adressant aux chiens. J'en peux plus de vous traîner comme ça ! (Il détacha leurs laisses.) Allez, démerdez-vous !

Tree Buster fila comme une fusée, au milieu des fourrés, en aboyant trois fois pour signaler la présence d'un raton laveur dont tout le monde se foutait. Half Shell, lui, partit sur la gauche. Tous les deux ou trois pas, il se retournait vers Bubba, avec un regard insistant et affectueux.

— Quoi ? demanda Bubba.

Half Shell fit trois mètres en courant, puis se retourna de nouveau.

— Tu veux qu'on te suive, c'est ça ?

Half Shell aboya. Bubba et Smudge suivirent le chien durant trois quarts d'heure, pendant que Tree Buster pourchassait les ratons laveurs en se demandant pourquoi personne n'accourait. La brume s'élevait, le monde était silencieux, les premiers rayons du soleil filtraient à travers la voûte des arbres. Ce fut comme une sorte de miracle lorsqu'ils débouchèrent, soudain, dans une clairière : le 4 × 4 de Smudge était devant eux, sur le chemin boueux.

Il était indispensable que Pigeon s'aventure hors de son campement dès l'aube, afin d'éviter le tonnerre de l'heure de pointe, et, surtout, pour fourrager dans les containers à ordures avant qu'on ne les vide, derrière des restaurants qui ne rouvriraient que dans plusieurs heures.

Souvent, il découvrait des trésors inattendus, comme de l'argent, des bijoux et des *doggie bags* que des ivrognes laissaient tomber en retournant à leur voiture. Un jour, il avait même trouvé une montre Rolex, et il en avait tiré suffisamment chez le prêteur sur gages pour vivre heureux pendant plusieurs mois. Il avait découvert également un grand nombre de téléphones portables, de calculatrices et de pagers, et même un pistolet, une fois.

— Tu peux rester là si tu veux, dit-il à Weed.

Assis sur la couverture, Weed ne savait pas quoi faire. À la lumière du jour, sa situation lui paraissait encore plus dramatique, peut-être parce que c'était plus difficile de se cacher alors que le soleil le regardait droit dans les yeux.

— Y a forcément des endroits où le diable peut pas aller, dit Pigeon.

Weed réfléchit.

— Je crois qu'il oserait pas retourner au cimetière, dit-il.

Pigeon eut une idée.

— Est-ce que les gens laissent des trucs intéressants sur les tombes, des fois ? Du genre le plat préféré du défunt, son whisky, son vin, ses cigares... comme ils faisaient dans les pyramides ?

— Il faisait nuit quand j'y suis allé, répondit Weed. J'ai rien vu, à part les petits drapeaux qu'on voit partout. Mais c'est vachement grand, comme endroit.

Le monde, lui, n'était plus assez grand pour accueillir toutes les voitures, et c'était tant mieux pour l'agent Otis Rhoad. Il était presque 7 h 30 et l'heure de pointe venait de démarrer.

Bientôt surgiraient des milliers de voitures individuelles conduites par des automobilistes solitaires, indifférents à la déchirure de la couche d'ozone, jaloux de leur droit d'aller et venir à leur guise, où ils voulaient, à bord du véhicule qu'ils pouvaient s'offrir, chacun suivant son propre plan de vol.

Rhoad bloquait le volant avec son genou osseux, le temps d'allumer une Carlton menthol, un œil dans le rétroviseur, l'autre sur un feu tricolore bientôt au rouge, et sur le type dans la Camaro, à côté de lui, qui espérait bien passer au vert. Il y parvint. Rhoad était déçu.

Rhoad était grand et maigre ; il louchait légèrement et approchait de la soixantaine. Il avait grandi au sud du fleuve et, dans sa jeunesse, il rêvait de devenir disc-jockey à la radio, ou peut-être même chanteur.

Ça ne s'était jamais fait, et, après le lycée, il s'était engagé dans la police de Richmond. Durant sa première semaine au centre de formation, on lui apprit la répartition des fréquences et des zones radio, le bon fonctionnement des communications radio, les procédures appropriées pour transmettre des informations confidentielles, l'alphabet phonétique et, le plus important, les codes.

Quand enfin on le lâcha dans les rues, il accapara le micro avec opiniâtreté, aisance, précision et omniprésence. Il chevauchait les ondes radio comme le DJ qu'il n'était jamais devenu, et tous les autres policiers, les dispatchers et les standardistes du 911 redoutaient d'entendre son matricule et sa voix retentissante.

Tous détestaient sa sale manie qui consistait à prendre de vitesse ses collègues sur les ondes et à monopoliser tout le réseau de communication. On le surnommait « Rhoad Hog », « Moulin à paroles », et tout le monde espérait que sa hiérarchie le retirerait de la circulation pour l'expédier dans le silence des archives, du bureau d'accueil, du service de maintenance ou de la fourrière.

Mais les chefs de la police, au-dessus de Hammer, respectaient scrupuleusement les quotas, et Rhoad constituait à lui seul une brigade impitoyable à la poursuite des citoyens qui commettaient des excès de vitesse, empruntaient des sens uniques, grillaient des feux rouges et des stops, effectuaient des demi-tours là où c'était interdit, faisaient la course, conduisaient en état d'ivresse et ignoraient le gyrophare et la sirène de Rhoad.

À mesure que le temps passait et que la maturité faisait franchir à Otis Rhoad de nouvelles intersections de sa vie, celui-ci s'apercevait que, plus importante que sa guerre contre les violations du code de la route, il existait une maladie insidieuse qui devenait, de toute évidence, l'épidémie des temps modernes. Le monde manquait de plus en plus de places de stationnement.

Alors, il commença à punir ceux qui abandonnaient leurs voitures devant des parcmètres arrivés à terme, sur des emplacements réservés aux handicapés, ou dans des endroits encore plus égoïstes et inconvenants, comme les pelouses, les bas-côtés, les allées qui ne leur appartenaient pas, les commerces et les églises où ils n'allaient pas et les pistes cyclables. Il en vint à porter son carnet de contraventions en dehors des heures de service, surtout après que la municipalité avait adopté les parcmètres de vingt-quatre heures.

Rhoad tapota sa cigarette pour faire tomber la cendre et s'empara du micro. Dans exactement six minutes et quarante secondes, il serait 8 h 40, et le temps du parcmètre de l'agent Patty Passman arriverait à expiration.

Smudge souffrait peut-être d'une légère commotion cérébrale, mais il refusa de se laisser conduire à l'hôpital, et Bubba refusa de le laisser conduire. Bubba dut avouer qu'il n'avait jamais conduit un 4 × 4 aussi chouette que celui de Smudge, et, de nouveau, il ressentit cette amertume, un ressentiment qui le tenaillait depuis la nuit des temps. À sa manière, Smudge n'était pas différent de tous ceux qui s'étaient moqués de lui et l'avaient blessé toute sa vie durant.

— Tu parles d'un pote, murmura Bubba, car Smudge semblait endormi. Tu me vends cette Jeep de merde. Tu sabotes le poste 8 pour pouvoir gagner la compétition tous les mois. Tu payes pas tes paquets de clopes et tu me les vends.

— Hein ? T'as dit quelque chose ? bredouilla Smudge, tandis que Bubba pénétrait dans l'allée de Smudge, où il avait laissé sa Jeep pourrie la veille.

— Je crois que tu me dois mille dollars, dit Bubba.

Smudge reprit ses esprits tout à coup. Il se redressa sur son siège et cligna des yeux, en regardant autour de lui.

— Où on est ?

— Devant chez toi, répondit Bubba. Mais change pas de sujet, Smudge. J'ai gagné.

Il faillit ajouter *à la loyale*, mais il revit ses faux yeux de raton laveur briller dans les arbres.

— Gagné ? Gagné quoi ?

— Notre pari, Smudge.

— Quel pari ?

— Tu sais très bien de quoi je parle !

— Hein ? Quoi ? Je crois que je suis amnésique. Je ne sais même pas où on est. Je reconnais rien. Où on est, là ?

— Devant ta super-baraque de Brandermill ! (Bubba brûlait d'envie d'aggraver la commotion cérébrale de Smudge.) Celle avec la piscine et la Range Rover flambant neuve garée devant. Parce que tu te fous pas mal d'acheter américain, ou d'être fidèle à Philip Morris qui te paye pas assez pour vivre comme ça ! Alors, tu triches, tu mens, tu voles le monde entier !

Smudge s'énerva sur la poignée de la portière et faillit tomber du 4 × 4. Bubba fit descendre Half Shell, qui sauta à l'arrière de la Jeep. L'épouse de Smudge sortit en trombe de la maison pour aider son mari. Elle jeta à Bubba un regard lourd de menaces, tandis que celui-ci ressortait de l'allée en marche arrière. Il s'en foutait. Il ne s'arrêta pas pour expliquer ce qui s'était passé. Il traversa à toute allure le quartier chic où vivait Smudge, avec ses grandes maisons et ses jardins boisés. Il déboucha comme une fusée sur l'autoroute Midlothian et doubla tout le monde.

Bubba avait du mal à rester éveillé, ce qui ne l'empêchait pas de conduire de manière agressive. Pas question de laisser quiconque rouler dans sa voie. Si quelqu'un s'approchait trop près de son pare-chocs arrière, il ralentissait plus brutalement qu'il ne le faisait habituellement.

Il éteignit sa CB, car il n'avait plus de bon copain avec qui parler. Il ne réveilla pas Honey, car il la verrait bien assez tôt. Et il débrancha son téléphone pour éviter qu'il sonne.

À la hauteur du centre commercial Cloverleaf, il fut assailli par la malchance, ou peut-être par le mauvais karma. Cela commença par une femme tatouée pilotant une Harley-Davidson. Elle doubla Bubba dans un vrombissement d'enfer, entre deux voies ; ses longs cheveux blonds flottaient sous son casque rouge rutilant.

— Hé ! hurla Bubba, comme si quelqu'un pouvait l'entendre. Où c'est que tu te crois ?

La femme s'éloignait. Bubba accéléra. Il zigzagua au milieu des voitures, pied au plancher, pour la rattraper. Il s'engouffra derrière elle dans Oak Glen, en faisant crisser ses pneus, avant de revenir par Carnation et Hioaks Streets, en passant devant le siège du Département pénitentiaire de Virginie, pour descendre ensuite Wyck Street et se retrouver dans Everglades Drive.

Bubba était trop épuisé et de trop mauvaise humeur pour comprendre que la femme tatouée s'amusait avec lui. En débouchant de nouveau sur l'autoroute Midlothian à toute allure, Bubba négocia le virage de manière trop large, sans faire attention aux autres voitures. Les Klaxon mugirent. Les gens lancèrent des jurons. Une vieille femme au volant d'une Toyota Corolla pointa le doigt sur lui, en mimant un pistolet, et elle fit le geste de tirer.

Une voiture de police jaillit dans le sillage de Bubba ; les lumières bleues et rouges du gyrophare clignotaient dans son rétroviseur. Cette fois, l'agent Budget fit hurler sa sirène pour obliger Bubba à s'arrêter, sur ce même parking de supermarché où ils s'étaient déjà rencontrés.

24

L'agent Patty Passman, affectée aux communications, était obèse ; ses cheveux grisonnaient prématurément et elle avait une vilaine peau. Elle était seule, asociale, souffrait d'hypoglycémie, mais elle n'était pas idiote. Elle savait, elle aussi, que la durée de stationnement de son parcmètre, dans la 10e Rue, allait bientôt expirer.

Si elle n'arrivait pas à sa voiture avant Otis Rhoad, celui-ci allait encore lui glisser une contravention sous le balai de son essuie-glace. Ça en faisait combien maintenant ? Une moyenne de deux PV par semaine, à 16 dollars l'unité ? Évidemment, elle serait plus tranquille dans le joli parking souterrain et sûr, une rue plus loin, mais il était complet aujourd'hui. Et dans ce cas-là, elle était obligée de se garer dans la rue, où Rhoad passait son temps à marquer les pneus à la craie et à traquer les parcmètres arrivés à expiration.

L'agent Budget reconnut immédiatement la Jeep Cherokee rouge, et il n'en crut pas ses yeux : il arrêtait la même voiture pour la deuxième fois, sur le même parking ! Ce type avait un problème, ou quoi ? Le faisait-il exprès ? Souffrait-il d'un dérèglement quelconque, comme ces gens qui tombaient toujours malades uniquement pour aller chez le médecin ?

La Jeep pénétra sur le parking du supermarché, devant la First Union Bank, comme la fois précédente. Budget descendit de voiture et s'approcha de la portière du conducteur. Bubba portait une tenue de camouflage. Il avait le regard vitreux et il était tout crotté. Un chien était enfermé dans une niche à l'arrière. Budget frappa avec sa radio à la vitre que Bubba abaissa.

— Descendez, dit Budget.
— Si ça ne vous ennuie pas, je vais juste vous filer mon permis de conduire et ma carte grise, comme la dernière fois, monsieur l'agent. J'ai passé toute la nuit perdu dans les bois, à chasser le raton.
L'insulte raciste était stupéfiante.
— Le moment est mal choisi pour dire ce genre de choses, monsieur Fluck, déclara Budget d'une voix glaciale. Combien vous en avez attrapés ? Vous les pendez aux branches ou vous les abattez directement ?
— On les coince dans les arbres, si on peut, répondit Bubba. C'est interdit de les tuer maintenant.
Budget ouvrit la portière d'un geste brusque et toisa Bubba. Il avait envie de lui filer une raclée. Et il se dit qu'il pourrait peut-être s'en tirer sans encombre, vu que c'était comme l'affaire Rodney King, à l'envers. Mais ils n'étaient pas en Californie.
— Une fois qu'on les a coincés dans un arbre... (Bubba parlait trop, car il avait les nerfs à fleur de peau), on leur braque une lampe dans les yeux. Évidemment, c'est le chien qui les trouve le premier, en fait. C'est le chien qui les suit à la trace.
Budget tourna la tête vers Half Shell. Le chien paraissait plutôt inoffensif.
— C'est quel genre de chiens, au juste ? Des pitbulls ? Des dobermans ? demanda Budget d'un ton haineux.
— Non, non, des chiens pour les ratons.
— C'en est un, celui-là ?
— Un des meilleurs.
Budget ne quittait pas des yeux Half Shell. Le chien le regardait tout aussi fixement. Soudain, il se mit à aboyer et tenta de sortir de sa niche.
— Restez assis au volant et ne bougez pas, dit Budget en s'éloignant de la Jeep à reculons. Si ce chien sort, vous aurez de sérieux ennuis.

Passman s'apprêtait à quitter son poste pour courir jusqu'à sa voiture, lorsque l'appel du 218 résonna dans ses écouteurs.
— Unité 218. Contrôle routier, annonça Budget.

— Je vous écoute, unité 218.

Passman jeta un regard angoissé à la pendule murale.

— 6800 Midlothian. B comme Bernard, U comme Ursule, B comme Bernard, 2 fois, A comme Adam, H comme Henry.

— 10-4, 218 à 7h48, répondit Passman, de plus en plus désespérée.

Bubba enfonça l'allume-cigares et remarqua alors le canon de son Colt Anaconda .44 Magnum qui dépassait de sous son siège. La peur le saisit. Il eut des sueurs froides. Il dissimulait une arme, pour laquelle il n'avait pas de permis.

Il donna un petit coup de pied dans le revolver pour tenter de le faire disparaître. Mais celui-ci résista à ses efforts, l'acier du canon scintillait à la vue de tous. Lentement, Bubba fit glisser sa main vers le plancher, mais son bras n'était pas assez long pour atteindre l'arme, à moins de se pencher ou de s'agenouiller par terre. Or, il savait que ce n'était pas une bonne idée de donner l'impression de cacher ou d'avoir caché quelque chose sous son siège.

Bubba continua de donner des coups de pied, jusqu'à ce qu'il comprenne que son gros calibre était coincé. Il imagina la manette du siège, ou une vis, ou peut-être un ressort à nu, appuyant sur la détente. Il imagina un morceau de tissu pourri pris dans le chien. Au moindre mouvement, le coup risquait de partir.

Andy aurait aimé pouvoir en faire autant. Il avait chaud. Les moustiques avaient commencé à s'intéresser à lui. Son envie d'aller aux toilettes était plus forte que le décorum, et il s'était finalement soulagé derrière des buissons d'azalées, non loin d'un ensemble de pierres tombales en forme d'arbres, très réalistes, censées évoquer les Forestiers du Monde entier.

Andy en avait assez d'attendre que Weed pointe son nez. Mais il ne pouvait supporter d'admettre que Virginia avait raison. Pire encore, il était obligé d'appeler le central pour se faire ramener. Cette idée était épouvantable. Tous les flics branchés sur la fréquence, et tous les gens possédant des scanners, sauraient qu'Andy était seul, et à pied, au cimetière de Hollywood. Il entendait déjà les plaisanteries. Il imaginait les ricanements. *Tiens, le beau gosse a décidé de faire le mort.*

— Unité 11, lança Andy sur les ondes.

— Je vous écoute, 11, répondit immédiatement Patty Passman.

— Position : cimetière de Hollywood. Besoin d'une unité pour 10-25.

— 10-4, 11, à 7h49. Appel à 5-6-2.

— Unité 5-6-2, répondit Rhoad.

Andy, qui avait reconnu le matricule du Moulin à paroles, tressaillit. *Non, par pitié, ne lui demandez pas de venir me chercher.*

La voix de Passman revint sur les ondes, tendue :

— 5-6-2. J'ai besoin de vous pour un 10-25 au cimetière de Hollywood. Urgent.

Par le passé, Passman avait déjà inventé de faux appels pour détourner Rhoad de sa voiture qui stationnait de manière illicite et cette fois il ne tomberait pas dans le panneau.

— Quel est votre 10-20 ? lui demanda Passman.

— Unité 5-6-2. Broad et 14e.

— 10-4, 5-6-2, à 7h50.

— Unité 5-6-2, répondit-il.

— 5-6-2.

— Unité 5-6-2. J'ai un petit truc à faire avant. Je peux 10-30 unité 11 avec un 10-26 estimé à 8h30.

Andy se fraya un chemin sur les ondes :

— Unité 11. Dispatcher, pouvez-vous envoyer une autre unité ? Je ne peux pas attendre aussi longtemps.

Paniquée, Passman jeta un regard à la pendule. Elle fourra frénétiquement l'autre moitié de son éclair au chocolat dans sa bouche.

— 10-10, unité 11, dit-elle à Andy. Toutes les unités sont 10-6.

— Vous pouvez 10-9 ça ?

— Toutes les autres unités sont 10-6, répéta-t-elle.

C'était un mensonge. Toutes les personnes branchées

savaient que le trafic radio était fluide pour l'instant, rien n'indiquait que toutes les autres unités, ni même la moitié d'entre elles, étaient occupées.

— 10-12.

Elle demandait à Andy de patienter.

— 11, dit Andy d'une voix où perçait l'irritation. 10-5 unité 5-6-2 et demandez son 10-20.

— 5-6-2. (Rhoad n'attendit pas qu'on lui transmette le message, car, de toute évidence, il avait entendu la question de l'unité 11, et il avait la possibilité d'intervenir directement.) 10-20 à Broad et 9e.

— Pouvez-vous me 10-25 maintenant ou pas ?

— 10-10. J'ai un arrêt avant.

— Dispatcher, pouvez-vous me trouver une autre voiture, je vous prie ? demanda de nouveau Andy.

— 10-10, 11. 5-6-2 est en route.

— 5-6-2. Je ne suis pas en route. J'ai un truc à faire d'abord.

Passman termina son éclair.

— J'ai besoin de quelqu'un pour me 10-25 très vite, dit Andy.

— 5-6-2. Impossible, 11.

Des micros se mirent à cliqueter sur les ondes ; d'autres flics voulaient ainsi montrer leur amusement et encourager Rhoad et Andy à poursuivre leur dialogue.

— Unités 5-6-2 et 11 ! s'écria Passman dans son micro d'un ton sec. 10-3 !

L'ordre donné par Passman d'*interrompre la liaison* provoqua un silence complet, mais temporaire.

— 5-6-2. (Rhoad ne pouvait plus s'arrêter. Il était accro.) Vous pouvez 10-9 ça ?

— 10-3.

Passman lui ordonna, pour la dernière fois, dans le langage secret des flics, de la fermer.

— Unité 11 ?

Rhoad ne pouvait s'en empêcher.

Il n'y eut pas de réponse.

— 11 ? répéta Rhoad aussitôt, précipitamment, pour tenter de prendre de vitesse l'agent Passman, qui avait la sale manie de lui couper la parole et de lui parler méchamment chaque fois qu'elle en avait l'occasion. Tout est 10-4 ?

— Non ! hurla Passman dans le micro. Tout n'est pas 10-4, unité 5-6-2 ! C'est *10-10* !

Ses mains tremblaient. Elle se sentait défaillir. Patty Passman enrageait contre cette municipalité qui n'offrait aucun parking à ses fidèles employés, comme elle, qui travaillait huit heures d'affilée dans la salle de radio sans fenêtre et mal éclairée, obligée de converser avec des ramollis du cerveau comme Otis Rhoad. Son taux de glycémie s'effondra. L'insuline chuta.

Son taux de glycémie n'était jamais tombé aussi bas. Sa vision s'obscurcit, et elle faillit s'évanouir quand elle se leva d'un bond, renversant son café. D'autres dispatchers répondirent à d'autres appels, tandis qu'elle sortait en trombe de la pièce.

L'agent Budget attendait depuis dix minutes que l'agent Passman revienne s'occuper de lui. Finalement, c'est à un autre dispatcher qu'il demanda d'effectuer un 10-27 et un 10-28 concernant la Jeep rouge de Bubba.

Budget fut déçu, mais pas étonné, d'apprendre que le permis de conduire de Butner U. Fluck IV était valable jusqu'en 2003, sans restrictions, et la Jeep était enregistrée au nom de la même personne, domiciliée en ville dans Clarence Street.

— Merde, dit Budget.

Il descendit de voiture et revint vers la Jeep, ravi de voir que Bubba semblait effrayé comme il convenait, pour une fois.

— Je vous dresse une contravention pour conduite dangereuse, déclara l'agent Budget d'un ton sévère, en s'efforçant de mettre encore plus mal à l'aise ce connard. Mais vous avez de la chance, ça pourrait être beaucoup plus grave. Monsieur Fluck, veuillez...

— S'il vous plaît, dit Bubba, en levant le bras comme s'il craignait de recevoir un coup.

— Ah, vous êtes enfin poli, c'est pas trop tôt, dit Budget en rendant à Bubba son permis de conduire et les papiers du véhicule.

Les petits pieds épais de Passman résonnaient bruyamment sur les marches métalliques usées tandis qu'elle remontait vers la rue en courant ; son cœur sursautait comme un cerf ou un canard sur lequel on tire. Sa poitrine se soulevait avec peine ; elle poussa et franchit la double porte vitrée.

Rhoad garait sa voiture de patrouille à côté de sa Fleetwood Cadillac blanche de 1989. La pointe de sa basket gauche New Balance se prit dans une fissure du trottoir. Elle trébucha, mais parvint à conserver son équilibre, en agitant les bras.

— Stop ! cria-t-elle à Rhoad qui approchait de sa voiture, son carnet de contraventions à la main, son stylo sorti. *Non !*

La petite horloge digitale indiquait clairement que le temps de stationnement autorisé était expiré.

— Désolé, dit Rhoad.

— Non, vous n'êtes pas désolé, espèce de salaud !

Passman pointa un doigt rageur sur lui, en essayant de reprendre son souffle.

Impassible, Rhoad nota le numéro du parcmètre, la marque du véhicule, le numéro d'immatriculation et la catégorie, *A* en l'occurrence, pour Automobile. Il glissa ensuite la contravention dans son enveloppe. Et il la glissa sous l'essuie-glace. Passman s'approcha, le regard noir, essoufflée, en sueur, le sang en ébullition. Elle le transperça avec deux petits yeux meurtriers.

— Je serais arrivée à temps pour déplacer ma voiture si seulement vous étiez capable de fermer un peu votre gueule dans la radio ! beugla-t-elle. C'est votre faute, bordel ! C'est toujours votre faute, espèce de sale connard de plouc décérébré, enfoiré de fils de pute à couilles molles, avec votre œil qui dit merde à l'autre !

D'un pas décidé, elle marcha vers sa Cadillac et arracha le PV de son pare-brise. Sous le nez de Rhoad, elle le roula en boule avec hargne et le fourra sous sa chemise d'uniforme impeccablement repassée, faisant tomber sa pince de cravate.

— Cette fois, c'est trop ! s'exclama-t-il, indigné.

Elle lui fit deux doigts d'honneur.

— Je vous arrête !

Les voitures ralentissaient ; les gens espéraient une bonne bagarre en ce mercredi matin insignifiant.

— Allez vous faire mettre ! hurla Passman.

— Vas-y, frangine ! lui lança une femme roulant dans une Acura.

Rhoad s'énervait avec les menottes accrochées à l'arrière de sa ceinture, tandis que Passman continuait à lui crier des obscénités. Son taux de glycémie continuait de sombrer dans une crevasse sombre d'irrationalité et de violence, et pendant ce temps, le public se rassemblait autour d'elle, pour l'encourager.

Rhoad la saisit par les poignets. Passman lui décocha un coup de pied dans chaque tibia et lui cracha dessus. Bredouillant de colère, il lui tordit le bras gauche dans le dos, tandis que Passman le frappait dans le cou avec son poing droit. Rhoad n'avait menotté personne depuis de nombreuses années, et, en voulant refermer le bracelet métallique, il coinça l'os du poignet de Passman. Elle poussa un cri de douleur, tandis que Rhoad continuait de s'acharner sur elle, et les mâchoires d'acier se refermèrent enfin sur son poignet, comme une morsure violente.

— Vas-y ! Vas-y ! cria quelqu'un dans une Corvette noire.

De sa main libre, Passman agrippa Rhoad entre les jambes et exécuta un mouvement de torsion.

25

Loraine, la petite-nièce de Ruby Sink âgée d'un an seulement, souffrait de fièvre et avait empêché sa mère de dormir toute la nuit.

— Pauvre bébé, dit Mlle Sink au téléphone. Tu la berces ? Tu lui as donné de l'aspirine pour nourrisson ?

— Oui, oui, répondit Frances, la nièce de Mlle Sink. Je ne sais pas quoi faire d'autre. Si je manque encore un jour de travail... Il y a un tas de gens dehors qui guettent ma place.

Mlle Sink entendait les braillements de Loraine au bout du fil, et elle imaginait le visage écarlate du bébé. Pas question de l'envoyer à la crèche. Mlle Sink n'accepterait pas que sa petite-nièce soit confiée à des étrangers ; en outre, elle ne voulait pas que Loraine contamine d'autres enfants.

— Je serais enchantée de la garder pendant que tu vas travailler, dit Mlle Sink. D'ailleurs, je parie que tu t'agites comme une forcenée pour essayer de te préparer, pendant qu'on parle.

— Oui, avoua Frances, au désespoir. Je n'ai même pas encore pris ma douche.

— J'arrive tout de suite. Je viens chercher Loraine, nous allons passer une journée formidable toutes les deux.

— Si la fièvre ne baisse pas, tu appelleras le docteur Samson ? Juste pour t'assurer que ce n'est pas grave ?

— Évidemment, ma chérie.

— Merci infiniment, tante Ruby.

— J'avais l'intention de sortir de toute façon, dit Mlle Sink. Il ne me reste que deux dollars dans mon portefeuille, et je dois de l'argent au jardinier, comme à la moitié de cette ville, j'imagine.

— Tu dis toujours ça, tante Ruby. C'est le disque le plus

rayé que j'aie entendu. Maman disait que tu étais la pauvre la plus riche qu'elle connaisse.

Mlle Sink éprouva une tristesse soudaine en songeant à sa sœur décédée. Elle n'avait plus personne au monde, hormis Frances et Loraine. Son esprit s'installa dans ces régions sinistres qu'elle ne supportait pas.

— Viens donc dîner à la maison après le travail, proposa-t-elle. En venant récupérer ton petit ange.

— Ça dépend de ce que tu prépares à manger, répondit Frances.

— Il se peut que j'invite ce charmant agent de police que je connais. C'est le jeune homme le plus beau que tu aies jamais vu, j'en suis sûre, et tellement gentil avec ça. C'est lui qui écrit des éditoriaux pour le journal. Il me loue ma petite maison de Plum Street.

— Lui ? Mon Dieu, j'ai vu sa photo. Il est trop jeune pour moi, tante Ruby.

— Allons, ne dis pas de bêtise ! Ce n'est plus comme dans le temps.

— Je ne l'intéresserai pas, voyons. Il est trop beau.

— Tu es mignonne comme une rose.

— Je suis plus âgée et j'ai un enfant, tante Ruby. Reviens sur terre.

— Je préparerai ma potion magique : mon poulet rôti au miel. Avec des grillés au fromage et des tomates vertes au vinaigre balsamique.

— Et où comptes-tu trouver des tomates vertes en cette saison ?

— Tu oublies que je fais des conserves, répondit Mlle Sink. Mais arrête un peu de parler, que je puisse me mettre en route.

Divinity, la petite amie de Smoke, fut la première à remarquer la Jeep Cherokee rouge abandonnée sur le parking du supermarché Kmart, à une trentaine de mètres de la First Union Bank.

— Hé, vise un peu ça ! dit-elle à Smoke. La Jeep qui est garée là-bas, y a personne au volant et le moteur tourne. Elle nous tend les bras, baby.

— Elle peut toujours attendre, on n'en veut pas, répondit Smoke.

L'esprit de Smoke suivait son chemin habituel ; il faisait appel à toute sa concentration. Il avait éteint Puff Daddy quand il avait récupéré Divinity au McDonald's de West Broad Street, où elle lui avait fait savoir par pager qu'elle l'attendait. Elle avait posé sa main sur sa cuisse, mais pour l'instant, ce n'était pas ça qui l'excitait ; il regardait l'antique Chevrolet Celebrity, conduite par une vieille femme, qui venait de s'arrêter devant le guichet automatique de la banque.

— Oh, non, gémit Divinity, me dis pas que c'est ça qui t'intéresse. Une vieille peau qui conduit un tas de ferraille ?

— Les gens qui conduisent des bagnoles neuves n'ont pas de fric, répondit Smoke, en observant la vieille femme qui fouillait dans son sac à main.

Il passa devant la Chevrolet, lentement, et gara l'Escort derrière la banque, à l'abri des regards.

— Va faire la queue derrière elle, ordonna-t-il.

— Pour quoi faire ? demanda Divinity. Je parie qu'elle va juste retirer vingt ou trente dollars. Je préfère me payer la Jeep.

Elle jeta un regard envieux à la Cherokee, en se demandant comment on pouvait être assez stupide pour la laisser comme ça, de nos jours. Smoke fit aller et venir sa main entre les cuisses de Divinity. Celle-ci gloussa et fit de même.

— D'accord, OK, dit-elle. C'est toi le chef, baby.

Assise dans sa voiture, Mlle Sink fouillait dans son sac en se sentant parfaitement en sécurité. Elle n'avait aucune raison de craindre de retirer de l'argent liquide à ce distributeur, car il était situé juste en face du parking du supermarché, qui ouvrait à 8 heures du matin. Il y avait déjà un grand nombre de voitures.

À l'arrière de la Chevrolet, Loraine était affreusement calme. Elle était sanglée dans son siège, chaudement vêtue, et pour le moment, elle ne pleurait pas. Mlle Sink descendit de voiture en continuant à fouiller dans son sac à main, à la recherche de son portefeuille. Son cœur se serra tandis qu'elle essayait de se rappeler dans quel endroit elle l'avait sorti pour la dernière fois, et si elle ne l'avait pas oublié. Sa mémoire n'était plus aussi bonne qu'autrefois, même si elle trouvait toujours des excuses pour le nier.

D'abord, elle ne prêta pas attention à la jeune femme qui vint se placer derrière elle et commença à vider son sac en jean délavé.

— Ah, je trouve rien dans ce machin, moi non plus, dit la jeune femme, en farfouillant bruyamment dans ses affaires. Ça me rend dingue !

Se retournant, Mlle Sink eut comme un choc. La jeune femme avait une apparence agressive avec sa jupe très courte, son débardeur noir moulant, sous un blouson aux couleurs des Chicago Bulls. Elle avait des anneaux dans les oreilles, dans le nez, et même dans un sourcil ; c'était la mode d'aujourd'hui. De l'avis de Mlle Sink, ce n'était guère différent des mutilations qu'elle voyait autrefois dans le *National Geographic.*

— Je ne sais pas où je l'ai mis, murmura Mlle Sink, irritée.

Elle jeta un regard à sa voiture, par-dessus son épaule, en espérant que l'aspirine pour nourrisson avait fait effet et que Loraine dormait. La jeune femme se rapprocha, et quelque chose s'éveilla soudain en Mlle Sink. Elle se sentait mal à l'aise. Aussi fut-elle soulagée de voir un beau jeune homme apparaître au coin de la banque.

— Vous m'en laissez, hein ? dit-il d'un ton enjoué.

Il était soigné de sa personne et bien habillé, dans le style ample et délavé, à la mode des Chicago Bulls. Mlle Sink lui adressa un petit sourire hésitant.

— Bonjour, madame, dit-il.

Mlle Sink n'aimait pas ses yeux, ils étaient pénétrants, comme s'ils vous dévisageaient, et il y avait en eux quelque chose qui s'adressait directement à elle, mais elle ne voulait pas écouter. La jeune femme se tenait sur le côté du distributeur, curieusement, comme pour échapper au champ de la caméra. Mlle Sink sentait monter sa peur. Elle voulait croire que ce jeune homme la protégerait.

— C'est la pire chose qu'on ait jamais inventée. Elle vous crache de l'argent comme si on jouait au Monopoly, dit le jeune homme, en demeurant, lui aussi, à l'écart de la caméra.

— M'en parlez pas, renchérit la jeune femme. Je passe mon temps à venir retirer du fric. Du moins, quand j'ai pas quelqu'un devant moi qui bloque tout !

À en juger par l'aspect de ce garçon, Mlle Sink se disait qu'il pourrait très bien vivre dans son quartier. Sans doute venait-il retirer de l'argent avant d'aller au lycée, et elle aurait parié qu'il fréquentait un de ces établissements privés comme Saint-Christophe ou le Collegiate.

— Hé, y en a qu'ont des choses à faire, dit la jeune femme d'une voix forte. (Elle faisait des grimaces, soupirait, regardait autour d'elle et levait les yeux au ciel.) Je vais pas passer la journée ici !

Elle foudroya du regard Mlle Sink.

— Je... je suis désolée, bredouilla la vieille femme, en continuant de fouiller nerveusement dans son sac. J'espère que je ne l'ai pas perdu. Oh, mon Dieu, mon Dieu.

— Si vous le trouvez pas, dégagez, la vieille !

— Oh, un peu de calme ! dit le jeune homme.

Il se rapprocha de Mlle Sink, mais en demeurant sur le côté.

— Cette dame était là la première, dit-il à la petite traînée.

— J'ai sorti ma Visa, je suis prête, moi. Divinity reçoit d'ordres de personne. À ton avis, pourquoi on m'appelle comme ça ? Parce que je suis aussi divine que Jésus, voilà pourquoi !

— Quel langage ! s'exclama Mlle Sink. Priez donc pour demander pardon.

— C'est vous qui devriez prier pour que je vous arrache pas la langue et que je vous l'attache pas autour de votre cou de vieille peau !

— Ça suffit ! s'écria le jeune homme.

— Va te faire foutre, beau gosse.

Mlle Sink tremblait comme une feuille quand elle retrouva enfin sa carte de crédit. Mais elle la laissa échapper aussitôt, et faillit perdre l'équilibre en la ramassant sur le trottoir. Son cœur cognait dans sa poitrine. La carte lui échappa de nouveau pendant que cette sale peste nommée Divinity poussait des soupirs outrés entrecoupés de jurons.

Mlle Sink parvint enfin à introduire sa MasterCard dans l'appareil, à taper son code et à répondre à toutes les questions. Elle sentait le parfum écœurant de Divinity dans son dos et sentait son âme maléfique, tandis que la machine crachait les billets de 20 dollars.

— Ça fait beaucoup d'argent, commenta Divinity d'un ton sarcastique.

— Laissez-moi tranquille, je vous prie, dit Mlle Sink d'une voix tremblante.

— Me dis pas ce que je dois faire, vieille salope ! s'écria Divinity d'un ton à vous écorcher vif.

— Venez, madame, dit le jeune homme, je vous accompagne jusqu'à votre voiture.

— Oh, merci, merci. (Mlle Sink faillit lui prendre la main.) C'est très gentil à vous. Je ne sais pas comment vous remercier.

Du coin de l'œil, Mlle Sink vit Divinity arracher un morceau d'épais ruban adhésif et le coller sur l'objectif de la caméra du distributeur.

— On devrait appeler la police, glissa-t-elle à l'oreille de son garde du corps, tandis que celui-ci lui ouvrait la portière.

Elle ne comprenait pas pourquoi il faisait le tour de la voiture et ouvrait également la portière du passager.

— Je vais faire un petit bout de chemin avec vous, pour être sûr qu'il n'y a pas de problème, expliqua-t-il, alors que Divinity traînait autour du distributeur de billets, sans doute pour agresser la prochaine personne qui aurait le malheur de venir retirer de l'argent, se dit Mlle Sink.

Elle se retourna vers Loraine. Dieu soit loué, elle dormait. Mlle Sink mit le contact et verrouilla les portières.

— Cette fille a une tête qui ne me revient pas, déclara le jeune homme. Souvent, les individus dans son genre opèrent par deux, comme des serpents. J'ai peur qu'elle ait un complice dans les parages. Ça me dit rien qui vaille, tout ça. Je parie que vous avez entendu parler de tous ces vols devant les distributeurs.

— Oui, oui ! s'exclama Mlle Sink. Grâce au ciel, vous êtes arrivé au bon moment ! Vous êtes mon ange gardien. Je ne connais pas votre nom, il me semble.

— On m'appelle Smoke.

— Oh, j'espère que vous ne fumez pas. Moi, je fumais dans le temps. Vous ne pouvez pas savoir comme c'était dur d'arrêter.

— Non, mon nom vient pas de là.

Mlle Sink fit une marche arrière, sous le regard aveugle de la caméra.

— On m'appelle Smoke parce que quand j'étais môme je faisais cramer un tas de trucs, dit-il entre ses dents serrées, tout en sortant le pistolet glissé dans son dos et en l'enfonçant dans les côtes de la vieille femme.

— Oh, mon Dieu ! s'exclama Mlle Sink. Oh, non...

— Continuez à rouler, ordonna Smoke d'un ton sec. Par là. Faites le tour du supermarché.

— Je vous en supplie, pour l'amour du ciel... Il y a un bébé dans la voiture. Prenez tout ce que vous voulez, et laissez-nous.

— La ferme, salope.

Smoke regarda Divinity déboucher, au volant de l'Escort, de derrière la banque où la voiture était cachée. Elle se faufila dans la file compacte de véhicules qui roulaient au pas vers le centre ; les premiers rayons de soleil se reflétaient sur les pare-brise. Soudain, il sentit une odeur de merde et de pisse, et il crut tout d'abord que ça venait du gosse à l'arrière.

— Ah, putain, dit-il en comprenant que sa victime avait perdu le contrôle de ses intestins et de sa vessie. T'as eu tort de faire ça.

— Je suis désolée. Je vous en supplie, ne...

— La ferme, salope. Tu conduis normalement, en restant bien sage, ou sinon je repeins l'arrière de la bagnole avec la cervelle du bambin, sous tes yeux.

— Prenez tout ! Mais ne lui faites pas de mal. Tout ce que vous voulez. Oh, par pitié !

— Ta gueule !

Mlle Sink pleurait si fort que ses dents s'entrechoquaient. Ils firent le tour du supermarché et allèrent se garer à l'endroit où l'asphalte cédait la place à plusieurs hectares de bois. Smoke prit sauvagement le portefeuille dans le sac à main. Il fit main basse sur les dix billets de 20 dollars, encore craquants, qu'elle avait retirés au distributeur.

Il lui vola 2 dollars et 60 cents supplémentaires, ainsi que des jetons pour les péages. La montre et le collier de la vieille ne valaient pas la peine de se donner du mal, et les prêteurs sur gages étaient trop risqués. Elle puait tellement qu'il en avait des haut-le-cœur, et cette saloperie de gosse qui se réveillait et commençait à chialer.

— Loraine, ce n'est rien, ma chérie. Tais-toi, mon cœur, je t'en prie. Je m'appelle Mlle Sink, et voici ma petite-nièce, Loraine... (Mlle Sink éprouvait le besoin de parler.) Il ne faut pas nous faire du mal. Je suis sûre que vous avez une mère, une grand-mère...

— LA FERME ! ARRÊTE DE ME FAIRE CHIER, VIEILLE BIQUE !

Smoke alluma la radio, à fond. L'enfant se mit à brailler.

— FERME TA GUEULE, BORDEL ! lui cria Smoke.

— Oh, Seigneur... Par pitié, ne nous faites pas de mal ! Dieu du ciel... Pensez à ce que vous faites ! Vous m'avez l'air d'être un jeune homme intelligent. Ne vous mettez pas dans de sales draps.

— Je hais les vieilles peaux de ton espèce. Alors, ferme ta sale gueule et estime-toi heureuse que je ne m'occupe pas de toi autrement. Mais tu pues trop, dit-il d'une voix calme, glaciale. Tu vas te pencher en avant. Pour pas que tu me voies quand je descendrai. Compris ?

— Oui, oui, compris.

Mlle Sink appuya son visage contre le volant. Elle ferma les yeux de toutes ses forces et les couvrit avec ses mains. Elle ne bougeait plus. Elle respirait à peine. À la radio, Annie Lennox marchait sur du verre brisé, tandis que Smoke fouillait dans la boîte à gants et que l'enfant hurlait. Smoke vida le sac à main sur le plancher de la voiture et confisqua un paquet de Freedent à la menthe, un coupe-ongles et un flacon d'Atavan délivré sur ordonnance.

— Merci, *Mlle Sink*. Et toi, *Loraine,* sois une gentille fille, plus tard. Vous m'oublierez pas, hein ? Promis ?

Il s'esclaffa.

Il goba une tablette de Freedent et balaya du regard les alentours. Il n'y avait personne dans les parages.

— Tu sais à quoi je ressemble, la vieille ? Tu me reconnaîtras dans la rue ?

— Non, non. Je ne vous ai pas vu ! Par pitié...

— Et cette sale pisseuse dans son siège à la con ? Elle connaît ma gueule ?

— Non ! C'est une enfant ! Ne nous faites pas de mal !

Mlle Sink tremblait, comme si elle faisait une crise cardiaque.

— Attends voir que je réfléchisse. Qu'est-ce qu'il faut faire dans ce cas-là ?

Smoke fit claquer une bulle de chewing-gum. Il tira sur la culasse de son Glock ; elle se referma avec un bruit sec.

Il sentait le pouvoir. Le pouvoir qui le faisait planer et bander, alors qu'il tirait trois balles Winchester à tête creuse dans le crâne de Mlle Sink.

26

Les mains dans les poches, Andy observait avec une vive impatience le paysage pentu, riche en terreau, défiguré par les cicatrices des voies ferrées, recouvert de buissons et d'arbres enchevêtrés. Des tourbillons de fumée s'échappaient de la fabrique de papier Fort James, le fleuve était une musique douce jouée par les doigts du vent, accompagnée des notes éclatantes du soleil.

L'émetteur-récepteur accroché à la ceinture d'Andy diffusait un staccato de phrases brèves et de codes, échangés entre les dispatchers et les policiers. Rien à signaler : une camionnette pour handicapé était abandonnée au bord d'une route, la circulation était bloquée à cause d'un feu tricolore défectueux, un automobiliste avait été arrêté sur le parking d'un supermarché Kmart.

Les numéros des unités et les heures indiquées en termes militaires pimentaient l'air, mais Passman et Rhoad étaient étrangement silencieux. Passman ne distribuait aucun appel. Rhoad ne répondait pas. Andy était furieux. Il était persuadé que ses collègues le faisaient exprès pour l'embêter.

— Unité 11..., essaya-t-il encore une fois.

— Parlez, unité 11, répondit un dispatcher, qu'Andy ne connaissait pas.

— Je suis toujours au cimetière, dit Andy, en s'efforçant de dissimuler sa colère. J'ai besoin que quelqu'un vienne me 10-25, immédiatement.

— Vous êtes à Hollywood.

— 10-4.

— Appel à toutes les unités dans le secteur du cimetière de Hollywood, il me faut quelqu'un pour 10-25 l'unité 11.

— Unité 199.

— Parlez, 199.
— Je suis juste à deux rues de là, je vais faire un détour par le cimetière pour 10-25 11.
— 10-5, 199, à 08.12.
Andy se détourna du fleuve en entendant tout à coup un bruissement. Il aperçut une tache rouge fugitive, de l'autre côté de la clôture du cimetière, au niveau de l'intersection entre Spring et South Cherry Streets. Le grillage était masqué par le lierre, et Andy pouvait simplement distinguer le dos du grand panneau publicitaire métallique pour la Teinturerie Victory, avec une flèche indiquant la direction de l'établissement en question, une rue plus loin. Il éteignit sa radio et resta immobile.
Soudain, le grillage trembla ; quelqu'un avait agrippé le haut du panneau publicitaire. Caché par les ombres denses des houx, Andy vit Weed s'accrocher à une branche et se hisser sans peine par-dessus la clôture, puis se laisser glisser ensuite de l'autre côté, de branche en branche. Andy se dissimula derrière une pierre tombale.
— Venez, c'est facile, lança Weed à une personne qui se trouvait encore de l'autre côté.
Le grillage trembla de nouveau, plus violemment. Stupéfait, Andy découvrit alors un visage barbu et décharné, suivi d'un corps vêtu de haillons, crasseux, auquel il manquait un morceau de main et un pied entier. Le clochard agrippa une branche ; il resta accroché deux ou trois fois, mais parvint finalement à franchir la clôture.
— J'arrive pas à croire que j'ai réussi un truc pareil, dit-il. Ça fait des années que j'ai pas fait d'acrobaties.
Il balaya du regard les langues de pierre des morts, muettes, qui se dressaient dans l'herbe ; on aurait dit qu'il cherchait quelque chose.
— Merde, commenta-t-il, c'est pas très prometteur pour l'instant, à moins que je décide de bouffer que des fleurs.
D'un geste nerveux, Weed essuya la sueur qui ruisselait sur son visage, avec le bas de son grand maillot des Bulls, et il frotta ses mains sur son jean extra-large.
— Va, lui dit le clochard. Je vais fureter dans les parages, je te rejoindrai.
Weed s'éloigna au petit trot, avec ses Nike délacées,

comme s'il savait exactement où il allait. Andy lui emboîta le pas, en se cachant derrière les stèles, les buis et les arbres, tout en gardant un œil sur l'homme que Weed avait amené.

Weed passa en petites foulées devant le cercle des Présidents et les tombes de Jeb Stuart et John Tyler, emprunta ensuite Jeter Avenue et Bellevue, directement jusqu'à Davis Circle, où se dressait la statue saccagée du premier et dernier président de la Confédération, prêt pour débuter le match, avec son ballon de basket bosselé. Weed s'arrêta devant lui et le contempla avec une sorte de vénération. De temps à autre, il jetait des regards furtifs et inquiets en direction des sarcophages de marbre, derrière lesquels se cachait Andy.

Un essaim d'histamine se lança à l'assaut pour combattre les grains de poussière qui s'engouffraient dans les sinus et les poumons de Bubba, agenouillé sur le plancher de sa Jeep avec une lampe électrique. Il éternua plusieurs fois. Sa gorge et ses yeux le démangeaient, son nez se mit à couler.

— Nom de Dieu !

Le viseur Holo de l'Anaconda était coincé dans le grand ressort qui allait d'un siège à l'autre. Les fils d'antenne de la CB que Bubba avait installés lui-même et simplement recouverts d'un tapis de sol étaient pris dans la détente du Colt.

La voix de Smudge résonna dans le poste de CB, car Bubba ne pouvait supporter plus longtemps le silence, et il avait tout rebranché, les radios et le téléphone. Smudge devait se sentir mieux, pensa Bubba, narquois. Bubba n'avait rien à lui dire.

— Ah, merde ! s'exclama-t-il en se cognant le coude contre la poignée de la portière.

La paralysie se répandit dans le haut de son bras.

— Smudge à Bubba. Tu cherches à m'éviter, vieux ? J'ai appelé la reine des abeilles, elle sait pas où t'es.

Bubba avait les yeux en feu, larmoyants. Il ne pouvait plus respirer par le nez. Le levier de vitesse n'arrêtait pas de se prendre dans son T-shirt. Smudge ne voulait pas la fermer, et voilà que le téléphone portable se mit à sonner. Bubba ne répondit à personne. La tête plaquée contre le vieux tapis, il essayait de voir comment il fallait s'y prendre pour dégager son Colt. À force de renifler violemment, il se mit à saigner du nez.

Soudain, des petits coups frappés à la vitre du conducteur, avec autorité, le firent sursauter. Il se redressa d'un bond et hurla lorsque son épaule heurta le levier de vitesse, enclenchant la marche arrière de la Jeep qui recula. Bubba enfonça la pédale de frein avec sa main droite. Il remit le point mort et rampa sur son siège, perclus de douleur et le souffle coupé. Il était encore abasourdi lorsque l'agent Budget ouvrit la portière d'un geste brusque.

— Vous avez failli m'écraser, salopard ! (Budget avait des yeux de fou ; il tenait son arme à la main.) Descendez avec les mains en l'air. Vite !

— Qu'est-ce que j'ai fait ? s'écria Bubba, en s'épongeant le visage avec sa manche, en continuant à renifler.

— Descendez !

Bubba obéit. Le soleil l'éblouit. Il saignait du nez, son visage était congestionné et sale.

— Jambes écartées, mains sur le véhicule !

Budget ne plaisantait pas. Il fouilla Bubba à corps, sans rien trouver d'intéressant.

— Qu'est-ce que vous faisiez caché sur le sol ? demanda-t-il en rengainant son arme.

— Rien.

— Mon cul !

— La reine des abeilles va te piquer le cul ! (Smudge était de retour.) On n'a plus de nouvelles. Où t'es passé, vieux ?

— Vous voulez bien que je lui dise que je peux pas lui parler ? demanda Bubba à Budget.

— Bougez pas !

À travers la vitre, Budget remarqua le tapis de sol roulé en boule sur le plancher de la Jeep. À voir son expression, Bubba comprit que le policier venait d'apercevoir le revolver qui dépassait de sous le siège. Bubba se pétrifia ; le désespoir et la terreur l'ébranlaient avec la violence d'un tremblement de terre, tandis qu'il regardait, comme dans un film au ralenti, l'agent Budget décrocher les menottes derrière sa ceinture et les refermer brutalement autour de ses poignets, avant de réclamer par radio, d'une voix tendue, des renforts et un inspecteur.

Andy n'entendit pas l'appel, car il avait éteint sa radio. Weed continuait à regarder fixement la statue, comme dans un état de transe. Andy commençait à avoir des crampes dans les jambes ; sa matraque télescopique et sa lampe Mag-Lite lui rentraient dans les côtes. Il transpirait dans son gilet pare-balles, et ses genoux avaient enduré pendant trop d'années des parties de tennis éprouvantes pour pouvoir rester aussi longtemps en position accroupie ou agenouillée.

Il était sur le point d'intervenir quand Weed posa la main sur la statue. Du bout des doigts, il suivit le chiffre peint sur le maillot. Sa tête bascula sur sa poitrine, des sanglots silencieux faisaient trembler ses frêles épaules.

Weed essuya ses larmes avec la manche de son maillot qui lui couvrait la main, bien content que personne ne soit là pour le voir pleurer. Jamais il ne se montrait aussi faible, même quand son papa le giflait, ou quand Smoke était cruel.

Il restait de marbre quand on oubliait son anniversaire, ou quand les autres enfants l'ignoraient et ne l'invitaient pas dans les fêtes ; idem quand il n'avait pas pu assister à la nouvelle saison de basket. La dernière fois où Weed Gardener se souvenait d'avoir pleuré à chaudes larmes, de tristesse, c'était en août dernier quand Twister faisait son jogging et qu'il avait été renversé par une voiture qui ne s'était même pas arrêtée.

Voilà pourquoi il ne comprenait pas pourquoi il pleurait maintenant, à moins que ce ne soit le fait de se trouver seul dans un cimetière et de penser à Twister, enterré au cimetière de Forest Lawn, dans le nord de la ville. C'était Twister qui avait toujours encouragé les talents artistiques de Weed, en s'extasiant devant ses dessins incroyables, car Twister était célèbre et il avait de bons résultats scolaires, mais il ne savait pas dessiner. Et il était incapable de marier les couleurs, qu'il s'agisse de décorer sa chambre d'étudiant ou de s'habiller.

Il disait toujours à Weed que c'était « un putain de génie ». C'étaient ses paroles exactes. Weed aurait voulu que Twister admire ce qu'il avait fait à la statue. Il aurait voulu que Twister se sente flatté. Il aurait voulu que Twister tabasse

Smoke, ou même qu'il le tue, pour que Weed ne soit plus obligé de se cacher, pour qu'il puisse retourner en cours de dessin et recommencer à répéter avec la fanfare.

Les larmes coulaient sur le visage de Weed, et il déglutit avec peine. Les gens de la télé et des journaux appelaient Twister « la tornade des terrains de basket ». Twister était grand comme un arbre, et il était beau ; les filles accrochaient des posters de lui dans leurs chambres. Il aurait pu être mannequin, ou star de cinéma s'il avait voulu.

Twister et Weed étaient tout l'un pour l'autre, et Twister emmenait Weed nager à la carrière ; il l'emmenait au Regency Mall, au *Bullets* pour manger des hamburgers et, évidemment, aux matchs de basket, où Weed s'asseyait juste derrière Twister, qui se retournait de temps à autre, sur le terrain, pour lui adresser un clin d'œil, devant ces milliers de personnes. Son frère lui manquait tellement que Weed refusait de croire que Twister avait disparu pour de bon.

— Tu regardes ? (Weed s'adressa à son grand frère mort, entre deux sanglots.) Tu vois ce que j'ai fait ? Je me suis donné du mal, et j'ai travaillé seul dans le noir. Pourquoi t'es pas là, Twister ?

Soudain, une grosse voix s'éleva dans son dos, et Weed faillit sauter en l'air ; il poussa un cri, les yeux exorbités.

— Ne bouge pas ! s'écria l'agent Brazil.

Il était si près de Weed qu'il aurait pu le ceinturer.

— Quoi ? Quoi ? Quoi ? bredouilla le gamin.

— Que fais-tu ici ? demanda Andy, avec ce ton qu'emploient les policiers pour rappeler aux gens que c'est la loi qui gouverne.

— Je regarde. C'est pas un crime de regarder, ajouta-t-il, en espérant que ce soit vrai.

— Qu'est-ce que tu regardes ?

— La statue peinte. J'en ai entendu parler. Alors, je suis venu jeter un œil.

— À qui parlais-tu ?

— Je parlais pas.

— Je t'ai entendu.

Weed dut réfléchir. Cela lui prit une minute.

— Je faisais une prière à Jésus.

— À quel sujet ?

Andy essayait de paraître méchant, mais Weed sentait bien qu'il ne l'était pas réellement.

— De tous ces gens morts.

— Comment es-tu venu jusqu'ici ? À pied ?

Weed hocha la tête.

— Personne ne t'a amené ? Tu es seul ?

Weed secoua la tête.

— Non ? Non *quoi* ?

— Si je suis seul.

— Tu veux dire que tu es seul ou tu n'es pas seul ?

— Oui.

— Oui quoi ? (Andy voulait que tout soit bien clair.) Tu es seul ?

Weed hocha la tête.

— Et tu es entré en escaladant le grillage.

— Hmmm ?

— Je t'ai vu. Tu t'es accroché au panneau publicitaire et tu es passé par-dessus la clôture.

— À votre avis, pourquoi ils foutent une pub pour une teinturerie sur le mur d'un cimetière ? Ils croient que les morts vont apporter leurs affaires à nettoyer ?

Weed essayait de faire dévier la conversation.

— Pourquoi as-tu escaladé le grillage ? demanda Andy.

— C'était plus rapide.

Weed essayait de paraître décontracté, mais son cœur battait la chamade.

— Pourquoi tu n'es pas à l'école ?

— C'est un jour férié.

— Ah bon ? En quel honneur ?

— Je m'en souviens pas.

— Je suis sûr que ce n'est pas férié, aujourd'hui, dit Andy.

— Alors, pourquoi y a pas d'école ? demanda Weed.

Andy ne se sentait pas du tout menacé par Weed, mais il le fouilla malgré tout, pour s'assurer qu'il n'avait pas sur lui des choses qui auraient pu l'intéresser.

— Alors, qu'est-ce que tu viens faire par ici ?

Andy s'approcha de la statue pour mieux voir Magic Jeff. Il ne put s'empêcher de sourire.

— Je crois que c'était le jour de réunion des profs, expliqua Weed, de manière pitoyable. Tout ce que je sais, c'est que c'était un machin qu'ils font entre eux, où qu'on n'était pas obligés d'aller. Ma maman, elle devait aller travailler. Alors, je me balade, voilà.

— Il me suffirait d'une minute pour vérifier que tu dis la vérité, dit Andy, déconcentré et irrité par le fait que Virginia l'ait planté là, d'autant que l'unité 199 n'était pas encore arrivée. Je devrais te ramener à Godwin par la peau du cul et les laisser s'occuper de toi. Mais tu sais quoi? Je parie qu'ils te renverraient dans quelques jours, et tu manquerais encore plus l'école, pas vrai? Ils te donneraient ce que tu cherches.

— Je veux pas manquer l'école! répliqua Weed. J'y serais en ce moment si...

— Je croyais que c'était férié.

Weed était horrifié; il s'était pris les pieds dans son mensonge et se retrouvait sur le cul. Impossible de faire machine arrière. Ses yeux affolés roulaient dans tous les coins, à la recherche d'un moyen de fuir.

— Allons, Weed, dit Andy. Parlons de choses sérieuses.

— Qu'est-ce que ça veut dire?

— Le moment est venu de dire la vérité, déclara Andy, juste au moment où Pigeon faisait son apparition, pour se diriger vers eux de sa démarche boitillante et maladroite.

— Pour commencer, tu ne t'appelles pas Jones, n'est-ce pas? dit Andy, qui n'avait pas vu venir Pigeon dans son dos.

— Non.

— Tu t'appelles Gardener, et ton frère, c'était Twister.

Weed demeura sans voix.

— Dis-moi ce que représente ce 5, Weed?

— Hein?

— Le chiffre 5 tatoué sur ton doigt. Voyons ce que tu as à dire à ce sujet, en essayant d'être plus convaincant, cette fois.

La peur de Weed se transforma en panique. Le vide envahit son esprit.

— Je vous ai déjà expliqué, ça veut rien dire.

— Je sais bien que si, répondit Andy. Les Piranhas. Le gang qui prétend avoir peint la statue, pas vrai?

Weed commençait à trembler; Pigeon était juste derrière eux. Andy le sentit sans doute, au sens propre du terme, car soudain il fit volte-face, l'arme au poing.

— Me tirez pas dessus, j'en vaux pas la peine, dit calmement Pigeon, en observant la statue. Original, ça.

— Qui êtes-vous ? lui demanda Andy, en relâchant légèrement la pression de sa main sur le pistolet.

— Moi, c'est Pigeon. Je vous ai déjà vu, vous. Vous êtes souvent avec une femme flic vachement canon. À force de traîner dans les rues, comme moi, on finit par connaître tout le monde.

Pigeon étudia de nouveau la statue. Weed n'en était pas sûr, mais il crut voir briller une lueur d'admiration dans les yeux du vieil homme. Et pendant un court instant, la joie l'envahit.

— Eh bien, demanda Andy, l'un de vous deux sait-il qui a peint cette statue pour la faire ressembler au frère de Weed ?

Weed se raidit.

Pigeon, lui, attendait.

— Euh... Ils sont morts tous les deux à dix-huit ans, bredouilla Weed. C'est peut-être pour ça que quelqu'un a fait ça.

Pigeon plissa les yeux pour lire l'inscription qui figurait au pied de la statue.

— Quoi ? fit Andy, perplexe.

— C'est marqué là, dit Weed en tendant le doigt. Le bonhomme de la statue avait dix-huit ans, pareil que Twister.

— Tu ferais bien de réviser tes maths, mon gars, dit Pigeon. Jeff Davis est mort à quatre-vingt-un ans !

— Qu'est-ce qu'il a fait, d'abord ? demanda Weed.

— Il est allé en prison pendant un petit moment, répondit Pigeon. Deux ans environ, avec les fers aux pieds et tout le tintouin, si je me souviens bien.

Weed regarda la statue et une expression d'effroi se peignit sur son visage. Il se demandait si les fers étaient des sortes de grosses menottes, et si on allait les lui mettre, à lui aussi. Il ne voulait pas aller en prison pendant deux ans. Il essaya de se rassurer en se disant que M. Davis avait certainement fait quelque chose de plus grave que de peindre une statue.

— Qu'est-ce que vous lui ferez si vous l'attrapez ? demanda-t-il.

— Qui ça ?

— Celui qui a peint la statue.

— Ça dépend. D'abord, je discuterai avec lui, pour savoir pourquoi il a fait ça, répondit Andy, songeur. J'ignore qui c'est, mais ton frère compte beaucoup pour lui, c'est certain.

— Moi, je le jetterais en prison sur-le-champ ! déclara Pigeon. Voilà ce que je lui ferais.

— Allons, dit Andy. S'il s'est contenté de peindre cette statue, à quoi bon l'envoyer en prison ? Mieux vaudrait l'obliger à faire quelque chose d'utile pour la communauté.

— Quoi, par exemple ? demanda Weed.

— Faire disparaître ce qu'il a fait, par exemple.

— Tout effacer, vous voulez dire ? Même si c'est beau ?

Qu'importe si son œuvre d'art ne survivait pas à la première averse, ou au jet d'un tuyau d'arrosage. Weed ne pourrait supporter d'effacer lui-même son travail. Faire disparaître Twister le tuerait.

— Que ce soit beau n'a pas d'importance, dit Andy.

Pour Weed, c'était important au contraire, et il ne put s'empêcher de demander :

— Vous trouvez que c'est beau ?

— Moi, je trouve ça rudement chouette, déclara Pigeon. Je dis que l'artiste qu'a fait ça, il devrait ouvrir une galerie, làbas à New York.

— La question n'est pas là, dit Andy. Il y a quelqu'un d'extrêmement talentueux dans cette ville, je le reconnais. Mais il y a d'autres façons de le montrer.

— Ça veut dire quoi, talentueux ? demanda Weed.

— C'est quelqu'un de différent. Très doué pour quelque chose. Tu es *vraiment* sûr que tu ne sais pas qui aurait pu faire ça ?

Andy savait. Weed le sentait.

— Allez, Weed, crache le morceau, moucharda Pigeon. Tu te souviens de ce qu'on a dit ? Tu te souviens du diable qui rôde ?

Weed détala tout à coup, comme un fou. Son sac à dos ballottait sur ses épaules. Deux pinceaux s'en échappèrent et atterrirent sur la tombe de Varina Davis.

27

Pendant ce temps, au Commonwealth Club, Judy perdait sa courtoisie et se montrait ergoteuse. Elle n'avait pas pris de petit déjeuner et avait commis l'erreur d'avaler un Multi-Max 1 multivitaminé à effet prolongé, deux Advil, deux BuSpar et trois gélules de calcium Tum parfum fruits tropicaux, avec un café noir. Elle avait l'estomac en feu.

— Je crois qu'il faut garder le sens des proportions, déclara-t-elle.

— Je crois qu'il est exactement pourquoi ce qu'on fait, répondit Lelia.

— Le problème ne concerne pas notre vénération pour les monuments funéraires et un cimetière historique, dit Judy, consciente de s'aventurer sur un terrain miné.

— Ce n'est pas une question de vénération, mais de perception à grand échelonnage, répliqua Lelia. Le cimetière de Hollywood est un symbolisme du développement prospérant de la culture qui à mi-chemin du milieu du XIXe siècle a catapulté notre merveilleuse ville parmi les vingt-cinq plus grandes des autres de l'Amérique.

— Quelqu'un sait combien il y avait de grandes villes en ce temps-là ? demanda le révérend Jackson d'un ton provocant.

— Quelqu'un a compris ce qu'elle vient de dire ? murmura le maire, Stuart Lamb, à l'oreille de Judy.

— Au moins trente-cinq, répondit Eaton, le directeur du journal.

— Plutôt quarante. Le Dakota du Sud est entré dans l'Union en 1859, rectifia calmement le lieutenant gouverneur Miller.

Judy intervint :

— J'aimerais finir ce que je disais. N'oublions pas que le

fait de peindre une statue n'est pas le plus odieux des crimes jamais commis. (En disant cela, elle regarda Ehrhart avec insistance.) Peut-être serait-il préférable de concentrer nos efforts sur les gangs et la montée de la délinquance juvénile, et le refus de la communauté de participer à nos efforts en se protégeant et en restant vigilante. Raison de ma venue ici, au départ, je vous le rappelle.

— Que croyez-vous qu'ici on fait ce matin maintenant sinon *participer* ? demanda Ehrhart, avec des trémolos dans la voix. Et je vous signale, en passage, que je n'ai jamais eu la croyance qu'on avait besoin de Charlotte pour nous dire comment digérer notre police et notre ville.

— En tout cas, ils s'y prennent vachement mieux que nous, commenta le président de la Nations Bank, Albright, qui avait travaillé au siège, à Charlotte, avant d'être muté à Richmond.

— Nous ne sommes pas réunis ici pour parler de Charlotte, déclara le maire, agacé.

— Il n'y a rien de mal à profiter de l'exemple des autres, dit le lieutenant gouverneur.

— Je propose que la Commission de lutte contre le crime prépare le terrain, dit Judy à Ehrhart, qui regardait sa montre Rolex en or et diamants avec des signes d'impatience. Vous avez les moyens de mobiliser les citoyens et les responsables de cette ville, et de l'État. Vous avez du poids.

— C'est la *police* responsable, pas les *citoyens* qui luttent avec le crime. Vous connaissez déjà la convection de la commission. Nous devons engager cent agents de plus supplémentaires. Il faut plus de patrouilles à pied. Les agents de police devraient être obligés, même s'ils n'ont pas le vouloir, d'habiter avec la ville, et d'emporter leur voiture policière à la maison pour qu'on en voie plus des visibles dans nos quartiers.

— Et qui paiera tout ça ? demanda le maire. Vous n'avez jamais abordé cette question, Lelia.

Le téléphone portable de Judy vibra dans sa poche. Elle s'éloigna des nuages noirs qui s'amoncelaient au-dessus de la table de réunion.

— Chef ?

C'était la voix de Virginia.

— Le moment est mal choisi, dit Judy.

— Je suis au 6807 Midlothian, dit Virginia. Je crois que tu devrais venir.

Les menottes s'étaient refermées violemment sur les poignets de Bubba, avec mépris et rigueur. Les dents d'acier s'enfonçaient dans la peau tendre. L'air conditionné de la voiture de patrouille était trop puissant, et les boyaux capricieux de Bubba protestaient dans un concert de borborygmes.

Bubba avait toujours su que c'était risqué de cacher son Anaconda .44 sous le siège, mais jamais il n'avait imaginé qu'il se retrouverait dans un tel pétrin. Il y avait des policiers partout, et même des inspecteurs. Quelques instants plus tôt, deux camions de pompiers et une ambulance étaient passés en hurlant ; ils fonçaient vers l'arrière du supermarché Kmart. Les journalistes arrivaient à leur tour, et un hélicoptère tournoyait au-dessus du secteur.

Dehors, juste devant la voiture, l'agent Budget discutait avec la chef adjointe de la police qui était venue chez Bubba après le cambriolage. Il se souvenait qu'elle s'appelait West. Elle n'arrêtait pas de le regarder d'un air sévère, avec dans les yeux des étincelles de rage qui lui étaient destinées, il en était certain, bien qu'il ne sache pas pourquoi. Il ne comprenait pas non plus pourquoi les flics lui avaient confisqué son T-shirt sale.

Personne ne voulait rien lui dire, si ce n'est qu'il avait commis un délit de première catégorie en dissimulant une arme, une arme que Budget avait décoincée de sous le siège de la Jeep, et examinée ensuite, pour voir combien il restait de balles à l'intérieur. En proie à une panique grandissante, Bubba vit une remorqueuse quitter l'autoroute Midlothian pour venir se garer à la hauteur de sa Jeep.

Bubba tapa à la vitre avec ses mains menottées. Budget le foudroya du regard. West s'interrompit. Bubba récidiva. Budget ouvrit la portière avant, du côté passager, et se pencha à l'intérieur de la voiture.

— Quoi ? demanda-t-il d'un ton extrêmement désagréable.

— J'ai besoin d'aller aux toilettes, dit Bubba à voix basse, car il ne voulait pas que West l'entende.

— Ouais, ouais, fit Budget, sans aucune compassion.
— Je peux plus attendre.
— Faudra bien.
— Non, je peux plus.
Bubba serra les dents, en même temps que les fesses.
— Tant pis.
Budget referma la portière.

Judy arriva au volant de sa Crown Victoria bleu nuit, alors qu'un inspecteur et deux techniciens de la police scientifique recherchaient des indices. L'accès au guichet de banque automatique avait été barré par des bandes jaunes, et deux agents montaient la garde autour d'une Jeep Cherokee rouge. Virginia discutait avec un autre policier en tenue, devant une voiture de patrouille ; un suspect était assis à l'intérieur.

Judy se gara et descendit de voiture, au moment où une camionnette bleue des services de médecine légale quittait l'autoroute Midlothian et traversait lentement le parking du supermarché, en direction des lieux du crime.

— Chef, dit Budget pour saluer Judy.

— Que se passe-t-il ? demanda-t-elle à Virginia.

— Une femme de race blanche assassinée de plusieurs balles dans la tête, derrière le Kmart. On l'a découverte à 8 h 32 au volant de son véhicule, avec un bébé à l'arrière, sanglé dans son siège de voiture.

— Mon Dieu. Le bébé va bien ?

— Il hurle, on dirait qu'il a de la fièvre, répondit Virginia.

— Quel âge ?

Tout en parlant, Judy observait le suspect à travers les vitres de la voiture de patrouille : un Blanc, châtain, avec des signes de calvitie naissante, joufflu et rougeaud. Il avait l'air malade.

— Moins d'un an, je dirais, répondit Budget. Les services de protection de l'enfance viennent juste de l'emmener, pour le conduire à l'hôpital Chippenham, afin de vérifier qu'il va bien, pendant qu'on essaye de contacter des parents.

— On a peut-être une piste à ce sujet, dit Virginia. Il y avait un mot dans le sac à main de la victime. Sans doute écrit par la mère de l'enfant. Une histoire de pédiatre, dont le cabinet pourrait se trouver dans Pump Road. Le mot fait allusion à un bébé malade prénommé Loraine. On s'occupe également de trouver une famille d'accueil temporaire, mais espérons que ce ne sera pas nécessaire.

Judy observa la Jeep rouge, en remarquant, sur le pare-chocs, l'autocollant représentant le drapeau confédéré. Elle remarqua également la plaque d'immatriculation personnalisée : BUB-AH. Elle regarda le suspect de plus près. Il était torse nu et portait un pantalon de camouflage.

— Comment s'appelle la victime ? s'enquit Judy.

Budget fit défiler les feuilles de son carnet.

— Ruby Sink. Soixante-douze ans. Habitant à Church Hill...

— *Mlle Sink ?* s'exclama Judy, horrifiée. Oh, Seigneur ! C'est une voisine. Je n'arrive pas à y croire.

— Vous la connaissiez ?

Budget n'en revenait pas.

— Pas très bien. Oh, Seigneur. Elle faisait partie du conseil d'administration du cimetière de Hollywood. Je viens de discuter avec elle.

— Bon Dieu ! dit Virginia en jetant un regard assassin à Bubba.

— Encore une attaque devant un guichet automatique ? demanda Judy, qui sentait s'abattre sur elle une terrible obscurité.

— Nous savons qu'elle a retiré 200 dollars à 8 h 02, dit Budget. On a retrouvé le ticket. Mais l'argent a disparu.

Toutes les pièces s'emboîtaient, à condition de forcer un peu. Judy repensa aux bribes de conversations téléphoniques entre deux hommes nommés Bubba et Smudge. Ils projetaient de dévaliser et de tuer une femme. Il était question également d'une certaine Loraine et d'une histoire de pompes. Judy en avait déduit que leur victime était noire. Mais peut-être avait-elle mal compris. Elle dévisagea le suspect encore une fois.

— Parlez-moi de ce type.

— Butner Fluck IV, mais il se fait appeler Bubba, dit Virginia. Bizarrement, Andy et moi sommes allés chez lui hier, à la suite d'un cambriolage. On lui aurait volé, paraît-il, un grand nombre d'armes dans son atelier.

— Intéressant.

— Apparemment, il stationnait là au moment où le meurtre a été commis, ajouta Budget.

— Il a vu quelque chose ? demanda Judy.

— Il dit que non. J'ai découvert un .44 Magnum caché sous son siège. Un de ces engins avec un canon de huit pouces et un viseur. Il a servi récemment, il manque quatre balles. Et en plus, je l'avais arrêté une demi-heure plus tôt, peut-être ; je l'avais fait se garer à l'endroit exact où est sa Jeep...

— Attendez, attendez, dit Judy en levant la main. Recommencez depuis le début.

Virginia tenta de clarifier les choses.

— Oui, je sais que ça paraît bizarre, dit-elle. Mais le suspect conduisait de manière dangereuse, un peu après sept heures ce matin, et l'agent Budget l'a arrêté, à l'endroit exact où se trouve la Jeep maintenant. Il n'est pas recherché, on n'a rien sur lui. On lui a juste collé une contravention et on l'a laissé repartir. Moins d'une heure plus tard, on découvrait la victime derrière le supermarché.

— J'ai entendu l'appel à la radio et je suis intervenu, expliqua à son tour Budget. J'ai trouvé la même Jeep à l'endroit exact où je l'avais vue un peu plus tôt ; le suspect était accroupi sur le plancher, et l'arme était bien en vue.

— Autrement dit, il n'est pas reparti après que vous l'avez arrêté, résuma Judy. La Jeep était bien à cet endroit au moment où la victime a été dévalisée devant le guichet automatique et assassinée ensuite derrière le supermarché ?

— Oui, il semblerait, dit Virginia.

— Comment se comporte-t-il ? demanda Judy, les yeux fixés sur Bubba.

— Il est extrêmement agité, et il transpire à grosses gouttes, dit Budget. Il avait du sang sur son T-shirt. On lui a dit qu'on aimerait bien l'envoyer au labo, mais qu'il n'était pas obligé d'accepter. Il n'a pas protesté.

— D'autres liens éventuels avec le meurtre ? demanda Judy.

— Non, pas pour l'instant. Attendons de savoir si les balles retrouvées sur le corps de la victime proviennent de cette arme. Mais, à dire vrai, ça paraît peu probable. Les douilles qu'on a relevées dans la voiture sont du .9 mm, tirées par un pistolet.

— Tout cela est très étrange, commenta Judy. Apparemment, tout ce qu'on a contre lui, c'est un délit de première catégorie.

— Exact, madame.

Judy se tourna encore une fois vers le type obèse assis à l'arrière de la voiture de patrouille. Il la regardait lui aussi, l'air épuisé, misérable.

— Il me semble que nous n'avons pas de motif suffisant pour le retenir, dit-elle, profondément déçue.

— Non, aucun, confirma Virginia. Mais on ne pouvait pas en être sûr au début.

— J'ai du mal à imaginer qu'il soit resté là sans bouger pendant qu'on attaquait une femme, et qu'il n'ait rien vu, dit Judy avec colère, en repensant à Bubba et à Smudge, à leur conversation interrompue.

— Personne ne voit jamais rien, dit Virginia.

28

Le gouverneur Mike Feuer était un homme grand et dégingandé, d'une soixantaine d'années, avec des yeux perçants où brûlaient la compassion et une sincérité ardente. Les républicains le comparaient souvent à Abraham Lincoln, sans barbe. Les démocrates le surnommaient *Le Führer.*

— Oui, je comprends parfaitement. Et je suis bouleversé moi aussi, évidemment, disait-il dans le téléphone sécurisé installé à l'arrière de sa limousine noire blindée qui traversait les rues du centre.

— Vous l'avez déjà encore vu, gouverneur ?

La voix de Lelia Ehrhart lui parvenait de l'autre bout de la ligne qui ne pouvait pas être enregistrée, ni captée par des téléphones portables, des scanners ou des postes de CB.

— Non.

— Il faut que vous devez.

Le gouverneur Feuer soupira, en jetant un coup d'œil à sa montre. Il avait dix rendez-vous aujourd'hui. Il devait appeler au moins six législateurs qui luttaient farouchement pour et contre des projets de loi de la Chambre et du Sénat soumis à une General Assembly surbookée comme à son habitude.

Il devait être briefé avant une interview pour *USA Today,* signer une proclamation, se réunir avec son cabinet, écouter le rapport de la sous-commission des finances de la Chambre, et donner deux conférences de presse. En outre, sa mère fêtait aujourd'hui ses quatre-vingt-six ans, et il n'avait pas encore trouvé le temps de lui envoyer des fleurs. Et voilà que son dos recommençait à le faire souffrir.

— Si vous pouviez juste avoir du temps à prendre pour passer en voiture et voir par vos yeux vous-même, disait Ehrhart, je crois que vous serez choquant, gouverneur, et si vous regardez pas aujourd'hui, c'est un risque, car il va falloir la déplacer bientôt à un moment pour la restaurer. Et ça servira plus de rien si vous regardez plus tard après, vu que ce sera redevenu l'original d'avant.

— J'en déduis que les dégâts ne doivent pas être trop importants, répondit en toute logique le gouverneur.

Des agents de police de l'Unité de protection des personnalités, en civil, voyageaient à bord de deux Chevrolet Caprice roulant devant et derrière la limousine.

— C'est l'action du geste qui fait le compte, gouverneur, insista Ehrhart avec son accent inimitable.

Le gouverneur Feuer l'imagina enfant, assise par terre, manipulant péniblement des cubes qu'elle ne parvenait pas à placer dans le bon ordre.

— L'ignoble délibération de l'acte, ajouta-t-elle.

— Sincèrement, je suis davantage préoccupé par...

— Je vous en prie, prenez une minute. Et je n'étais pas intentionnée de déranger.

C'était faux, mais le gouverneur ne releva pas, car c'était un homme bon et juste. Il croyait aux secondes chances. Lelia Ehrhart avait donc droit à une deuxième tentative aujourd'hui, avant qu'il ne lui raccroche au nez.

— Évidemment, le cimetière est fermé et il ne va pas s'ouvrir pour maintenant, dit Ehrhart. Mais je ferai en sorte que la grille ne soit pas fermée au verrouillage pour vous laisser passer à l'intérieur.

Le gouverneur appuya sur le bouton de l'interphone.

— Jed ?

— Oui, monsieur, répondit le chauffeur de l'autre côté de la paroi vitrée, son regard attentif fixé sur le rétroviseur.

— Nous devons faire un détour par le cimetière de Hollywood. (Le gouverneur Feuer consulta de nouveau sa montre.) Il faudra faire vite.

— À vos ordres, monsieur.

— Lelia, dit Feuer au téléphone. Considérez que c'est fait.

— Oh, vous êtes merveilleux !

— Mais non, répondit-il d'un ton las, en repensant à l'anniversaire de sa mère.

Lelia Ehrhart reposa le téléphone sans fil sur le chargeur, dans sa salle de sport entièrement équipée au deuxième étage de sa grande maison de brique, protégée par des grilles en fer forgé, dans West Cary Street. Elle avait le front moite, et les bras tremblants à force de travailler ses dorsaux, ses rhomboïdes, ses trapèzes, ses triceps, ses deltoïdes et ses pectoraux sur le banc incliné, la presse et le rameur, juste avant que le gouverneur ne la rappelle.

— C'est où, maintenant ? demanda-t-elle joyeusement à son professeur particulier, Lonnie Fort.

— Rameur assis.

— Non, pas encore du ramage. Je n'en suis plus possible. (Elle but une petite gorgée d'Évian et se tamponna le visage avec une serviette.) Je n'aime pas travailler mon corps si de bonne heure, Lonnie. Mon système organique est dans l'état du choc. C'est comme sortir du lit et sauter dedans l'océan arctique. Je ne suis pas un peu pingouin, dit-elle d'une voix adorable. J'ai pas la nature froide, moi.

— Désolé pour cette séance matinale, madame Ehrhart.

— C'est pas votre faute de vous, absolument pas du tout. J'ai oublié que vous aviez ce fichu rendez-vous dentaire.

Lonnie examina le circuit que Lelia Ehrhart était censée exécuter ce matin, en notant le nombre de répétitions et les charges.

— Merci de m'avoir trouvé un trou, dit-elle. Mais ce n'était pas très gentil que Bull vous ait programmé au même 9 heures du matin que l'on fait toujours ça. Évidemment, il a tellement beaucoup de gens qui travaillent pour lui. Je parie qu'il a pu su se souvenir de ça puisque les autres ils le font à la place qu'il le fasse pas.

— Vous avez certainement raison, madame Ehrhart.

Le fils de pute. Lelia songeait à son riche époux dentiste, avec toutes ses publicités à la radio, ses cabinets et ses employés flagorneurs. Il avait eu des liaisons avec trois assistantes, à sa connaissance du moins, et même si ce nombre était sans doute largement supérieur dans la réalité, quelle différence ? Lelia Ehrhart ne lui pardonnerait jamais la première.

— Dites-moi, Lonnie, Bull va-t-il vous couronner toutes les dents, comme il fait à tout le monde d'autre ? demanda-t-elle à son professeur de culture physique, si bien bâti qu'elle brûlait d'envie de promener ses doigts et sa langue sur chaque parcelle de son corps.

— Il m'a dit qu'il pouvait me faire un sourire hollywoodien.

— Ha ! Il dit ça toujours à tout le monde.

— Quand même, ses assistantes ont de jolis sourires. Elles m'ont dit qu'il leur avait posé des couronnes sur toutes les dents.

Le simple mot *assistante* transperça Lelia comme un fleuret.

— Mais j'hésite, dit Lonnie.

— Ne faites pas ça ! Non ! Une fois quand c'est fait, ça peut pas être défait, et c'est permanent pour tout le temps. Bull a reconstruit toutes les dents de la ville.

— Il a fait fortune, c'est sûr.

Lonnie fixa le petit câble à la poulie inférieure de la machine de musculation complète Trotter MG 2100. Il accrocha ensuite la barre droite, ses muscles sculpturaux roulaient et gonflaient sous sa peau lisse et bronzée.

— Vous allez vous retrouver pour finir à la fin comme un cannibale mangeur d'hommes. Vous aurez des zézaiements quand vous parlerez, et vous serez tout déraciné, dit la femme du dentiste. Vos dents sont tellement en beauté !

— J'ai les deux dents de devant écartées.

Il lui montra.

— Elles sont parfaites ! Certains gens pensent que l'espace est très sexuel.

— Vous rigolez ?

Il regarda ses dents dans un des nombreux miroirs fixés aux murs.

— Oh, non, je ne fais jamais, dit Lelia.

Elle dévorait du regard la bouche de Lonnie, et enrageait de s'être laissé convaincre par son mari de couronner toute sa dentition. Elle se sentait abîmée. Les couronnes n'étaient pas aussi naturelles que les dents qu'il lui avait arrachées, et maintenant, elle souffrait de fréquentes migraines, et trois de ses molaires étaient sensibles à la pression et à la température. Lelia Ehrhart enviait les dents naturelles, même si elles n'étaient pas parfaites. Elle enviait les beaux corps. Elle était obsédée par l'un et l'autre, et n'aurait jamais ni l'un ni l'autre.

— Allez, les biceps.

Lonnie reprit l'entraînement, en empoignant la barre à deux mains pour montrer le mouvement.

— Mes bras sont tout tremblants, soupira-t-elle avec un sourire de porcelaine enjôleur. Il faut me montrer encore une fois de nouveau. J'arrive jamais à bien faire comme c'est bien. Je sens toujours les muscles derrière mon dos, mais je sais bien c'est pas comme c'est censé que ça devrait.

Il enfonça la tirette sous la charge de soixante-quinze kilos pour lui faire une démonstration : ses biceps gonflèrent comme d'énormes vagues sur l'océan ; une énergie accumulée capable d'une force colossale, une colline qu'elle devait gravir et conquérir.

— Contentez-vous de lever les avant-bras, expliqua Lonnie. Ne vous penchez pas en arrière. Vous vous servez de votre dos, vous trichez.

Il remit une charge de dix kilos. Ehrhart se saisit de la barre, les mains écartées de la largeur des épaules, paumes vers l'avant, les coudes collés au corps, comme on le lui avait appris. Elle observait sa silhouette dans les miroirs, en se disant que le caleçon bleu Nike était peut-être un mauvais choix. Les bandes rouges soulignaient ses hanches trop larges. Quoi qu'on en dise, le noir était toujours préférable pour le bas du corps ; et les couleurs vives pour le haut, comme cette brassière vert pâle qu'elle portait aujourd'hui.

— Vingt répétitions, dit Lonnie.

Lelia était galvanisée par sa conversation téléphonique avec le gouverneur Führer. Combien de personnes pouvaient demander à parler au gouverneur de Virginie et l'avoir au bout du fil vingt minutes plus tard ? Pas beaucoup, se dit-elle, en continuant son exercice. Non, vraiment pas beaucoup, et cette fois, ça n'avait rien à voir avec le pouvoir et les donations de son mari.

— Nous avons tous nos complexions, dit-elle, tout en essayant de reprendre un deuxième souffle. Nos petits endroits secrets cachés et mal assurés que les autres ne peuvent pas voir. Même moi. Zut, j'ai perdu le compte.

Elle haletait.

— Seize.

— Dix-sept... dix-huit. Bon sang, vous m'exténuez de fatigue.

— Quels complexes pourriez-vous avoir ? Combien de femmes de votre âge s'entraînent comme vous, dans leur salle de gym privée ? Sans parler d'une maison comme celle-ci.

Cette remarque aviva une plaie dans l'ego et l'amour-propre de Lelia Ehrhart. Elle voulait l'entendre dire qu'aucune autre femme sur terre ne lui ressemblait, que l'âge et un mari riche n'avaient rien à voir là-dedans. Elle voulait l'entendre dire qu'elle était divine, que son visage était si beau qu'il transformait en pierre tous les mortels, que son corps était fatal pour ceux qui osaient le regarder. Elle voulait que Lonnie ait le goût du sang dans la bouche quand ses yeux s'égaraient sur elle. Elle voulait qu'il soit possessif, obsédé, jaloux. Elle voulait qu'il soit habité par un désir furieux qui le tiendrait en éveil toute la nuit.

— Moi, dit-elle, je crois que ma complexion la plus grosse c'est l'inquiétude de pas avoir du temps pour mon mari, mentit-elle. Pour remplir ses besoins sans fin insatisfaisants. Je suppose que je m'inquiète avec angoisse que mon rôle dans le gouvernement de l'État est porteur de responsabilités si énormes que j'ai souvent négligé ma famille, et beaucoup beaucoup d'amis, et que j'ai pas de temps pour leur donner. Je m'inquiète avec angoisse de devenir trop musclée. Je veux pas de surdéveloppement.

Lonnie l'observa de haut en bas.

— Oh, ne vous inquiétez pas pour ça, dit-il d'un ton rassurant. Vous n'avez pas un corps qui risque d'être surdéveloppé, madame Ehrhart.

— Oui, je suis plutôt plus le genre féminin tout mou.

— La prochaine fois, nous calculerons de nouveau votre taux de graisse.

— Et les enfants aussi, ajouta-t-elle, lancée dans ses complexes, qui se multipliaient à mesure que Lonnie parlait. Hier soir, j'étais trop occupée et j'ai passé trop pas assez de temps avec eux chacun individuellement, un par un, à cause de ma réunion de la commission que je devais avancer plus tôt. Et j'ai à peine presque pas eu le temps. Et pourquoi ? demanda-t-elle avec un petit sourire coquet. Pour être ici avec vous une heure plus tôt que l'habitude.

— J'admire votre dévouement, dit Lonnie, en jetant un

coup d'œil discret à sa montre, avant de déposer sa planchette porte-documents sur un banc de musculation. C'est ce qu'il faut. On n'a rien sans rien.

— Ne couronnez pas vos dents ! exhorta-t-elle. Et surtout, n'allez pas dire à Bull que j'ai gâché son client. (Elle gratifia Lonnie d'un clin d'œil.) C'est quoi maintenant ?

— Les abdos. Et on aura presque terminé.

— Je peux pas dire si je vois du progrès. (Lelia plaqua ses mains sur son ventre et se regarda dans un miroir.) Toute cette souffrance. Je déteste les abdominaux plus passionnément que tous les autres.

Lonnie observa les rectus abdominus de Lelia ; la sueur tachait son débardeur gris MetRex et faisait luire sa peau.

— À quoi bon le mal ? demanda-t-elle.

— Vous oubliez comment vous étiez quand vous avez commencé. Vous ne voyez pas combien vous avez progressé, parce que vous vous regardez tous les jours. Vos abdos sont beaucoup mieux, madame Ehrhart.

— Je suis douteuse. Regardez.

Elle prit les mains réticentes de Lonnie pour les placer sur son abdomen.

— Alors ?

Il ne savait pas quoi répondre.

— Peut-être que quand on arrive à mon vieil âge à ce stade de la vie, c'est sans espoir et ça peut plus changer. La nature refuse de faire de la collaboration et d'obéir à ce que vous lui demandez.

Lonnie ne bougea pas. Elle fit remonter légèrement ses mains.

— Vous êtes en excellente forme, dit-il sans craindre d'exagérer.

— Bull est parti couronner toutes les dents de l'Amérique du Nord, répondit Lelia Ehrhart en faisant remonter encore un peu les mains de Lonnie. Vous savez pourquoi il a surnommé son nom Bull ? C'est pas à cause du général avec qui il croit avoir des relations.

— Je pensais qu'il y avait peut-être un rapport avec la Bourse[1].

1. *Bull* : nom donné à un spéculateur à la hausse. *(N.d.T.)*

— La raison, c'est parce que...

— Il faut vraiment que je m'en aille, madame Ehrhart.

Elle appuya ses mains larges et puissantes contre elle, pour finalement les plaquer sur ses tout petits seins.

— C'est quoi la femme la plus vieille en âge que vous avez eue ? demanda-t-elle dans un murmure.

— Ma professeur de l'école primaire.

— C'était quand dans le temps ?

— Quand j'étais à l'école primaire.

— Mince, vous deviez être plus grand pour votre âge que vous aviez.

— Si je ne m'en vais pas, madame Ehrhart, je vais être en retard à mon rendez-vous. Et c'est très difficile d'être reçu par votre mari. D'ailleurs, si vous n'étiez pas là, j'aurais jamais eu de rendez-vous.

Lelia Ehrhart ôta les mains de Lonnie. D'un geste rageur, elle prit une serviette et l'enroula autour de son cou.

— Alors, on fait quoi maintenant comme endroit après ça ? demanda-t-elle, assaillie de toutes parts par ses phobies et ses angoisses.

— Vous n'avez pas fait les jambes.

29

Le gouverneur Feuer replia soigneusement le *New York Times,* le *Wall Street Journal,* le *Washington Post, USA Today* et le quotidien de Richmond. Il les déposa en pile sur le tapis noir et observa à travers les vitres fumées les passants qui le regardaient d'un air ébahi.

Tout le monde savait bien qu'une immense limousine noire, avec le chiffre 1 sur la plaque d'immatriculation, ne transportait pas James Dean ou Ralph Sampson. Ni une bande de lycéens se rendant au bal de fin d'année.

— Monsieur ? dit Jed dans l'interphone. Je vais foncer jusqu'à la 10e, traverser Broad Street pour éviter les embouteillages, et faire le tour derrière le palais de justice pour rejoindre Leigh et continuer jusqu'à Belvedere. Ensuite, on est quasiment arrivés au cimetière.

— Hmmm.

— Si cela vous convient, monsieur, ajouta Jed, qui était un obsessionnel-compulsif recherchant l'approbation.

— Oui, parfait, répondit le gouverneur qui s'était hissé du poste de procureur général à celui de gouverneur adjoint, avant de devenir gouverneur, et n'avait donc navigué seul dans les rues de Richmond que pendant huit ans.

Ses voyages sur les routes de son État adoré, il les avait effectués sur le siège arrière, derrière des vitres teintées, entouré d'une escorte policière qui lui ouvrait le chemin et protégeait ses arrières.

— Changement de programme, déclara Jed d'une voix forte dans l'émetteur-récepteur sécurisé. Je vais tourner dans la 10e.

— Message reçu, répondit la voiture de tête.

L'altercation entre Patty Passman et l'agent Rhoad avait dépassé le stade d'une querelle ou d'un accès de colère qui aurait pu se résoudre aisément, être pardonné, peut-être même oublié.

Les voitures étaient garées en double file, ou en travers, à moins de cinq mètres d'une bouche d'incendie, du mauvais côté de la rue, et même sur le trottoir, tout au long de la 10e Rue. Conducteurs et passants s'étaient regroupés autour de la bagarre en cours, tandis que déboulaient de toutes parts des voitures de police, sirènes hurlantes et gyrophares allumés.

Passman s'accrochait fermement à Rhoad. Celui-ci courait en rond en hurlant « SOS ! » dans sa radio, tandis que son adversaire continuait de serrer et de tordre.

— Non ! Non ! hurlait Rhoad d'une voix stridente, alors que Passman le suivait pas à pas, comme un chien, accrochée à ses basques, meurtrière. Lâchez-moi ! Pitié ! Pitié ! Ahhh ! AAAAHHHH !

La foule était en délire.

— Vas-y, frangine !

— Tire d'un coup sec !

— Pas de pitié !

— Dans les couilles ! Aïe, aïe, aïe !

— Te laisse pas faire, mec ! Arrache-lui les yeux !

— Oui ! Enfonce-lui le nez de l'autre côté de la tête pour qu'elle sente son cul !

— Décroche la banane de l'arbre, ma vieille !

— Lâche-le, gros tas !

La foule encourageait les deux adversaires, lorsqu'une immense limousine noire étincelante, accompagnée de deux Caprice noires banalisées, hérissées de nombreuses antennes, traversa en douceur Broad Street. Le convoi s'arrêta sur le côté dans la 10e Rue, afin de laisser passer deux voitures de police qui avaient branché leurs gyrophares et leurs sirènes. D'autres véhicules de patrouille arrivaient de Marshall et Leigh Streets, en faisant crisser leurs pneus. Un camion de pompiers descendait Clay Street dans un grondement et des ululements.

Jed mourait d'envie de jaillir hors de la limousine pour intervenir. Les flics étaient sans doute à la poursuite d'un fugitif, un individu figurant dans la liste des dix personnes les plus recherchées par le FBI, un serial killer peut-être. De toute évidence, cette grosse bonne femme était une sorte de dingue, ça se voyait, et il était clair que les agents en uniforme ne parvenaient pas à la maîtriser.

— Que se passe-t-il ? s'enquit le gouverneur Feuer par le biais de l'interphone.

— C'est une sorte de folle, sans doute une camée au PCP ou au crack. Hé, regardez-la faire ! On dirait un pitbull ! Seule contre une demi-douzaine de flics, elle les envoie tous sur le cul !

Le gouverneur glissa vers l'autre extrémité de la banquette en cuir, en forme de fer à cheval, qui pouvait accueillir aisément six personnes. Il se dévissa le cou pour voir dehors, par-dessus la grosse tête de Jed.

Feuer fut stupéfait de découvrir cette femme obèse qui pourchassait un grand flic en uniforme, âgé et maigrelet. Une paire de menottes pendait à l'un de ses poignets, et sa main libre était enfouie entre les cuisses du pauvre homme. Elle tordait, broyait, distribuait des injures et des coups de pied. Avec son autre bras, elle faisait tournoyer la paire de menottes, à la manière d'un nunchaku, afin de repousser les troupes appelées en renfort.

— Ouah ! s'exclama Jed.

— C'est épouvantable, commenta le gouverneur. Parfaitement épouvantable.

— Il faut faire quelque chose, monsieur !

Le gouverneur Feuer était de cet avis, il sentait enfler sa colère. Ce spectacle n'avait rien d'amusant. La violence n'était pas une distraction. D'un geste brusque, il ouvrit sa portière. Et avant que Jed ou les policiers de l'UPP puissent l'arrêter, le gouverneur ouvrit le coffre de la limousine pour s'emparer d'un extincteur.

Il se précipita dans la mêlée, et, à la stupéfaction générale, il arrosa Patty Passman de Halon 1301. Sous l'effet du choc, elle libéra Rhoad. Les autres flics la plaquèrent au sol aussitôt. Quatre agents de l'UPP s'empressèrent de raccompagner le gouverneur Feuer à sa limousine.

— Bien joué, monsieur !

Jed était extrêmement fier de son généralissime.

Le gouverneur traqua sur son costume en cachemire noir à fines rayures d'éventuels résidus de Halon, mais l'extincteur miracle ne laissait aucune trace. Il regarda les policiers pousser à l'arrière d'une voiture de patrouille la grosse femme folle, menottée. Le pauvre agent était agenouillé au milieu de la chaussée, il se tenait le bas-ventre en pleurant. Les journalistes affluaient ; ils avançaient en brandissant leurs caméras et leurs micros, telles des épées.

— En route pour Hollywood, déclara le gouverneur.

— Nous n'avons plus le temps, monsieur, dit Jed.

— On n'a jamais le temps, répliqua le gouverneur en lui faisant signe de démarrer.

Weed décréta qu'il était resté assez longtemps dans ce grand trou jonché de morceaux de pipes en terre brisées. De l'eau fuyait de quelque part. Une camionnette était stationnée tout près, et un tas de pelles et de bêches étaient éparpillées sur le sol.

Weed avait commencé à s'inquiéter en se demandant si ce trou n'était pas une tombe, bien qu'elle n'en ait pas la forme. Peut-être que tout le monde était parti faire une pause, ou un truc comme ça. Et peut-être que, tout à coup, la terre allait se déverser dans le trou, et Weed serait enterré vivant.

Risquant un œil à l'extérieur, il ne vit aucun signe de l'agent Brazil, ni de quiconque. Il tendit l'oreille. Seuls les oiseaux bavardaient. Alors, il sortit du trou et fonça vers le grillage du cimetière. Il grimpa jusqu'au sommet, juste au moment où la Lemans apparaissait au bout de la rue, au ralenti. Dog, Beeper et Sick le cherchaient, pour que Smoke puisse le tuer et balancer son corps dans le fleuve. Weed se laissa retomber à l'intérieur du cimetière et prit ses jambes à son cou, sans savoir où il allait, zigzaguant entre les tombes et sautant par-dessus les stèles.

Andy courait vite, et il aurait pu continuer à cette allure de 15 km/h pendant des heures, mais il n'aurait pas choisi des bottes pour cela, et il commençait à avoir mal aux tibias. Pourtant, plus la frustration montait en lui, plus il courait vite.

Il coupa vers Riverview, passant à toute allure devant les monuments, les mausolées, les plaques, les sculptures, les vases et les urnes. Des petits drapeaux confédérés l'encourageaient. Un jardinier tondait l'herbe autour des tombes, en manœuvrant avec une dextérité de chirurgien la tondeuse qui tressautait et bourdonnait.

— Dites, vous n'avez pas vu un gamin avec la panoplie des Chicago Bulls ? lui lança Andy en s'approchant.

— Comme la statue ?

— Oui, en plus petit, répondit Andy sans s'arrêter.

— Non, dit le jardinier en continuant à tondre.

Andy se faufila entre un agneau en marbre et un mausolée, sauta par-dessus des buis, et, à sa grande stupéfaction, il faillit atterrir sur Weed. Il l'agrippa par le dos de son maillot, lui faucha les jambes pour le faire tomber et s'assit sur lui. Il lui plaqua les bras au sol.

— J'ai changé d'avis ! brailla Weed. Vous pouvez m'envoyer en prison.

Bubba avait perdu le contrôle de lui-même, et tout le monde pouvait s'en apercevoir. Il se sentit humilié et malade comme jamais quand l'agent Budget ouvrit la portière arrière de la voiture de patrouille et s'exclama : « Ah, merde ! » Bubba eut le sentiment qu'on venait d'ajouter un surnom immonde à tous ceux dont on l'avait affublé.

— Je suis désolé, bredouilla-t-il. Mais je vous l'avais dit...

— Oh, la vache ! s'exclama Budget.

Il était furieux, et il faillit s'étouffer en ôtant les menottes de Bubba, sous les regards du chef Hammer et de West.

— Qui c'est qui va nettoyer tout ça ! Oh, putain ! J'arrive pas à y croire !

La honte de Bubba ne pouvait pas être plus profonde. Il était convaincu que son destin voulait que son chemin croisât celui de Judy. Mais pas de cette façon. Pas à moitié nu, sale, gras et souillé. Il n'osait pas la regarder.

— Agent Budget, dit Judy d'un ton sec, laissez-moi seule avec lui quelques minutes, je vous prie. Virginia ? Je te retrouve derrière le supermarché.

— On vous tiendra au courant des conclusions du légiste,

lui dit Budget, au cas où vous n'auriez pas terminé quand il partira.

— *Elle,* rectifia Virginia.

Judy Hammer reporta son attention sur Bubba. Il était abasourdi de voir qu'elle semblait ne pas remarquer sa situation fâcheuse et indescriptible.

— Chef Hammer ? bredouilla-t-il. Je, euh... (Il déglutit avec peine.) Je ne voulais pas...

Elle leva la main pour lui intimer le silence.

— Ne vous en faites pas pour ça.

— Facile à dire ! s'écria-t-il. Moi, tout ce que je voulais, c'était aider.

— Aider qui ?

Elle semblait intéressée et sincère. Bubba n'avait pas remarqué qu'elle était si attirante, sans être vraiment mignonne ; elle avait quelque chose de puissant et de saisissant dans son tailleur pantalon à fines rayures. Il se demanda si elle portait une arme. Peut-être qu'elle en transportait une dans son sac à main noir. Ses pensées tournoyaient furieusement dans sa tête, alors que le vent tournait, au désavantage de Judy. Elle se déplaça de plusieurs pas vers la droite.

— Qui vouliez-vous aider ? demanda-t-elle. La femme qui vient d'être assassinée ? Avez-vous vu quelque chose, monsieur Fluck ?

— Oh, mon Dieu ! s'exclama Bubba, choqué. Une dame a été assassinée, ici ! Quand ?

— Pendant que vous étiez garé ici même, monsieur Fluck.

Les intestins de Bubba recommençaient à gronder rageusement, tels des nuages noirs sur le point de déclencher un nouvel orage, violent et déferlant. Il repensa à son T-shirt trempé de sueur et taché de sang, en route pour le laboratoire de la police.

— Vous êtes sûr de n'avoir rien vu ? insista le chef de la police.

— Mon Anaconda était coincé.

Elle le regarda d'un air hébété.

— Pas moyen de tirer.

Judy ne disait toujours rien.

— Alors, je me suis mis à quatre pattes, et j'ai commencé à tirer dessus, en le tripotant dans tous les sens, comme je pouvais. Mais j'avais peur que ça parte d'un seul coup. Et après, j'ai saigné du nez.

— À quel moment ? demanda Judy.

— Au moment où la dame a été tuée, je suppose. Je vous jure. Je suis resté agenouillé par terre, dès que l'agent Budget est reparti. Et j'ai rien fait d'autre, jusqu'à ce qu'il cogne à ma vitre. J'ai rien pu voir, étant donné que j'étais par terre, voilà ce qui s'est passé.

Bubba n'aurait su dire si elle le croyait ou pas. Il n'y avait rien de cruel ou de méprisant dans le comportement de Hammer, mais c'était une femme rusée et intelligente. Bubba était à la fois admiratif et impressionné. Pendant un instant, il en oublia son triste sort, jusqu'à ce qu'un cameraman de Channel 8 s'avance vers eux au petit trot, en se dirigeant droit vers le chef de la police, lorsque soudain une grimace de dégoût apparut sur son visage. Il regarda fixement le pantalon de camouflage de Bubba et fit demi-tour.

— Apparemment, la victime a été dévalisée devant le guichet automatique, dit Judy. Je ne vous livre pas une information confidentielle. Je suis sûre que vous l'apprendrez aux informations. Vous étiez garé à moins de vingt mètres du distributeur de billets, monsieur Fluck. Êtes-vous absolument certain de n'avoir rien entendu ? Des voix, peut-être, une dispute, une ou plusieurs voitures ?

Bubba se creusa la cervelle. L'équipe de Channel 6 se dirigea vers eux, puis rebroussa rapidement chemin. Bubba aurait fait n'importe quoi pour aider cette brave femme, et il avait le cœur brisé, car l'unique fois où l'occasion se présentait, il ne pouvait que puer.

— Merde, murmura un journaliste de WRVA en s'arrêtant net, avant de reculer. J'irais pas par là, à votre place, dit-il à une équipe de Channel 12.

— Que se passe-t-il ? demanda *Style Magazine* à *Richmond Magazine.* Une canalisation d'égout a explosé ?

— J'en sais foutre rien. Ah, c'est la merde.

Bubba passa en alerte rouge.

— C'est le mot juste, commenta un journaliste du *Times-Dispatch* en agitant sa main devant son visage.

Bubba sentait son sang bouillonner. Il n'entendit pas un mot de ce que lui disait le chef Hammer ; toute son attention était focalisée sur le groupe de journalistes, cameramen, photographes et techniciens rassemblés autour de sa Jeep. Ils s'agitaient furieusement, ils parlaient et râlaient, en appelant Bubba *la merde.*

— Quelqu'un sait ce qui se passe derrière le bâtiment ?

— Personne n'a le droit d'approcher.

— Ouais, impossible. Dès que tu te pointes, les flics t'éjectent.

— Un de ces connards a foutu sa main sur mon objectif.

— Ah, la merde.

L'esprit de Bubba fit le nettoyage par le vide, comme chaque fois qu'il entendait les voix et les rires stridents provenant des circonvolutions dangereuses et douloureuses de son cerveau. Il vit une armée de petits visages déformés par les sarcasmes et les sourires cruels.

— Mon rédac'chef va me tuer. Ah, la merde !

— *Assez !* hurla Bubba aux journalistes.

Il revint sur terre brusquement. Le chef Hammer le regardait fixement, plutôt étonnée. La presse ne s'intéressait pas à eux.

— Peut-être que le corps est en train de se décomposer, disait l'un des journalistes.

— Il est là-bas, derrière le magasin.

— Il était peut-être ici d'abord. Peut-être qu'ils l'ont déplacé, pour une raison quelconque.

— Ça n'a pas de sens.

— Ils n'avaient pas envie de le laisser ici, juste devant la banque.

— Il n'a pas pu rester ici depuis assez longtemps pour se décomposer, sans que quelqu'un l'ait repéré avant ce matin.

— Ah, tu es médecin légiste, toi maintenant.

— Peut-être qu'on a balancé le corps. La femme est morte depuis un petit moment ; il a commencé à pourrir, et le meurtrier l'a balancé.

— C'est une femme ?

— Possible.

— Et il l'aurait balancée *ici* ?

— Je lance des hypothèses, voilà tout.

— C'est ça, mon salaud. Tu voudrais qu'on écrive ces conneries pour nous ridiculiser.

— Mais alors, qu'est-ce qui pue autant ?
— Chef Hammer ? s'écria un journaliste, sans oser s'approcher. Je peux recueillir votre déclaration ?
— Ne leur dites rien ! lui glissa Bubba, en proie à la panique. Empêchez-les de me faire ça ! Par pitié !
Un journaliste dévoila la vérité :
— En vérité, je crois que ça vient de lui, déclara-t-il. Regardez son pantalon. C'est pas uniquement du camouflage.
— Ah, c'est la merde.
— Vous voyez ! dit Bubba entre ses dents.
— Comment fait-elle pour rester là-bas ? Déjà ici, c'est horrible.
— Il paraît que c'est une coriace.
— Je m'intéresse à votre plaque d'immatriculation personnalisée, dit Judy à Bubba.

L'agent Horace Cutchins ne pensait à rien d'autre qu'à sa Game Boy Tetris Plus tandis qu'il roulait à vive allure dans Leigh Street, au volant du fourgon pénitentiaire.

Il n'avait pris son service que depuis trois heures, et il avait déjà transporté deux personnes à la prison, deux Gitans pris en flagrant délit alors qu'ils cambriolaient une maison de style Tudor à Windsor Farms. Cutchins ne comprenait pas pourquoi les gens ne retenaient jamais les leçons.

Les Gitans traversaient la ville deux fois par an au cours de leurs migrations, vers le nord et vers le sud. Tout le monde le savait. La presse publiait régulièrement des articles et des rubriques sur le sujet. Le sergent Rink, membre des *Crime Stoppers*, distribuait avec fougue des mises en garde, des avertissements et des conseils d'autodéfense sur toutes les chaînes de télévision locales et sur toutes les radios. Des pancartes indiquant « Les Gitans sont de retour » étaient installées bien en vue, comme toujours.

Pourtant, les riches gentlemen-farmers de Windsor, comme les surnommait Cutchins avec jalousie, continuaient à aller chercher le journal, à faire du jardinage, à se prélasser au bord de leur piscine, à discuter avec des voisins, sans brancher les alarmes ni verrouiller les portes. Devaient-ils s'étonner ensuite ?

Cutchins pénétrait sur le parking 5, derrière les bâtiments de la Engine Company, impatient de s'arrêter pour reprendre sa partie interrompue, lorsque la radio l'apostropha.

— 10-25 unité 112 dans 10e Rue pour 10-31 un prisonnier, annonça le dispatcher.

— 10-4, répondit-il. Fait chier, ajouta-t-il intérieurement.

Il avait entendu le SOS un peu plus tôt, et il savait que Rhoad Hog avait eu une altercation avec une déséquilibrée mentale. Mais en apprenant qu'une arrestation avait eu lieu, Cutchins avait supposé qu'on transporterait la personne en question à bord d'une simple voiture de patrouille.

Il était quand même peu probable qu'une femme puisse faire sauter le Plexiglas à coups de pied, et même si la paroi de séparation n'était pas parfaitement ajustée, car les triples crétins des services d'équipement en avaient pris une sur une Caprice, par exemple, pour l'adapter sur une Crow Vic, ça n'avait pas d'importance dans ce cas précis. Une prisonnière n'était pas équipée pour pisser sur un policier à travers les interstices dus à une mauvaise installation.

Cutchins effectua un demi-tour. Il déboucha dans Leigh Street, pied au plancher, car il était pressé d'en finir avec cet appel pour pouvoir s'offrir une pause. Il bifurqua dans la 10e Rue, sur les chapeaux de roue, et arriva sur les lieux du problème au moment où l'inspectrice Gloria De Souza descendait de sa voiture banalisée.

Rhoad Hog et trois autres policiers en tenue attendaient Cutchins ; leur prisonnière était une horrible grosse femme, mais avec quelque chose de vaguement familier. Elle était assise sur le trottoir, les mains attachées dans le dos par des menottes, hirsute. Elle respirait fort, et on aurait dit qu'elle allait faire un geste inattendu d'un instant à l'autre.

— Bien, mademoiselle Passman. Je vais devoir vous fouiller, déclara De Souza. Levez-vous.

Mlle Passman ne bougea pas d'un pouce.

— Allez, coopérez, Patty, lui dit un des policiers.

Rien à faire.

— Il faut vous lever, madame. Ne me compliquez pas la tâche.

Passman n'essayait pas de compliquer la tâche à qui que ce soit. Simplement, elle ne pouvait pas se relever toute seule, et surtout pas avec les mains attachées dans le dos.

— Allez, debout, ordonna sèchement De Souza.

— Je peux pas, répondit Passman.

— Dans ce cas, on va vous aider.

— Allez-y.

De Souza et un des policiers saisirent Passman par les aisselles et la mirent debout, pendant que Rhoad se tenait à distance respectueuse. Cutchins bondit hors de sa fourgonnette Dodge blanche et la contourna pour aller ouvrir le hayon. Penchée en avant, De Souza fit glisser prestement ses mains le long des cuisses épaisses de Passman, par-dessus les collants filés qui plissaient, remontant ainsi vers des zones où aucune femme, excepté la gynécologue de Passman, ne s'était jamais aventurée. Passman essaya de décocher un coup de pied à De Souza, et faillit tomber.

— Apportez les menottes souples ! ordonna De Souza en immobilisant les jambes de la prisonnière. Si vous recommencez ça, madame, je vous ligote !

De Souza tint bon pendant qu'un policier passait le bracelet en plastique souple autour des chevilles de Passman en serrant fort, comme s'il fermait un sac-poubelle.

— Aïe !

— Ne bougez pas !

— Ça fait mal ! hurla Passman.

— Tant mieux ! lança joyeusement Rhoad.

L'inspecteur De Souza reprit sa fouille, en promenant ses mains expérimentées sur la topographie de Passman, dans ses crevasses, à travers ses canyons, entre ses collines, dessus, dessous, pendant que Passman fulminait, beuglait et la traitait de gouine, et que les policiers l'empêchaient de tomber.

— Enlevez vos sales pattes de là, dégueulasse ! hurla Passman. *Parfaitement ! Vous couchez avec l'entraîneuse de votre putain d'équipe de softball de gouines. Tout le monde le sait dans la police et au central !*

Cutchins en oublia momentanément son jeu électronique. Il avait toujours trouvé dommage qu'une belle femme comme De Souza *en soit*, même s'il n'avait rien contre les lesbiennes ;

d'ailleurs, il les regardait chaque fois qu'il avait accès à la télé par câble. Simplement, il n'aimait pas la discrimination. De Souza ne se partageait pas avec les hommes, et Cutchins trouvait cela injuste.

— Elle n'a rien sur elle, à part son sale caractère, déclara De Souza.

Malheureusement, Cutchins s'était garé de l'autre côté de la 10e Rue, et c'était l'heure du changement de service à la faculté de médecine du Virginia Hospital. La circulation gonfla instantanément, les trottoirs et les rues furent envahis d'infirmières, de diététiciens, d'aides-infirmiers, de surveillants, de vigiles, d'administrateurs, d'internes et d'aumôniers, tous épuisés, sous-payés et de mauvaise humeur. Les voitures s'arrêtèrent pour laisser la grosse femme attachée et les policiers rejoindre le fourgon de l'autre côté de la rue. Les passants ralentirent leur marche agressive en voyant Passman avancer de manière maladroite, par petits bonds.

— Connards ! Qu'est-ce que vous regardez comme ça ! leur cria-t-elle.

— Va te faire sauter ! lui rétorqua une secrétaire.

— Et que ça saute ! Et que ça saute ! scanda un groupe d'internes en manque de sommeil.

— Enfoirés ! beugla Passman, dont le taux de glycémie était plus bas qu'il ne l'avait jamais été.

— Hé, le pois sauteur ! lui lança un employé des archives.

Passman se débattit, elle se trémoussa comme un python, en crachant et en montrant les dents devant ses détracteurs. Les policiers s'efforçaient de la faire avancer, les passants et les automobilistes étaient de plus en plus remontés, et Rhoad marchait loin derrière, hors d'atteinte.

Pigeon s'était lassé du cimetière ; il fouillait dans une poubelle, où, jusqu'à présent, il avait récupéré un reste de petit déjeuner burrito venant du 7-Eleven et un grand gobelet de café à moitié plein.

Il regarda passer le défilé cruel : une femme avançait en sautillant, comme si elle participait à une course en sac. Soudain, il eut honte de son moignon, et ressentit de la colère face à cette foule.

— Faites pas attention à eux ! lança-t-il à la grosse femme qui passait devant lui en sautillant, et il mordit dans le burrito. Les gens sont grossiers, de nos jours.

— Ta gueule, espèce d'estropié bouffeur d'ordures ! lui cria la femme.

Pigeon fut peiné par ce nouvel exemple avarié de la nature humaine. Il poursuivit sa chasse au trésor, toujours attiré par les foules susceptibles de jeter des choses.

De Souza agrippa le bras de Passman, comme un étau.

— C'est lui qu'a commencé ! hurla cette dernière, en se retournant pour foudroyer Rhoad du regard. Pourquoi vous le foutez pas au trou !

Les flics la poussèrent à l'intérieur du fourgon et claquèrent le hayon.

La mission du NIJ confiée au chef Hammer consistait à implanter le modèle de lutte contre le crime de la ville de New York au sein de la police de Richmond, comme elle l'avait fait à Charlotte, et comme elle le ferait dans d'autres villes, si sa santé, son énergie et les crédits alloués le lui permettaient. Comme on pouvait s'y attendre, cela provoquait en elle un léger dilemme.

Elle sentait qu'elle perdait son endurance et son professionnalisme à force de rester à côté de Bubba et de l'écouter parler. Elle avait envie d'en finir, mais elle ne pouvait pas, et pas question de se débarrasser du bébé, de regarder ailleurs, de laisser tomber et de confronter quelqu'un d'autre à ce problème. Hammer était là, un point c'est tout. Quand un policier pose une question à un suspect, le policier doit écouter la réponse, si longue et si inintéressante soit-elle.

Bubba lui parlait de sa plaque d'immatriculation personnalisée, en lui racontant sa visite au bureau des cartes grises dans Johnston Willis Drive, entre chez Whitten Brothers concessionnaire Jeep et Dick Starus concessionnaire Ford, où il avait fait la queue à un guichet pendant cinquante-sept minutes seulement, pour s'entendre dire que BUBBA était déjà pris, tout comme BUBA, BUBBBA, BUUBBBA, BUBEH,

BUBBEH, BUBBBEH, BG-BUBA, BHUBBA et BHUBA. Bubba s'était senti déprimé et épuisé. Il ne trouvait aucun autre mot qui n'excède pas sept lettres. Abattu et moralement vidé, il avait fini par renoncer à ses idées de plaque d'immatriculation personnalisée.

— Et puis, ajouta-t-il, comme galvanisé, momentanément, par son récit interminable, la dame du guichet m'a dit que *Bubah* conviendrait, alors j'ai demandé si je pouvais ajouter un tiret. Elle s'en fichait, vu qu'un tiret ça compte pas comme une lettre, et c'était mieux, car je me disais que ce serait plus facile de prononcer *Bubah* avec un tiret.

Judy était persuadée que Bubba avait un complice nommé Smudge, et un scénario imagé et plausible se matérialisait dans son esprit, alors que Bubba continuait à parler, et que les journalistes continuaient à garder leurs distances. Bubba et Smudge savaient, d'une manière ou d'une autre, que Ruby Sink et Loraine se rendaient au guichet automatique de la First Union près du supermarché Kmart.

Il était possible que les deux hommes se soient cachés dans leurs voitures pour attendre la riche Mlle Sink, phares et moteurs éteints, et quand elle était sortie de chez elle, ils l'avaient suivie, en zigzaguant au milieu de la circulation, échangeant des informations grâce au téléphone portable ou à la CB.

C'était à partir de là que la reconstitution du crime devenait moins précise dans l'esprit de Judy. Sincèrement, elle n'arrivait pas à imaginer ce qui avait pu se passer ensuite, et elle n'était pas du genre à broder. Malgré tout, elle ne pouvait pas, elle ne voulait pas se défausser et annoncer à ses troupes que ce meurtre était leur problème.

D'une manière ou d'une autre, Judy devait pousser Bubba à répondre à la question concernant Smudge, sans que Bubba sache qu'elle l'avait posée.

30

Le gouverneur Mike Feuer était au téléphone depuis un quart d'heure, et c'était une chance pour Jed qui avait tourné cinq fois au mauvais endroit et traversé à toute allure l'allée d'une maison, semant les deux Caprice de protection, avant de déboucher dans Cherry Street et de passer devant le cimetière de Hollywood pour se retrouver à Oregon Hill Park, où il avait fait demi-tour pour repartir dans Spring Street, dans le mauvais sens, et finir dans Pine Street au *Mamma'Zu*, réputé pour être le meilleur restaurant indien à l'ouest de Washington DC.

— Jed ? (La voix du gouverneur résonna dans l'interphone.) Ce n'est pas *Mamma'Zu*, là ?

— Si, je crois, monsieur.

— Vous m'aviez dit que c'était fermé.

— Non, monsieur. Je crois vous avoir dit que c'était fermé *le jour* où vous vouliez y emmener votre épouse pour son anniversaire.

Jed racontait des bobards, car il avait pour habitude de dire qu'un endroit avait fermé, déménagé ou fait faillite quand le gouverneur souhaitait s'y rendre et que Jed ne savait pas *comment* s'y rendre.

— Notez-le, dit le gouverneur dans l'interphone. Ginny sera folle de joie.

— Comptez sur moi, monsieur.

Ginny était la *first lady*, et Jed avait peur d'elle. Elle connaissait les rues de Richmond beaucoup mieux que lui, et Jed redoutait sa réaction si elle apprenait que *Mamma'Zu* n'avait pas fermé, ni déménagé, ni changé de nom. Ginny Feuer était diplômée de Yale. Elle parlait couramment huit langues, mais Jed n'aurait su dire si ce nombre incluait l'anglais, ou si c'était en plus.

La « first lady » avait interrogé Jed plus d'une fois au sujet de ses itinéraires fantaisistes qui faisaient perdre tant de temps. Elle l'avait dans le collimateur et pouvait obtenir sa mutation, sa rétrogradation, son renvoi de l'UPP, et même de la police, d'un simple geste, d'un mot ou d'une question, dans n'importe quelle langue.

— On ne devrait pas être déjà arrivés, Jed ?

La voix du gouverneur résonna de nouveau dans l'interphone.

Jed observa son patron dans le rétroviseur intérieur. Le gouverneur Feuer regardait par la vitre. Et il regardait sa montre. Jed sentit sa poitrine se serrer.

— Dans deux minutes, monsieur.

Il accéléra dans Pine Street, dans le mauvais sens. Il tourna brutalement à droite, dans Oregon Hill Parkway qui le mena à Cherry Street, où la clôture enveloppée de lierre du cimetière, sur la gauche, lui apparut telle la statue de la Liberté.

Jed longea la clôture, passant devant le trou et le panneau publicitaire de la teinturerie Victory. Il franchit l'imposant portail en fer forgé que Lelia Ehrhart avait pris soin de faire ouvrir à leur attention. Il passa devant la maison du gardien et les bureaux administratifs, en empruntant Hollywood Avenue. Jed serait arrivé à la statue en quelques secondes s'il n'avait pas tourné dans Confederate Avenue, au lieu de prendre Eastvale.

Andy comprenait pourquoi les médias, les gens sans imagination, insensibles, aigris et les habitants qui n'étaient pas originaires de Richmond dévalorisaient très souvent le cimetière de Hollywood en l'appelant la cité des morts.

Alors qu'Andy et Weed s'enfonçaient dans le « je-n'ai-pas-la-moindre-idée-de-l'endroit-où-je-me-trouve », le respect que vouait Andy à l'histoire et à ses morts se diluait dans la fatigue et la frustration. Le célèbre cimetière n'était plus à ses yeux qu'une métropole sans cœur et peu secourable, traversée d'anciens chemins pour voitures à cheval aujourd'hui pavés et baptisés, et créée par les familles les plus en vue qui savaient très bien, elles, où elles seraient enterrées.

Il était impossible de trouver des sections, des propriétaires de concessions, ou même la sortie, sans posséder un plan, ou une connaissance des lieux *a priori*, ou encore une chance de pendu. Et Andy, c'est triste à dire, se dirigeait vers l'ouest, au lieu d'aller vers l'est.

— Ça fait mal ? demanda-t-il à son prisonnier.

Weed s'était ouvert le menton quand Andy l'avait plaqué au sol. Il saignait, et cela n'avait fait que gâcher un peu plus la journée d'Andy, si tant est que ce soit possible. Les services du shérif n'accepteraient pas un mineur visiblement blessé. Il faudrait établir un certificat médical ; autrement dit, Andy serait obligé d'emmener Weed aux urgences à l'hôpital, où ils passeraient certainement toute la journée à attendre.

— Je sens rien du tout.

Weed appuyait une des chaussettes d'Andy contre son menton, à défaut de pansement.

— Je suis sincèrement désolé, dit Andy pour s'excuser encore une fois.

Ils continuèrent à avancer dans Waterview, jusqu'à New Avenue, où Weed s'arrêta pour contempler, hébété, le tombeau en granit et marbre du magnat du tabac Lewis Ginter. Il demeura bouche bée devant les lourdes portes en bronze, les colonnes corinthiennes et les fenêtres de style Tiffany.

— On dirait une église, dit-il, émerveillé. J'aimerais bien que Twister puisse avoir un truc comme ça.

Ils marchèrent en silence pendant quelques instants. Andy songea alors à rebrancher sa radio.

— Dites, vous avez déjà perdu quelqu'un de proche ? demanda Weed.

— Mon père.

— Ah, je voudrais bien que le mien soit mort.

— Tu ne penses pas ce que tu dis.

Weed leva les yeux vers Andy.

— Comment il est mort, votre père ?

— Il était flic. Il a été tué en service.

Andy songea à la petite tombe toute simple de son père, dans la petite ville universitaire de Davidson. Le souvenir de ce dimanche matin de printemps, quand il avait dix ans et que le téléphone avait sonné dans leur modeste pavillon en bois de Main Street, était toujours vivace. Il entendait encore sa mère hurler, donner des coups de pied dans les meubles, gémir et lancer des objets pendant qu'il se terrait dans sa chambre, connaissant déjà la nouvelle, sans qu'il soit besoin de la lui annoncer.

La télévision repassait en boucle l'image du corps de son père recouvert d'un drap ensanglanté que l'on chargeait à bord d'une ambulance. Un cortège interminable de voitures et de motos de police, avec les phares allumés, grondait dans la tête d'Andy ; il revoyait les uniformes d'apparat, les insignes rayés d'un ruban noir.

— Vous m'écoutez pas, dit Weed.

Andy revint dans le présent, ébranlé et dérouté. C'était comme si le cimetière se refermait autour lui, l'étouffant avec ses odeurs âcres et ses bruits incessants. La radio lui rappela qu'il devrait réclamer de nouveau un 10-25, mais il savait qu'il ne le ferait pas. Andy ne voulait pas que toute la police de Richmond, y compris Virginia West, sache qu'il était perdu dans le cimetière de Hollywood, en compagnie d'un jeune tagueur de quatorze ans.

Ils repartirent dans New Avenue. Au bout d'un moment, celle-ci contournait l'extrémité ouest du cimetière pour déboucher dans Midvale, et là, au loin, ils aperçurent une sorte de long corbillard tout noir qui roulait vers eux à vive allure.

Les stèles et les plaques funéraires, les houx, défilaient derrière les vitres teintées du gouverneur Feuer, qui achevait une conversation téléphonique en ayant maintenant perdu toute patience, et tout désir d'accorder des deuxièmes chances.

Jed roulait trop vite. Trouver la statue de Jefferson Davis prenait plus de temps qu'il n'en avait fallu, certainement, pour la peindre. Les Caprice banalisées conduites par les hommes de l'UPP semblaient avoir disparu.

— Jed... (Cette fois, le gouverneur Feuer prit la peine d'abaisser la vitre de séparation.) Où est passée notre escorte ?

— Ils ont continué, monsieur.

— Continué vers où ?

— Jusque chez vous, je pense, monsieur. Je n'en suis pas certain, mais je crois que Mme Feuer avait besoin d'aller faire une course.

— Mme Feuer est partie pour le Homestead.

— Il paraît que c'est un lieu de vacances formidable, tout là-haut dans les montagnes, avec des sources thermales, une nourriture sensas, du ski et tout ça. Je suis content qu'elle puisse se détendre un peu...

Jed essayait de noyer le poisson.

— Où sommes-nous, Jed, bon sang ?

Le gouverneur Feuer s'empêchait de hausser le ton.

— Il y a beaucoup de déviations, monsieur. À cause des enterrements, je suppose.

— Je ne vois aucun enterrement dans les parages.

— Non, pas dans cette allée, monsieur.

— À vrai dire, je n'ai vu aucune autre voiture, ajouta le gouverneur, d'un ton grincheux.

— Cette route sert à traverser le cimetière, monsieur.

— À *traverser* ? Pour aller où ? Il n'y a pas de route qui traverse le cimetière. Il n'y a qu'une seule entrée et sortie. Si vous voulez *traverser*, vous vous retrouvez dans la James River.

— Ce que je voulais dire, monsieur, c'est que nous ne sommes pas sur une route funéraire, expliqua Jed, en ralentissant légèrement.

— Pour l'amour du ciel, Jed ! (Le gouverneur avait perdu son calme.) Il n'existe pas de route funéraire dans un cimetière. Les voitures vont à l'endroit où la personne est enterrée. On n'enterre pas les gens au bord de la route. Nous sommes perdus.

— Absolument pas, monsieur.

— Faites demi-tour. Revenons sur nos pas.

Au moment où le gouverneur Feuer disait cela, un policier en uniforme et un jeune garçon passèrent tout à coup derrière sa vitre droite.

Il se retourna sur son siège pour regarder, à travers la vitre arrière, ce policier et cet enfant vêtu à la manière des Bulls. Ils marchaient lentement, d'un pas mal assuré, comme si leurs jambes risquaient de se dérober sous eux d'une minute à l'autre.

— Arrêtez-vous, Jed !

Jed pila net, renversant la pile de journaux sur la moquette du plancher de la limousine.

Derrière le supermarché Kmart, l'activité ralentissait et la foule se faisait plus clairsemée. La fourgonnette du médecin légiste était en route pour la morgue, où le corps de Ruby Sink serait autopsié, dans la journée ; les agents en uniforme commençaient à quitter les lieux pour retourner dans les rues.

Les inspecteurs recherchaient les témoins et les parents de la victime, tandis que les médias tentaient de les devancer. Les pompiers étaient repartis depuis longtemps, laissant à Virginia et à deux techniciennes de la police scientifique le soin de finir le travail.

Jusqu'à présent, outre les douilles de balles de .9, on avait relevé des dizaines d'empreintes digitales à l'intérieur de la voiture, qui serait bientôt emportée sur un camion pour être examinée de manière plus approfondie par des spécialistes, à l'abri d'un hangar. Parallèlement, les traces laissées par le percuteur sur les balles seraient scannées et entrées dans le système informatique de l'ATF, afin de savoir si elles correspondaient à des projectiles retrouvés sur les lieux d'autres crimes.

Les empreintes, elles, seraient analysées par le système d'identification automatisé baptisé AFIS. Les cheveux, le sang et les fibres seraient expédiés dans différents laboratoires.

— Il faut aller foutre la bagnole à l'ombre, ou sinon le sang et tous les autres indices biologiques vont se détériorer à toute allure, dit Virginia à la technicienne de la police nommée Alice Bates, qui photographiait l'intérieur de la Chevy Celebrity.

— On s'en occupe, répondit Bates.

Sa collègue, nommée Bonita Wills, s'intéressait particulièrement au contenu du portefeuille de la victime, éparpillé sur le plancher de la voiture, du côté du passager. Virginia se pencha par la portière ouverte, du côté du chauffeur, pour jeter un coup d'œil ; sa veste frotta contre le montant de la portière.

— Ah, zut, murmura-t-elle en essayant d'ôter la poussière noire qui servait à relever les empreintes.

Elle examina les taches de sang sur le rétroviseur, sur le toit, juste à côté, les traces dégoulinantes sur le volant, et la flaque de sang en train de coaguler sur le siège du passager. Quand elle était arrivée sur les lieux du crime, Mlle Sink était affalée sur le flanc droit, sa tête reposait sur le siège du passager. Il y avait des éclaboussures de sang sur ses avant-bras, ses coudes, jusque sur le toit, à la verticale du siège, et tout cela formait une vision terrible.

Selon toute vraisemblance, Ruby Sink était assise au volant, les coudes levés, les mains cachées sous quelque chose, peut-être son visage, lorsqu'on l'avait exécutée de plusieurs balles dans la tête, à la manière de la pègre. Puis le meurtrier était descendu de voiture, et le corps de Mlle Sink avait basculé sur le siège voisin, où elle avait saigné un très court instant, avant de mourir.

— Le salaud, dit Virginia. Faire ça devant un bébé. Pour 200 misérables dollars ! Le sale fils de pute.

— Ne touchez à rien, surtout, lui dit Wills, comme si Virginia avait passé toute sa vie assise derrière un bureau.

Elle s'efforça de garder son sang-froid. Elle en avait marre d'être traitée comme une intruse, comme une idiote, alors que, il n'y a pas si longtemps encore, elle était considérée avec respect, et même affection, par une police bien plus importante et plus efficace que celle d'ici.

Elle s'écarta de la voiture en regardant autour d'elle ; elle avait chaud dans son tailleur taché, elle s'impatientait. Tout le périmètre derrière le supermarché était entouré de bandes de plastique jaune, et Virginia n'avait pas l'intention de laisser approcher qui que ce soit avant un bon moment, pas même les chauffeurs qui venaient effectuer des livraisons de marchandises.

— Où est donc le camion ? demanda-t-elle, concentrée sur son travail. Je n'aime pas ça. Tout le monde a fichu le camp, et, à part le corps, la voiture constitue la pièce à conviction la plus importante.

— Je n'en suis pas si sûre, répondit Wills. Cette bagnole est une vraie porcherie question empreintes. Elles peuvent appartenir à n'importe qui, ça dépend du nombre de personnes qui sont montées dedans ou qui l'ont touchée. Et la plupart des empreintes seront sûrement les siennes.

— Oui, mais certaines seront celles du meurtrier, dit Virginia. Ce type ne porte pas de gants. Il s'en fout de laisser de la salive, des cheveux ou des poils, du sang, du liquide séminal, parce que c'est certainement une petite ordure qui sort d'une maison de redressement pour mineurs, et on a détruit tous ses dossiers pour protéger sa précieuse vie privée.

— Hé, Bates ! lança Wills à sa collègue. N'oublie pas de bien examiner la serrure du coffre. Au cas où il l'aurait ouvert.

— Je t'ai pas attendue.

Virginia utilisa sa radio pour demander à un agent de venir garder les lieux du crime. Après quoi, elle remonta dans sa voiture et fit le tour du supermarché. Le parking était rempli de clients en quête de bonnes affaires. Quelques-uns restaient plantés devant l'entrée du magasin, les yeux fixés sur la First Union Bank, et spéculaient à voix basse, tout excités. Mais la plupart étaient à l'intérieur du supermarché, probablement en train de pousser des chariots dans les allées, indifférents.

Virginia s'arrêta devant la banque, surprise de voir que Judy continuait à discuter avec Bubba, en plein soleil. Virginia descendit de voiture et se dirigea vers eux. Elle ralentit le pas lorsque la puanteur parvint à ses narines. Elle regarda fixement le pantalon de treillis de Bubba.

— Je trouve que c'est une excellente idée que les citoyens s'impliquent, assurément, disait Judy à Bubba. Mais sans dépasser certaines limites. Je ne veux pas que nos policiers bénévoles soient armés, monsieur Fluck.

— Dans ce cas, la plupart d'entre nous voudront pas, répondit-il.

— Il existe d'autres façons d'aider.

— Et les bombes lacrymos ou les matraques électriques ? Ils pourraient en avoir ?

— Non.

Virginia savait exactement ce que faisait sa chef. Judy s'y entendait pour manipuler les gens, pour dribbler dans les coins avec la conversation, faire des feintes et des passes, en attendant l'occasion propice pour marquer. Virginia la laissa mener le jeu.

— Les auxiliaires de police de Chesterfield sont armés, fit remarquer Bubba, en chassant les mouches. J'en connais plusieurs. Ils bossent dur, et ils aiment ça.

Judy remarqua les traces de poudre noire sur la veste de Virginia.

— Sacrées taches..., commenta-t-elle, sans achever sa phrase, pour tendre son piège.

— Ouais, comme vous dites, répondit Bubba. Il essaye de me convaincre, mais faudrait que j'aille vivre à Chesterfield.

Judy feignit de ne pas comprendre.

— Je vous demande pardon ?

— Mon pote, Smudge. (C'était au tour de Bubba de paraître étonné.) Comment ça se fait que vous le connaissez[1] ?

— Pardon de vous avoir retenu si longtemps, monsieur Fluck, dit Judy. Rentrez donc chez vous pour vous rafraîchir. Chef adjoint West ? J'ai à vous parler.

Les deux femmes s'éloignèrent de Bubba.

— Très astucieux, commenta Virginia, impressionnée. Tu parlais de ma veste, mais c'était comme si tu connaissais Smudge.

— J'ai eu de la chance, dit Judy, au moment où une voiture pénétrait sur le parking et fonçait vers elles. Je veux qu'on surveille cet homme. *Immédiatement.*

Roop jaillit de la voiture de manière si précipitée qu'il ne prit même pas la peine de couper le moteur ni de fermer la portière.

— Chef Hammer ! s'exclama-t-il, au comble de l'excitation. Je viens de recevoir un autre appel. Le même type.

— Vous êtes sûr ? demanda Judy.

— Absolument ! Les Piranhas revendiquent l'homicide du guichet automatique !

1. *Smudge* signifie tache, traînée, bavure... D'où la confusion de Bubba. *(N.d.T.)*

31

N'ayant jamais rencontré le gouverneur Feuer, Andy ne pouvait savoir qui était cet individu qui se dirigeait d'un pas vif vers lui et Weed, dans Midvale Avenue.

C'était un homme grand, à l'air distingué, vêtu d'un costume sombre à fines rayures. Il semblait pressé, et tracassé par un problème quelconque. Andy essuya la sueur qui lui coulait dans les yeux ; sa bouche était tellement sèche qu'il avait du mal à parler.

— Tout va bien ? demanda-t-il.

— J'allais vous poser la même question, mon vieux, dit l'homme.

Andy prit le temps d'enregistrer cette voix connue pour la faire coïncider avec le visage.

— Oh, fit-il simplement.

— J'ai vu votre photo partout ! s'exclama Weed.

— On dirait que vous avez passé un sale quart d'heure, commenta le gouverneur. Et toi, qu'est-ce que tu t'es fait au menton ? demanda-t-il à Weed.

— Je me suis coupé en me rasant.

Le gouverneur sembla accepter cette réponse.

— Comment diable avez-vous atterri ici ? Vous êtes blessés ? Vous n'avez pas de renforts ? Votre radio ne marche plus ? demanda-t-il à Andy.

— Si, elle marche, monsieur.

Les paroles d'Andy étaient pâteuses, comme s'il avait la bouche pleine d'hosties. Sa langue se prenait les pieds dans chaque syllabe. Il avait l'air légèrement éméché et se demandait s'il n'était pas en train de délirer. Peut-être que rien de tout cela n'était réel.

— Je vais vous donner de l'eau ; et ne restez pas en plein soleil, dit le gouverneur.

Andy était bien trop épuisé et déshydraté pour avoir la moindre réaction de type émotionnel.

— Je dois vous avertir que j'ai un prisonnier, marmonna-t-il.

— Si ça ne vous tracasse pas, moi non plus, répondit le gouverneur Feuer. Mon chauffeur fait partie de la police d'État.

Au garde-à-vous près de la limousine, Jed sourit. Il ouvrit une des portières arrière et le gouverneur monta à bord. Jed adressa un signe de tête à Andy et Weed pour les inciter à faire de même.

— Jed, vous avez de l'eau, je crois ? dit le gouverneur.

— Oh, oui, monsieur. Glacée ou non glacée ?

— Peu importe, dit Andy.

— Moi, je veux bien glacée, dit Weed.

Andy fut submergé par l'air conditionné et une vaste étendue de cuir gris et souple. Il s'assit sur la moquette du plancher et fit signe à Weed de l'imiter. Le gouverneur les regarda d'un air bizarre.

— Que faites-vous ?

— On est en sueur, expliqua Andy. On ne voudrait pas abîmer vos beaux sièges.

— Ne dites pas de bêtises. Asseyez-vous donc.

L'air climatisé s'attaquait à leurs vêtements trempés de transpiration. Jed fit glisser la séparation de verre pour tendre aux passagers un pack de six bouteilles d'Évian bien fraîches. Andy en vida deux bouteilles, entièrement, en respirant à peine entre chaque gorgée. Une douleur violente, comme un coup de poignard, remonta dans ses sinus jusqu'au sommet de son crâne. Il se plia en deux de douleur et se massa le front.

— Que se passe-t-il ? s'enquit le gouverneur, paniqué.

— Rien, j'ai bu trop froid. Ça va aller.

— Ah, c'est horrible. Je ne connais rien de pire.

— Hmmm.

— Ça m'arrive, à moi aussi, quand je bois du Pepsi trop vite, expliqua Weed avec commisération.

La voix de Jed résonna dans l'interphone.

— Où va-t-on, monsieur ?

— Où peut-on vous déposer ? demanda le gouverneur à Andy. Chez vous ? Au quartier général ? À la prison ?

Andy se frotta le front. Il versa de l'eau sur une serviette en papier et nettoya délicatement la blessure de Weed, et le sang séché dans son cou.

— Alors ? demanda le gouverneur.

— Je vous assure, gouverneur, ce n'est pas la peine. Je ne veux pas que vous vous donniez tout ce mal, dit Andy.

Le gouverneur Feuer sourit.

— Comment vous vous appelez, fiston ?

— Andy Brazil.

— Comme ce gars du NIJ qui a écrit l'édito sur la délinquance juvénile ?

— Oui, c'est moi.

Le gouverneur semblait favorablement impressionné.

— Et toi, petit ? demanda-t-il à Weed.

— Weed.

— C'est ton vrai nom ?

— Pourquoi tout le monde me demande toujours ça ?

Weed en avait marre.

— Le quartier général, ce sera très bien, monsieur, dit Andy.

— Faites un saut par le quartier général de la police, Jed. Et vous devriez peut-être appeler mon assistant pour lui dire que je serai en retard je ne sais où.

Le temps s'était arrêté pour Patty Passman, assise sur le plancher métallique et froid, collant d'urine, du fourgon, les bras tordus dans le dos, les chevilles attachées. Ses mains et ses pieds étaient ankylosés. Elle était glacée jusqu'aux os. Ses pensées étaient traversées par des visions de gangrène, d'amputations et de procès.

Les composants de sa regrettable chimie organique avaient retrouvé leur équilibre. Bien qu'affaiblie et quelque peu secouée, elle était capable de réfléchir clairement, d'échafauder une tactique. Elle savait parfaitement ce qu'était en train de faire Rhoad. On ne pouvait pas la conduire à la prison tant qu'il n'avait pas rempli au moins un formulaire d'arrestation. Et ce salopard allait rassembler toutes les accusations possibles et imaginables et remplir entièrement chaque formulaire, car plus c'était long, plus longtemps elle restait assise là, ficelée comme une dinde dans une glacière.

Passman recula en se trémoussant sur le plancher métallique impitoyable, pour finalement s'adosser contre une des parois du fourgon. Elle changeait de position à chaque seconde, afin de soulager la morsure des menottes et la douleur dans ses épaules.

— Oh, vite, vite, par pitié ! supplia-t-elle dans le noir, alors que les larmes lui venaient aux yeux. Je meurs de froid. Oh, Seigneur, j'ai mal ! Par pitié ! Pourquoi tant de cruauté ?

Elle éclata en sanglots que personne n'aurait entendus et qui n'auraient ému personne même si elle s'était trouvée au milieu d'un stade archicomble.

Tout le monde s'en foutait. Depuis toujours.

La première erreur de Patty Passman dans la vie avait été de naître fille. Ses parents en avaient déjà six, et ils furent effondrés en découvrant que leur septième et dernière tentative leur amenait une fille de plus. Passman passa son enfance à essayer de se racheter à leurs yeux.

Elle frappait ses sœurs en leur disant qu'elles étaient laides, stupides et plates comme des limandes. Elle brisait les jouets, écartelait les poupées, faisait des dessins obscènes, elle pétait, rotait, crachait, elle ne tirait pas la chasse d'eau des toilettes ; elle était insensible, elle faisait des réserves de friandises, elle gardait les pièces de monnaie destinées à la quête du dimanche à l'église, elle perdait son sang-froid, elle embêtait le chien, elle jouait au soldat et au docteur avec d'autres filles du quartier, mais refusait de jouer du piano. Bref, elle faisait tout ce qu'elle pouvait pour se comporter comme un garçon.

Au fil des ans, Patty mit un peu d'eau dans son vin, pour s'apercevoir finalement que, à force de renier son sexe pendant si longtemps, elle avait pris un tel retard dans la course des femmes qu'il ne lui était plus possible de rattraper le peloton, ni même de terminer dernière. Elle fut disqualifiée et déclarée hors jeu par tous, à l'exception de Moïse Pharaon, qui la sélectionna pour l'épreuve de lutte lors de la fête de l'école, car, comme il le lui avoua en l'escortant sur le terrain de basket illuminé, lors de cette soirée illustre, il avait un penchant pour les femmes obèses avec de petites dents.

Après cette cérémonie, ils avaient mangé des lasagnes, du pain frotté à l'ail, de la salade et du cheesecake chez *Joe Inn*. Sur le chemin du retour, à bord de sa Chevelle 69, avec ses quatre cent vingt-cinq chevaux et ses deux cent vingt kilos de couple moteur, Moïse l'avait emmenée jusqu'au point de vue situé à l'extrémité de East Grace Street.

Ce que Passman savait sur le baiser, elle l'avait appris dans les films. Elle n'était pas préparée à l'intrusion brutale de cette énorme et épaisse langue sentant l'ail au fond de sa gorge. Elle fut choquée quand Moïse fourra ses mains dans son décolleté en mousseline, à la recherche de la Terre promise. Il la fit s'ouvrir, il la traversa et brisa les Dix commandements, semble-t-il, au cours de cette nuit épouvantable où sa longue robe en satin rose fut relevée et froissée, tout ça parce qu'elle n'était pas un garçon.

Elle était encore dans tous ses états, parcourue de frissons, quand le fourgon s'anima dans un grondement. Il démarra. À chaque virage, Passman roulait sur le flanc, comme un bout de bois ballotté par les flots. Les minutes semblaient interminables. Enfin, le fourgon s'arrêta.

— Poterne 1, soulevez la barrière, annonça une voix masculine.

Passman entendit une sorte de grille trembler et se relever lentement. Le fourgon repartit et s'arrêta de nouveau. La grille redescendit dans un grincement suraigu. Le hayon du fourgon se leva ; un flic était là, mâchonnant un chewing-gum.

Il était ébouriffé, sa bedaine pendait par-dessus sa ceinture, comme de la pâte à pizza. Il avait un œil noisette, l'autre marron ; ses cheveux grisonnants étaient peignés en arrière, ses oreilles et ses narines hérissées de poils ressemblant à des pinceaux raides. Les chauffeurs de fourgon étaient la lie de la police, la régression atavique d'un ordre vivant invertébré, paresseux et inférieur, que Passman avait appris à mépriser.

— OK d'ac', dit-il. On lève les mains et on descend de là.

Allongée sur le dos, sur le plancher, Passman le regarda du coin de l'œil.

— Je ne peux pas, dit-elle.

— Allez, hue ! lui lança-t-il.

— J'irai nulle part si vous me détachez pas les chevilles d'abord.

Elle pensait ce qu'elle disait.

Sa robe était relevée jusqu'à ses hanches rembourrées, et elle ne pouvait rien y faire. Le flic n'en perdait pas une miette. Elle savait que si elle laissait exploser sa colère encore une fois, cela se traduirait par une nouvelle séance de bondage.

— Détachez-moi les chevilles, s'il vous plaît, que je puisse descendre.

— Un joli « s'il vous plaît » avec du sucre dessus ?

Elle crut reconnaître cette voix, puis elle en fut certaine.

— Vous êtes l'unité 4-5-2 !

— Hé, je suis célèbre, on dirait. Je vais couper les bracelets, mais si jamais vous bougez le petit doigt, je m'occupe de vous pour de bon.

Elle ne connaissait pas son nom, mais si Passman connaissait une chose, c'étaient les voix. Elle avait une mémoire absolue concernant les paroles prononcées sur les ondes par des centaines d'agents qu'elle ne voyait jamais. L'unité 4-5-2 coupa les menottes en plastique avec un canif et le sang afflua dans les pieds de Passman sous forme d'une nuée de minuscules épingles. Elle se traîna sur les fesses vers la porte du fourgon, ce qui eut pour effet de faire remonter davantage sa robe, bien au-delà de la bande foncée de ses collants, jusqu'à la taille. Le flic se rinçait l'œil en mâchant son chewing-gum. Elle se laissa glisser jusqu'au sol.

L'unité 4-5-2 enfonça un bouton sur le mur pour commander l'ouverture de la porte de la prison, et, en entrant, il se servit d'une clé accrochée à sa ceinture pour ranger son pistolet à l'abri dans le coffre des armes à feu. Il sortit une autre clé, minuscule celle-ci, avec laquelle il ouvrit les menottes.

— « *Unité 4-5-2,* récita Passman en le singeant. *Je vous écoute, 4-5-2. – Je suis 10-7 au niveau du 2600 de Park. – 10-4, 4-5-2. Ça veut dire déjeuner au* Robin Inn. *– Euh, 10-4...* »

— Vous ! (L'unité 4-5-2 était stupéfait et profondément outré.) C'est vous ! La salope du central !

— Et vous, vous êtes le pauvre connard qui se planque sur

le parking de la Engine Company pour faire joujou avec ses saloperies de petits jeux débiles. Tetris Plus, Q*Bert, Pac Man, Boggle !

— Hein ? Quoi ? bredouilla l'unité 4-5-2.

Passman avait pris le dessus.

— Tout le monde le sait, ajouta-t-elle, tandis que le shérif adjoint Reflogle prenait les formulaires d'arrestation que lui tendait l'unité 4-5-2 et commençait à fouiller Passman.

— On dirait que vous avez pris le maximum, ma petite, commenta Reflogle. Vous avez dû en baver à la maison pour agir comme ça.

Passman ne l'écoutait pas.

— Tout le monde se fout de vous au central ! lança-t-elle à l'unité 4-5-2, d'un ton railleur. Je vous signale que B, c'est *boy,* pas *bravo,* et H, c'est *Henry,* pas *hôtel,* tête de nœud ! Vous vous prenez pour qui, un pilote d'avion ?

— Allez, calmez-vous, ordonna l'adjoint Reflogle, en sortant huit *quarters* des poches de sa jupe.

Il écrasa les doigts de Passman sur un tampon encreur et transféra ses empreintes sur une fiche à dix cases. Après quoi, il la prit en photo. Il lui demanda quels étaient ses pseudonymes. (Et ses surnoms, au cas où elle ne comprendrait pas le mot pseudonyme.) Pour finir, il l'enferma dans une cellule à peine plus grande qu'un casier de vestiaire, avec un banc pour s'asseoir et une petite vitre carrée pour voir dehors. Elle mangea du Jell-O à la cerise, du *cottage cheese* et des bâtonnets de poisson pané pour le déjeuner.

Le bureau du magistrat municipal de la ville de Richmond était situé au rez-de-chaussée du siège de la police, après le bureau d'informations, à proximité des cellules et de la Poterne 1.

Il n'était pas tout à fait 16 heures. Vince Tittle n'était pas heureux dans son travail ni dans sa vie. Ce n'était pas difficile de regarder en arrière et de voir à quel moment il avait brisé le carreau, ébréché la porcelaine, fait brûler le lait dans la casserole. Il avait cédé à une faveur. Il avait vendu son âme pour un bureau qui ressemblait beaucoup à une cabine de péage.

Tittle n'avait pas toujours eu une image déplorable de lui-même. Quatre ans plus tôt, il menait une brillante carrière de photographe à la morgue. Il était fier de prendre des clichés à l'échelle parfaite. C'était un magicien de la lumière et de la vitesse d'obturation. Ses œuvres étaient exposées devant la cour. Elles étaient vues par des procureurs, des avocats de la défense, des juges et des jurés.

Le médecin légiste-chef l'adorait. Ses assistants et les scientifiques du laboratoire de police également. Les accusés le haïssaient. En fait, ce qui avait perdu Tittle, c'était sa soif de justice. Sa route vers l'enfer débuta le jour où il entra au Club de troc des gentlemen, composé de centaines de membres qui possédaient une expérience, un savoir-faire et un talent que Tittle n'avait pas toujours les moyens de s'offrir. Il photographiait des portraits de famille, prenait des photos pour des cartes de Noël ou des calendriers, lors des remises de diplômes ou pendant les bals des débutantes, troquant son talent contre de l'argent virtuel, moins une commission de dix pour cent destinée au club.

Dès lors, Tittle fit rarement ses emplettes dans la réalité. Ainsi, il pouvait prendre des photos de mariage, par exemple, et gagner mille dollars virtuels, qu'il dépensait ensuite, virtuellement, pour faire réparer son toit. Tittle était accroc à son appareil photo. Très vite, il devint virtuellement riche ; c'est ainsi qu'il fit la connaissance du juge de la cour d'appel Nicholas Endo, qui livrait à ce moment-là une bataille contre sa femme, une bataille qu'il était en train de perdre.

Le juge Endo était en effet persuadé que Mme Endo avait une liaison avec son dentiste, Bull Ehrhart, et il voulait la prendre en flagrant délit. Tittle n'oublierait jamais ce que le juge Endo lui avait dit un soir où ils buvaient du bourbon au clubhouse.

— Vince, vous possédez virtuellement tout ce qu'un homme peut désirer, dit le juge en payant cinq dollars virtuels un bourbon qui, lui, était bien réel. Mais il y a forcément une chose dans ce club que vous ne pouvez pas acheter, et je parie que je sais ce que c'est.

— Quoi donc ? demanda Tittle.

— Vous aimez le tribunal. Vous aimez la loi, dit le juge. Photographier des macchabées, c'est rasoir. Forcément.

Tittle faisait tournoyer lentement ses glaçons dans son Maker's Mark. Cette vérité le blessait très profondément.

— Allons, allons. (Le juge se pencha vers lui, au-dessus de la table, et dit, d'un ton condescendant :) Soyons honnêtes, Vince, quelle exaltation peut-on ressentir en photographiant un foie sur une balance, un cerveau sur une planche à découper, le contenu d'un estomac, des petits pots d'urine et de bile, des marques de morsures, des haches plantées dans la tête des gens ?

— Oui, vous avez raison, murmura Tittle, en faisant signe à Seunghoon, la serveuse. C'est ma tournée.

— J'écoute, trésor, dit Seunghoon.

— Remettez-nous ça. Vous avez du Booker's ?

— Ça m'étonnerait, mon mignon. Mais vous savez quoi ? Je crois que M. Mack en sert dans son restaurant. Il a un sacré bar.

— Il faudra en commander. (Le juge Endo venait de rendre son verdict.) C'est le meilleur bourdon qui soit. Cent vingt degrés, ça vous expédie en Chine, ce truc. La prochaine fois qu'on tourne un film en ville, Vince, vous pourriez peut-être prendre deux ou trois photos de Mack avec une vedette ou deux ? Il les accrochera dans son restaurant. Vous lui réclamez deux cents dollars virtuels et vous achetez le Booker's avec.

— D'accord, répondit Tittle.

Leur conversation se poursuivit ainsi pendant encore un petit moment, avant que le juge n'en arrive au nœud de l'affaire.

— Je pense que vous feriez un foutrement bon magistrat, Vince, dit-il en tirant sur son havane importé illégalement. Je l'ai toujours pensé.

Il cracha un anneau de fumée.

— Ce serait un honneur, dit Tittle. J'aimerais bien pouvoir punir les méchants. J'en ai toujours rêvé.

— Et si on concluait un marché ?

— J'ai l'habitude, répondit Tittle.

Le juge Endo lui expliqua alors qu'il souhaitait obtenir des photos explicites de l'adultère de Mme Endo. Et peu importe si elles étaient falsifiées. Il se fichait de la manière dont Tittle s'y prendrait. Le juge Endo voulait juste conserver sa maison, sa voiture et son chien, et il voulait que ses enfants, déjà adultes, se rangent de son côté.

— Ce ne sera pas facile, précisa le juge, en contractant la mâchoire. Je le sais, j'ai tout essayé. Je suis à court d'idées. Mais si vous réussissez, je saurai vous récompenser.

Le lendemain, Tittle se mit à l'œuvre. Très vite, il découvrit que la méthode de Mme Endo était si simple qu'elle en devenait compliquée. Bull Ehrhart possédait quarante-trois cabinets répartis dans Richmond et sa banlieue, plus vingt-deux autres, dans des endroits parfois aussi lointains que Norfolk, Petersburg, Charlotte, Fredericksburg et Bristol, dans le Tennessee.

Deux fois par semaine, Mme Endo utilisait un pseudonyme pour prendre un rendez-vous en fin de journée, dans un cabinet différent. Quand elle avait fait tout le circuit, elle recommençait au début. Elle changeait d'accent, de couleur et de coupe de cheveux, elle faisait des essais de maquillage, de lunettes et de styles vestimentaires.

Pendant des semaines, Tittle fit chou blanc. Le couple adultère était trop prudent et trop rusé. Mais alors qu'il était sur le point de renoncer, il découvrit un corbeau mort qui s'était jeté contre la fenêtre de sa cuisine, car il n'avait pas vu la vitre et avait succombé à une blessure à la tête ; enfin, on pouvait le supposer. Tittle eut alors une idée. Il déposa le corbeau mort dans son congélateur. Il peignit un appareil photo et un pied en jaune.

Ce jour-là, en fin d'après-midi, il suivit Mme Endo jusqu'au cabinet dentaire situé au 17 Staples Mill Road, près d'Ukrops, et il installa son faux matériel de géomètre sur le parking. Il était 17 h 35. Le seul cabinet dont les lumières étaient allumées était celui du coin ; les fenêtres étaient masquées par des stores vénitiens. Tittle accorda à Mme Endo et au docteur Ehrhart quinze minutes pour se mettre au travail, pendant qu'il orientait le téléobjectif 1 200 mm et branchait le déclencheur souple.

Il sortit alors le corbeau congelé de sa poche et le lança de toutes ses forces dans la fenêtre, contre laquelle il s'écrasa avec un bruit sourd écœurant, faisant vibrer le carreau. Les stores s'ouvrirent en un éclair. Le dentiste nu scruta les alentours, avant de regarder par terre et de découvrir le pauvre oiseau qui avait heurté la fenêtre. Mme Endo, nue elle aussi, plaqua sa main sur sa bouche, en secouant la tête avec tristesse.

Ni l'un ni l'autre ne prêta attention au géomètre qui prenait des mesures avec son matériel jaune fluo. Le divorce fut favorable au juge Endo. En échange, il accorda un poste de magistrat à Tittle, comme convenu dans leur accord de troc.

Mais le sentiment de culpabilité du magistrat Tittle ne cessa de grandir avec les années. Il était de plus en plus déprimé, et intimidé, quand le juge Endo l'appelait de temps en temps pour lui rappeler la faveur qu'il lui avait accordée et la nécessité d'aller au charbon en remerciement de cet échange secret qui avait fait du rêve de Tittle une réalité. Le magistrat Tittle n'en avait jamais parlé à quiconque.

Il confessa son péché à Dieu et jura de se racheter. Il cessa de prendre des photos. Il démissionna du Club de troc. Il dénonça ses membres au fisc. Il dénonça son voisin qui s'était branché illégalement sur le câble. Il dénonça la dame de l'épicerie qui essayait de refiler des coupons de réduction périmés. Quand il commettait une faute, il le reconnaissait. Il était humble et travailleur.

Le magistrat Tittle devint célèbre pour son degré zéro de tolérance face aux criminels, aux imbéciles, aux enfants gâtés et aux flics idiots. Quand une personne était accusée injustement, son équité et son honnêteté faisaient l'admiration. Ce qui était à la fois une bonne et une mauvaise chose pour l'agent Rhoad, qui n'avait procédé à aucune arrestation en plus de vingt ans. En feuilletant le code pénal de Virginie, à la recherche de motifs d'inculpation pouvant s'appliquer à Patty Passman, Rhoad avait eu la certitude que le magistrat Tittle irait encore plus loin et réclamerait la prison à vie, sans télé, sans possibilité de faire appel et même sans procès.

Tittle se penchait vers la cafetière électrique pour se servir une autre tasse de café quand l'agent Rhoad apparut derrière la vitre de son guichet.

— Il me faut des mandats, dit Rhoad.

— Qu'est-ce qui vous fait croire que je peux m'occuper de vous sur-le-champ ? demanda Tittle.

— Vous n'avez pas l'air débordé.

— Eh bien, si, répliqua-t-il à travers la petite ouverture

dans la vitre à l'épreuve des balles. Je devrais vous faire asseoir là-bas et patienter pendant une heure ou deux, mais je m'apprêtais à rentrer chez moi. Alors, dépêchons-nous d'en finir.

Tittle fit glisser un tiroir métallique. Rhoad y déposa son épaisse liasse de formulaires d'arrestation. Tittle les récupéra et les feuilleta. Il resta muet un long moment, pendant que Rhoad l'observait à travers la vitre.

— Agent Rhoad ? dit finalement Tittle. Avez-vous déjà entendu parler de l'accumulation des charges ?

— Oui, absolument, répondit Rhoad, qui était habitué aux quotas et supposait que le magistrat lui faisait un compliment.

— Utilisation d'un émetteur-récepteur de la police durant la perpétration d'un crime, lut Tittle en débutant l'énumération des accusations.

— ... Obstruction à la justice, poursuivit-il. Le sujet a volontairement tenté d'empêcher l'officier susnommé d'accomplir son devoir.

Tittle passa à l'accusation suivante :

— Utilisation d'un langage injurieux.

— Si vous l'aviez entendue ! s'exclama Rhoad avec indignation.

— Comportement agité dans des lieux publics. Résistance ou obstruction à l'accomplissement d'un acte légal. (Tittle leva les yeux par-dessus ses lunettes demi-lune.) Crimes contre nature ?

— Elle m'a empoigné.

Le visage de Rhoad s'enflamma.

— Vous avez eu des relations anales ?

— Non, monsieur.

— Buccales, alors ?

— C'est les choses qu'elle a dites.

— Il ne s'agit pas de *choses dites,* agent Rhoad. De la bestialité, peut-être ?

— Oui ! Une vraie bête ! C'était épouvantable !

— Agent Rhoad, dit Tittle d'un ton sévère. La bestialité signifie baiser des animaux. (Il jeta le formulaire d'arrestation dans une corbeille destinée aux documents à détruire.) Voyons voir..., dit-il en poursuivant sa lecture. Intrusion dans la propriété d'autrui dans le but de l'endommager.

— Elle ne voulait plus me lâcher. Elle s'est emparée de ma propriété, monsieur.

— Quelle propriété, agent Rhoad ?

— Mes parties intimes. Elle a essayé de les endommager.

Ce rapport rejoignit le précédent dans la corbeille.

— Intrusion illégale malgré ordre contraire, lut Tittle.

— Je lui ai demandé d'arrêter.

— Agression sexuelle aggravée. Comment en êtes-vous arrivé à celle-ci ?

— Elle s'est attaquée à mes parties, lui rappela Rhoad.

— Je suppose que « tentative de viol », c'est pour la même raison ?

— J'aurais voulu vous voir à ma place.

— Violences sexuelles, viol. Accusation sans fondement, déclara Tittle d'une voix tendue. Et... oh ! Que vois-je ? « Menaces visant le gouverneur ou sa famille proche » ?

— Elle a dit « J'irai voir le gouverneur, ou sa femme, ou ses enfants, ou sa famille. Et ce jour-là, vous le regretterez ! ».

Rhoad détourna le regard. Il n'était plus tellement sûr de ce motif-là. Il y avait tellement de choses confuses maintenant. Tittle fit une boule avec le rapport et la jeta par terre.

— Menaces verbales. Blessures corporelles infligées par des prisonniers. Coups et violences. Sévices aggravés causés avec intention de nuire.

Tittle froissait chaque formulaire l'un après l'autre et les lançait en cloche dans la corbeille.

— ... Usage d'arme à feu, usage de couteau avec intention d'estropier et de tuer. Refus d'obéir aux ordres d'un représentant du maintien de l'ordre. Trahison... *Trahison ?*

— Le sujet a résisté à l'application des lois sous couleur de son autorité, récita Rhoad. En m'attaquant, elle est entrée en guerre contre l'État.

— Vous devriez aller consulter un psychiatre.

— Je suis un citoyen de cet État, non ?

— Pourquoi cette femme vous a-t-elle empoigné les parties génitales, agent Rhoad ? (Tittle n'avait jamais rencontré un tel imbécile de toute sa vie.) A-t-elle jailli de nulle part pour fondre sur vous ? L'a-t-on provoquée ? Est-ce une maîtresse éconduite ?

— Elle a essayé de m'empêcher de lui mettre une contravention pour stationnement irrégulier, expliqua Rhoad.

— Je ne vous crois pas.

— En fait, ce n'était pas vraiment la première fois.

Andy fut assez malin pour demander au gouverneur Feuer de déposer ses passagers juste avant d'arriver au siège de la police, évitant ainsi une situation qui serait difficile, voire impossible, à expliquer.

— Je vais te conduire au Centre médical, dit Andy à Weed, tandis qu'ils marchaient sur le trottoir. Ensuite, on demandera à ta mère de venir te chercher. Tu ne vas pas passer toute la nuit enfermé.

— Si, justement, dit Weed.

Andy remarqua que le jeune garçon était très nerveux ; il regardait partout autour de lui, comme s'il avait peur que quelqu'un les suive.

— Je ne te comprends pas, dit Andy. Et tu sais pourquoi ? (Il ouvrit la porte vitrée à double battant du quartier général de la police.) Parce que tu ne me dis pas tout, Weed. Tu me caches des choses.

Weed n'avait rien à dire. Andy emprunta une voiture de patrouille et informa le central de l'endroit où il se rendait. Weed et lui patientèrent ensuite aux urgences du Centre médical, où Weed ne pouvait être soigné sans la présence d'un de ses parents. Sa mère ne répondait pas au téléphone, et elle n'était pas à son travail. Son père était parti tondre l'herbe quelque part, et il ne répondit pas au message d'Andy. L'émetteur-récepteur ne fonctionnait pas à l'intérieur de l'hôpital. Andy se sentait coupé du monde, furieux, impuissant et triste.

Finalement, il dut s'adresser à un juge pour que celui-ci donne l'autorisation de soigner Weed, ce qui aurait réglé le problème s'il n'y avait pas eu un accident de car scolaire ce même après-midi. Résultat, il était plus de 23 heures quand, enfin, une infirmière désinfecta la coupure de Weed et lui posa un pansement.

— Je ne comprends pas, dit Andy dans la voiture, alors qu'ils retournaient au quartier général. Tu es sûr que tu as une mère ?

Cette remarque blessa Weed, Andy le sentit.

— Elle répond pas souvent au téléphone, surtout quand elle dort, et elle dort beaucoup dans la journée.

— Pourquoi ne répond-elle pas au téléphone le reste du temps ?

— Parce que c'est toujours papa qu'appelle. Et il lui dit des méchancetés. Je sais pas pourquoi. Mais faut bien qu'il ait le numéro, vu que je vais chez lui des fois.

Ils se garèrent sur le parking de derrière et Andy conduisit Weed à l'intérieur du bâtiment de la police. Ils passèrent devant le bureau d'accueil ; Weed semblait ne pas se soucier de l'endroit où on l'emmenait. Son humeur était de plus en plus sombre.

— Tu sais quelque chose, dit Andy. Quelque chose de grave. Tellement grave que tu as peur, très peur.

— J'ai peur de rien, répondit Weed.

— On a tous peur de quelque chose.

Des prisonniers avec des menottes aux poignets entraient et sortaient, en marmonnant, en titubant ou en se pavanant ; certains portaient des lunettes de soleil, la plupart étaient drogués ou ivres. Dans l'air flottaient des odeurs de transpiration, d'alcool et de marijuana. Andy tourna à droite et ils franchirent une autre double porte. L'une d'elles s'ouvrait sur une petite pièce miteuse avec des bureaux fixés aux murs, des chaises en plastique et d'horribles bancs en Skaï vert maculés.

Andy se dirigea vers un téléphone et composa le numéro de pager de l'agent des admissions. Un vieux poste de radio était posé sur une des tables, et Andy le brancha sur 98.1. Il s'assit sur un bureau et regarda Weed.

— Dis-moi tout.

— J'ai rien à dire.

Weed s'était assis sur un banc.

— Pourquoi as-tu décidé de peindre cette statue ?

— J'avais envie.

— Quelqu'un t'a demandé de le faire ? Un des Piranhas ?

— Je sais rien sur les Piranhas.

— Mon œil. D'où vient ce chiffre tatoué sur ton doigt ?

À la radio, un journaliste revenait sans cesse sur le meurtre survenu devant un guichet automatique, mais cette nouvelle et le nom de la victime ne parvinrent pas à pénétrer immédiatement la fatigue et la frustration d'Andy. Et puis tout à coup, il comprit.

— « ... confirmé l'identité de cette femme de soixante-douze ans habitant à Church Hill nommée Ruby Sink... »

— Hé, attends un peu !

Andy monta le son.

— « ... effectué un retrait au guichet automatique, a été enlevée et abattue dans sa voiture. Un gang se faisant appeler les Piranhas a revendiqué ce meurtre. Ce même gang avait déjà revendiqué l'acte de vandalisme perpétré sur la statue de Jefferson Davis dans le cimetière de Hollywood... »

Andy était hors de lui. Il faisait les cent pas, rageusement, les poings serrés. Hébété, incrédule, il revoyait Ruby Sink et se remémorait la dernière fois où elle l'avait appelé.

— Non ! s'écria-t-il. *Non !*

Il donna un coup de poing dans le mur et un coup de pied dans la poubelle. Celle-ci traversa la pièce dans un fracas métallique ; des papiers, des boîtes de poulet frit et des emballages de hamburgers se répandirent sur le sol.

— Comment peut-on faire ça à une vieille femme sans défense !

Sa dernière conversation avec Mlle Sink résonnait dans son esprit. Il entendait sa voix. Il s'était servi d'elle pour rendre Virginia jalouse. Il serra les poings, si fort que ses ongles s'enfoncèrent dans ses paumes. Il agrippa Weed par les épaules.

— *Tu les connais, je sais que tu les connais !* hurla-t-il. Ils ont tué quelqu'un, Weed ! Quelqu'un que je connaissais ! Quelqu'un qui n'avait jamais fait de mal à personne ! Un être humain avec un nom et une famille, et maintenant, les gens qui l'aimaient vont devoir vivre avec ce drame, exactement comme toi avec Twister !

Weed le regardait, en état de choc.

— Tu veux protéger des monstres pareils ?

Andy lâcha Weed et traversa la pièce. Il essayait de retrouver son sang-froid. Il tremblait, son cœur cognait si fort qu'il le sentait battre dans son cou.

— J'ai essayé de vous le dire, avec l'ordinateur, avoua Weed, d'une petite voix triste.

— Hein ? Me dire quoi ?
— Le plan avec les poissons.
Le cerveau d'Andy était victime d'une panne électrique.
— Sur Internet. Un plan avec des piranhas dessus, expliqua Weed.
— Des Piranhas ? Des poissons ?
— Oui. J'ai réalisé un piranha en papier mâché pour le cours de Mme Grannis. Pour essayer de dire à quelqu'un où ils étaient...
— Attends un peu. (Andy approcha une chaise du banc et s'assit.) Les poissons sur le plan, c'est là où les Piranhas ont leur repaire ?
Weed acquiesça.
— Tout au bout du *Southside Motel*. Derrière une grande planche de bois.
— Tu y es allé ?
— Je voulais pas. Parole. Mais Smoke m'a obligé, et il m'a frappé.
Weed n'osait pas lever la tête.
— Qui est Smoke ?
— Il est entré dans le garage et il a volé toutes les armes. Il m'a forcé à le suivre et à porter les taies d'oreiller. Alors, je parie qu'on va m'envoyer en prison pour ça, et tout le reste, mais je m'en fiche, parce que si je sors, Smoke va me tuer. Je le sais. Il me cherche. C'est pour ça que je vous ai demandé de me mettre en prison.
— Connais-tu le vrai nom de Smoke ?
— Tout le monde l'appelle Smoke. J'ai jamais entendu un autre nom.
— Il va dans la même école que toi ?
— Hmmm.
— Et tu ne connais pas son vrai nom ?
— C'est un terminale, et je connais pas les élèves de terminale, sauf ceux qui sont en cours de dessin, mais Smoke n'a jamais été dans un de mes cours de dessin. Ni dans la fanfare, non plus.
— Il a beaucoup d'ennuis, à l'école ?
— J'avais jamais fait attention à lui, jusqu'à ce qu'il vienne me voir un jour après les cours, dans la salle de répet' de la fanfare. Il m'a demandé si je voulais qu'il m'emmène en

voiture à l'école, le matin, et j'ai senti que je devais pas dire non. Et après ça, il m'a parlé d'armes, et des Piranhas, en disant que personne au lycée méritait d'être un Piranha, à part ceux qu'il choisissait. Il disait qu'il avait des trucs spéciaux à faire.

— T'a-t-il dit ce qu'étaient ces « trucs spéciaux » ?

— Non, il arrêtait pas de dire que tout le monde allait le connaître. Il serait plus célèbre que Twister, il disait, parce qu'y a encore des photos de Twister et des trophées dans les vitrines, au lycée ; c'est comme ça que Smoke a entendu parler de lui, je suppose.

— Réfléchis bien, Weed. (Andy posa ses mains sur les épaules du garçon.) Est-ce que Smoke projetait de faire une chose qui le rendrait célèbre ? Une vilaine chose ?

— Je crois qu'il veut tuer des gens.

32

Andy se demandait ce qu'il devait faire. Si Smoke avait l'intention de débarquer au lycée avec des armes automatiques dans le but d'abattre le maximum de personnes, Andy devait agir, et vite. Il décrocha le téléphone d'un geste brusque et appela Virginia. Il la réveilla.

— Rapplique ici dare-dare, dit-il. Ne me demande pas pourquoi, rejoins-moi.

— C'est où, « ici » ? demanda-t-elle d'une voix encore endormie.

— Au QG. Il faut envoyer le plus de flics possible au lycée Godwin demain, pour empêcher Smoke d'agir, et il faut tout mettre en place dès maintenant.

Virginia essayait de se réveiller. Andy l'entendait se déplacer chez elle.

— Je te retrouve au bureau des inspecteurs dans deux heures environ, dit-il.

— OK.

La frayeur de Weed ne cessait de croître. Il triturait nerveusement son maillot des Bulls en soupirant, comme s'il avait du mal à respirer.

— Il m'a obligé à faire des trucs. Il m'a collé une arme contre la tempe, en disant qu'il allait me tuer si j'obéissais pas. Mais depuis quinze jours, on le voyait plus au lycée.

— Ça veut dire qu'il ne t'y emmenait plus en voiture.

Andy prenait des tonnes de notes.

— Si. Il me déposait et il repartait. Et il a commencé à me faire arriver en retard, il m'emmenait traîner ; à cause de lui, je loupais les répétitions de la fanfare. Alors que je devais jouer dans la parade des Azalées de samedi. (Une lueur s'éteignit dans son regard.) Je me suis entraîné toute l'année. Et maintenant, je pourrai même pas y participer.

La sonnerie du téléphone les fit sursauter tous les deux. Andy décrocha. C'est avec nervosité et aussi un certain agacement qu'il décrivit à l'agent des admissions, Charlie Yates, les délits commis par Weed.

Andy accusa le jeune garçon de violation de l'article 18.2-125, *Intrusion nocturne dans un cimetière,* un délit de catégorie 4 ; de l'article 18.2-127, *Atteinte portée aux églises, aux biens de l'église, aux cimetières, aux lieux de sépultures, etc.*, un délit de catégorie 1 ; et de l'article 182.2-138.1, *Dommages volontaires ou dégradations infligés à des équipements publics ou privés*, un délit ou crime de catégorie 1 en fonction de l'importance des dégâts infligés.

— Alors, je mets quoi ? demanda Yates.

— Simple délit, catégorie 1, répondit Andy. On ne sait pas encore combien va coûter le nettoyage de la statue. Si la note dépasse les mille dollars, on s'arrangera devant le juge.

Weed le regardait avec des yeux exorbités. De toute évidence, il ne comprenait pas ce qui se passait. Il était terrorisé.

— L'audience est prévue pour vendredi, dit Yates. Il y a quelqu'un pour... ?

— Je veux que ça ait lieu le matin, dit Andy. C'est très important, Charlie.

— OK, pas de problème.

Pour Yates, c'était du pareil au même.

Mais pas pour Andy. Il savait, pour avoir consulté le planning mensuel de la cour, que c'était le juge Maggie Davis qui siégeait à cette heure-là. Elle avait pour principe d'interdire l'accès de sa salle de tribunal au public, sauf dans les cas où le mineur avait commis un crime, et Andy ne voulait surtout pas que le jugement de Weed ait lieu en public. Il ne voulait pas qu'un journaliste rôde dans les parages. Personne, à part les avocats et le juge, ne devait entendre ce que Weed pouvait avoir à dire.

— Il a quelqu'un pour venir le chercher ce soir et le ramener chez lui ? demanda Yates.

— Nous n'avons pas réussi à localiser sa mère.

Elle était en salle d'opération et on ne pouvait pas la déranger, bien qu'Andy n'ait guère insisté. Weed n'avait pas envie de rentrer chez lui, et Andy n'y tenait pas, lui non plus.

— Il n'y a plus de lit disponible en détention. Je viens de vérifier, dit Yates.

— Comme toujours, répondit Andy.

— S'il ne peut pas rentrer chez lui, il va passer la nuit dans une cellule.

— Parfait, dit Andy, sans quitter Weed des yeux. Dès que vous arriverez, je signerai la demande et je le conduirai là-bas. Essayez de faire vite, Charlie. On a du pain sur la planche.

Weed se retrouva dans une pièce quasiment sans fenêtre ; une cellule à peine plus grande qu'un placard, où tout était en Inox, y compris le lit. Il n'arrivait pas à dormir. À travers la petite ouverture grillagée, il observait les autres jeunes qu'on amenait, et qui lui rappelaient Sick, Beeper, Divinity et Dog. Mais aucun ne faisait penser à Smoke. Smoke ne ressemblait pas à ce qu'il était réellement.

Il faisait nuit quand l'agent Brazil avait conduit Weed dans ce lieu. Ils appelaient ça la Maison de détention des mineurs, pourtant, ça ne ressemblait à aucune des maisons que Weed avait connues. Il ne voyait pas comment était l'extérieur, mais il savait que ce bâtiment était situé dans un mauvais quartier de la ville, car juste avant d'arriver ici, ils étaient passés devant la prison. Elle était complètement illuminée ; les rouleaux de fil barbelé scintillaient comme des lames de couteau qui attendent de lacérer quelqu'un. Weed sentit son estomac se serrer et une main glacée lui comprima le cœur.

Il était encore furieux qu'ils l'aient obligé à se déshabiller entièrement et à prendre une douche. Après ça, ils lui avaient fait enfiler un uniforme. Pas de quoi être fier. Cette tenue lui rappelait ce que portait son père pour nettoyer les caniveaux ou tailler les haies, quand il ne dilapidait pas au jeu ce qu'il avait gagné.

— Hé !

Weed cogna à la porte.

Quelqu'un lançait des jurons, et un gardien expliquait à un jeune voyou arrogant tout ce qu'il avait fait de mal, et pourquoi il allait devoir payer.

— Hé !

Weed martela la porte métallique avec ses poings, dressé sur la pointe des pieds pour regarder par la grille.

Soudain, un gardien jaillit devant son nez ; de simples croisillons de fer les séparaient. Weed sentait son haleine parfumée au tabac et à l'oignon.

— T'as un problème ?

— Je veux voir mon agent de police.

— Oh oh ! s'exclama le gardien. Monsieur veut voir *son agent de police* !

Ces sarcasmes s'accompagnèrent d'un éclat de rire et d'une bouffée d'haleine fétide.

— Tu as ton agent de police personnel ? demanda le gardien en se moquant de Weed. Ça alors, c'est la classe !

— C'est lui qui m'a amené ici. Dites-lui que je dois lui parler.

— Tu lui parleras devant le juge.

— Quand ça ?

— Demain matin à 9 heures.

— Faut que je sache s'il a prévenu ma maman !

— T'aurais peut-être dû penser à ta maman avant d'enfreindre la loi, répliqua le gardien.

33

Peu après 3 heures du matin, une équipe du SWAT[1] envahit le « clubhouse » des Piranhas au *Southside Motel*, et découvrit une chambre abandonnée. La police ne retrouva ni armes ni munitions. Elle ne retrouva que de l'alcool, des ordures et des matelas crasseux.

Andy était pendu au téléphone, Virginia également, chacun dans un petit bureau vitré du service des inspecteurs. Andy avait appelé Mme Lilly, le proviseur du lycée Godwin, à son domicile ; quand elle prit conscience de la situation, elle retrouva le responsable du bureau des inscriptions au lycée, et ensemble, ils épluchèrent les dossiers.

Finalement, ils découvrirent que Smoke se nommait en réalité Alex Bailey, mais l'adresse indiquée dans le dossier n'existait pas, le numéro de téléphone n'était pas attribué, et il n'y avait aucune photo de lui. Bien que l'annuaire de cette année ne soit pas encore sorti, l'examen rapide des élèves qui s'étaient déjà fait photographier ne permit pas non plus de voir son visage. Les seules choses que l'on connaissait à son sujet, c'étaient les classes qu'il avait suivies et le fait qu'il était arrivé de Durham en Caroline du Nord l'été dernier, où l'obscur lycée privé d'où, soi-disant, il sortait n'existait pas.

Andy appela tous les Bailey qui figuraient dans l'annuaire, en réveillant les gens. Aucun d'eux, semblait-il, n'avait dans sa famille un nommé Alex qui fréquentait le lycée Godwin.

— Bon sang, comment est-ce possible ? demanda Andy à Virginia. Ce gars a refilé une adresse et un numéro de

1. SWAT : « Special Weapons and Tacticts », groupe d'assaut de la police américaine. *(N.d.T.)*

téléphone bidons, comme le nom de son ancien lycée, et Dieu sait quoi encore.

Virginia fumait une Carlton. Elle avait plus ou moins arrêté il y a quelques mois, mais dans des moments comme celui-ci, elle avait besoin d'une amie.

— Qui va vérifier, hein ? répondit-elle. Quand tu étais au lycée, quelqu'un t'a appelé chez toi ou est venu te voir ?

— Je ne me souviens pas.

— Moi, je peux te dire que non. Ça n'arrive jamais, sauf quand un élève fait des siennes. Et apparemment, Bailey était un adolescent ordinaire et inexistant, du genre « je reste dans mon coin », jusqu'à il y a quelques semaines. Et voilà qu'il sèche les cours, ou ne vient même plus du tout. Peut-être que le lycée a essayé de le contacter à ce moment-là. Mais tu veux que je te dise ? C'est déjà trop tard.

— Je me demande si ses parents sont au courant.

Andy prit son gobelet en polystyrène, qui contenait du café buvable, pour une fois.

— Ils refusent d'admettre la vérité. Peut-être même qu'ils le protègent. Ils ne veulent pas voir les choses en face, ils n'ont jamais voulu. Pour moi, ça ne fait aucun doute : ce gars a déjà eu des problèmes avec la justice. Aucune photo de lui nulle part, même dans l'annuaire du lycée, exactement comme tous ces autres petits criminels ; si bien qu'on ne sait même pas à quoi ils ressemblent. Je te parie tout ce que tu veux qu'il a un casier en Caroline du Nord, et qu'il sort du lycée Dillon. (Virginia faisait référence, de manière sarcastique, au centre de détention pour mineurs de Butner, en Caroline du Nord.) Ses putains de parents l'ont certainement fait venir ici quand il a eu seize ans, et tous ses dossiers ont été expurgés. Résultat, ce petit salopard repart de zéro, innocent comme un enfant de chœur.

Andy faisait tournoyer son café dans son gobelet. Il inspira à fond et relâcha lentement sa respiration.

— Tu as l'intention d'aller te coucher, cette nuit ? demanda Virginia.

— La nuit est finie.

— Ça te dit de venir manger des œufs brouillés ou un truc comme ça à la maison ?

Une expression de tristesse traversa le regard d'Andy.

— Oui, à condition qu'on fasse un saut chez moi d'abord. Il faut que je récupère un truc.

Le *Motel Azalée* situé sur Chamberlayne Avenue, dans le Northside, n'était pas un endroit où la police s'attendait à trouver Smoke. Et il aimait l'ironie contenue dans ce nom, étant donné que la parade des Azalées avait lieu le surlendemain. Smoke avait de grands projets.

Assis sur son lit à une place dans sa chambre pour une personne, il songeait que ce motel ne valait guère mieux que le « clubhouse ». Le *Motel Azalée* était le genre d'endroit où les gens se droguaient et se faisaient assassiner dans l'indifférence générale. Smoke louait la chambre 7 pour 28 dollars la nuit. Le regard vide, il contemplait la télé en buvant de la vodka dans un verre en plastique. Il surveillait les infos. À 6 h 05 du matin, le téléphone sonna.

— Ouais ?

C'était Divinity.

— Hé, baby, ils ont débarqué à la planque, comme t'avais prévu ! dit-elle, d'une voix débordante d'excitation.

Le sourire aux lèvres, Smoke regarda les sacs-poubelle remplis d'armes et de munitions dans le coin de la chambre.

— Sick et moi, on a laissé la bagnole devant la librairie de cul, et on s'est planqués dans les bois pour mater. Putain, on était obligés de se retenir pour pas se marrer. T'aurais dû les voir débarquer dans la piaule avec tout leur matos, les méga-flingues et tout. T'as eu raison de nous faire décamper, trésor. Mais je voudrais savoir quand je vais pouvoir te voir.

— Pas maintenant, répondit Smoke d'un ton indifférent, en s'amusant à faire tourner le barillet de son Colt .357.

— J'aimerais bien un peu plus d'enthousiasme, dans le genre *tu me manques.*

Divinity était vexée ; la colère n'était pas loin.

Smoke ne l'écoutait pas. Ses pensées l'entraînaient vers le souvenir de la vieille femme et de sa frayeur. Jamais encore il n'avait terrorisé quelqu'un à ce point. Il était à la fois impressionné et intimidé par son pouvoir, aussi grisant que la vodka. Il adorait cette sensation qu'il éprouvait au moment de presser la détente. Il planait tellement à cet instant-là qu'il avait à peine entendu les détonations lorsqu'il avait fait exploser le crâne de la vieille. Il avala une autre gorgée de vodka.

— Qu'est-ce que tu vas dire aux autres ? demandait Divinity.

Smoke revint sur terre.

— Hein ? À quel sujet ?

— Tu m'écoutes même pas ! dit-elle d'un ton plus agressif.

Si Smoke voulait éviter une chose, c'était une dispute avec Divinity. Elle était capable de lui faire une scène, et il n'avait pas besoin de ça pour l'instant.

— Je suis crevé, dit-il, en soupirant. Tu me manques, et ça me rend dingue qu'on puisse pas se voir avant samedi soir. Mais on sera complètement libres et peinards.

— Comment ?

— Tu verras.

— Et Dog, et les autres ?

— Je veux pas les voir rôder autour de moi. Aucun de vous doit approcher de la parade des Azalées.

— Je comprends pas tout ce bordel autour d'un petit défilé de merde avec un nom de fleur.

La colère de Divinity n'était pas retombée.

— Ce sera moi le roi de la fête, baby !

— Qu'est-ce que tu vas faire ? Défiler sur un char ?

Il ne supportait pas ses sarcasmes. Il reposa brutalement la bouteille de vodka et referma le barillet vide du revolver. Il s'amusa à appuyer sur la détente en visant la télé.

— Ferme-la ! cria-t-il d'une voix venue de l'enfer, avec ce ton qu'il employait quand la métamorphose se produisait en lui. Tu fais ce que je te dis, salope.

— Je t'obéis toujours.

Divinity fit marche arrière.

— Ne m'appelle plus. Et viens pas traîner par ici. Les autres savent pas où je suis, hein ?

— Je leur ai rien dit. Tu me jettes, alors ?

— Pour deux jours.

— Et après, on sera peinards ?

— Le pied, baby.

Andy se précipita chez lui et lorsqu'il regagna la voiture de Virginia, un court instant plus tard, il tenait à la main un sac d'épicerie contenant quelque chose. Et il avait une expression étrange.

— C'est quoi ? interrogea Virginia.

— Tu verras. Je n'ai pas envie d'en parler maintenant.

— Tu transportes un bout de cadavre ?

— Oui, d'une certaine façon, répondit Andy de manière morbide.

Virginia était au courant de la mort de Ruby Sink. La nouvelle s'était répandue à la vitesse de la lumière. Tout le monde au sein de la police avait découvert que Mlle Sink était la propriétaire d'Andy, et, en apprenant la vérité, Virginia fut assaillie par la culpabilité. Elle se sentit idiote. La petite amie supposée d'Andy était une vieille femme de soixante-douze ans qui lui louait un petit pavillon. Virginia était rongée par la honte, et voilà plusieurs heures qu'elle cherchait quelque chose à dire.

Elle roulait à travers les rues du Fan. Tout était fermé, y compris le *Robin Inn*. Elle se gara devant chez elle et coupa le moteur, mais ne descendit pas de voiture. Elle regarda Andy dans la pénombre. Son cœur s'emballa : elle admirait son visage qui se découpait de manière nette, à contre-jour, dans la lumière des lampadaires.

— Je suis au courant, dit-elle.

Il ne dit rien.

— Je sais, au sujet de Ruby Sink. C'était ta propriétaire. La propriétaire que tu fréquentais, paraît-il.

Andy se tourna vers Virginia, stupéfait.

— Que je fréquentais ? s'exclama-t-il. Où as-tu entendu une chose pareille, nom de Dieu ?

— La rumeur a circulé dans toute la police dès le premier jour. Des gens m'ont dit que tu avais une liaison avec ta propriétaire. Ensuite, je t'ai entendu lui parler au téléphone et... ça semblait être la vérité, d'une certaine façon.

— Pourquoi ? Parce que j'étais gentil avec elle quand elle m'appelait ? demanda Andy avec émotion. Parce qu'elle était seule et m'apportait toujours des cookies, des gâteaux et un tas d'autres choses ? (Sa voix se mit à trembler.) En les déposant devant ma porte, parce que je n'étais jamais chez moi, et parce que je ne lui ai jamais accordé une minute !

— Je suis désolée, Andy.

Il s'effondra.

— C'est comme avec ma mère, ajouta-t-il. Je ne l'appelle jamais. Elle est complètement bourrée à chaque fois ; je ne le supporte pas et je n'ai pas envie d'écouter les horreurs qu'elle raconte... Je ne sais pas... Je ne sais plus...

Virginia se pencha pour le prendre dans ses bras. Elle le tint serré contre elle afin de l'apaiser. Son sang se mit à bouillonner et tout son corps sembla se réveiller.

— Ce n'est rien, Andy. Ça va aller.

Elle aurait voulu le tenir ainsi éternellement contre elle, mais soudain la gêne prit le dessus sur la magie de l'instant. Elle pensa à son âge. Elle pensa aux talents d'Andy, à tout ce qui le rendait si différent, unique. S'il la serrait dans ses bras, lui aussi, c'était parce qu'il était bouleversé ; il n'y avait pas d'autre raison. Le cœur d'Andy ne battait sans doute pas comme le sien. Peut-être même n'avait-il pas conscience de leurs corps qui se touchaient, ou beaucoup moins qu'elle. Brusquement, elle recula.

— On ne va pas rester dans la voiture, dit-elle.

Niles les entendit arriver bien avant qu'ils ne pensent à lui. Il attendit derrière la porte quand sa maîtresse et Le Pianiste entrèrent.

Le Pianiste prit le temps de caresser Niles, alors que sa maîtresse avait d'autres préoccupations, semble-t-il. Niles resta où il était, en remuant la queue. Avec ses yeux qui louchaient, il les regarda disparaître dans la cuisine. Il ourdissait un plan.

Dès qu'ils eurent disparu, il sauta sur la table dans le vestibule. Il planta une griffe dans la carte du fleuriste. Sur ce, il sauta à terre et s'éloigna en silence, sur trois pattes.

Virginia se disait qu'elle ne pourrait pas manger le gâteau à la patate douce. Elle regardait fixement la tranche qu'Andy avait posée devant elle. L'idée que Ruby Sink avait fait ce gâteau peu de temps avant d'être assassinée de sang-froid lui paraissait inconcevable.

— Je ne peux pas le jeter. (Andy était assis en face d'elle à la table de la cuisine.) Ce serait cruel de le jeter. Je ne peux pas faire ça. Toi non plus, Virginia. Elle aurait voulu qu'on le mange.

— Il y a quelque chose de malsain, répondit Virginia en détachant son regard du gâteau pour lever les yeux vers Andy. Je crois que je ne pourrai pas le manger.

Andy prit sa fourchette. Il tressaillit en coupant un coin de sa tranche. Il inspira à fond et mit le morceau dans sa bouche. Virginia le regarda mastiquer deux ou trois fois, puis avaler. À sa grande surprise, Andy sembla profondément soulagé. La tension disparut de son visage. Ses yeux s'illuminèrent, et Virginia y vit briller cette flamme bleue intense qu'elle avait appris à reconnaître et à prendre très au sérieux.

— Tu peux y aller, déclara-t-il d'une voix puissante. Fais-moi confiance.

Il lui fit signe de manger.

Virginia ne s'était jamais défilée face à un défi, surtout pas devant lui. Alors, elle mit dans sa bouche un morceau de ce gâteau, mais ce fut une des choses les plus difficiles qu'elle ait jamais faites dans sa vie. Elle fut surprise de constater qu'il n'avait pas un goût bizarre, un goût de mort ou Dieu sait quoi. En fait, elle n'aurait su dire à quoi elle s'attendait.

— Sucre roux, lait de coco, cannelle, dit Andy, qui passait plus de temps dans la cuisine que Virginia.

Il avala une autre bouchée, sans aucune hésitation cette fois. Virginia l'imita.

— Raisins, extrait de vanille... (Andy était concentré sur son palais, comme s'il testait un bon vin.) Et du gingembre. Une pincée. Et un soupçon de noix de muscade.

— Un *soupçon* ? répéta Virginia. Ça sort d'où, cette connerie ?

Andy avala une autre bouchée. Virginia fit de même. Peut-être même qu'elle en mangerait une deuxième part, rien que pour le faire enrager.

Ni elle ni lui n'avait entendu arriver Niles, comme d'habitude. Il entra dans la cuisine en levant une patte, au bout de laquelle était planté un petit rectangle de papier blanc.

— Oh, mon bébé ! s'exclama Virginia, pensant qu'il était blessé. Qu'est-ce qui t'est arrivé ?

C'est seulement quand Niles sauta sur les genoux d'Andy qu'elle comprit, en découvrant la carte du fleuriste qui provenait de la table du vestibule. Andy semblait intrigué et perplexe.

— « Chez Schwan. Fleurs et cadeaux ? Charlotte » ? (Il lut à haute voix ce qui figurait sur l'enveloppe, tout en sortant la carte.) « Je pense très fort à toi, Andy. »

Virginia essaya d'adopter une attitude nonchalante, sans y parvenir. Elle haïssait ce chat de malheur et se jura de lui faire payer cette trahison.

— Comment cette carte a-t-elle atterri sur la table de l'entrée ? demanda Andy.

— Comment sais-tu qu'elle était sur la table ? répondit-elle sèchement, en imaginant qu'elle laissait Niles dehors sous une pluie de grêle.

— Je l'ai vue quand nous sommes venus ici pour travailler sur l'ordinateur.

— Pourquoi as-tu regardé ce qui était sur ma table ?

Une rage et une souffrance anciennes bondirent de l'étagère où Virginia les entreposait depuis plusieurs mois.

— Parce que tu l'avais mise là pour que je la voie !

— Quelle arrogance !

— Pourquoi alors, hein ? Ne me dis pas que c'est Niles.

Virginia repoussa son assiette et regarda dans le vide, par-dessus la tête d'Andy. Elle cherchait un moyen de tout lui expliquer. Dévoiler des sentiments était aussi dangereux que de compter son argent en marchant dans une rue sombre d'un quartier malfamé.

— Parce que tu ne t'intéressais plus à moi.

Voilà, elle l'avait dit.

— C'est toi qui ne t'intéressais plus à moi, répliqua-t-il.

— Parce que je croyais que tu m'avais larguée à l'instant même où on est arrivés ici, et que tu fréquentais quelqu'un d'autre, sans même avoir eu la décence de me le dire.

— Je ne fréquentais personne, Virginia, dit Andy d'un ton plus doux.

Il lui prit la main. Elle eut du mal à avaler sa salive.

— Et je ne t'ai jamais larguée, ajouta-t-il.

Il approcha sa chaise de la sienne et l'embrassa. Dans la chambre, il découvrit les verres de vin.

Judy avait envie de laisser tomber tout le projet du NIJ. Son esprit était comme une foule révoltée d'individus malheureux aux opinions divergentes, qui refusait de la laisser dormir. Elle repensait à Bubba, qu'elle avait calomnié. Elle était obsédée par la manière désastreuse dont elle s'était comportée avec Lelia Ehrhart et ses semblables.

Une partie de sa mission consistait à éclairer les gens. Rien n'indiquait qu'elle ait réussi. Une partie de son projet consistait à moderniser la police. Or, que s'était-il passé ? Tout le réseau de télécommunications Comstat s'était planté. Les agressions commises devant les guichets automatiques avaient conduit à un meurtre. Des gangs sévissaient dans cette ville. Et il y avait Smoke.

Judy pensait qu'elle ne pourrait plus jamais supporter de voir la maison de Ruby Sink, ni même le quartier où elle avait vécu. Mlle Sink avait déambulé dans son esprit toute la nuit, en peignoir rose et pantoufles jaunes. L'image de la vieille femme, si vivace, lui brisait le cœur et la transperçait de culpabilité.

— Je suis nulle, dit-elle à Popeye.

Le chien était couché sous les couvertures, entre les pieds de Judy.

— J'ai fait du mal. Je n'aurais jamais dû venir ici. Et je parie que tu aurais préféré rester à Charlotte, toi aussi ; tu avais un jardin là-bas, pas vrai ?

Ses yeux s'emplirent de larmes. Popeye vint se nicher contre elle et lui lécha le visage. Judy n'aurait su dire depuis quand elle n'avait pas pleuré. Elle s'était montrée stoïque quand Seth était mort, car elle sentait qu'il le fallait. Elle avait été courageuse, novatrice, dévouée à la communauté. Tout cela dans le seul but d'être trop occupée pour se sentir seule, mais ça n'avait pas marché. Elle se leva et s'habilla.

Personne ne répondit chez Andy lorsque Judy l'appela de sa voiture. Elle essaya alors chez Virginia et fut soulagée d'apprendre qu'ils s'y trouvaient tous les deux.

— J'ai quelque chose d'important à vous annoncer, dit-elle.

À cette heure matinale, le stationnement n'était pas un problème dans le quartier du Fan, et Judy parvint à se glisser dans une place juste devant chez Virginia, sur le trottoir opposé. Elle était comme anesthésiée. Elle se sentait ailleurs, et aurait aimé l'être pour de bon quand Andy vint lui ouvrir la porte.

— Merci de me recevoir, lui dit-elle, tandis qu'ils pénétraient dans le living-room.

— Merci à *vous*, répondit-il. Ne faites pas attention au désordre.

Judy s'en fichait. Elle ne remarquait même pas le décor qui l'entourait, désordonné ou pas. Elle s'assit sur une chaise, pendant que Virginia et Andy prenaient place en face d'elle sur le canapé.

— Virginia, Andy, déclara-t-elle, je vais démissionner.

— Oh, mon Dieu ! dit Virginia, choquée.

— Vous ne pouvez pas faire ça, dit Andy, écœuré.

— En gros, on peut dire que j'ai foiré tout ce que j'ai entrepris ici. Pourtant, j'étais un bon policier dans le temps, et un bon chef. Aujourd'hui, tout le monde nous hait.

— Non, pas *tout le monde,* rectifia Andy.

— La majorité, dit Virginia. Avouons-le.

— Disons que nos liens avec Charlotte ne facilitent pas les choses, concéda Andy.

— Ni le fait qu'on ait bloqué tout le réseau Comstat quasiment dans le monde entier, ajouta Judy.

— Et nous n'avons pas réussi à mettre fin aux vols devant les guichets automatiques avant qu'ils ne débouchent sur un meurtre effroyable. Sans parler de cet agent des communications qui s'est battu avec un policier de la route, alors que tous les deux avaient reçu des félicitations quelques jours auparavant.

Virginia l'aidait à énumérer la liste.

Judy noua ses mains sur ses genoux et ne bougea plus. Elle ne disait plus rien. Elle ne se leva pas pour faire les cent pas.

— Que comptes-tu faire, Judy ? lui demanda Virginia. Retourner à Charlotte ?

Judy secoua la tête.

— Non, nulle part, répondit-elle. Si je ne suis pas à la hauteur à Richmond, je ne serai à la hauteur nulle part. Quand le cheval est mort, il faut descendre de selle. Je quitte la police. Je ne sais pas où j'irai vivre. Ça n'a pas d'importance.

— Tiens, justement, dit Virginia. Il faut qu'on parle de la parade des Azalées.

— Quel est le rapport ? demanda Andy.

— C'est à cause de l'allusion au cheval. La police montée participe à la parade, expliqua Virginia. Et... (Elle se tourna vers Judy.) Andy et moi sommes censés défiler avec toi dans une décapotable.

— Quel genre de décapotable ? demanda Judy, d'un air distrait.

— Une Sebring bleu marine, dit Andy. Discrète, pas du tout tape-à-l'œil. Un des gros pontes de chez Philip Morris voulait vous faire monter dans sa Mercedes V12 rouge décapotable.

— Mauvaise idée, marmonna Judy.

— Je pense que tu ne devrais même pas participer à ce défilé, déclara Virginia avec conviction. Smoke risque de profiter de l'occasion. Je n'ai aucune envie de te voir dans une décapotable qui roule au ralenti. Les cinglés ne manquent pas, par ici.

Judy se leva. Elle se fichait pas mal de ce qui pouvait lui arriver.

— C'est important, dit-elle d'une voix morne. Chaque petite chose qui peut nous rapprocher de la communauté est utile. Je ne renierai pas ma parole.

— Quoi qu'il en soit, on va réquisitionner cinquante policiers de repos pour renforcer les patrouilles habituelles, déclara Virginia. Le public aura l'impression qu'ils sont là pour réguler la circulation. Nous allons également mobiliser une vingtaine d'agents en civil qui se mêleront à la foule, au cas où Smoke pointerait le bout de son nez, ou si quelqu'un d'autre décidait de faire des histoires.

Bubba pensait la même chose. Il estimait, lui aussi, que le chef Hammer ne devrait pas participer à la parade des Azalées à bord d'une voiture décapotable, d'autant plus que la nouvelle figurait dans le journal, et que tout le monde était au courant. C'était peut-être là que toutes les routes se rejoignaient. Bubba avait été appelé pour la sauver d'un terrible danger. Il pensait également que les Piranhas jouaient un rôle dans cette histoire.

À 8 heures ce matin-là, il se garait déjà devant chez Green Top Sporting Goods sur la route 1, à une vingtaine de minutes de Richmond. C'était son endroit préféré. À l'instant même où il poussa la porte de la boutique et fut accueilli par des milliers de cannes à pêche et tout ce qui allait avec, il sentit son pouls s'emballer. Quand il se tourna vers la droite et vit les centaines de fusils, carabines, pistolets et revolvers, il sentit son visage s'empourprer. Il éprouvait une excitation qu'il n'avait jamais connue avec Honey.

— Hé, comment va, vieux ?

Bubba fut accueilli avec enthousiasme par Fig Winnick, le gérant adjoint.

D'après la loi en vigueur en Virginie, un citoyen n'avait le droit d'acheter une arme à feu que tous les trente jours, pas plus. Un règlement qui avait donné naissance, de manière ironique, au club de l'Arme du mois. Il s'agissait d'un petit groupe, mais très malin, de cent quatre-vingt-neuf hommes et soixante-deux femmes, qui s'envoyaient mutuellement des pense-bêtes quand leur délai de trente jours, abusivement ramené à un mois, était écoulé. On était le 2 avril.

— Si j'étais venu y a deux jours, j'aurais pu acheter un flingue, et un autre aujourd'hui.

Bubba comprenait de travers, comme toujours.

— Dans tes rêves, lui répondit Winnick, une fois de plus. Ça marche pas comme ça, Bubba. Et c'est foutrement dommage.

— Donc, c'est pas une fois par mois, tu veux dire.

Bubba défiait tout ce qu'il refusait d'admettre.

— Pas littéralement. Mais plus ou moins. Si tu viens le premier de chaque mois.

— Tu sais qu'on m'a piqué tous mes flingues, dit Bubba en regardant autour de lui.

— Ouais, les gars me l'ont dit, répondit Winnick, compatissant.

— Il me reste plus que mon Anaconda. Mais je voudrais un truc plus facile à trimballer.

— J'ai ce qu'il te faut.

Winnick ouvrit amoureusement une vitrine d'où il sortit, avec délicatesse, un pistolet Browning 40 S & W Hi-Power Mark III. Il tendit la petite merveille à Bubba.

— Oh, la vache, murmura-t-il en caressant le pistolet chromé. Oh la la...

— Crosse en polyamide moulée, avec repose-pouce, dit Winnick. Ultraléger, canon de 4 pouces 3/4. On l'a bien en main, hein ?

— Putain ! Tu l'as dit.

Bubba actionna la culasse et la fit claquer. Il n'y avait pas de plus beau bruit au monde.

— Visée arrière réglable, précisa Winnick. Cran de sûreté ambidextre, chargeur de dix.

— Importé de Belgique. (Bubba s'y connaissait lui aussi.) Le top du top.

— Je te le fais pas dire.

— Il existe pas en finition bleu mat ? demanda Bubba. C'est moins voyant.

— Désolé, répondit Winnick. Dommage. Tu serais venu hier, il m'en restait encore une dizaine.

— Tant pis, faudra bien qu'il fasse l'affaire.

Patty Passman anticipait, elle aussi. Elle n'avait pas loupé une seule parade des Azalées depuis douze ans, et elle n'avait pas l'intention de manquer celle-ci. Bien que Rhoad ait tenté de l'accuser, injustement, d'un tas de délits, seule l'accusation d'« agression sur la personne d'un agent de police » avait été retenue. Et elle espérait bien que son garant, Willy Loving, surnommé « Le Chanceux », allait se pointer rapidement pour payer sa caution et la faire sortir d'ici.

La « prison » n'était en fait qu'un quartier de détention où les prisonniers conservaient leurs vêtements, à l'exception de leurs ceintures pour qu'ils ne s'en servent pas pour se suicider. Passman était moite ; son collant était tellement déchiré qu'elle avait été obligée de le retirer devant sa compagne de cellule, Tinky Meaney, une conductrice de poids lourd qui travaillait pour Dixie Motorfreight et s'était fait arrêter à cause d'une bagarre sur le parking du *Power Clean Grill*, dans Hull Street. Passman ignorait les détails, mais elle était sûre d'une chose : Tinky Meaney ne figurait pas sur la liste des personnes qu'elle aurait invitées pour une soirée tranquille entre copines.

— J'espère qu'il va se grouiller, dit-elle, assise sur le petit lit en fer abattant.

Elle répétait souvent cette phrase pour que Meaney comprenne bien que Passman n'appréciait pas sa compagnie, et qu'elle avait hâte de la quitter. Meaney était une femme imposante. Le genre de personnes qui disaient toujours qu'elles n'étaient pas grosses, juste charpentées et robustes. C'était ridicule.

Les cuisses de Meaney étaient plus épaisses que les plus gros jambons Smithfield que Passman ait jamais vus, et chaque fois que Meaney traversait leur minuscule cellule, elles frottaient l'une contre l'autre dans un bruissement de jean. Elle avait des mains épaisses qui s'achevaient par des doigts boudinés et de grosses jointures, égratignées et contusionnées par la bagarre aux poings qui lui valait d'être ici. Elle n'avait pas de cou. Assise au bord de son lit, elle observait Passman, et sa poitrine pendait par-dessus les passants vides de sa ceinture. On apercevait un bout de ses jambes pâles non épilées entre l'ourlet de son jean et le haut de ses boots de cow-boy noir et rouge.

— Qu'est-ce que tu mates comme ça ?

Meaney avait surpris le regard de Passman.

— Rien.

Meaney s'allongea sur le flanc en s'appuyant sur son coude, le menton posé au creux de la main. Elle observait sa compagne de cellule sans ciller, avec dans ses petits yeux noirs une expression que Passman reconnut immédiatement. Au même moment, elle constata avec stupéfaction que les seins de Meaney étaient encore plus énormes qu'elle ne l'avait cru. L'un d'eux pendait par-dessus le bord du lit, évoquant un sac de sable. Passman comprit alors que Meaney ne portait pas de soutien-gorge sous son sweat-shirt « Motor Mile Remorquage & Transport ».

Cela lui rappelait, douloureusement, une autre des mauvaises cartes qu'elle avait tirées à sa naissance. Malgré tous les kilos qu'elle avait accumulés au fil des ans, sa poitrine était restée discrète. Leurs cellules graisseuses évitaient toute occasion de grossir et de se développer, et ceci depuis toujours. Aussi supposait-elle que, quand elle était jeune et avait tenté de devenir un garçon, cette partie de sa programmation masculine n'avait jamais été effacée lorsque, plus tard, elle avait réintégré son sexe.

L'humiliation était insupportable à l'école, dans les cours de sciences naturelles, quand il fallait regarder les films sur les règles : la silhouette féminine se développait sur l'écran, devant les yeux de Passman, la poitrine s'arrondissait, l'utérus en forme de poire déchargeait ses menstrues sous forme de petites hachures qui traversaient la silhouette féminine mature, pour se déverser sur l'écran.

Toutes les autres filles pouvaient s'impliquer. Pas elle. Passman aurait pu très bien vivre en se passant de soutien-gorge, il fallait le reconnaître. Ses règles étaient plutôt des sortes de virgules, de courtes pauses chaque mois qui exacerbaient son hypoglycémie et la rendaient grognon.

Passman gardait les yeux fixés sur la poitrine de Meaney, perdue dans les pénibles souvenirs de la puberté. Meaney lui adressa un sourire en coin et s'étira sur sa couche de manière provocante. Passman reprit ses esprits. Et s'empressa de détourner le regard.

— Ah, j'espère qu'il va se grouiller, répéta-t-elle, avec plus d'emphase cette fois.

— On n'est pas si mal ici, dit Meaney avec son accent traînant et nasillard. Je reconnais ta voix. Je t'entends tout le temps quand je roule dans le secteur. Les canaux, 1, 2 et 3, je les connais par cœur. Quatre cent soixante point cent mégahertz, 460.200, 460.325... J'ai toujours trouvé que t'avais une jolie voix.

— Merci.

— Alors, qu'est-ce que t'as fait, toi ?

Passman jugea préférable d'envoyer une mise en garde.

— J'ai tabassé un type, dit-elle. J'ai pété les plombs ; j'aurais dû me contrôler un peu plus. Un gros salopard. Il l'avait cherché.

Meaney acquiesça.

— Le mien aussi, il l'avait bien cherché. J'étais assise dans ce bar, sans faire chier personne, tu vois, après une dure journée sur la route, vraiment dure. Le v'là qui se pointe à ma table, cette espèce de gros connard de merde avec son chapeau de cow-boy. Je l'ai reconnu. (Elle hocha la tête.) Et il m'a reconnue. (Nouveau hochement de tête.) Il était venu avec sa bagnole perso. Une Chevy Dually 92, surbaissée, gonflée, 454 chevaux, jantes alu, vitres teintées, air conditionné, tout le bordel.

« Elle était sur le parking, et il m'a demandé si elle me plaisait. J'ai dit oui. Il m'a demandé ce que je conduisais. Un Mack, je lui ai répondu. Il m'a demandé si j'avais déjà conduit un Peterbilt. Je lui ai répondu que j'avais conduit tout ce qui existe. Il m'a demandé si j'avais déjà taillé une pipe dans un Peterbilt. J'ai dit non. Il m'a demandé si j'avais envie. Pourquoi j'aurais envie ? j'ai répondu. Alors, il a ouvert sa braguette, et je l'ai balancé contre sa Chevy.

« Faut croire que je me suis méchamment déchaînée, parce qu'il ressemblait à un hamburger, après ; c'était plus qu'un tas d'os brisés, y avait des dents partout, sauf dans sa bouche, je lui avais arraché presque tous les cheveux, et une oreille. Ce que je déteste quand quelqu'un m'énerve comme ça, c'est qu'ensuite, je me souviens plus de rien. Je fais une sorte de crise, quoi, comme une épileptique.

— Je suis pareille, dit Passman.

— Tu vis dans le coin ?

— On habite près de Regency Mall.

— Qui ça, « on » ?

Les yeux de Meaney se rétrécirent et s'assombrirent.

— Moi et mon petit ami.

Passman mentait par souci d'autodéfense.

— J'en ai eu un dans le temps, se souvint Meaney. Et un jour, je me suis retrouvée en taule. J'ai oublié pourquoi. Y avait une autre fille avec moi.

Meaney hocha la tête et s'allongea sur le dos, les mains derrière la nuque, répandant son corps de tous les côtés.

Passman commençait à paniquer. Elle allait tuer ce salaud de Loving « Le Chanceux » s'il ne rappliquait pas avec la caution. Elle ne voulait pas encourager Meaney, pas le moins du monde, mais il fallait qu'elle connaisse la fin de l'histoire. Elle avait besoin d'accumuler le maximum de renseignements. Un homme averti en vaut deux, lui répétait toujours sa mère.

— Alors, que s'est-il passé ? demanda-t-elle après un long silence intense.

— Ah, tout ce qu'on a fait ! dit Meaney avec un sourire jusqu'aux oreilles, se régalant de ce souvenir. Je vais te dire un truc, trésor. Les hommes n'ont rien que tu trouves pas sous ton propre capot, si tu vois ce que je veux dire.

34

Le palais de justice Oliver Hill était un bâtiment moderne plein de lumière et de sculptures en acajou. Andy n'avait jamais vu un tribunal qui ressemble si peu à un tribunal, et cela lui donna un regain d'optimisme lorsqu'il y pénétra, avec le dossier de Weed sous le bras. Il était 8 h 55 et, contrairement à d'autres instances pour mineurs, celle-ci suivait le planning avec exactitude.

Si la lecture de l'acte d'accusation était prévue à 9 heures, elle débuterait à 9 heures, et c'était exactement l'heure qu'il était lorsqu'une voix annonça dans les haut-parleurs : « Weed Gardener est prié de se rendre à la salle d'audience numéro 2. »

Le juge Maggie Davis était déjà assise à sa place, impressionnante et très distinguée avec sa robe noire. Elle était jeune pour un juge, et lorsque la General Assembly l'avait nommée à ce poste elle avait déboulé avec ses gros sabots et apporté un certain nombre de changements. Toutefois, même si elle protégeait l'anonymat des mineurs coupables de petits délits, elle ne ménageait ni ne défendait les responsables d'actes violents.

— Bonjour, agent Brazil, dit le juge Davis, alors qu'Andy s'asseyait au premier rang, et que le greffier tendait au juge le dossier de Weed.

— Bonjour, Votre Honneur.

Un adjoint du shérif escorta Weed du fond de la salle jusque devant le juge. Il paraissait encore plus petit dans son survêtement bleu trop large, avec ses baskets noires Spalding fournies par la prison. Mais il gardait la tête droite. Il ne paraissait pas effondré ni honteux ; à vrai dire, il semblait impatient d'entendre l'acte d'accusation, contrairement au procureur, Jay Michael, ou à Sue Cheddar, l'avocate commise d'office, qui venaient d'entrer l'un derrière l'autre, ou à Mme Gardener qui expliquait à un adjoint du shérif, à l'entrée de la salle, qui elle était.

Brazil l'entendit qui disait : « ... oui, oui, c'est mon fils. »

— Madame Gardener ? demanda le juge Davis.

— Oui, répondit Mme Gardener d'une petite voix.

La mère de Weed avait enfilé une robe bleue pimpante et des chaussures assorties, mais son visage contredisait cette belle façade. Ses yeux étaient gonflés et rougis, comme si elle avait pleuré toute la nuit. Ses mains tremblaient. Elle avait éclaté en sanglots, en se traitant de mère indigne, quand Andy avait enfin réussi à la joindre au téléphone pour lui raconter ce qui était arrivé à Weed. Elle lui avait avoué que depuis la mort de Twister elle avait baissé les bras.

— Vous pouvez approcher, lui dit gentiment le juge.

Mme Gardener s'avança vers le devant de la salle d'audience et, sans un bruit, elle s'assit à un bout du premier rang, le plus loin possible d'Andy. Weed ne se retourna pas.

— Attendez-vous d'autres membres de la famille ? lui demanda le juge.

— Non, madame, murmura-t-elle.

— Très bien, dit le juge Davis en reportant son attention sur Weed. Je vais te lire tes droits.

— OK.

— Tu as droit à une assistance juridique, à une audience publique, à l'immunité contre l'auto-incrimination, tu as le droit de contredire les témoins et de procéder à un contre-interrogatoire, de présenter des preuves, et de faire appel de la décision finale de ce tribunal.

— Merci, dit Weed.

— Tu as compris ?

— Non.

— Ça veut dire que tu as le droit d'avoir un avocat, Weed, et que tu n'es pas obligé, ce matin, de dire des choses susceptibles de t'incriminer. Les autres droits ne te concernent qu'au cas où il y aurait un procès. Tu comprends maintenant, c'est plus clair ?

— Ça veut dire quoi, tincriminer ?

— Par exemple, tu pourrais dire une chose qui serait utilisée contre toi.

— Et comment je le saurais ? demanda Weed.

— Si tu t'apprêtes à le faire, je t'arrêterai, d'accord ?

— Et si vous m'arrêtez pas à temps ?

— Ne t'inquiète pas pour ça.

— C'est promis ?

— Oui, dit le juge Davis. Écoute-moi bien. Le but de cette audience, c'est de déterminer si je dois te laisser en détention jusqu'à la date du procès, ou bien te remettre en liberté.

— Je veux rester enfermé, dit Weed.

— Nous en parlerons en temps voulu, dit le juge.

Elle parcourut le rapport d'inculpation signé par Brazil.

— Tu es accusé d'avoir violé l'article 18.2-125 du code pénal de Virginie, *Intrusion nocturne dans un cimetière*, l'article 18.2-127, *Atteinte portée aux églises, aux biens de l'église, aux cimetières, aux lieux de sépulture, etc.*, et l'article 182.2-138 alinéa 1, *Dommages volontaires ou dégradations infligés à des équipements publics ou privés*. (Elle se pencha en avant.) As-tu conscience de la gravité de ces charges ?

— Je sais seulement ce que j'ai fait ou pas, répondit Weed.

— Penses-tu être coupable ou pas ?

— Ça dépend de ce qui arrive si je réponds oui ou non.

— Ça ne marche pas comme ça, Weed.

— Tout ce que je veux, c'est m'expliquer.

— Dans ce cas, plaide non coupable, et tu pourras t'expliquer lors du procès, dit-elle.

— Quand ça ?

— Il faudra fixer une date.

— Demain, c'est possible ?

— Non, dans vingt et un jours seulement.

Weed parut effondré.

— Mais samedi, c'est la parade des Azalées ! Je peux pas m'expliquer maintenant, pour pouvoir aller défiler et jouer des cymbales dans la fanfare ?

Le juge Davis semblait trouver ce jeune délinquant un peu plus intéressant que la plupart des autres. Le procureur Michael semblait perplexe. L'avocate commise d'office, Cheddar, affichait un regard vide.

— Si tu veux t'expliquer, Weed, plaide non coupable, dans ce cas.

Le juge essayait de lui faire comprendre la situation.

— Seulement si je peux défiler pour la parade, répondit-il avec entêtement.

— Si tu ne plaides pas non coupable, l'alternative, c'est coupable. Tu comprends ce que ça signifie, de plaider coupable ? demanda le juge Davis avec une patience surprenante.

— Ça veut dire que c'est moi qu'ai fait le coup.

— Ça veut dire que je suis obligée de te condamner, Weed. Peut-être que je t'accorderai une mise à l'épreuve, peut-être pas. Tu risques de perdre ta liberté, de retourner en détention, autrement dit, et dans ce cas, tu n'as aucune chance de défiler dans aucune parade avant un petit moment.

— Vous êtes sûre ? demanda Weed.

— Aussi sûre que je suis assise devant toi.

— *Non coupable,* dit Weed, même si c'est pas vrai.

Le juge Davis se tourna vers Mme Gardener.

— Avez-vous un avocat ?

— Non, madame.

— Avez-vous les moyens d'en prendre un ?

— Combien ça coûterait ?

— Ça risque d'être cher.

— Je veux pas d'avocat ! lança Weed.

— Ce n'est pas à toi que je parle, dit le juge d'un ton de mise en garde.

— N'en prends pas, maman !

— Weed ! s'écria le juge avec colère.

— Je me défendrai tout seul.

Weed ne pouvait pas s'en empêcher.

— Non, pas question, dit le juge Davis.

Elle désigna Sue Cheddar pour défendre Weed, et celle-ci vint se placer à côté de Weed, en lui souriant. Elle était extrêmement maquillée ; son mascara épais faisait penser à du goudron qu'on vient d'étaler sur la chaussée, se disait Weed. Elle avait peint des petites étoiles dorées sur ses ongles rouges, si longs que ses doigts ne touchaient jamais rien avant ses ongles. Elle ne fit pas bonne impression sur Weed.

— Je veux pas d'elle, dit-il. J'ai besoin de personne pour parler à ma place.

— J'ai décrété que si, déclara le juge. Monsieur Michael, veuillez présenter les éléments de l'accusation en faveur du maintien en détention, dit-elle au procureur, qui se tourna vers Andy pour lui passer le témoin.

— Votre Honneur, dit-il, je pense que l'agent de police qui a effectué l'arrestation est plus à même de s'en charger. En fait, je n'ai pas encore vraiment regardé le dossier.

Weed n'aimait pas la façon dont Sue Cheddar dirigeait les opérations. Chaque fois qu'il essayait de raconter ce qui s'était passé, Cheddar lui ordonnait de se taire. Il ne comprenait pas comment la vérité pouvait apparaître si les gens n'avaient pas le droit de la dire parce qu'ils risquaient d'avoir des ennuis, alors qu'ils devraient déjà en avoir.

Au bout d'un moment, alors qu'Andy exposait les faits, Weed en eut assez que Cheddar lui dise de la fermer, en gros. Il se sentait insulté et offusqué. On aurait dit qu'elle laissait tout passer, sauf quand Weed parlait, alors qu'elle était censée le défendre. Il décida donc de prendre les choses en main. Et si l'agent Brazil racontait l'histoire de Weed, celui-ci ferait des objections quand bon lui semblerait, même s'il était d'accord avec Brazil.

— Vers 2 heures du matin, mardi, Weed a escaladé le grillage du cimetière de Hollywood pour s'introduire sur une propriété privée.

— On n'est pas arrivés avant 3 heures, rectifia Weed.

— Hors sujet, dit le juge Davis, pour la énième fois.

— Chuuut, fit Cheddar.

— Apparemment, il était accompagné par un gang, et sous la contrainte..., reprit Andy.

— Non, pas du tout, objecta Weed. J'étais juste avec Smoke et Divinity. Sick et Beeper étaient pas là.

— Hors sujet, dit le juge.

— Bref, dit Andy. Weed s'est introduit dans le cimetière avec des pots de peinture, dans le but de défigurer la statue de Jefferson Davis.

— Je savais pas qui c'était, dit Weed. Et je l'ai pas défiguré comme vous disez. Il a toujours son visage. Allez-y voir !

— Votre Honneur, dit Cheddar d'une voix tendue et haut perchée. Je crois que mon client n'a pas très bien compris la question de l'auto-incrimination.

— Il a dit qu'il avait saisi, répondit le juge.

— Parfaitement, dit Weed à Cheddar.

— Je vous en prie, agent Brazil, poursuivez.

— Weed a peint une tenue de basket des Spiders sur la statue, et, vers 5 heures du matin, il a quitté le cimetière en escaladant le grillage en sens inverse.

— Il était plus tard que ça, rectifia Weed. Je le sais parce que le soleil commençait à se lever, et c'est jamais avant 6 heures, vu que c'est l'heure où je me lève, moi aussi, parce que faut que je prépare mon petit déj' avant d'aller à l'école, parce que maman travaille trop tard pour se lever aussi tôt.

Mme Gardener baissa la tête. Elle enfouit son visage dans ses mains, en séchant ses larmes.

— Hors sujet, dit le juge Davis.

— Et d'ailleurs, ajouta Weed, c'est juste de la gouache. Allez-y voir. Suffit d'un jet d'eau pour tout enlever, mais ils sont tellement occupés à se demander ce qu'ils vont faire qu'ils ont même pas eu l'idée de mouiller leur doigt et de toucher pour voir si ça tenait. À la première pluie, tout va se barrer, conclut-il, avec une pointe d'amertume.

Tout le monde resta muet.

On entendit des bruits de papier.

Le procureur contemplait le plafond, il était ailleurs.

Andy était stupéfait.

Plusieurs neurones furent mis à contribution avant que Cheddar ne comprenne.

— Ça veut dire que la statue n'est pas réellement dégradée ! s'exclama-t-elle, comme si sa voix était un marteau de magistrat.

— Qu'est-ce que vous en savez ? demanda Weed à son avocate. Quelqu'un est allé la voir aujourd'hui ?

Personne n'y était allé.

— Alors, ne venez pas dire...

Cheddar le fit taire en plaquant sa main sur sa bouche.

— Combien de fois faut que je te dise de la fermer pour que je puisse faire mon boulot !

Weed la mordit.

— Seigneur ! s'écria Cheddar. Il m'a mordue.

— Pas très fort, dit Weed. Et c'est elle qu'a commencé. Elle aurait pu me couper avec ses ongles. Vous les avez vus de près ?

Il essuya ses lèvres avec sa manche.

— Du calme ! brailla le juge Davis.

— Je pourrais nettoyer la statue, proposa Weed. Si vous voulez, je le ferai. (C'était pour lui un énorme sacrifice, mais il savait bien que le monument à la gloire de Twister ne durerait pas éternellement, de toute façon.) Tout ce que je veux, c'est aller en prison, sauf samedi, au moment de la parade des Azalées.

— Nous n'en sommes pas encore là, Weed, déclara le juge Davis d'un ton ferme. Je ne peux prendre aucune décision avant d'avoir écouté les éléments à charge. Et je te demanderai de ne plus mordre ton défenseur.

— Et si je promets de réparer l'ordinateur de la police ? Vous me laisserez jouer des cymbales dans la fanfare ?

— Il fait allusion à ce que la presse a appelé la piscistéria, expliqua Andy.

Visiblement, Cheddar était affolée.

— Il a cette maladie ? demanda-t-elle.

— Non, c'est lui qui l'a transmise, dit Andy.

— Votre Honneur, puis-je vous parler ?

Cheddar se précipita vers le bureau et s'y accrocha, dressée sur la pointe des pieds pour se pencher au maximum vers le juge.

— Votre Honneur, murmura-t-elle, ce qui n'empêchait pas tout le monde de l'entendre. Si nous sommes en train de dire que c'est mon client qui a répandu cette maladie des poissons, j'ai besoin de savoir si d'autres personnes risquent de l'attraper !

Cheddar lança un regard menaçant à Weed.

— D'autres personnes, ça veut dire moi en l'occurrence, ajouta Cheddar. Il m'a mordu la main, Votre Honneur.

— Je crois que nous ne parlons pas de ce genre de maladie, répondit le juge Davis avec un soupçon d'agacement.

— Votre Honneur, reprit Cheddar d'un ton plus catégorique, avec de grands gestes qui faisaient briller ses ongles. Comment pouvez-vous affirmer avec certitude qu'il ne transporte pas un quelconque virus dont nous devrions tous nous méfier ? Surtout moi, étant donné que ses dents ont été en contact avec ma peau !

Elle brandit la main, telle la statue de la Liberté.

— Apparemment, il n'a pas entaillé la peau, fit remarquer le juge.

— Dois-je comprendre que vous n'avez pas l'intention de l'envoyer dans un asile ou ailleurs, pour qu'on puisse lui faire subir des examens ?

La voix de Cheddar était devenue un cri strident.

— Vous avez bien compris, répondit le juge Davis.

— Dans ce cas, je démissionne !

L'avocate leva les mains au ciel, dans un éclair rouge et or.

— Non, je vous ai virée avant ! lui lança Weed, tandis que Cheddar récupérait sa mallette qui tombait en ruine, renversant des documents, pour quitter la salle d'audience comme une tornade.

Andy intervint :

— Votre Honneur. La vérité, c'est qu'il est primordial de refaire fonctionner notre système de télécommunications Comstat. (Il était hors sujet, mais il s'en fichait.) Le réseau ne répond plus dans le monde entier à cause de cette histoire de poissons.

— Agent Brazil, cela n'a rien à voir avec l'affaire.

— De toute façon, marmonna Andy dans le but de défier Weed, je suppose qu'il n'est pas capable de le réparer.

— Si, je peux !

— Ah bon ? fit Andy d'un ton ironique. Comment ?

— Suffit d'effacer le programme que j'ai foutu quand j'ai embrouillé le traducteur HTML d'AOL.

Le juge Davis ne put s'empêcher de poser la question, car comme tout le monde elle utilisait AOL et vivait dans la crainte des virus, des bombes explosives ou à retardement, des blocages de HTML, des erreurs de HTMO, ou encore d'un mélange de tout cela.

— Qu'est-ce que ça veut dire ? demanda-t-elle à Weed.

— Le bug est installé en boucle dans le gestionnaire de texte, répondit-il comme si son explication coulait de source. Si on utilise la sous-classification VBMSG, vous pigez ? Pour garder la fenêtre ouverte et faire d'autres trucs que je lui ai dit de faire. À cause de ce bug que je vous disais, vous voyez ? Je lui ai dit de faire apparaître ma carte, et de la laisser sur l'écran. Mais le programme anti-intrusion peut pas fonctionner, parce que j'ai fait en sorte que mon programme se connecte sur le Reply de l'IM.

La stupéfaction générale avait plongé la salle dans le silence. Andy essayait de tout noter. Le procureur demeurait bouche bée.

— Mais j'ai jamais voulu que mes poissons se baladent partout, ajouta Weed. Je parie que quelqu'un a collé toutes les adresses, mais c'est pas moi qu'ai fait ça.

— Quelqu'un a-t-il compris ce qu'il venait de dire ? demanda le juge.

— Oui, moi, plus ou moins, dit Andy. Et il a raison au sujet des adresses.

— J'en ai pour une minute pour lui montrer comment arranger ça, et après, vous pourrez m'enfermer, dit Weed. Pareil pour le défilé, je joue dans la fanfare et je retourne en prison après.

Weed regarda le juge, la peur faisait briller ses yeux. Il sentait que le juge Davis comprenait qu'il lui arriverait quelque chose de grave si elle le laissait rentrer chez lui. Il se retourna vers sa mère.

— T'en fais pas, maman, dit-il. Ça n'a rien à voir avec toi.

Les yeux de sa mère s'emplirent de larmes ; ceux de Weed s'embuèrent légèrement aussi.

Le procureur, dont le devoir consistait à punir aussi lourdement que le permettait la loi, se lança enfin dans son argumentation.

— La remise en liberté de l'accusé représente un danger irraisonné pour le bien d'autrui. (Il citait le code.) J'estime qu'il existe suffisamment de preuves claires et accablantes pour *ne pas* le libérer.

Le juge se pencha en avant et regarda Weed. Elle avait pris sa décision. Weed sentit son cœur faire un bond dans sa poitrine.

— Les accusations du procureur me semblent fondées, déclara-t-elle. L'audience aura lieu dans vingt et un jours. Le bureau du procureur peut faire citer des témoins, et le mineur restera en détention. Toutefois, j'ordonne sa remise en liberté, sous la garde de l'agent Brazil, pour ce samedi. (Elle se tourna vers Weed.) À quelle heure a lieu la parade ?

— 10 h 30, dit Weed. Mais faut que j'y sois plus tôt.

— À quelle heure finit-elle ?

— 11 h 30. Mais faut que je reste plus longtemps.

— 9 heures, 13 heures, déclara le juge en s'adressant à Brazil. Et ensuite, retour en détention en attendant le jugement.

35

Le matin de la parade des Azalées, Weed se sentait l'âme aussi légère que l'air. Il aurait aimé pouvoir peindre ce qu'il ressentait et restituer l'ambiance de cette matinée alors que l'agent Brazil le conduisait au lycée George-Wythe, où la fanfare de Godwin attendait et s'échauffait.

Weed était fier, et en nage, dans son uniforme rouge et blanc en polyester et laine mélangée, avec tous ses boutons argentés et ses bandes le long des jambes. Ses chaussures noires à talons paraissaient neuves, les cymbales Sabian, astiquées, étaient soigneusement rangées dans leur étui noir, sur la banquette arrière.

— Dommage que tu n'aies pas eu plus de temps pour t'entraîner, lui dit Andy.

Weed savait que, sur les cent cinquante-deux membres de la fanfare, il était certainement le seul à avoir manqué une semaine d'entraînement. Il n'avait donc pas pu réviser ses enchaînements, ni répéter la marche en avant, la marche à reculons, la « toupie-arrêt », sa figure préférée, et surtout, la marche en crabe, spécialité des percussions de la fanfare de Godwin, véritable mécanique de précision.

— Je me débrouillerai, dit Weed en regardant par la vitre, le cœur battant la chamade.

Déjà, la foule se rassemblait. On prédisait une affluence record dans l'histoire de la parade. Il faisait un temps idéal : dans les vingt-deux degrés, avec un très léger vent et pas un seul nuage. Les gens étalaient des couvertures, dépliaient des chaises de jardin, garaient des poussettes et des fauteuils roulants, et ceux qui habitaient le long du trajet du défilé avaient décidé que c'était une journée parfaite pour organiser un vide-grenier. Il y avait des policiers partout, vêtus de gilets réfléchissants ; Weed n'avait jamais vu autant de cônes de circulation.

Andy, lui, était inquiet. Des milliers de personnes étaient déjà rassemblées, et les participants à la parade avaient envahi le parking du lycée George-Wythe. Si Smoke projetait d'agir, Andy ne voyait pas comment il serait possible de repérer un adolescent au milieu de cette foule, d'autant que personne, apparemment, à l'exception de Weed, ne savait à quoi ressemblait Smoke exactement.

— Weed, je veux que tu me promettes une chose, d'accord ? dit Andy, alors que le garçon récupérait ses cymbales à l'arrière de la voiture. Tu saurais reconnaître Smoke ou les membres de sa bande.

— Et alors ?

Weed était pressé, il regardait avec impatience sa fanfare qui, vue d'ici, ressemblait à une tache rouge et blanche, perdue au milieu d'un essaim d'uniformes bigarrés, d'instruments éclatants, de bâtons scintillants et de drapeaux tourbillonnants. Les chars attendaient eux aussi, nerveusement, en formant une queue infinie. Les agents de la police montée laissaient les enfants caresser leurs chevaux. Les vieilles voitures pétaradaient.

— On est bien meilleurs que ça ! dit Weed en regardant le corps des cadets de la Navy League s'entraîner à défiler. Hé, regardez ce car ! La fanfare est venue exprès de Chicago ! Y en a même une qui vient de New York !

— Weed, tu as entendu ce que je t'ai dit ? demanda Andy par sa vitre baissée.

Le sergent Santa canalisait la foule. Une des Florettes laissa échapper son bâton de majorette, qui rebondit plusieurs fois sur la chaussée. Des gens habillés comme au temps du Far West présentaient des chevaux miniatures, avec des azalées plantées dans la crinière. L'Association sportive des fauteuils roulants de l'Indépendance était prête à prendre le départ. Weed était émerveillé.

— Weed !

Andy était sur le point de descendre de voiture.

— Vous en faites pas, agent Brazil. Je vous préviendrai.

— Comment ?

Andy ne se laisserait pas avoir.

— Je frapperai super-fort avec mes cymbales, au moment où je dois pas le faire normalement, dit Weed.

— Non, non. Comment veux-tu que je m'en aperçoive au milieu de tout ce vacarme ?

Weed réfléchit. Son visage se crispa, il rentra la tête dans les épaules, et c'est d'un air abattu qu'il dit :

— J'en lâcherai une, dans ce cas. Vous pouvez pas le louper. Mais évidemment, faudra que vous alliez expliquer après pourquoi j'ai fait ça, sinon je pourrai plus jouer des cymbales dans la fanfare.

— Qu'est-ce que tu veux lâcher ?

Andy était perdu.

— Je laisserai échapper la courroie. Vous avez déjà vu une cymbale de cette taille dévaler une rue ?

— Non, avoua Andy.

— Eh bien, vous verrez. Et à ce moment-là, vous comprendrez que les ennuis vont commencer.

Lelia Ehrhart avait déjà des ennuis. Elle inspectait attentivement la Cadillac rouge décapotable de la Commission de lutte contre le crime, ornée de serpentins bleus qui flotteraient joliment au vent lorsque la voiture suivrait l'itinéraire de la parade. Et elle s'aperçut avec horreur qu'il n'y avait pas une seule azalée, pas même une.

— Nous devons solidariser le thème et le message de la parade, dit-elle à Ed Blackstone, membre de la commission.

— Je croyais que les rubans bleus étaient là pour ça, répondit Blackstone, qui avait quatre-vingt-deux ans mais continuait d'affirmer que l'âge importait peu. Je croyais qu'on appelait ça la parade des Azalées à cause des azalées, que l'on trouve partout, et qu'il n'était pas nécessaire d'en remplir la voiture, d'autant qu'il n'y a déjà pas beaucoup de place à bord.

Mais Ehrhart demeura intraitable, et elle ordonna que le siège avant du côté du passager et quasiment toute la banquette arrière, en cuir blanc, soient recouverts d'une profusion d'azalées roses et blanches. Ce qui réduisait de trois à un le nombre de membres de la commission qui pourraient adresser des grands gestes à la foule en souriant.

— Tant pis, je voyagerai le trajet toute seule avec moi-même, dit Ehrhart.

— Laissez-moi vous dire une bonne chose, Lelia, dit Blackstone, appuyé sur son déambulateur, les yeux plissés à travers les verres épais des lunettes qu'il portait depuis sa dernière opération de la cataracte. Faites attention aux abeilles. Avec toutes ces fleurs, les abeilles vont rappliquer, croyez-moi. Et vous ne direz pas que je ne vous ai pas prévenue au sujet de ces serpentins trop longs. Sept mètres ! (Blackstone était sévère sur ce point.) Si jamais quelqu'un s'approche de trop près derrière vous, avec tous ces rubans bleus qui volent, quelque chose risque de se retrouver emmêlé.

— Où est Jed ? demanda Ehrhart en fronçant les sourcils.

— Là-bas, dit Blackstone en désignant l'arbre qu'il prenait pour le chauffeur.

Balayant la foule du regard, Ehrhart aperçut Jed qui traînait autour d'un vieux camion de pompiers en discutant avec Muskrat, qui lui avait réparé sa voiture une ou deux fois. Elle n'aimait pas se rappeler que le gouverneur Feuer avait refusé de participer au défilé, même après qu'elle lui avait proposé de monter avec elle en voiture. Mais au moins avait-il chargé son chauffeur, Jed, de conduire la Cadillac de la commission, prêtée par un des patients de Bull Ehrhart.

— Dites-lui que c'est le temps de venir, ordonna Lelia Ehrhart à Blackstone.

Celui-ci fit signe à l'arbre d'accourir.

Ni Andy ni Virginia n'aimait la foule, mais Judy Hammer refusait de se chauffer seule à la lumière des projecteurs, d'autant qu'elle détestait les défilés et autres manifestations publiques encore plus que Virginia et Andy.

— Je n'arrive pas à y croire ! s'exclama Virginia, assise à l'arrière de la Sebring bleu marine. On a un ado complètement cinglé qui a décidé de devenir une légende en accomplissant un geste vraiment effroyable, et toi, qu'est-ce que tu fais ? (Elle se glissa sur le siège du conducteur et régla le rétroviseur.) Tu décides de défiler dans une décapotable !

— Moi non plus, ça ne me plaît pas, dit Andy en montant à l'arrière, à côté de Judy. Tu es sûre que tu ne veux pas que je conduise, Virginia ?

— Pas question.

Andy sortit ses documents.

— Il faut trouver le *Mustang Club*, dit-il. On est juste devant eux, normalement. Et... (il fit courir son doigt de haut en bas de la liste)... juste derrière Mlle Richmond.

— Beurk, fit Virginia.

Pigeon se trouvait à moins d'un mètre d'un type obèse, au croisement de Westover Hills et de Basset, en face de Brentwood South.

Le gros type semblait prêt à passer à l'action ; il surveillait la foule clandestinement à l'aide d'une paire de jumelles Leica. Pigeon, lui, avait plongé la main dans une poubelle pour récupérer la moitié d'un hot dog avec de la moutarde et des condiments qu'un gamin venait de jeter, comme si les hot dogs poussaient sur les arbres.

Pigeon ne manquait jamais la parade des Azalées. Les gens étaient tellement gaspilleurs. De nos jours, les enfants ne connaissaient plus la valeur de l'argent, même ceux dont les parents recevaient des tickets d'alimentation. Il pêcha dans la poubelle un sac de chips presque plein, qu'un sale môme n'avait pu s'empêcher d'écraser, de broyer, de pulvériser, avant de le jeter.

— Il faudrait une bonne guerre, tiens, dit-il en s'adressant au gros type, bien qu'ils ne se connaissent pas.

— C'est ce que je répète depuis des années. (Le gros type était entièrement d'accord.) Personne ne peut comprendre ce que c'est réellement.

— Comment pourraient-ils ? dit Pigeon en inspectant le contenu du sac de chips, réduites en miettes.

— Je m'appelle Bubba, dit Bubba, sans cesser d'inspecter la foule avec ses jumelles.

— Moi, c'est Pigeon.

— Enchanté.

Pigeon repéra un autre gamin qui venait de jeter son chewing-gum sur le trottoir, après l'avoir mastiqué trois fois seulement, alors que le chewing-gum avait encore plein de goût. Une femme en tenue de jogging marcha dessus.

— Merci mille fois ! lança-t-elle au gamin, qui ouvrait une boîte de Orange Crush en s'éloignant.

Elle souleva son pied et contempla les filaments roses reliant le trottoir à la semelle de sa chaussure de jogging Saucony.

— Je te déteste ! cria-t-elle au gamin, au milieu des gens qui la contournaient, à la recherche d'un bon emplacement pour voir le défilé. Je déteste les enfants ! Je déteste les gens !

— Moi aussi ça me foutrait en rogne, dit Pigeon. Tout le monde s'en fout, de nos jours.

Bubba braqua son regard sur Smudge et sa femme qui dépliaient des chaises de jardin sur une pelouse, à moins de vingt mètres de là, sur la droite.

— Je parie qu'il connaît même pas ces gens, dit-il avec une fureur ravivée. Il se sert, sans rien demander, comme avec tout le reste.

— Le monde entier fait pareil, maintenant, dit Pigeon.

— Et il sait bien que je suis là. Ce salaud sait qu'il me doit mille dollars. Mais il prétend qu'il est amnésique, qu'il se souvient plus du pari, alors ça compte pas.

— Je me demande où est passée l'honnêteté, dit Pigeon.

Bubba regarda Smudge déplier une nappe à carreaux et l'étendre dans l'herbe. Il déposa une glacière bleue juste à côté, souleva le couvercle et fouilla à l'intérieur.

Pigeon chercha en vain un mégot de cigarette. On voyait que les prix avaient augmenté en flèche. Les gens fumaient leur cigarette jusqu'au filtre, ils ne lui laissaient rien.

Hier matin, en marchant dans Main Street, il avait été choqué de voir, en consultant le tableau électronique de l'indice Dow Jones, devant chez Scott & Stringfellow, que le prix du paquet de cigarettes avait encore augmenté de 2 dollars et 11 cents. Si seulement il en avait acheté plus avec l'argent du prêteur sur gages. Il aurait pu faire un peu de marché noir. Il serait riche, maintenant.

Au moment même où Pigeon se disait cela, Bubba sortit des cigarettes de sa poche de chemise. Il en éjecta une du paquet en le secouant, sans même abaisser ses jumelles.

— Elles sont bonnes, ces Merit Ultima ? demanda Pigeon, alors que Bubba allumait sa cigarette. C'est une marque que j'ai jamais essayée.

— Tout ce que fait Philip Morris, c'est ce qu'il y a de meilleur.

— C'est ce que j'ai toujours pensé. Elles sont différentes des Merit normales ? demanda Pigeon, sournoisement.

— Vous voulez en goûter une ?

— Avec plaisir, répondit Pigeon, à qui Bubba tendait son paquet. Merci bien.

Des hurlements de sirènes et le grondement de tonnerre des motos de la police au loin indiquaient que la parade venait de démarrer. Weed était tellement excité que ses genoux tremblaient.

Il était placé à côté de Lou Jameson, qui jouait de la caisse claire et qui portait des lunettes noires, comme tous les batteurs. Il n'avait jamais été très gentil avec Weed, et plus d'une fois, il avait fait des remarques comme quoi n'importe qui pouvait jouer des cymbales ; il avait même vu des filles qui en jouaient dans d'autres fanfares.

Le lycée Western-Guilford, en blanc et noir, se trouvait juste devant Godwin. Le collège Lakeview, en vert et or, défilait derrière. Les uniformes de toutes les couleurs, éclatants et magnifiques, devaient s'étendre sur plus d'un kilomètre, estima Weed. La parade se mettait en branle. La fanfare de tête, venue du New Jersey, fit éclater *God Bless America*, ce qui n'était pas très original, d'autant que les trompettes étaient un peu décalées.

Weed se tenait bien droit, la tête haute. Il fit quelques mouvements des pieds pour se décontracter.

— Pied gauche en avant, pointe en flexion et on étire, récita-t-il.

Jameson lui jeta un regard méprisant.

— ... Décoller le talon gauche au maximum ; les orteils restent en contact avec le sol...

Weed fit un petit saut pour marquer le tempo.

— ... La cheville touche les genoux à la fin de chaque temps, les orteils pointés dans l'alignement de la jambe, pieds à plat...

— Hé, arrête un peu, dit Jameson.

— Non.

Dans le temps, Weed était intimidé par Jameson. Mais après avoir été arrêté et envoyé en prison, après avoir fermé son clapet à une avocate et conclu un arrangement avec un juge, Weed n'avait plus peur de personne.

— Trois, quatre, stop. À gauche, à droite, le pied passe devant, changement de pied, et un, deux, trois, quatre, le poids du corps sur les orteils.

Son pas du crabe était parfait.

— Je t'ai dit d'arrêter ça, bordel, murmura Jameson.

— Vas-y, empêche-moi.

— Je vais t'exploser la tête.

— J'espère que tu cognes mieux que sur ton tambour.

— PRÉPAREZ-VOUS ! beugla le tambour-major en tête de la fanfare.

Weed se mit au garde-à-vous. Une chose était certaine, ses cymbales commençaient à peser.

— FANFARE, À MON COMMANDEMENT !

Il tendit le cou pour voir ce que les porte-drapeaux faisaient, tout là-bas, devant. Quand les bois se mettaient en marche, il savait que ce serait à lui juste après.

Ce n'était pas un hasard si Smoke avait volé la ceinture porte-outils Stanley en Nylon noir quand il s'était introduit dans l'atelier de Bubba. Les poches profondes étaient parfaites, et il le savait déjà à ce moment-là, car Smoke préparait son plan depuis un moment.

Il avait enfilé un jean usé et taché, un T-shirt sale et des bottes Red Wings crottées et éraflées. Une casquette de base-ball maculée de taches de peinture était enfoncée sur ses yeux. Il portait des lunettes de soleil Oakley et ne s'était pas rasé depuis plusieurs jours. Personne ne faisait attention à lui alors qu'il traversait les pelouses devant les maisons, pour essayer de voir le défilé comme tout le monde.

Smoke avait effectué une surveillance minutieuse du parking du lycée George-Wythe pendant que la parade s'organisait. Il savait où chacun se trouvait. Il avait repéré Weed. Il était passé devant le chef de la police et les deux flics qui étaient venus prendre la parole à l'auditorium de Godwin. C'était à mourir de rire. Il avait les nerfs à fleur de peau. L'adrénaline qu'il produisait le rendait presque fou.

Dans les poches qui lui ceignaient la taille étaient cachés le Beretta, quatre chargeurs de dix balles et deux autres de quinze balles qu'il avait volés, plus le Glock et ses trois chargeurs de dix-sept balles. Ce qui faisait un total de cent vingt et une balles Winchester Silvertip high-power 115 grains.

Il regarda passer les vieilles Jaguar et Chrysler, puis le Corvette Club. Les gens agitaient les bras et applaudissaient, le temps était superbe, tout le monde était de bonne humeur. Smoke avisa une pelouse en pente, légèrement plus haute que celles qui l'entouraient. Un crétin et une petite bonne femme timide pique-niquaient sur une nappe à carreaux rouges et blancs. Smoke avait trouvé l'endroit idéal. Il marcha droit vers le couple, croisa les bras et regarda passer les vétérans des guerres à l'étranger et la Croix-Rouge.

Bubba reconnut immédiatement la ceinture porte-outils Stanley. Elle était portée par un ouvrier du bâtiment. La grosse ceinture noire avec ses poches profondes ressemblait très exactement à celle qu'on avait volée dans son garage. Bubba fit le point avec ses jumelles, en se focalisant sur le visage du type.

En fait, c'était un adolescent de quinze ou seize ans, le genre malingre et pâle. Les poches étaient gonflées et paraissaient alourdies ; la grosse ceinture jaune matelassée était serrée au maximum et semblait encore plus grosse autour de lui, car c'était un modèle extra-large et ce gamin ne devait pas peser plus de soixante kilos. Curieusement, Bubba n'apercevait pas le moindre outil, ni mètre-ruban, ni clous, rien dans le porte-marteau, pas même un manche qui dépasse.

— C'est ma ceinture, déclara Bubba en sentant son cœur s'accélérer. J'en suis sûr !

Pigeon tourna la tête dans la direction où regardait Bubba, les yeux plissés, en fumant une autre Merit Ultima que Bubba s'était fait un plaisir de lui donner.

— Comment vous le savez ? demanda Pigeon.

— Y a une petite marque blanche sur la boucle d'ouverture rapide. C'est mes initiales, je parie. Je peins mes initiales en blanc sur tous mes outils, et sur tout le reste, comme ça, quand Smudge m'emprunte un truc, il peut pas dire ensuite que c'est à lui !

— C'est qui, Smudge ? demanda Pigeon, en tapotant sa cendre.

La queue d'une fanfare en noir et blanc passait devant eux en jouant *Take the A Train*. Le tambour-major de la fanfare de Godwin était juste derrière. Bubba regardait le défilé à l'aide de ses jumelles ; il sentit le sang lui monter à la tête et son cœur se mit à battre plus vite qu'un tambour lorsqu'elles se posèrent sur la décapotable bleu marine qui transportait Judy, West et Brazil. Une seule fanfare séparait le trio du lycée Godwin.

Le jeune type qui portait la ceinture de Bubba semblait nerveux. Sa main droite était agitée de mouvements convulsifs. Il semblait attendre quelque chose, ou quelqu'un. Son regard balayait les rangs de la fanfare de Godwin, avant de se fixer sur le chef Hammer. Bubba en aurait mis sa main au feu.

Godwin attaqua le thème de *Titanic*. Le jeune ouvrier du bâtiment regarda à droite et à gauche, puis sa main glissa dans une des poches de la ceinture, où elle ne bougea plus. Bubba fut traversé par la vision fugitive de ses armes volées. Il s'élança sur la chaussée, au moment où passaient les bois de la fanfare. Il avait envie de dégainer son Browning tout neuf, mais se ravisa.

— *Arrêtez-le !* hurla-t-il à pleins poumons.

L'obèse que Smoke avait rencontré chez Muskrat Auto-Secours, et qu'il avait cambriolé peu de temps après, le montrait du doigt en braillant. Smoke resta cool. Il regarda autour de lui et haussa les épaules.

— Complètement dingue, ce type, dit-il en s'adressant au couple qui pique-niquait à côté de lui.

Des policiers s'étaient précipités. L'un deux galopait sur son cheval. Ils essayaient de calmer le gros type et de l'évacuer de la chaussée. Smoke sourit. Ce serait encore mieux qu'il le pensait. Il reporta son attention sur Weed. Le petit taré entrechoquait ses cymbales de toutes ses forces, et le crétin qui défilait à sa gauche essayait de le surpasser en tapant sur son tambour. Smoke prit son temps. Il ne voulait pas glisser de nouveau sa main dans la poche tant que l'obèse continuait à le montrer du doigt.

— *Faites quelque chose!* hurlait le gros, tandis que deux policiers lui immobilisaient les bras. *C'est lui qu'il faut arrêter, pas moi! Le jeune type, là-bas, avec la ceinture Stanley!*

Pigeon était inquiet. Il s'avança à son tour sur la chaussée, alors que Bubba continuait à se débattre avec les flics, en continuant à brailler.

— Il est avec moi, dit Pigeon au policier à cheval.

— Reculez !

— C'est sa ceinture. On voit ses initiales peintes en blanc sur la boucle. Enfin, avec des jumelles on les voit. (Pigeon ne se laissait pas dissuader si facilement.) Ce type la lui a volée.

Les jumelles de Bubba s'envolèrent. Un pistolet s'échappa d'on ne sait où et tomba bruyamment sur le bitume. Ce qui mit les flics dans tous leurs états, semble-t-il. Comme un seul homme, ils s'emparèrent de leurs menottes et de leurs bombes de gaz lacrymogène. La fanfare de Godwin s'arrêta de jouer et se figea, à l'exception d'un jeune garçon qui jaillit des rangs pour faire rouler une de ses cymbales dans la rue. Pigeon reconnut Weed.

Judy Hammer ignorait ce qui se passait. Tout le défilé s'immobilisa, tandis qu'une sorte d'énorme enjoliveur en bronze roulait vers la voiture du chef de la police.

— Que se passe-t-il ? demanda Judy en se levant pour essayer de voir.

Virginia arrêta la voiture.

— À TERRE ! hurla Andy en plaquant Judy sur le plancher, tandis que des membres de la fanfare se jetaient sur les côtés pour éviter la cymbale qui avait pris de la vitesse, car la rue était légèrement en pente, et filait bruyamment, semant la panique parmi les clowns, faisant détaler le sergent Santa et manquant expédier la voiture du maire dans la foule. Les Florettes en lâchèrent leurs bâtons.

Jed vit arriver la cymbale avant Lelia Ehrhart, et aussitôt il enclencha la marche arrière de la Cadillac. Les bouquets d'azalée décollèrent du siège arrière, les pots en terre se brisèrent, les guêpes filèrent se mettre à l'abri, la terre vola partout, les longs serpentins bleus changèrent de direction et vinrent gifler le visage d'Ehrhart.

Le jeune flic blond que Jed avait pris en stop l'autre jour dans le cimetière venait de jaillir de la voiture du chef Hammer et il courait comme un dément. Jed pila net. Une azalée rose s'envola par-dessus le siège avant ; Ehrhart poussa un cri strident. La cymbale passa en hurlant elle aussi, éclatante dans le soleil, telle une roue de chariot en or qui se serait détachée.

Jed bondit hors de la Cadillac, sans ouvrir la portière, et sans prendre la peine de mettre la voiture au point mort. Celle-ci commença à avancer toute seule, tandis qu'à l'arrière Ehrhart se débattait avec les serpentins bleus, de plus en plus empêtrée. Patty Passman, qui se trouvait non loin de là, au milieu de la foule excitée, jeta son énorme glace « Suicide au chocolat » et bouscula les gens pour se frayer un chemin.

— DÉGAGEZ, ABRUTIS !

Elle poussait et frappait tout ce qui se trouvait sur son passage, chargée de sucre, impossible à arrêter.

Elle courut après la Cadillac rouge et jeta son corps obèse par-dessus la portière du conducteur ; elle retomba les quatre fers en l'air, agrippa le levier de vitesse et le poussa au point mort.

Smoke fut momentanément désorienté par cette panique. Dans sa tête, le plan passa à la page 3 et s'y arrêta. Il regarda autour de lui et recula légèrement, manquant de glisser dans l'herbe. Tout d'abord, il ne comprit pas que le flic blond qu'il avait entendu au lycée, Weed et une sorte de clochard se précipitaient vers lui.

— TOUT LE MONDE À TERRE ! hurlait le flic blond.

La panique s'empara de la foule. Les policiers se désintéressèrent du gros type. Eux aussi se mirent à courir en direction de Smoke, mais le blond était le plus rapide.

— ESPÈCE DE PETIT SALAUD ! hurla Bubba à l'adresse de Smoke.

Le couple qui pique-niquait eut juste le temps de bondir sur le côté avant que l'obèse ne traverse leur nappe à carreaux rouges et blancs. Paniqué, Smoke sortit le Beretta. Dans sa confusion, il avait oublié comment on ôtait le cran de sûreté.

Des gens fonçaient vers lui de tous les côtés, conduits par Weed qui courait à une vitesse incroyable ; la plume de son chapeau noir était droite comme un *i*. Smoke lâcha le Beretta pour s'emparer du Glock, juste au moment où Weed faisait un bond d'au moins deux mètres pour décocher un coup de poing dans le nez de Smoke et lui agripper les cheveux, le projetant au sol. Tous les deux luttèrent pour la possession du Glock. Finalement, Smoke lâcha son arme quand Weed lui mordit sauvagement le poignet.

— JE VAIS TE TUER, ORDURE ! MINABLE ! SALAUD ! hurlait Weed en rouant de coups de poing le visage de son ennemi.

Andy tentait, non sans mal, de passer les menottes à Smoke qui se débattait en roulant dans l'herbe et en braillant. Des chargeurs de balles tombaient des poches de la ceinture porte-outils qu'il avait volée. À ce stade, la participation active de la communauté ne faisait qu'aggraver les choses.

Plié en deux, Bubba décochait des coups de poing à Smoke dès que Weed lui laissait une ouverture. Pigeon, couché par terre, essayait d'immobiliser les chevilles de Smoke. D'autres flics s'étaient jetés sur Smoke, empêchant Andy d'intervenir. Hélas, l'un d'eux eut la mauvaise idée d'utiliser sa bombe lacrymogène. Deux secondes plus tard, tout le monde se roulait dans l'herbe, les mains sur les yeux, en hurlant de douleur.

Smoke se releva d'un bond, frappa un des policiers au bas-ventre et s'empara du Sig Sauer dans le holster d'un autre flic. Le visage en sang, le souffle coupé, il serra le pistolet dans ses mains tremblantes ; ses yeux étaient remplis de larmes et de rage. Il ne vit pas les deux femmes qui s'avançaient entre les deux maisons dans son dos.

Judy et Virginia avaient dégainé leurs armes et elles couraient ventre à terre. Smoke semblait s'interroger pour savoir qui il allait abattre. Il pointa d'abord son pistolet sur un type obèse que reconnut Judy : c'était Bubba. L'arme glissa ensuite vers Andy et les autres flics restés au sol, puis vers la foule et les participants au défilé qui détalèrent en hurlant.

Judy était gênée pour tirer à cause d'un SDF et d'un jeune garçon habillé en uniforme de fanfare qui se dressaient dans sa ligne de mire. En outre, des effluves de gaz lacrymogène lui irritaient les yeux et les poumons. Virginia et Judy se séparèrent juste au moment où Smoke faisait volte-face ; sans doute avait-il entendu les bruits de pas derrière lui. Le canon de son arme, pointé sur le visage de Judy, paraissait énorme, irréel. Elle ne pouvait pas tirer la première. Il y avait trop de gens entre eux.

Elle n'avait pas connu cette situation depuis pas mal de temps, mais elle n'avait pas oublié son entraînement. Elle lança son pistolet vers Smoke, de toutes ses forces. L'arme tournoya comme un boomerang, et Smoke, par réflexe, leva les bras pour se protéger ; il n'en fallait pas plus à Judy pour lui plonger dans les jambes et le faire tomber à la renverse. Un combat au corps à corps s'engagea.

— RENDS-TOI ! cria-t-elle.

Smoke essaya de lui enfoncer le canon de son pistolet dans les côtes, mais elle réussit à lui saisir le pouce. Et elle le retourna d'un coup sec ; c'était une vieille ruse de policier, toujours efficace. Smoke hurla de douleur. Judy lui arracha le Glock des mains et lui colla le canon sous le menton.

— TU BOUGES, JE T'EXPLOSE TA SALE GUEULE D'ORDURE !

Elle avait le doigt sur la détente. Elle aurait voulu qu'il lui donne un prétexte.

— Sale petit salaud, lui cracha-t-elle au visage. Cette pauvre vieille dame sans défense que tu as tuée, c'était ma voisine.

Andy avait récupéré ; il put aider Virginia à passer les menottes à Smoke, avant de l'emmener. Bubba se redressa en position assise, les larmes ruisselaient sur ses joues. Pigeon était encore couché sur le ventre, les mains sur les yeux. La chaussette qui recouvrait son moignon avait glissé. Weed se releva en chancelant. Il regarda le chef Hammer avec ses yeux rouges et larmoyants. Elle était comme figée ; son arme pendait au bout de son bras.

— Merci, lui dit Weed. Je suis content que vous soyez là.

36

Il plut, cette nuit-là. L'eau se déversait du ciel par vagues, qui rappelaient à Weed des photos de l'océan qu'il avait vues. Puis vint la grêle, qui martela les rues, accompagnée par un vent si violent que Weed aurait parié qu'il pouvait sonner aux portes.

— C'est qui ? murmura-t-il dans l'obscurité en plaisantant avec les forces supérieures. Entrez donc, dit-il. Oh, pardon, je crois que je ne sais plus comment on ouvre la porte.

Ses yeux se mouillèrent de larmes ; ses tentatives pour être drôle n'amusaient que lui, étant donné qu'il était tout seul. Derrière sa fenêtre munie de barreaux, les éclairs illuminaient le ciel et claquaient comme des bulles de blister qu'on fait éclater. Weed imagina une tornade en songeant à Twister, évidemment. Il avait entendu dire qu'on ne devait pas se promener avec un club de golf à la main, ni jouer des cymbales, ni téléphoner quand il y avait des éclairs plein le ciel, et voilà qu'il était assis sur un lit en acier.

Bah, tout le monde s'en ficherait s'il mourait.

Quelque part, dans une autre partie du centre de détention, ce qu'on appelait un pavillon, Smoke était enfermé lui aussi. En y pensant, Weed sentit des milliers d'insectes minuscules galoper sur sa peau. Il se gratta et les chassa furieusement ; son cœur faisait des bonds dans sa poitrine. Il avait du mal à respirer et ne parvenait pas à se réchauffer. Il s'enroula dans les couvertures et repensa à son lit en acier lorsqu'un nouvel éclair cracha une flamme, comme le canon d'un énorme pistolet.

Judy Hammer détestait les éclairs et avait pour habitude de demeurer loin des fenêtres et de tous les objets conducteurs d'électricité. Mais ce soir, elle ne tenait pas en place. Elle faisait les cent pas devant les fenêtres, passant près des lampes et des accessoires de cheminée en fer, sous le lustre en cuivre, tandis qu'Andy et Virginia étaient assis dans le canapé, nerveux eux aussi. Ils ne cessaient de revivre les événements de cette journée.

Andy nourrissait une grosse inquiétude.

— On peut dire ce qu'on veut, répéta-t-il au moment où la lumière s'éteignait, brièvement. Weed ne devrait pas être enfermé au même endroit que Smoke. Même si c'est dans un pavillon différent. Smoke a déjà prouvé à quel point il était malin, et diabolique.

— Pas au point d'éviter de finir en prison, souligna Virginia. Mais tu as raison, je ne suis pas tranquille, moi non plus.

— Je vous le dis comme je le pense, reprit Andy. Si Smoke veut faire quelque chose, il le fera.

— Oui, oui, oui..., marmonna Judy en continuant d'arpenter la pièce, tandis que Popeye ronflait dans un fauteuil et que le tonnerre grondait au-dehors.

Andy, rongé par l'inquiétude, se sentait prêt à prendre des mesures radicales, mais il ne savait pas trop quoi faire. Apparemment, Smoke n'avait pas voulu que Divinity, Beeper, Dog et Sick restent en liberté alors que lui se retrouvait derrière les barreaux. Il avait indiqué à la police les endroits où ils pouvaient les trouver, et tous les Piranhas étaient maintenant enfermés dans le même centre de détention, dans des pavillons différents, paraît-il, séparés par un ou deux couloirs de la cellule individuelle où se trouvait Weed, avec ses toilettes et son lit abattant en métal.

— On aura besoin de Weed pour témoigner contre eux, ajouta Andy.

— Qu'importe de savoir qui dort où, renchérit Virginia. Weed risque de tomber sur Smoke ou un des gars de la bande durant une promenade. Mlle Divinity est dangereuse, elle aussi.

— Andy, Virginia, vous avez parfaitement raison. (Judy cessa de faire les cent pas, le temps d'allumer plusieurs bougies.) Il faut le faire sortir de là, immédiatement.

Cela nécessitait un plan inhabituel et pas très orthodoxe, et Judy Hammer en avait justement un. À 20 h 15, elle appela le juge Maggie Davis à son domicile.

— Ah, je suis heureuse de vous trouver chez vous, dit-elle sans préambule.

— Avec un temps pareil, ce n'est pas étonnant, répondit le juge. Je suis désolée d'avoir manqué la parade. Bonté divine. Joli travail, Judy. J'aurais aimé être là pour vous voir neutraliser ce petit salopard.

Judy rejeta le compliment.

— Je n'ai pas fait grand-chose. Nous devons faire sortir Weed Gardener de prison le plus vite possible.

— Je croyais qu'il voulait être enfermé.

— Oui, avant. Mais maintenant, Smoke et sa bande sont enfermés eux aussi. C'est mauvais, Maggie. Très mauvais.

Le juge réfléchit un instant.

— Que proposez-vous ? demanda-t-elle, finalement.

Judy avait bien conscience que sa proposition risquait d'échouer. Mais la plupart des choses qu'elle avait accomplies dans sa vie avaient au premier abord semblé vouées à l'échec, à en croire ceux qui se contentaient de regarder.

— Pouvez-vous joindre le procureur et l'avocate commise d'office ? demanda-t-elle.

— Bien sûr, répondit le juge Davis.

— Je ferai en sorte que les portes soient ouvertes.

— Quelles portes, Hammer ?

À 21 heures, répartis tous les six dans quatre voitures, ils franchirent le portail du cimetière de Hollywood. La pluie fouettait les buis et les arbres ; les pierres tombales luisantes et balayées par les phares avaient quelque chose d'irréel et d'inquiétant.

Judy Hammer, Andy et Virginia étaient dans la voiture de tête. Derrière eux se trouvaient le juge Davis dans sa Volvo et le procureur Michael dans sa Honda Accord. Un peu plus loin, une vieille Mercury Cougar transportait Sue Cheddar, qui, après avoir démissionné et été renvoyée par Weed, avait ensuite reçu ordre du juge Davis de poursuivre l'affaire.

— Bon Dieu, j'espère qu'il a dit la vérité, dit Virginia à Judy et Andy.

Les essuie-glaces et la pluie menaient leur combat incessant et saccadé. Judy conduisait très lentement, penchée sur le volant, pour essayer de déchiffrer les panneaux.

— J'en suis sûre, répondit Judy, comme si elle connaissait très bien Weed.

Ils remontèrent Waterview Avenue, assaillis par les branches qui tentaient de les retenir. Des silhouettes d'anges les regardaient passer. Des tombes obscures attiraient l'imagination de Judy à travers des fenêtres en vitrail, et elle se remémorait des frayeurs enfantines. Elle avait dix ans quand sa voisine, Mme Wheat, avait été enterrée dans le cimetière de l'église baptiste, un pâté de maisons plus loin. De la rue, on apercevait sa pierre tombale en granit gris, et chaque matin, en allant à l'école, Judy passait devant le cimetière en courant, le plus vite possible, car elle n'avait jamais aimé Mme Wheat, et était certaine que celle-ci le savait, maintenant qu'elle était au ciel.

Judy détestait toujours autant les cimetières. Ils n'avaient rien pour la séduire. Elle avait peur de leurs odeurs âcres, des bruits d'insectes et des petits monticules discrets. Elle avait peur de la mort. Elle avait peur de ses sentiments à l'égard de Seth. Elle avait peur d'être seule. Elle avait peur de l'échec. Elle avait peur de la peur. Ses nombreuses peurs dévoraient son énergie, et sincèrement, à cet instant, elle en avait plein le cul.

— Tout ça est ridicule, dit-elle à ses deux passagers. Je ne vais pas démissionner, ni prendre ma retraite, quoi qu'il arrive.

— Si tu fais ça, je ne reste pas ici, déclara Virginia.

— Je fous le camp, moi aussi, annonça Andy à sa chef, tandis qu'ils approchaient de Davis Circle.

Judy scruta son rétroviseur.

— Ils suivent toujours ?

— Il ne faut pas songer à démissionner, chef, dit Andy. Surtout pas maintenant. Selon moi, plus les gens vous harcèlent, plus il faut les exaspérer par votre présence.

— C'est très malin, ça. (Judy réfléchit aux paroles d'Andy.) Oui, j'aime bien cette idée.

Tout le monde n'avait pas félicité Judy pour avoir terrassé Smoke et lui avoir collé une arme sous le menton en le couvrant d'injures. Le maire avait déclaré devant toutes les chaînes de télévision, pour les infos de 18 heures, qu'un tel incident n'aurait jamais dû se produire pour commencer, et il avait qualifié l'acte héroïque de Judy Hammer de coup publicitaire spectaculaire. Lelia Ehrhart avait déclaré à Q94 que Hammer était une « hooligan sans voix ni loi », qui « balançait outre » la prévention. L'administrateur de la ville avait chargé la police des polices de mener une enquête approfondie.

— Ne vous laissez pas décourager par ce qui s'est passé aujourd'hui, dit Andy, comme s'il lisait dans ses pensées. N'oubliez pas que le gouverneur Feuer s'est dit impressionné. Il vous a appelée pour vous féliciter. Son opinion devrait compter plus que celle des autres.

— On ne doit pas tourner quelque part ? dit Judy qui ne voyait pas à un mètre.

Andy fut le premier à apercevoir Jefferson Davis.

— *Je fonds ! Je fonds !* gémit-il en imitant la méchante sorcière du *Magicien d'Oz*.

— Merde alors ! commenta Virginia lorsque la statue apparut nettement dans la lumière des phares.

Judy arrêta sa Crown Victoria et braqua le projecteur de police sur la statue.

— Nom d'un chien ! s'exclama Andy. Dommage que Weed ne soit pas là pour voir ça.

— Peut-être pas, dit Judy, dubitative. Il serait certainement très déçu.

— Oui, c'est juste, reconnut Andy après réflexion. Je crois que vous avez raison. Twister a passé son chemin.

Jeff Davis perdait rapidement sa nouvelle race, en même temps que sa place dans l'équipe de basket de l'université de Richmond, récemment acquises. Son visage était marbré de traînées noires, sa tenue rouge et blanche se liquéfiait autour de ses pieds qui n'étaient plus chaussés de Nike et du socle en marbre maculé de taches orange. Le ballon de basket qu'il tenait dans sa main gauche était redevenu un chapeau.

Les portières des voitures s'ouvrirent et se refermèrent; la pluie fragmentait l'éclat des phares. Les bruits de pas humides résonnaient sur la pierre. Le juge Davis était native de New York; elle s'approcha de la statue pour l'examiner attentivement. Elle se pencha et ramassa un petit drapeau sudiste planté dans la boue. Elle l'agita au bout de sa fine baguette, comme si elle essayait de voir comment ça fonctionnait, ou pourquoi on en faisait toute une histoire.

— Il est évident, je crois, qu'il ne s'agit plus d'un acte de vandalisme, déclara Judy. Et d'ailleurs, ça ne l'a jamais été. Nous l'avons cru, voilà tout.

Sue Cheddar marchait sous un parapluie rose vif, et l'on ne voyait que ses longs ongles animés pendant qu'elle parlait.

— Vous voyez bien, dit-elle au procureur Michael dans un éclair de griffes écarlates.

Trempé, celui-ci ressemblait à un soldat confédéré vaincu dans son costume gris mal taillé, avec sa fine cravate noire. Ses cheveux étaient plaqués sur son crâne, la pluie ruisselait sur son visage, tandis qu'il regardait le président de la Confédération perdre la face une fois de plus.

— Ce qui compte, c'est que Weed avait l'intention de causer des dégâts, déclara-t-il avec conviction. Bon Dieu, cette saloperie de pluie va-t-elle s'arrêter un jour? Vous devriez voir mon jardin. Et la rue devant chez moi, aussi, étant donné que la municipalité ne fait foutrement rien pour l'entretenir. Il y a au moins quinze centimètres d'eau.

— Eh bien, quelqu'un a-t-il quelque chose à ajouter? demanda le juge Davis en regardant tour à tour toutes les personnes présentes, alors que la pluie redevenait de la grêle qui crépitait sur le sol.

— Pas moi, dit Virginia.

— Non, bien sûr, dit Judy.

— Absolument rien, dit Andy.

— Dans ce cas, j'annule les charges retenues contre Weed Gardener, déclara le juge Davis, sous le regard d'une femme de marbre tenant une Bible ouverte, et d'un ange. Agent Brazil, dit-elle en le désignant d'un signe de tête. Préparons les papiers. Je veux le faire libérer immédiatement.

— Sur-le-champ, confirma Judy. Virginia, Andy? Direction le centre de détention. On va ramener Weed chez lui.

Andy poussa un hourra et passa son bras autour de la taille de Virginia. Judy applaudit. Virginia l'imita. Cheddar aussi, bien qu'embarrassée par son parapluie. Le procureur Michael haussa les épaules. Une fois les papiers remplis et signés, tous les six regagnèrent leurs voitures. Et Jefferson Davis s'enfonça dans la nuit, alors que le petit cortège repartait dans Waterview, sous une pluie qui paraissait moins brutale tout à coup, entre des monuments funéraires qui semblaient moins tristes.

Aubin Imprimeur
LIGUGÉ, POITIERS

Achevé d'imprimer en mai 2000
pour le compte de France Loisirs
123, bd de Grenelle, 75015 Paris
N° d'édition 33471 / N° d'impression L 60122
Dépôt légal, mai 2000
Imprimé en France

Photocomposition CMB Graphic, 44800 Saint-Herblain